UM
TOQUE
DE
MALÍCIA

Também de Scarlett St. Clair
SÉRIE HADES & PERSÉFONE

Vol. 1: *Um toque de escuridão*
Vol. 2: *Um jogo do destino*
Vol. 3: *Um toque de ruína*
Vol. 4: *Um jogo de retaliação*
Vol. 5: *Um toque de malícia*

SCARLETT ST. CLAIR

UM TOQUE DE MALÍCIA

Tradução
MARINA CASTRO

Copyright © 2021 by Scarlett St. Clair

Publicado por Companhia das Letras em associação com Sourcebooks USA.

Grafia atualizada segundo o Acordo Ortográfico da Língua Portuguesa de 1990, que entrou em vigor no Brasil em 2009.

No trecho de *Metamorfoses*, citado na abertura da parte 1, foi utilizada a tradução de Rodrigo Tadeu Gonçalves, publicada pela Penguin-Companhia, em 2023.

No trecho de *Ilíada*, Canto IX, verso 312, citado na abertura da parte 2, foi utilizada a tradução de Frederico Lourenço publicada pela Penguin-Companhia, em 2013.

No trecho de *Odisseia*, Canto I, verso 32, citado na abertura da parte 3, foi utilizada a tradução de Frederico Lourenço, publicada pela Penguin-Companhia, em 2013.

TÍTULO ORIGINAL   A Touch of Malice
CAPA   Regina Wamba/ReginaWamba.com
FOTO DE CAPA   Anna_blossom/Shutterstock, Bernatskaia Oksana/Shutterstock
ADAPTAÇÃO DE CAPA   Danielle Fróes/BR75
PRODUÇÃO EDITORIAL   BR75 texto | design | produção

Dados Internacionais de Catalogação na Publicação (CIP)
(Câmara Brasileira do Livro, SP, Brasil)

Clair, Scarlett St.
  Um toque de malícia / Scarlett St. Clair; tradução Marina Castro. – São Paulo: Bloom Brasil, 2025. – (Hades & Perséfone; 5)

  Título original: A Touch of Malice
  ISBN 978-65-83127-09-9

  1. Ficção norte-americana I. Título. II. Série.

25-258149   CDD-813

Índices para catálogo sistemático:
1. Ficção: Literatura norte-americana   813

Cibele Maria Dias – Bibliotecária – CRB-8/9427

Todos os direitos desta edição reservados à
EDITORA SCHWARCZ S.A.
Rua Bandeira Paulista, 702, cj. 32
04532-002 – São Paulo – SP
Telefone: (11) 3707-3500
facebook.com/editorabloombrasil
instagram.com/editorabloombrasil
tiktok.com/@editorabloombrasil
threads.net/editorabloombrasil

Para o melhor pai no mundo inteirinho.

 Antes de você morrer, eu pude te contar todo tipo de coisas maravilhosas que estavam acontecendo na minha vida. Estávamos fazendo uma chamada de vídeo e você sorriu e disse: "Estou tão orgulhoso". Pouco tempo depois, você pegou covid. Serei sempre grata pela nossa última ligação. Lembro que você não estava se sentindo bem e eu não queria ocupar muito do seu tempo, mas queria que você soubesse que eu te amava — e foi nisso que consistiu nossa conversa. Estou com saudade, eu te amo — sempre e sempre.

 Na manhã seguinte, você piorou e foi intubado.

 Quando te vi no hospital, sabia que era um adeus. Você estava sofrendo, mas, mesmo assim, quando peguei sua mão, você abriu aqueles olhos lindos e sorriu para mim. Quando voltei a te ver, foi para buscar suas cinzas.

 Eu daria tudo para abraçar você de novo, para ouvir sua voz e sua risada. Para receber uma mensagem engraçada do nada, esfregar sua cabeça careca e me apoiar no seu ombro, mas sei que você ainda está comigo e que está muito orgulhoso de mim. Puxei minha perseverança de você — a pessoa que sempre acreditou naquilo que os outros consideravam impossível.

DESCANSE EM PAZ
Freddie Lee Nixon
23 de dezembro de 1948 — 27 de novembro de 2020

AVISO DE GATILHO

Este livro contém referências a suicídio e cenas de violência sexual.

Se você ou alguém que você conhece está pensando em suicídio, por favor ligue para o Centro de Valorização da Vida (CVV), no número 188, ou visite o site cvv.org.br.

Você é uma sobrevivente? Precisa de assistência ou apoio? Ligue 180 ou acesse os serviços da Rede de Atendimento à Mulher no site www.gov.br/mulheres/pt-br/ligue-180.

Por favor, não sofra em silêncio. As pessoas se importam. Sua família e seus amigos se importam. Eu me importo.

PARTE I

Formas o espírito impele que eu conte, mudadas,
em novos corpos: deuses, as bases [...] minhas inspirai,
e da origem primeira do mundo aos meus tempos,
conduzi um poema perpétuo.

— Ovídio, *Metamorfoses*

1

UM TOQUE DE TORMENTA

Mãos ásperas abriram suas pernas e subiram pelas coxas, seguidas por lábios. Uma pressão suave deslizava por sua pele. Meio adormecida, Perséfone se arqueou contra o toque, as amarras machucando seus pulsos e tornozelos. Confusa, ela tentou libertar as mãos e os pés, mas as cordas não cediam. Alguma coisa naquilo, na incapacidade de se mexer, de lutar, fazia seu coração acelerar e o sangue pulsar na garganta e na cabeça.

— Tão linda... — As palavras foram sussurradas contra sua pele, e Perséfone travou.

Aquela voz.

Ela conhecia aquela voz.

Já havia pensado vir de um amigo, mas era de um inimigo.

— Pirítoo...

O nome dele escapou pelos dentes trincados — com raiva, medo e nojo. Era o semideus que a perseguira e raptara na Acrópole.

— Shhh... — ele sussurrou.

Sua língua, molhada e fria, se arrastou pela pele dela.

Um grito saiu do fundo do peito de Perséfone. Ela apertou as coxas, se contorcendo contra o toque estranho pairando acima de sua pele.

— Me fala o que ele faz que você gosta — sussurrou ele, com o hálito pegajoso tomando a orelha dela, a mão se aproximando das suas partes íntimas. — Eu posso fazer melhor.

Perséfone abriu os olhos de repente ao se sentar, arfando com força. Seu peito doía e sua respiração estava ofegante, como se ela tivesse acabado de correr pelo Submundo com um espectro em seu encalço. Demorou um instante para seus olhos se ajustarem, para ela perceber que estava na cama de Hades, os lençóis de seda se agarrando à sua pele úmida, o fogo laranja queimando na lareira diante deles. Ao seu lado estava o próprio Deus dos Mortos, cuja energia, escura e elétrica, carregava o ar, tornando-o pesado e tangível.

— Tudo bem? — perguntou Hades.

Sua voz era clara e baixa — um tônico calmante que Perséfone queria consumir. Ela olhou para ele. Hades estava deitado de lado, a pele nua iluminada pelo fogo. Seus olhos cintilavam, pretos, e o cabelo escuro se derramava sobre os lençóis como ondas em um mar sem estrelas. Horas antes, ela havia agarrado aquelas mechas enquanto o cavalgava, lenta e longamente, sem fôlego.

Perséfone engoliu em seco; sua língua parecia enorme.

Não era a primeira vez que tinha esse pesadelo, nem a primeira vez que acordava e se deparava com Hades a observá-la.

— Você não dormiu — disse ela.

— Não — respondeu ele, erguendo o corpo e levando a mão ao rosto dela. Seu toque provocou um arrepio que foi da espinha dorsal à alma de Perséfone. — Me conta.

Quando ele falava, sua voz parecia mágica, um feitiço que arrancava as palavras dela mesmo quando ficavam presas em sua garganta.

— Sonhei com Pirítoo de novo.

A mão de Hades caiu da face de Perséfone, que reconheceu a expressão dele, a violência em seus olhos infinitos. Se sentiu culpada, desenterrando uma parte do deus que ele se esforçava tanto para controlar.

Pirítoo assombrava Hades tanto quanto assombrava a própria Perséfone.

— Ele te machuca, mesmo nos seus sonhos. — Hades franziu a testa. — Eu falhei com você naquele dia.

— Como você poderia saber que ele ia me sequestrar?

— Eu devia ter sabido.

Não era possível, claro, embora Hades tivesse argumentado que fora por isso que contratara Zofie como sua protetora. No dia do rapto, a égide estivera vigiando o exterior da Acrópole e também não percebera nada fora do comum, porque Pirítoo saíra por um túnel subterrâneo.

Perséfone estremeceu, pensando em como tinha aceitado a ajuda do semideus para fugir da Acrópole sem pensar duas vezes, enquanto ele estivera planejando seu sequestro.

Jamais confiaria cegamente em alguém de novo.

— Você não vê tudo, Hades — disse Perséfone, tentando apaziguá-lo.

Nos dias seguintes ao resgate dela da casa de Pirítoo, Hades ficara de mau humor, o que culminara numa tentativa de punir Zofie, dispensando seus serviços de égide — atitude que Perséfone tinha impedido.

Ainda assim, mesmo depois de Perséfone ter rejeitado o decreto de Hades, a amazona tinha discutido com ela.

— *É uma vergonha que preciso carregar.*

As palavras da égide tinham deixado Perséfone frustrada.

— *Não tem vergonha nenhuma. Você estava fazendo seu trabalho. Pelo visto, acha que seu papel como minha égide está em discussão. Não está.*

Zofie tinha arregalado os olhos, alternando entre Perséfone e Hades, incerta, antes de ceder e fazer uma reverência profunda.

— *Como quiser, milady.*

Depois, Perséfone se virou para Hades.

— *Espero ser informada antes de você tentar dispensar qualquer pessoa sob meus cuidados.*

Hades ergueu as sobrancelhas e seus lábios tremeram.

— *Fui eu quem a contratei.*

— *Que bom que tocou no assunto* — dissera ela. — *Da próxima vez que decidir que preciso de empregados, também espero ser incluída na tomada de decisão.*

— *Claro, meu bem. Como devo me desculpar?*

Eles tinham passado o resto da noite na cama, mas, mesmo enquanto faziam amor, Perséfone percebeu que Hades estava sofrendo, assim como sabia que ele sofria agora.

— *Você tem razão* — respondeu Hades. — *Talvez eu deva punir Hélio, então.*

Perséfone lançou um olhar irônico para ele. Hades já havia feito comentários a respeito do Deus do Sol antes. Era óbvio que eles não gostavam muito um do outro.

— *Isso faria você se sentir melhor?*

— *Não, mas seria divertido* — respondeu Hades, com a voz contradizendo as palavras, soando mais ameaçadora do que animada.

Perséfone conhecia bem a afeição de Hades à violência, e seu comentário sobre punição a fez lembrar da promessa que tinha conseguido dele depois de ser resgatada — *quando for torturar Pirítoo, quero participar*. Ela sabia que Hades tinha ido ao Tártaro naquela noite para atormentar o semideus, sabia que já tinha feito isso outras vezes desde então, mas nunca pediu para acompanhá-lo.

Agora, no entanto, se perguntava se era por isso que Pirítoo estava assombrando seus sonhos. Talvez vê-lo no Tártaro — ensanguentado, destruído, torturado — pusesse um fim nesses pesadelos.

Ela voltou a olhar para Hades e deu a ordem.

— *Quero vê-lo.*

A expressão de Hades não mudou, mas Perséfone teve a impressão de conseguir sentir as emoções dele no momento: raiva, culpa e apreensão — não apreensão por permitir que ela encarasse seu agressor. Apreensão por ela sequer entrar no Tártaro. Perséfone sabia que uma parte dele temia revelar esse lado a ela, temia o que ela poderia pensar. Ainda assim, ele não rejeitaria o pedido.

— *Como quiser, meu bem.*

Perséfone e Hades se manifestaram no Tártaro, em um quarto branco sem janelas, tão claro que fazia a vista doer. Conforme a visão dela se adaptava, os olhos se arregalaram, grudados no centro do cômodo, onde Pirítoo estava preso a uma cadeira. Fazia semanas que ela não via o semideus. Ele parecia estar dormindo, o queixo apoiado no peito, olhos fechados. Ela chegara a achá-lo bonito, mas agora suas maças do rosto proeminentes pareciam encovadas, seu rosto, pálido e acinzentado.

E o cheiro.

Não era exatamente de decomposição, mas era ácido e penetrante, e fazia o nariz da deusa queimar.

Seu estômago se revirou, azedando com a visão.

— Ele está morto? — Ela não foi capaz de erguer a voz para além de um sussurro, para o caso de não estar.

Não estava pronta para encará-lo.

Perséfone sabia que era uma pergunta estranha, considerando que estavam no Tártaro, no Submundo, mas conhecia os métodos de tortura preferidos de Hades, sabia que ele gostava de trazer as almas de volta à vida e acabar com elas por meio de uma série de castigos excruciantes.

— Ele respira se eu mandar — explicou Hades.

Perséfone não respondeu de imediato. Em vez disso, se aproximou da alma, parando a poucos metros. De perto, parecia uma estátua de cera que tinha amolecido com o calor, curvada e enrugada. Ainda assim, ele era sólido e real demais.

Antes de conhecer o Submundo, Perséfone pensava que as almas eram espectros — sombras de si mesmas —, mas, na verdade, eram corpóreas, tão sólidas quanto no dia em que haviam morrido, embora nem sempre tivesse sido assim. Houve um tempo em que as almas no reino de Hades viviam uma existência sem graça e tumultuada sob seu domínio.

Ele nunca confirmara o que o fizera mudar de ideia — por que decidira dar cores e a ilusão de vida tanto ao Submundo quanto às almas. Dizia que o Submundo simplesmente evoluíra junto com o Mundo Superior, mas Perséfone conhecia Hades. Ele tinha uma consciência e se arrependia do início de seu governo como Rei do Submundo. Fizera tudo isso como uma gentileza, como uma maneira de se redimir.

No entanto, ele jamais se perdoaria pelo passado, e saber disso machucava o coração de Perséfone.

— Ajuda? — perguntou ela, sem ter certeza se queria uma resposta.

— A tortura?

Olhou para o deus, que continuava parado no lugar onde os dois tinham se materializado, o cabelo solto, os chifres à mostra, parecendo sombrio, belo e violento. Não podia nem imaginar como ele se sentia estando ali, mas se lembrava de sua expressão quando a encontrara no covil de Pirítoo. Ela nunca vira a fúria dele se manifestar daquela maneira, nunca o vira tão horrorizado e destruído.

— Não sei dizer.

— Então por que você faz isso?

Ela contornou Pirítoo, parando atrás dele e encontrando o olhar de Hades.

— Controle.

Perséfone nem sempre havia entendido a necessidade de Hades de ter controle, mas, desde que haviam se conhecido, ela passara a desejar a mesma coisa. Sabia o que era ser uma prisioneira, estar impotente, se encontrar encurralada entre duas escolhas terríveis — e fazer a escolha errada.

— Quero controle... — ela sussurrou.

Hades a encarou por um instante, então estendeu a mão.

— Eu vou te ajudar a obtê-lo.

A voz do deus retumbou pelo espaço entre eles, aquecendo o peito dela, que se aproximou de novo. Ele a puxou e a aninhou contra o peito.

De repente, Pirítoo arquejou. O coração de Perséfone disparou ao vê-lo se mexer. A cabeça do homem balançou e seus olhos se abriram, sonolentos e confusos.

Mais uma vez, o medo de vê-lo atravessou Perséfone, fazendo-a estremecer. Hades apertou sua cintura, para lembrá-la de que estava segura, e inclinou a cabeça, a respiração provocando a orelha dela.

— Lembra quando eu te ensinei a dominar sua magia?

Hades estava se referindo ao tempo que haviam passado no bosque dela, depois de Apolo ter obtido um favor dele e a promessa de que Perséfone não escreveria a seu respeito. Ela procurara conforto em meio às árvores e flores, mas só encontrara decepção, não conseguindo dar vida a um trecho ressecado do solo. Fora então que Hades viera, aparecendo como as sombras que curvava à própria vontade, e a ajudara a dominar sua magia e curar o solo. Ele fora sedutor ao instruí-la, acendendo um fogo onde quer que tocasse.

O corpo de Perséfone se arrepiou com o pensamento, e ela respondeu sibilando por entre os dentes:

— Sim.

— Feche os olhos — instruiu ele, com os lábios roçando sua nuca.

— Perséfone? — Pirítoo estava rouco.

Ela apertou os olhos com mais força, se concentrando no toque de Hades.

— O que você sente? — Ele desceu a mão pelo ombro dela, enquanto segurava firme sua cintura, os dedos abertos de um jeito possessivo.

A pergunta não era tão fácil — Perséfone estava sentindo muitas coisas. Por Hades, paixão e tesão. Por Pirítoo, raiva e medo, luto e traição. Era um vórtex, um abismo escuro sem fim, e então o semideus disse seu nome de novo.

— Perséfone, por favor. Eu... Me desculpa.

As palavras dele a atingiram como uma lança no peito, e, ao falar, ela abriu os olhos.

— Violência.

— Se concentra nisso — instruiu Hades, uma das mãos contra a barriga dela, a outra entrelaçando seus dedos.

Pirítoo permaneceu curvado na cadeira de metal, preso e amarelado, e os olhos que ela temera a encararam de volta, marejados e cheios de medo.

Tinham trocado de lugar, ela percebeu, e hesitou por um momento, questionando se conseguiria ou não o machucar.

— Alimente o sentimento — Hades incentivou.

Com os dedos entrelaçados aos dele, ela sentiu o poder se acumulando em sua mão, uma energia que lhe queimava a pele.

— Onde você deseja causar dor a ele? — Hades perguntou.

— Você não é assim — disse Pirítoo. — Eu te conheço. Eu fiquei te observando!

Um rugido começou nos ouvidos de Perséfone, e seus olhos passaram a arder, o poder dentro dela emanando um calor incontrolável.

Ele lhe deixara presentes estranhos, a perseguira, tirara fotos dela em um lugar onde deveria estar protegida. Tirara dela a sensação de segurança, até quando dormia.

— Ele queria usar o pau como arma — ela disse. — Eu quero que ele queime.

— Não! Por favor, Perséfone. Perséfone!

— Então faça ele queimar.

A energia se acumulando em sua mão era intensa e, quando seus dedos soltaram os de Hades, ela imaginou a magia reunida ali avançando na direção de Pirítoo em um jato infinito e quente como lava.

— Você não é...

As palavras de Pirítoo foram interrompidas quando a magia se enraizou nele. Não houve nenhuma indicação interna de que tinha algo errado com o semideus — nenhuma chama saltando de suas partes íntimas —, mas era óbvio que ele sentia a magia de Perséfone. Cravou os pés no chão e se retesou contra as amarras, os dentes cerrados, as veias na cabeça e no pescoço saltadas.

Ainda assim, conseguiu falar, entre dentes:

— *Você não é assim.*

— Não sei bem quem você acha que eu sou — disse ela. — Mas vou ser bem clara. Eu sou Perséfone, futura Rainha do Submundo, Senhora do Seu Destino. Você passará a temer a minha presença.

Vermelho pingava do nariz e da boca de Pirítoo, e seu peito subia e descia rapidamente, mas ele não voltou a falar.

— Quanto tempo ele vai ficar assim? — Perséfone perguntou, observando o corpo de Pirítoo continuar a se arquear e retorcer contra a dor.

Seus olhos começaram a ficar esbugalhados, e uma camada de suor cobriu sua pele, fazendo-o parecer esverdeado.

— Até morrer — Hades respondeu tranquilamente, assistindo à cena com uma expressão de desinteresse.

Ela não recuou, não sentiu, não pediu para ir embora até Pirítoo voltar a ficar calado e inerte. Pensou na pergunta que tinha feito a Hades mais cedo — *ajuda?* No fim das contas, não tinha resposta, tirando a compreensão de que uma parte sua havia esmorecido e que, se fizesse isso vezes suficientes, o restante de si murcharia também.

2

UM TOQUE DE LUTO

— Como vão os preparativos para o casamento? — Lexa perguntou.

Ela estava sentada diante de Perséfone, sobre uma colcha branca bordada com não-me-esqueças azuis. Fora um presente de Alma, uma das almas que viviam ali. Ela abordara Perséfone em uma de suas visitas diárias ao Asfódelos, com um pacote nos braços.

— *Tenho uma coisa para milady.*

— *Alma, você não devia...*

— *É um presente para a senhora dar a alguém* — Alma interrompeu rapidamente. As mechas de seu cabelo prateado esvoaçavam em torno de seu rosto redondo e rosado. — *Sei que está de luto pela sua amiga, então toma, dá isso pra ela.*

Perséfone pegou o pacote e, quando se deu conta do que continha — uma colcha, amorosamente adornada com florzinhas azuis —, seus olhos se encheram de lágrimas.

— *Acho que não preciso te dizer o que não-me-esqueças significam* — Alma continuou. — *Amor verdadeiro, fidelidade, lembranças. Com o tempo, sua amiga vai passar a te conhecer de novo.*

Naquela noite, depois de retornar para o palácio, Perséfone abraçara o cobertor e chorara. No dia seguinte, deu de presente para Lexa.

— *Que lindo, milady!* — dissera ela, segurando o pacote como se fosse uma criancinha.

Perséfone enrijeceu ao ouvir a amiga chamá-la assim. Franziu a testa e, quando falou, soou mais confusa do que tudo:

— *Milady?*

Lexa nunca tinha usado o título de Perséfone antes. Seus olhos se encontraram, e ela hesitou, corando.

Lexa nunca corava.

— *Tânatos disse que é o seu título* — ela explicou.

Perséfone reconhecia que títulos tinham uma utilidade, mas não entre amigos.

— *Me chame de Perséfone.*

Lexa arregalou os olhos.

— *Desculpa. Eu não queria te chatear.*

— *Você... não chateou.*

Por mais que tentasse soar convincente, Perséfone não conseguiu conferir à voz um tom seguro o suficiente. A verdade era que ouvir Lexa chamá-la de "milady" era outro lembrete de que ela não era mais a mesma, e, por mais que Perséfone tentasse ter paciência com a amiga, era difícil. Lexa parecia igual, soava igual — até sua risada era igual, mas a personalidade era diferente.

— *Além disso, se for pra usar títulos, você vai ter que chamar o Tânatos de senhor.*

De novo, Lexa ficou envergonhada. Desviou os olhos, o rosto ficando ainda mais corado ao responder:

— *Ele... disse que eu não precisava.*

Perséfone terminara a conversa se sentindo estranha e, de algum jeito, ainda mais distante de Lexa.

— Perséfone? — Lexa perguntou.

— Hummm? — Perséfone foi arrancada dos próprios pensamentos.

Encontrou os olhos de Lexa — de um azul brilhante, lindos. O rosto dela parecia mais pálido ali, sob a luz dos Campos Elísios, emoldurado pelo cabelo escuro e grosso. Ela também estava usando um vestido branco, amarrado na cintura. Era uma cor que Perséfone não se lembrava de vê-la usando no Mundo Superior.

— Preparativos para o casamento. Como andam? — Lexa perguntou de novo.

— Ah... — Perséfone franziu a testa e admitiu: — Não comecei ainda, na verdade.

Mais ou menos. Não tinha começado a planejar, mas Hécate e Yuri, sim. Para falar a verdade, pensar em planejar um casamento sem Lexa doía. Se estivesse viva, sua melhor amiga estaria na internet procurando paletas de cores, vestidos e lugares. Já teria feito um plano e listas e explicado a Perséfone os costumes que sua mãe nunca tinha lhe ensinado. Em vez disso, estava sentada diante de Perséfone, calada, submissa, sem saber do histórico delas. Mesmo que a deusa quisesse incluí-la nos planos de Yuri e Hécate, não poderia. As almas não tinham permissão de deixar os Campos Elísios, a menos que Tânatos julgasse que estavam prontas para fazer a transição para Asfódelos.

— *Talvez a gente possa levar o planejamento até ela* — Perséfone sugeriu.

Tânatos havia balançado a cabeça.

— *Suas visitas a deixam esgotada. Ela não consegue lidar com mais nada no momento.*

Ele também tentara atenuar a rejeição por meio da magia. O Deus da Morte tinha a habilidade de acalmar aqueles que estavam em sua presença, trazendo conforto aos enlutados e acalmando a ansiedade. Às vezes, entretanto, a magia dele tinha o efeito oposto em Perséfone. Ela achava sua influência sobre as emoções invasiva, mesmo com boas intenções. Nos dias seguintes à morte de Lexa, Tânatos usara magia para tentar aplacar o sofrimento de Perséfone, mas a deusa pedira que ele parasse. Embora soubesse que era para seu bem, ela queria sentir — mesmo que doesse.

Parecia errado ser poupada disso depois de ter causado tanta dor a Lexa.

— Você não parece animada — Lexa comentou.

— Estou animada pra ser esposa do Hades — esclareceu Perséfone. — É só que... eu nunca pensei que fosse me casar. Nem sei por onde começar.

Deméter nunca a preparara para aquilo; para nada. A Deusa da Colheita tentara despistar as Moiras mantendo a filha isolada do mundo — de Hades. Quando implorara para sair da estufa, para se juntar ao mundo usando um disfarce mortal, Perséfone só sonhava com um diploma, começar uma carreira bem-sucedida e aproveitar a liberdade pelo maior tempo possível.

O amor nunca tinha feito parte daquele sonho, que dirá um casamento.

— Hummm — Lexa falou, se inclinando para trás apoiada nas mãos, erguendo a cabeça para o céu pálido, como se quisesse tomar sol. — Você devia começar com o que te deixa mais animada.

Era um conselho que a velha Lexa daria.

Mas o que deixava Perséfone mais animada era ser esposa de Hades. Quando pensava no futuro deles, sentia o peito cheio, o corpo elétrico, a alma viva.

— Vou refletir sobre isso — Perséfone prometeu, levantando. Por falar em casamento, estariam esperando por ela no palácio em breve para começar os planejamentos. — Mas tenho certeza que Hécate e Yuri vão ter suas próprias ideias.

— Pode ser — Lexa disse, e, por um momento, Perséfone não conseguiu desviar o olhar. A velha Lexa a encarou de volta, pensativa e sincera, e acrescentou: — Mas o casamento é seu.

Perséfone saiu dos Campos Elísios.

Devia se teleportar para Asfódelos. Já estava atrasada, mas, quando se afastou de Lexa, as lágrimas turvaram seus olhos. Ela parou, enterrando o rosto nas mãos. Seu corpo doía, sentia o peito oco e os pulmões em chamas. A deusa conhecia bem esse sentimento, porque ele a paralisava desde a morte da amiga. Aparecia sem ser chamado, como os pesadelos que assombravam seu sono. Vinha quando esperava e quando não esperava, associado a risadas, cheiros e músicas, a palavras, lugares e fotos. Arrancava um pedacinho dela de cada vez.

E não era só a tristeza que a atormentava — ela também estava brava. Brava por Lexa ter sido machucada, brava porque, apesar dos deuses — apesar de sua própria divindade —, não havia como lutar contra o Destino. Perséfone tinha tentado e fracassado.

Seu estômago embrulhou, envenenado pela culpa. Se soubesse o que viria pela frente, jamais teria negociado com Apolo. Enquanto Lexa jazia inconsciente na UTI, Perséfone estava apenas começando a entender o que era o medo de perder alguém. Na verdade, tinha sentido tanto medo que fizera tudo ao seu alcance para impedir o que, no fundo, era inevitável. Suas decisões tinham machucado Lexa de maneiras que só o tempo — e um gole do Lete — poderiam resolver.

Mesmo com a memória apagada, Perséfone ainda mantivera a esperança de que a velha Lexa fosse voltar. Agora sabia a verdade: o luto significava nunca voltar, nunca recolher os cacos. Significava que a pessoa que era agora, no rescaldo da morte de Lexa, era a pessoa que continuaria sendo até a próxima morte.

A bile subiu por sua garganta.

O luto era um deus cruel.

Ao se aproximar do palácio, Perséfone foi recebida por Cérbero, Tifão e Ortros pulando em sua direção. Os três dobermans pararam diante dela, enérgicos, mas obedientes. Ela se ajoelhou, coçando atrás das orelhas deles e acariciando seu pelo. Com o tempo, tinha passado a entender melhor a personalidade de cada um. Cérbero era o mais sério e dominante. Tifão era um doce, mas sempre alerta, e Ortros podia ser bobo quando não estava patrulhando o Submundo — quase nunca.

— Como estão meus meninos lindos? — ela perguntou.

Eles resfolegaram, e as patas de Ortros bateram no chão, como se ele mal pudesse conter o desejo de lamber o rosto da deusa.

— Vocês viram Hécate e Yuri? — Perséfone perguntou.

Os cães choramingaram.

— Me levem até elas.

Os três obedeceram, andando calmamente rumo ao palácio. Imponente e ameaçador, ele podia ser visto de praticamente qualquer canto do Submundo. Seus pináculos brilhantes de obsidiana pareciam infinitos, desaparecendo em meio ao céu claro e cinzento, uma representação do alcance de Hades, de sua influência, de seu domínio. Na base do castelo havia jardins de hera, rosas vermelhas, narcisos e gardênias. Salgueiros, árvores floridas e trilhas cortavam a flora. Eram símbolos da bondade de Hades, de sua habilidade de mudar e se adaptar — eram reparação.

Da primeira vez que estivera ali, Perséfone tinha ficado irritada ao ver o Submundo tão exuberante, tanto por causa do acordo que tinha feito com o Deus dos Mortos quanto porque criar vida deveria ser um poder seu. Hades logo demonstrara que a beleza que havia criado era uma ilusão. Mesmo assim, ela sentira inveja da facilidade com que ele usava magia. Embora ganhasse mais controle a cada dia — através de treinos com Hécate e Hades —, ainda invejava o controle deles.

— *Somos deuses antigos, querida* — Hécate dissera. — *Você não pode se comparar com a gente.*

Eram palavras que Perséfone repetia para si mesma toda vez que sentia as garras familiares da inveja. Sempre que sentia a frustração familiar do fracasso. Estava melhorando e, um dia, dominaria a magia, e então talvez as ilusões que Hades mantinha havia anos pudessem se tornar reais.

Os cachorros a conduziram para o salão de baile, onde Hécate e Yuri estavam paradas diante de uma mesa coberta com arranjos de flores, amostras de cores e croquis de vestidos de noiva.

— Você chegou — Hécate disse, erguendo o olhar ao ouvir as garras dos dobermans batendo no chão de mármore.

Eles correram direto para a Deusa da Bruxaria, que se inclinou para fazer carinho antes de os cães desabarem no chão debaixo da mesa, ofegantes.

— Desculpe o atraso — Perséfone disse. — Estava visitando Lexa.

— Sem problemas, querida — respondeu Hécate. — Yuri e eu estávamos falando da sua festa de noivado.

— Minha... festa de noivado? — Era a primeira vez que Perséfone ouvia falar daquilo. — Achei que a gente ia se encontrar pra planejar o casamento.

— Ah, isso também! — Yuri disse. — Mas *precisamos* de uma festa de noivado. Ai, Perséfone! Mal posso esperar pra te chamar de rainha!

— Já pode chamar agora — Hécate comentou. — O Hades chama.

— É tão emocionante! — Yuri bateu palmas. — Um casamento divino! Faz *anos* que não temos um desses.

— Qual foi o último? — Perséfone perguntou.

— Acho que o de Afrodite e Hefesto — Hécate respondeu.

Perséfone franziu a testa. Sempre ouvira boatos de Afrodite e Hefesto, o mais comum sendo que o Deus do Fogo não queria a Deusa do Amor. Das vezes que falara com Afrodite, Perséfone compreendera que a deusa não era feliz no casamento, mas não sabia por quê. Quando tentava descobrir mais sobre seu relacionamento, Afrodite se fechava. Em parte, Perséfone não a culpava. Sua vida amorosa e suas dificuldades não eram da conta de ninguém. Ainda assim, tinha a impressão de que Afrodite acreditava estar totalmente sozinha.

— Você foi ao casamento? — Perséfone perguntou a Hécate.

— Fui. Foi lindo, apesar das circunstâncias.

— Circunstâncias?

— Foi um casamento arranjado — Yuri explicou. — Afrodite foi um presente para Hefesto.

— Um... *presente.*

Perséfone fez uma careta. Como era possível que uma deusa — *qualquer mulher* — fosse considerada um *presente*?

— É o que Zeus gosta de dizer — Hécate disse. — Mas quando Afrodite nasceu, uma ninfa de beleza e tentação, ele foi abordado por vários deuses pedindo a mão dela em casamento. Ares, Poseidon e até Hermes, mesmo que ele negue, foram vítimas do charme dela. Zeus raramente toma uma decisão sem consultar seu oráculo e, quando perguntou sobre um casamento com cada um desses deuses, o oráculo previu guerra, então ele fez Afrodite se casar com Hefesto.

Perséfone franziu a testa.

— Mas Afrodite parece tão... forte. Por que permitiria que Zeus decidisse com quem devia se casar?

— Afrodite *queria* se casar com Hefesto — Hécate respondeu. — E, mesmo se não quisesse, não teria escolha. Todos os casamentos divinos devem ser aprovados por Zeus.

— O quê? Por quê? Achei que Hera era a Deusa do Casamento.

— Ela é... Mas não ele confia nela. Ela aprovaria qualquer casamento que levasse ao fim do seu governo como Rei dos Deuses.

— Ainda não entendi. Por que a gente precisa de aprovação pra se casar?

— Um casamento entre deuses não é como o dos mortais: deuses compartilham poderes e têm filhos. Zeus precisa levar muitos fatores em consideração antes de dar sua bênção.

— Compartilham... poderes?

— Sim, mas eu duvido que isso afete Hades de qualquer jeito. Ele já tem influência sobre a Terra. Agora você... você vai ter o controle das sombras, da morte.

Perséfone estremeceu. A ideia de precisar aprender a controlar e dominar ainda mais magia era um pouco assustadora. Só agora ela estava conseguindo usar seu próprio poder. Obviamente, isso não seria um problema se Zeus não aprovasse o casamento. Por que Hades nunca lhe contara nada disso?

— Existe alguma chance de Zeus não aprovar? — ela perguntou, mordendo o lábio.

Se ele não aprovasse, o que Hades faria?

Meu bem, eu queimaria o mundo por você.

As palavras se arrastaram por sua pele, sussurrando ao longo de sua espinha — uma promessa que Hades havia feito e cumpriria, se fosse forçado a isso.

— Não sei dizer com certeza — Hécate respondeu, e essas palavras evasivas intensificaram a ansiedade de Perséfone, um aperto constante em seu coração, correndo por suas veias. A deusa era sempre direta.

Yuri deu uma cotovelada em Hécate.

— Tenho certeza que Zeus vai aprovar — ela disse. — Que razões ele poderia ter para negar sua felicidade?

Perséfone conseguia pensar em uma: seu poder. Depois que ela perdera o controle na Floresta do Desespero e usara a magia de Hades contra ele mesmo, Hécate tinha revelado um medo que alimentava desde que as duas se conheceram — de que Perséfone se tornasse mais poderosa do que qualquer outro deus. Tamanho poder lhe asseguraria um lugar entre os olimpianos ou a tornaria inimiga deles. Ela não sabia dizer qual seria o caso.

Yuri pareceu se cansar da conversa e logo mudou de assunto.

— Vamos começar com as paletas de cor! — exclamou, abrindo um grande livro na mesa, com pedaços de tecido presos entre as páginas.

— O que é isso? — Perséfone perguntou.

— É... bom, é um livro de inspiração pra casamentos.

— Onde você o arrumou?

— Eu e as meninas fizemos — Yuri disse.

Perséfone ergueu a sobrancelha.

— Quando vocês começaram?

As bochechas da alma coraram, e ela gaguejou:

— Uns meses atrás.

— Hummm.

Perséfone tinha a sensação de que as almas estavam coletando referências de casamento desde a noite em que ela quase se afogara no Estige, mas não disse nada, limitando-se a ouvir enquanto Yuri lhe mostrava uma série de combinações de cores.

— Estou pensando em lilás e verde — ela disse. — Essa combinação vai complementar o preto, que todas sabemos que é a *única* cor que Hades vai usar.

Perséfone deu uma risadinha.

— A escolha de cor dele te incomoda?

— Ou melhor, a falta de cor, né? Eu adoraria ver ele usar branco uma única vez.

Hécate bufou, mas não disse nada.

Enquanto Yuri continuava a mostrar opções, Perséfone não conseguia parar de pensar em Zeus e de se perguntar por que estavam planejando um casamento antes mesmo de saber se sua união com Hades seria permitida. *Talvez seu casamento tenha sido abençoado*, argumentou ela. *Talvez Hades tenha pedido permissão antes de fazer os pedidos*. Isso explicaria por que ela nunca ouvira falar dessa ressalva antiquada.

Ainda assim, ela com certeza perguntaria a ele depois... e ficaria ansiosa até lá.

Perséfone aprovou a paleta de cores e, com essa definição, Yuri seguiu para o vestido de noiva.

— Pedi pra Alma desenhar umas opções — ela disse.

Perséfone folheou as páginas. Cada vestido era intensamente adornado com joias ou pérolas, além de camadas e mais camadas de tule. Podia nunca ter sonhado com o casamento, mas tinha certeza de que nenhum daqueles vestidos era para ela.

— O que você acha?
— Esses croquis são lindos — ela disse.
— Você não gostou — Yuri respondeu na hora, franzindo a testa.
— Não é isso...
— É isso, sim — interrompeu Hécate.

Perséfone olhou feio para ela.

— É só que... Acho que eu quero uma coisa um pouquinho mais... simples.
— Mas... você vai ser rainha — Yuri argumentou.
— Ainda sou a Perséfone. E gostaria de continuar sendo... enquanto puder.

Yuri abriu a boca para protestar mais uma vez, mas Hécate interveio:
— Entendo, minha querida. Por que eu não fico encarregada do vestido? Além disso, não é como se você não fosse ter outra oportunidade de usar um vestido de gala.

A Deusa da Bruxaria olhou enfaticamente para Yuri.

Perséfone franziu as sobrancelhas.
— Como assim?
— Ah, meu amor, esse é só o *primeiro* casamento. Você vai ter um segundo, talvez um terceiro.

Perséfone sentiu a cor sumir de seu rosto.
— Um... *terceiro*?

Mais uma coisa que ela não sabia.
— Um no Submundo, um no Mundo Superior e um no Olimpo.
— Por que no Olimpo?
— É a tradição.
— Tradição — Perséfone repetiu. Assim como era tradição que Zeus aprovasse os casamentos. E agora ela se perguntava: se Zeus não aprovasse o casamento, queria dizer que não aprovava o relacionamento em si? O deus tentaria separá-los como a mãe dela? Ela franziu a testa. — Não estou tão a fim de seguir a tradição.

Hécate sorriu.
— Para sua sorte, Hades também não.

Elas continuaram falando de flores e lugares por mais um tempinho. Yuri gostava de gardênias e hortênsias, enquanto Perséfone preferia anêmonas e narcisos. Yuri queria que a cerimônia fosse realizada no salão de baile, enquanto Perséfone preferia que fosse em um dos jardins — talvez debaixo da glicínia roxa no jardim de Hades. Ao final da conversa, Hécate estava sorrindo.

— O quê? — Perséfone perguntou, curiosa quanto ao motivo de a Deusa da Magia estar se divertindo tanto.

— Nada não. É só que... apesar de afirmar o contrário, você parece saber exatamente o que quer para o casamento.

Perséfone abriu um sorriso doce.

— Eu só... escolhi coisas que me fazem lembrar de nós.

Depois desse encontro, Perséfone se retirou para a casa de banhos, onde passou quase uma hora imersa na água quente com infusão de lavanda. Estava exausta. Era o tipo de cansaço que penetrava até os ossos, um resultado da luta de seu corpo contra uma ansiedade quase constante e uma culpa esmagadora. E para piorar tinha sido acordada por pesadelos com Pirítoo. Mesmo depois de retornar do Tártaro com Hades, não havia conseguido dormir, passando a noite acordada ao lado do Deus dos Mortos, revivendo a tortura a que tinha submetido o semideus, se perguntando no que suas ações a transformavam. De repente, as palavras de sua mãe lhe vieram à mente.

— *Filha, nem você pode escapar da nossa corrupção. É o que vem com o poder.*

Ela era um monstro? Ou só mais uma deusa?

Perséfone deixou a casa de banhos e voltou para o quarto de Hades — o quarto *deles*, lembrou a si mesma. Pretendia se trocar e jantar com as almas enquanto aguardava a oportunidade de confrontar Hades a respeito de Zeus, mas, quando viu a cama, sentiu o corpo pesado e só teve vontade de descansar. Desmaiou sobre os lençóis de seda, confortável, leve, segura.

Quando abriu os olhos, já era noite. O quarto estava iluminado pela luz do fogo e chamas escuras dançavam na parede diante dela. Perséfone se sentou e viu Hades perto da lareira. Ele se virou para ela, nu, as chamas criando um halo em torno de seus músculos — ombros largos, abdômen reto, coxas fortes. O olhar dela percorreu todas as partes dele — dos olhos brilhantes ao pau inchado. Ele era uma obra de arte, mas também uma arma.

Deu um gole no copo de uísque.

— Acordou — ele disse, suavemente, então bebeu o que restava no copo, depois o largou na mesa perto da lareira e foi até a cama.

Ao sentar ao lado de Perséfone, tomou o rosto dela e a beijou. Quando se afastou, acariciou os lábios da deusa com o polegar.

— Como foi seu dia?

Ela mordeu o lábio antes de responder:

— Difícil.

Hades franziu a testa.

— E o seu? — ela perguntou.

— A mesma coisa — ele disse, deixando a mão cair de seu rosto. — Deite comigo.

— Não precisa pedir... — ela sussurrou.

Ele afastou o robe já aberto, expondo um dos seios dela a seus olhos famintos. O tecido sedoso deslizou pelos braços de Perséfone, caindo até a cintura. Hades se inclinou, tomando o mamilo da deusa na boca, alternando entre lambidas provocantes e sucção intensa. Perséfone enfiou os dedos nos cabelos dele, segurando seu rosto ali enquanto jogava a cabeça para trás, deliciando-se com a sensação da boca em seu corpo. Quanto mais ele a estimulava, mais quente ela ficava, e de repente se viu guiando a mão de Hades para o meio de suas pernas, para sua buceta molhada, que desejava tanto que ele preenchesse.

Ele obedeceu, abrindo seus lábios escorregadios, e, quando a penetrou com os dedos, ela soltou um suspiro que se transformou num gemido, que Hades capturou com a boca. Por um bom tempo, Perséfone ficou segurando o pulso de Hades enquanto seus dedos trabalhavam, se curvando lá no fundo, tocando partes familiares dela, mas então a deusa levou a mão até seu pau. Quando sentiu os dedos dela, ele gemeu, interrompendo o beijo e se afastando.

Perséfone vociferou e tentou pegar a mão dele de novo, mas Hades só riu.

— Você não confia em mim pra te dar prazer? — ele perguntou.

— Algum dia.

Hades estreitou os olhos.

— Ah, meu bem. Você está me desafiando.

Ele a fez se deitar de lado, as costas apoiadas em seu peito. Envolveu o pescoço dela com o braço, e com a outra mão agarrou os seios, descendo pela barriga até as coxas. Hades afastou as pernas da deusa, passando uma delas sobre sua própria perna, para deixá-la bem aberta. Circulou o clitóris de Perséfone com os dedos e os enfiou entre seus pelos, antes de mergulhar de novo em seu calor. Ela inspirou fundo, arqueando-se contra ele, sentindo o pau duro se esfregando em sua bunda. Perséfone pressionou a cabeça contra o contorno do ombro dele, abrindo mais as pernas, instigando-o a ir mais fundo — e a boca de Hades desceu sobre a dela, selvagem no desejo de possuí-la.

A respiração de Perséfone acelerou, e seus calcanhares escorregaram nos lençóis, sem conseguir se apoiar. Ela se sentiu eufórica e viva, e continuou querendo mais, mesmo depois de um primeiro orgasmo vibrante dominar seu corpo.

— Isso te dá prazer? — ele perguntou.

Perséfone nem teve tempo de responder. Mesmo se Hades tivesse lhe dado tempo, ela achava que não conseguiria encontrar as palavras em meio aos arquejos pesados enquanto a cabeça do pau dele se aninhava em sua buceta. Ela inspirou quando ele enfiou com facilidade, as costas se arqueando, os ombros afundando no peito dele. Quando Hades meteu tudo, sua boca tocou o ombro dela, os dentes roçando a pele, a mão continuando a provocar o clitóris até fazê-la gemer. Foi um som que ele invocou de algum lugar nas profundezas do corpo de Perséfone.

— Isso te dá prazer? — ele perguntou de novo enquanto se mexia, estabelecendo um ritmo lento que a deixava ciente de tudo, de cada centímetro do pau dele chegando até o fundo, o impacto das bolas contra sua bunda, como cada estocada roubava o fôlego de seus pulmões.

— Isso te dá prazer? — ele perguntou de novo.

Ela o encarou e agarrou sua nuca.

— Me deixa em êxtase.

Seus lábios se encontraram em um beijo violento, e não houve mais palavras, apenas suspiros, gemidos desesperados e o som de corpos batendo um contra o outro. O calor aumentou entre eles, até Perséfone conseguir sentir o suor de ambos se misturando. Hades acelerou o ritmo, segurando a perna dela ao redor da sua, o outro braço no pescoço da deusa, a mão em seu queixo apertando levemente — e ele a manteve ali até os dois gozarem.

A cabeça de Hades caiu sobre o pescoço de Perséfone, e ele a beijou.

— Você tá bem? — ele perguntou.

— Estou... — Perséfone sussurrou.

Estava mais do que bem. O sexo com Hades sempre superava suas expectativas, e sempre que ela pensava que eles tinham chegado ao ápice — *nada pode ser melhor do que isso* —, descobria que estava errada. Dessa vez não fora diferente, e Perséfone se pegou pensando em quanta experiência o Deus dos Mortos tinha — e por que estava se segurando?

Hades saiu de dentro dela e Perséfone se virou para ele, analisando seu rosto, que brilhava de suor pós-sexo. Ele parecia sonolento e satisfeito.

— Zeus aprovou nosso casamento?

Hades ficou paralisado, como se seu coração tivesse parado de bater e ele tivesse parado de respirar. Perséfone não tinha certeza do que estava provocando essa reação — talvez ele tivesse se dado conta de que esquecera de falar com ela a respeito disso, ou talvez tivesse percebido que fora pego. Depois de um instante, ele relaxou, mas uma tensão estranha se estendeu entre eles. Não era raiva, mas também não era a euforia que costumavam sentir depois de uma transa.

— Ele está sabendo do nosso noivado — ele respondeu.

— Não foi isso que eu perguntei.

Ela o conhecia bem o bastante a essa altura. Hades nunca dizia ou oferecia mais do que o necessário. Ele a encarou por um momento.

— Ele não vai negar meu pedido.

— Mas não te deu a bênção?

Perséfone queria que ele dissesse, apesar de já saber a resposta.

— Não.

Foi a vez dela de encará-lo. Ainda assim, Hades permaneceu calado.

— Quando você ia me contar? — Perséfone perguntou.

— Não sei. — Ele fez uma pausa e, para a surpresa dela, acrescentou: — Quando não tivesse escolha.

— Isso está mais do que claro. — Ela o fulminou com o olhar.

— Eu estava torcendo pra conseguir evitar isso.

— Me contar?

— Não, a aprovação do Zeus — Hades falou. — Ele transforma tudo num espetáculo.

— Como assim?

— Ele vai nos convocar no Olimpo para um banquete e uma festa de noivado, e vai demorar dias até anunciar sua decisão. Não tenho a menor vontade de participar dessas coisas, nem de fazer você sofrer por isso.

— E quando vai ser? — A voz dela saiu como um sussurro abafado.

— Daqui a algumas semanas, imagino.

Ela encarou o teto, as cores se misturando enquanto seus olhos se enchiam de lágrimas. Não sabia ao certo por que ficara tão emotiva com a situação. Talvez porque estivesse com medo, ou talvez porque estivesse cansada.

— Por que você não me contou? Se existe uma chance de não podermos ficar juntos, eu tenho direito de saber.

— Perséfone... — Hades sussurrou, se apoiando no cotovelo. Se aproximou dela, enxugando suas lágrimas. — Ninguém vai nos separar... nem as Moiras, nem sua mãe, nem Zeus.

— Você parece ter muita certeza, mas nem você desafiaria as Moiras.

— Ah, meu bem, mas eu já te disse isso antes... Por você, eu destruiria o mundo.

Ela engoliu em seco, observando-o.

— Talvez esse seja meu maior medo.

Ele a analisou por mais um instante, acariciando sua face com o polegar antes de aproximar os lábios dos seus, depois beijou todo o seu corpo e bebeu a fundo entre suas coxas. Quando voltou a se levantar, não havia nenhum outro nome nos lábios dela além de Hades.

Mais tarde, Perséfone acordou de novo e se deparou com Hades voltando para o quarto, completamente vestido.

Ela franziu as sobrancelhas ao se sentar, os olhos ainda pesados de sono.

— O que aconteceu?

O deus fez uma careta e respondeu, com uma expressão dura e um pouco rude:

— Adônis está morto. Foi assassinado.

Ela só conseguiu piscar enquanto uma onda de choque a fazia estremecer.

Perséfone não gostava de Adônis. Ele tinha roubado seu trabalho e publicado sem sua permissão, tocara-a mesmo depois de ela dizer não e ameaçara expor seu relacionamento com Hades se ela não garantisse que ele voltasse a ser contratado no *Jornal de Nova Atenas*. Ele merecia muita coisa, mas não ser assassinado.

Hades atravessou o quarto, retornando para o bar, onde se serviu de uma bebida.

— Adônis? Assassinado? Como?

— De um jeito horrível — Hades respondeu. — Ele foi encontrado no beco do lado de fora da La Rose.

Perséfone levou um momento para pensar, sem conseguir assimilar por completo a notícia. A última vez que vira Adônis fora no Jardim dos Deuses. Tinha literalmente transformado os braços dele em galhos, e ele se jogara aos seus pés, implorando para voltar ao normal. Ela o fizera sob a condição de que, se voltasse a tocar uma mulher sem consentimento, ele passaria o resto de seus dias como uma flor-cadáver.

Não o tinha visto desde então.

— Ele já chegou aqui... no Submundo?

— Chegou — Hades respondeu, virando o copo de uísque e servindo outra dose.

— Você pode perguntar a ele o que aconteceu?

— Não. Ele... está nos Campos Elísios.

Essa informação indicou a Perséfone que a morte de Apolo havia sido traumática, a ponto de lhe garantir um lugar nos campos curativos.

Perséfone observou Hades virar mais uma dose. Ele só bebia assim quando estava ansioso, e o que a deixava mais preocupada era como ele parecia chateado com a morte de um homem que já tinha chamado de parasita.

O que quer que tivesse visto o deixara perturbado.

— Você acha que ele foi morto por causa do favor da Afrodite? — Perséfone perguntou.

Não era incomum. Ao longo dos anos, muitos mortais haviam sido assassinados por esse mesmo motivo, e Adônis gostava de se gabar de sua associação com a Deusa do Amor.

— É possível — Hades disse. — Mas se foi por inveja ou ódio dos deuses, não sei dizer.

O temor preencheu o ventre de Perséfone.

— Você está insinuando que ele foi assassinado por alguém que queria se vingar da Afrodite?

— Acho que ele foi assassinado por várias pessoas — Hades respondeu. — E que elas odeiam todos os Divinos.

3

AGRESSÃO

As palavras de Hades continuavam na mente de Perséfone na manhã seguinte, enquanto ela ia trabalhar na Coffee House. Não tinha conseguido tirar mais nenhuma informação dele a respeito da morte de Adônis, a não ser que provavelmente o assassinato tinha sido todo premeditado, fato que deixou Perséfone com medo de que mais ataques estivessem por vir.

Não havia menção alguma à morte brutal de Adônis na imprensa. Perséfone imaginava que isso se devia ao envolvimento de Hades na investigação, mas também se perguntava se ele teria visto algo que não queria que o público — ou ela — soubesse.

A deusa franziu a testa. Sabia que Hades estava tentando protegê-la, mas se as pessoas estavam atacando mortais favorecidos pelos deuses — ou qualquer um associado aos deuses de alguma maneira —, ela precisava saber. Embora o mundo em geral não soubesse que ela era uma deusa, sua ligação com Hades fazia com que ela e seus amigos também fossem alvos em potencial.

Perséfone escolheu um canto escuro da cafeteria para preparar tudo e esperar por Helena e Leuce. Desde o lançamento de sua comunidade on-line e de seu blog, A Defensora, algumas semanas antes, as três estavam se encontrando semanalmente e, já que não tinham escritório, escolhiam vários lugares de Nova Atenas para as reuniões — a Coffee House era um dos favoritos. As duas estavam atrasadas, provavelmente por conta do tempo: Nova Atenas estava enfrentando uma frente fria.

Na verdade, isso era um eufemismo.

A cidade estava congelando e já fazia quase uma semana que a neve caía do céu sombrio sem parar. A princípio, derretia assim que tocava o chão, mas agora começara a se acumular nas ruas e calçadas. Os meteorologistas estavam chamando o fenômeno de tempestade do século. Era a única notícia que rivalizava com o anúncio do noivado de Perséfone e Hades nos jornais. Naquela manhã ela descobrira que os dois assuntos dividiam o espaço na página inicial dos principais veículos — do *Jornal de Nova Atenas* à *Divinos de Delfos*, as manchetes anunciavam:

Deus dos Mortos fica noivo de jornalista mortal

Tempestade de inverno rouba o sol do verão

Uma terceira manchete fez o estômago de Perséfone embrulhar. Era um artigo de opinião na *Gazeta Grega* — um jornal nacional, concorrente do *Jornal de Nova Atenas*.

Clima de inverno é punição divina

Estava claro que o autor do texto, provavelmente um Ímpio, não era muito fã dos deuses. Começava assim:

> Em um mundo governado pelos deuses, não existe acaso. Permanece a pergunta: de quem é a fúria que estamos enfrentando, e qual é a causa? Outro mortal que alegou ser mais belo do que qualquer um dos Divinos? Ou alguém que ousou rejeitar seus avanços?

Nenhum dos dois. Era uma batalha entre Hades, Perséfone e a mãe dela, Deméter, a Deusa da Colheita.

Perséfone não estava surpresa que a situação tivesse chegado a esse ponto. Deméter fizera tudo ao seu alcance para separar Perséfone e Hades, desde o nascimento da filha. Mantendo-a trancada numa estufa de vidro, Deméter tinha contado mentiras a respeito dos deuses e de suas motivações, em particular de Hades, que era detestado apenas pelo fato de que as Moiras haviam tecido seus fios entrelaçados aos de Perséfone.

Quando pensava na pessoa que era sob o domínio rígido da mãe, Perséfone se sentia enjoada — agia de maneira cega, presunçosa, errada. Jamais tinha sido uma filha, e sim uma prisioneira. E, no fim das contas, não tinha adiantado nada, porque, quando conheceu Hades, tudo foi pelos ares. O único acordo que importava era o que ela estava disposta a fazer com seu coração.

— Seu latte, Perséfone — disse Ariana, uma das baristas, ao se aproximar.

Perséfone agora conhecia quase todo mundo na Coffee House, tanto por ser famosa quanto por ser uma cliente assídua.

— Obrigada, Ariana.

A barista frequentava a Faculdade de Hígia e estudava epidemiologia. Era um campo de estudos desafiador, considerando que algumas doenças eram criadas pelos deuses e só podiam ser curadas se eles decidissem.

— Só queria dar os parabéns pelo seu noivado com Lorde Hades. Você deve estar muito animada.

Perséfone sorriu. Era um pouco difícil aceitar felicitações com a tempestade de Deméter piorando lá fora. Era inevitável pensar que, se os mortais soubessem o motivo da súbita mudança no clima, não ficariam tão felizes assim com seu casamento.

— Estou, sim, obrigada.

— Já escolheram a data?
— Não, ainda não.
— Você acha que vai se casar aqui? Tipo, no Mundo Superior?

Perséfone respirou fundo. Não queria ficar tão frustrada com as perguntas da mulher. Sabia que elas se deviam a sua animação; no entanto, só estavam servindo para deixá-la ansiosa.

— A gente ainda nem falou disso, sabe. Andamos *muito* ocupados.
— Claro — disse a barista. — Bom, vou deixar você voltar ao trabalho.

Perséfone deu um sorrisinho amarelo e a barista se virou para ir embora. Tomou um gole do latte antes de voltar a atenção para o tablet, abrindo um artigo que Helena lhe enviara para revisar na noite anterior. A deusa não sabia descrever bem o que sentira ao ler o título, mas era algo parecido com temor.

A verdade sobre a Tríade, o grupo ativista mortal

Desde a Grande Descida, os mortais vivem inquietos com a presença de deuses na Terra. Ao longo dos anos, vários grupos se formaram em oposição à influência divina. Alguns escolhem se identificar com a ideologia dos Ímpios. Esses mortais não adoram os deuses, nem buscam seu perdão, preferindo, em vez disso, evitar as divindades por completo. Alguns Ímpios preferem assumir um papel passivo na guerra contra os deuses.

Outros são mais ativos e escolhem se juntar à Tríade.

— Os deuses têm o monopólio de tudo. Da indústria alimentícia à têxtil, até da mineração. Para os mortais, é impossível competir — diz um membro anônimo da organização. — De que serve o dinheiro para um deus? Não é como se eles precisassem sobreviver no nosso mundo.

Era um argumento que Perséfone já ouvira antes e, embora não pudesse falar por outros deuses, podia defender Hades. O Deus dos Mortos era o mais rico dos olimpianos, mas suas ações de caridade causavam um grande impacto no mundo mortal.

O artigo de Helena continuava:

O nome Tríade representa três direitos mortais: equidade, livre-arbítrio e liberdade. Seu objetivo é simples: eliminar a influência dos deuses da vida cotidiana. Eles alegam ter uma nova liderança que estimula uma abordagem mais pacífica à sua resistência aos deuses, em oposição às antigas práticas, que incluíam bombardear diversos locais públicos e negócios de propriedade dos deuses.

Não havia evidências de que a Tríade estivesse por trás de nenhum ataque recente. Na verdade, a única coisa à qual a organização tinha sido associada nos últimos cinco anos fora um protesto contra os Jogos Pan-Helênicos que tomara as ruas de Nova Atenas de repente. Apesar de alguns gregos considerarem os jogos um evento cultural importante, a Tríade abominava o ato de os deuses escolherem heróis e colocarem uns contra os outros. Era uma prática que inevitavelmente levava à morte, mas, embora Perséfone tivesse que concordar que lutar até a morte era arcaico, era uma escolha do mortal.

Meus deuses, estou começando a falar como Hades.

Apesar dessa alegação de paz, foram relatados 593 ataques contra pessoas publicamente associadas aos deuses no último ano. Os responsáveis afirmam estar defendendo a missão mais recente da Tríade, dando início a um renascimento. O aumento no número de mortos tem passado despercebido tanto por deuses quanto por mortais, ofuscado por um casamento, uma tempestade de inverno e a nova coleção de roupas de Afrodite.

Talvez os deuses não vejam a Tríade como uma ameaça, mas, dado o histórico, será que podemos confiar neles? Como já foi demonstrado, não são eles que vão sofrer se o assim chamado grupo ativista decidir agir, e sim os espectadores inocentes. Em um mundo com mais mortais do que deuses, deveríamos estar perguntando o que os Divinos deveriam fazer?

Foi a última frase que deixou um gosto azedo na boca de Perséfone, especialmente depois da morte de Adônis. Ainda assim, mesmo com as verdades que Helena destacara em seu artigo, ela precisava de mais. Queria ouvir da liderança da Tríade: eles tinham se responsabilizado por aqueles 593 ataques? Se não, planejavam condenar ações independentes? Quais eram seus planos para o futuro?

Perséfone estava tão concentrada em tomar notas que não percebeu que alguém se aproximava até uma voz arrancá-la dos pensamentos de trabalho.

— Você é Perséfone Rosi?

Ela pulou, levantando a cabeça na hora e se deparando com uma mulher de grandes olhos castanhos e sobrancelhas arqueadas. O rosto dela tinha formato de coração e era emoldurado por um cabelo escuro e volumoso. Usava um casaco preto enfeitado com pele e segurava com firmeza um copo de café fumegante.

Perséfone sorriu.

— Sou, sim.

Esperava que a mulher pedisse uma foto ou um autógrafo, mas ela tirou a tampa do copo e derramou café no seu colo. Perséfone deu um pulo, sentindo a queimadura penetrar profundamente na pele, e a cafeteria inteira ficou em silêncio.

Por um instante, Perséfone ficou aturdida, silenciada pela dor e pela própria magia, que fazia seus ossos tremerem, desesperada para se defender.

A mulher se virou, sua missão cumprida, mas, em vez de ir embora, deu de cara com Zofie, a amazona que era a égide de Perséfone.

Ela era linda — alta, com pele marrom-clara e um cabelo escuro que caía pelas costas em uma longa trança. Da primeira vez que Perséfone a vira, ela estava usando uma armadura dourada, mas, depois de uma visita à butique de Afrodite, tinha adquirido um guarda-roupa moderno. No momento, usava um macacão preto. O único item que não combinava era a grande espada que estava segurando acima da cabeça da agressora.

Gritos irromperam pela cafeteria.

— Zofie! — Perséfone gritou, e a espada da amazona parou a um fio de cabelo do pescoço da mulher.

Os olhos de Zofie encontraram os de Perséfone, frustrados, como se ela não entendesse por que não podia continuar com a execução.

— Sim, milady?

— Guarda a espada — Perséfone ordenou.

— Mas...

— *Agora*.

A ordem saiu entre dentes. Era só o que faltava, Zofie derramando sangue por causa dela. A situação atual já viraria manchete — as pessoas ao redor filmavam e tiravam fotos sem nenhum pudor. Perséfone fez uma anotação mental para informar Elias do incidente; talvez ele pudesse se antecipar à imprensa.

A amazona resmungou, mas obedeceu, e sua espada sumiu de vista. Sem a ameaça de uma lesão corporal, a mulher se recompôs e virou para Perséfone mais uma vez.

— Pau-mandado... — sibilou ela, com mais ódio no olhar do que Minta ou Deméter jamais haviam tido, e correu para fora da Coffee House, a saída anunciada pelo toque agradável do sino sobre a porta.

Assim que ela se foi, Zofie falou:

— Uma palavra, milady. Posso matá-la no beco.

— Não, Zofie. É a última coisa de que precisamos: sujar as mãos assassinando alguém.

— Não é assassinato — rebateu ela. — É retaliação.

— Estou bem, Zofie.

Perséfone se virou para pegar suas coisas, consciente de que as pessoas ainda estavam olhando. Queria ter controle sobre os raios, como Zeus, porque assim eletrocutaria todos os aparelhos no lugar, só para ensinar aquela gente a cuidar da própria vida.

— Mas... ela te machucou! — Zofie argumentou. — Lorde Hades não vai ficar satisfeito comigo.

— Você fez seu trabalho, Zofie.

— Se eu tivesse feito meu trabalho, a senhora não estaria machucada.

— Você veio assim que pôde. E não estou machucada, estou bem.

Estava mentindo, é claro, principalmente para proteger Zofie. Havia o risco de a amazona tentar se demitir de novo se soubesse quanta dor a deusa estava sentindo.

Quem poderia imaginar que café podia ser usado como arma?, pensou Perséfone. Que traição.

— Por que ela te atacou?

Perséfone franziu a testa. Não sabia.

Pau-mandado, dissera a mulher — ou seja, alguém que segue regras cegamente. Perséfone conhecia o termo, mas nunca fora chamada assim antes.

— Não sei — ela disse, com um suspiro. Então encontrou o olhar de Zofie. — Liga para o Elias e conta o que aconteceu. Talvez ele consiga se antecipar à imprensa.

— Claro, milady. Aonde a senhora vai?

— Encontrar Hades. — E verificar o dano às pernas. Sua pele ardia sob as roupas. — Da última vez que alguém tentou me machucar, ele torturou a pessoa.

Perséfone vestiu o casaco e mandou uma mensagem para Leuce e Helena, para avisá-las de que a reunião da manhã estava cancelada e de que as veria à noite.

— Te vejo na Sibila? — perguntou à amazona.

— Sim, para o chá de casa nova — Zofie respondeu, então franziu as sobrancelhas. — Devo levar lenha?

Perséfone riu.

— Não, Zofie. Leva... vinho ou comida.

Perséfone não sabia muito da criação de Zofie, mas era evidente que sua ilha de origem não evoluíra com a sociedade moderna. Quando perguntara a Hécate a respeito daquilo, a deusa respondera:

— *Ares prefere assim.*

— *Prefere... o quê?*

— *As amazonas são filhas dele, criadas para a guerra, não para o mundo. Ele as mantém isoladas na ilha de Terme pra que nunca conheçam nada além das batalhas.*

Depois de descobrir isso, Perséfone passou a se perguntar como Zofie tinha conhecido Hades e se tornado sua égide.

Ela voltou a se concentrar na amazona.

— Se precisar de ideias, manda uma mensagem pra Sibila e pergunta pra ela o que levar. Ela vai ajudar.

Quando Perséfone pôs o pé para fora da cafeteria, sentiu o frio cortante, principalmente nos pontos em que a roupa estava molhada, congelando a pele por baixo. Caminhou pela calçada escorregadia por causa da água e da neve que se acumulava e dobrou a esquina, seguindo até estar fora da vista dos transeuntes para se teleportar para o Submundo.

Apareceu em seu quarto, meio esperando que Hades estivesse lá, aguardando, frustrado, pronto para inspecionar seu corpo em busca de ferimentos, mas ele ainda não tinha chegado. Perséfone deixou a bolsa de lado e tirou o casaco, depois as leggings de couro sintético. Ainda sentia uma ardência residual onde o café quente tinha entrado em contato com a pele. Por sorte, o dano fora mínimo — suas coxas estavam vermelhas e um pouco inchadas, e algumas bolhas pontilhavam as pernas. *Deixar um pouco de água fria cair em cima talvez ajude*, pensou ela.

Quando se virou para entrar no banheiro, se deparou com o caminho bloqueado por Hades.

Se assustou e levou as mãos ao coração, sobre o seio nu. O deus estava parado diante dela com olhos faiscantes, elegantemente vestido em seu terno preto feito sob medida. O cabelo em um coque perfeito, sem um único fio fora do lugar. O maxilar esculpido estava barbeado e bem cuidado. Ele estava impecável e sexual, uma presença que lhe tirava o fôlego e a enchia de anseio.

— Hades! Você me assustou!

O olhar dele desceu até seu seio, e ele sorriu, pegando a mão dela.

— Você já devia saber que eu ia te encontrar assim que tirasse as roupas. É um sexto sentido.

Quando ele se inclinou para tocar os nós dos dedos dela com os lábios, seus olhos desceram ainda mais, e sua boca se crispou. Ele soltou a mão de Perséfone para tocar sua coxa. Ela estremeceu, sentindo o frio do toque contra o calor das bolhas.

— O que é isso?

A pergunta saiu quase como um silvo. Pelo jeito, a notícia ainda não chegara até ele.

— Uma mulher derramou café no meu colo — Perséfone explicou.

— *Derramou?*

— Se você quer saber se foi de propósito, a resposta é sim.

Algo sombrio brilhou nos olhos de Hades. Era a mesma expressão da noite anterior, quando ele contou da morte de Adônis. Depois de um momento, o deus se ajoelhou. Uma onda de magia explodiu das mãos dele, se assentando sobre a pele de Perséfone até que a dor passasse e as queimaduras sumissem. Apesar de já tê-la curado, Hades permaneceu de joelhos, e suas mãos vagaram até a parte de trás das pernas dela.

— Você vai me dizer quem era essa mulher? — Hades perguntou, os lábios roçando o interior das coxas de Perséfone.

— Não — ela disse, inspirando o ar com força e pousando as mãos sobre os ombros dele.

— Será que eu não consigo... te persuadir?

— Talvez — ela admitiu, a palavra escapando em um suspiro. — Mas eu não sei o nome dela, então sua... *persuasão* seria em vão.

— Nada que eu faço é em vão.

Hades apertou as mãos e mergulhou o rosto entre as pernas dela, fechando a boca sobre o clitóris. Perséfone arfou, enfiando os dedos nos cabelos lisos dele.

— *Hades...*

— Não me faça parar — ele disse com a voz rouca.

— Você tem meia hora — ela disse.

Hades parou e ergueu o olhar para Perséfone.

Pelos deuses, ele era lindo e erótico pra cacete. O calor no fundo do ventre de Perséfone a derretia por dentro. Ela estava molhada para ele. Assim que ele encostasse a boca de volta, ela ia gozar, sem que ele precisasse fazer nenhum esforço.

— Só meia hora?

— Precisa de mais? — ela desafiou.

Ele abriu um sorriso malicioso.

— Meu bem, nós dois sabemos que eu consigo te fazer gozar em cinco minutos, mas e se eu quisesse fazer tudo no meu tempo?

— Mais tarde. Temos uma festa hoje, e eu ainda preciso fazer os cupcakes.

Hades franziu a testa.

— Não é um hábito dos mortais se atrasar um pouco?

Perséfone ergueu a sobrancelha.

— Foi Hermes quem te falou isso?

— Ele está errado?

— Eu não vou me atrasar pra festa da Sibila, Hades. Se quiser me agradar, você vai me fazer gozar e chegar a tempo.

Hades deu um sorrisinho.

— Como quiser, meu bem.

4

EU NUNCA

Perséfone se manifestou na entrada do apartamento de Sibila, acompanhada de Hades. Um arrepio percorreu sua espinha. Era uma combinação do frio e das lembranças da última hora, que passara com o Deus dos Mortos ajoelhado à sua frente. Ela já devia estar acostumada com a perversão de Hades, mas ele sempre dava um jeito de surpreendê-la — lhe dando prazer enquanto ela estava de pé, com uma perna sobre o ombro dele. Sua língua a tinha provado e provocado, devorado e saboreado. Ela apertara o corpo contra ele, incapaz de impedir que se desmanchasse na sua boca. Perséfone tinha gozado estimulada por um gemido que irrompera das profundezas do peito de Hades. Terminara a tempo de fazer os cupcakes para a festa de Sibila.

Outro arrepio percorreu seu corpo. O frio era pungente, como agulhas em sua pele. Era um clima anormal para agosto, e nada — nem mesmo a felicidade que o amor de Hades inspirara — podia aplacar o pavor que ela sentia conforme a neve continuava a cair.

É o começo de uma guerra.

Era o que Hades tinha dito na noite em que a pedira em casamento, dessa vez ajoelhado e oferecendo um anel. Tinha sido o melhor momento da vida dela, mas fora ofuscado pela magia de Deméter. De repente, as pontas dos dedos de Perséfone formigaram com poder, reagindo ao súbito arrepio de raiva que lhe subiu pela coluna.

Hades apertou sua cintura.

— Você está bem? — ele perguntou, sem dúvida sentindo a intensificação da magia dela.

Perséfone ainda não tinha conseguido impedir que sua magia reagisse a suas emoções.

— Perséfone?

A voz de Hades atraiu sua atenção, e ela percebeu que não tinha respondido à pergunta dele. Inclinou a cabeça, encontrando o olhar escuro do deus. O calor floresceu em seu ventre quando seus olhos desceram até os lábios e a convidativa barba por fazer de Hades, relembrando a sensação dela contra sua pele, uma fricção deliciosa que a provocava e seduzia.

— Estou bem.

Hades ergueu a sobrancelha, desconfiado.

— É verdade — ela insistiu. — Só estou pensando na minha mãe.
— Não arruíne sua noite pensando nela, meu bem.
— É um pouco difícil ignorá-la com esse tempo, Hades.

Hades levantou a cabeça e olhou para o céu por um instante, o corpo se retesando ao lado dela, e Perséfone percebeu que ele também estava muito preocupado, mas não pediu sua opinião sobre o assunto. Hoje, ela queria se divertir, porque alguma coisa lhe dizia que, depois dessa noite, nenhuma diversão seria possível.

Ela bateu na porta, mas, em vez de Sibila, um homem loiro abriu a porta. Seu cabelo se espalhava em ondas suaves até os ombros. Seus olhos azuis eram levemente caídos, e o maxilar, coberto por uma barba por fazer. Ele era bonito, mas um completo estranho.

Ué, pensou Perséfone. Ela tinha certeza que esse era o apartamento de Sibila.

— Hmm, talvez esse seja o número errad...
— Perséfone, né? — o homem perguntou.

Ela hesitou, Hades apertou o braço ao seu redor.

— Perséfone! — Sibila apareceu atrás do homem, passou por baixo do braço dele e puxou a amiga para um abraço. — Tô tão feliz por você ter vindo!

Havia um toque de alívio em sua voz. Sibila se afastou e seus olhos passaram para Hades.

— Estou feliz por você ter conseguido vir também, Hades. — A voz de Sibila saiu baixa e tímida.

Perséfone ficou um pouco surpresa, afinal a amiga estava familiarizada com os deuses. Fazia só alguns meses que servira a Apolo como oráculo... até ela se recusar a dormir com ele e ele tirar seus poderes de oráculo. Esse comportamento virou tema de um artigo de Perséfone, mas sua decisão de escrever sobre o Deus do Sol tinha sido um desastre.

Acontece que ele era muito amado, e o texto de Perséfone foi visto como calúnia. Como se não bastasse, Hades tinha ficado furioso — tão furioso que mantivera Perséfone presa no Submundo, caso Apolo decidisse se vingar, e só soltou quando conseguiu negociar com ele.

Aquela experiência tinha ensinado muitas lições a Perséfone, em especial que o mundo não estava pronto para acreditar em uma mulher ferida. Era uma das razões para ela ter criado A Defensora.

— Agradeço o convite — Hades respondeu.
— Não vai me apresentar? — o loiro desconhecido perguntou.

Perséfone viu Sibila congelar. Só por um segundo, como se tivesse esquecido que o homem estava ali, e um sorrisinho de desculpas surgiu em seu rosto antes de ela se virar.

— Perséfone, Hades, esse é o Ben.

— Oi — ele disse, estendendo a mão para apertar a deles. — Eu sou o namor...

— Amigo. Ben é um amigo — Sibila interrompeu rapidamente.

— Bom, praticamente namorado — Ben falou, sorrindo, mas Sibila lançou um olhar quase desesperado a Perséfone.

Os olhos da deusa passaram da oráculo para o mortal enquanto apertava a mão úmida que ele lhe estendia.

— É um... *prazer* te conhecer.

Ben se virou para Hades. O Deus dos Mortos baixou os olhos para sua mão.

— Você não quer apertar minha mão, mortal.

Ben arregalou os olhos, e um silêncio estranho se seguiu, mas bastou um instante para seu sorriso voltar.

— Então, vamos entrar? — ele perguntou.

Deu um passo para o lado e gesticulou para que todos entrassem. Perséfone arqueou a sobrancelha para Hades enquanto eles entravam no apartamento quentinho. Hades tinha a habilidade de enxergar a alma das pessoas, e Perséfone se perguntava o que ele teria visto ao olhar para Ben, embora pudesse até adivinhar.

Serial killer.

— O quê? — Hades perguntou.

— Você prometeu que ia se comportar — ela disse.

— Agradar mortais não é do meu feitio.

— Mas me agradar é.

— Ai, ai — disse ele, em voz baixa. — Você é minha maior fraqueza.

A entrada do apartamento de Sibila era um corredor curto que levava a uma cozinha e a uma pequena sala de estar. O cômodo estava basicamente vazio, tirando uma namoradeira e uma televisão. Apesar de não passar nem perto da extravagância em que ela vivera com Apolo, era uma casa pitoresca e aconchegante. Fazia Perséfone se lembrar do apartamento em que morara com Lexa por três anos.

— Vinho? — Sibila perguntou, e Perséfone ficou feliz pela distração.

— Por favor — ela disse, reprimindo o aperto que se formou no peito ao pensar na melhor amiga morta.

— E pra você, Hades?

— Uísque... o que tiver está bom. Puro, por favor... — ele acrescentou, como se as palavras tivessem acabado de lhe ocorrer.

Perséfone fez uma careta, mas pelo menos ele tinha pedido com educação.

— Puro? — Ben perguntou. — Quem aprecia uísque de verdade coloca pelo menos água.

O coração de Perséfone disparou quando ela viu os olhos de Hades encontrarem os de Ben.

— Eu coloco sangue de mortal.

— Claro, Hades — Sibila se apressou em dizer, pegando uma das garrafas dispostas no balcão e entregando a ele. — Você provavelmente vai precisar.

— Obrigado, Sibila — o deus respondeu, logo abrindo a tampa para beber.

— E aí, onde você conheceu o Ben? — Perséfone perguntou, pegando a taça que a amiga serviu.

Sibila começou a responder, mas foi interrompida por Ben.

— A gente se conheceu no Four Olives, onde eu trabalho. Foi amor à primeira vista pra mim.

Perséfone se engasgou, e o vinho queimou seu nariz quando ela o cuspiu de volta na taça. Seus olhos encontraram os de Sibila, que parecia morta de vergonha, mas, antes que qualquer um pudesse dizer alguma coisa, alguém bateu à porta.

— Graças aos deuses — Sibila disse, praticamente correndo até a entrada e deixando Perséfone e Hades sozinhos com o mortal.

— Sei que ela ainda não está convencida — Ben falou. — Mas é só questão de tempo.

— O que te faz ter tanta certeza? — Perséfone rebateu.

O homem se endireitou e proclamou:

— Eu sou um oráculo.

— Ai, meu cacete! — Hades resmungou.

Perséfone deu uma cotovelada nele.

— Com licença — ele disse, e saiu da cozinha levando a garrafa de uísque.

Ben se inclinou sobre o bar.

— Acho que ele não gostou de mim.

— Por quê? — Perséfone perguntou, o nariz ainda ardendo.

Ben deu de ombros.

— É... só uma sensação.

Um longo e estranho silêncio se instalou entre eles, e, quando Perséfone ia pedir licença para procurar Hades, o suposto oráculo falou:

— Você perdeu.

— Como é?

— Sim... — sussurrou, com os olhos desfocados e vidrados. — Você perdeu, e vai perder de novo.

Perséfone cerrou a mandíbula.

— A perda de uma amiga vai te levar a perder muitos outros. E você vai parar de brilhar, uma brasa engolida pela noite.

A raiva dela se dissipou devagar, se transformando em desgosto quando reconheceu as palavras.

— Por que você tá citando *Leônidas*?

Era uma série popular que tinha sido uma das favoritas de Lexa, sobre um rei espartano e sua guerra contra os persas. Era um drama cheio de amor, desejo e sangue.

Ben piscou, e seus olhos recuperaram o foco.

— O que você acabou de dizer? — ele perguntou, e Perséfone revirou os olhos.

Odiava falsos profetas. Eles eram perigosos e zombavam da verdadeira prática da profecia. Ela começou a falar, mas foi interrompida pelo grito de animação de Hermes.

— Sefy! — O Deus das Travessuras jogou os braços em torno do pescoço dela, apertando-a, e inspirou profundamente. — Você tá cheirando a Hades... e sexo.

Perséfone empurrou o deus.

— Para de ser esquisito, Hermes!

O deus deu uma risadinha e a soltou, os olhos brilhantes se voltando para Ben.

— Ah, e quem é esse? — Seu interesse ficou evidente pelo elevar de sua voz.

— Esse é o Ben. Ele e a Sibila são... — Ela não tinha certeza de como terminar a frase, mas acabou nem precisando, porque ninguém estava ouvindo mesmo. Ben já estava sorrindo para o Deus das Travessuras.

— Hermes, né? — ele perguntou.

— Você já ouviu falar de mim?

Perséfone revirou os olhos. Hermes tinha feito a mesma pergunta quando a conhecera. Ela nunca perguntara por quê, mas tinha a sensação de que era para estimular algum tipo de elogio, considerando que *todo mundo* já ouvira falar dele.

Ela não ficou surpresa quando o tiro saiu pela culatra.

— Mas é claro — Ben respondeu. — Você ainda é o Mensageiro dos Deuses ou agora eles usam e-mail?

Perséfone arqueou as sobrancelhas e mordeu os lábios para não rir.

Hermes estreitou os olhos.

— É Lorde Hermes pra você — ele disse, e se virou, murmurando para Sibila ao passar por ela: — Pode ficar com ele.

O Deus dos Ladrões não ficou chateado por muito tempo, pois logo viu Hades parado na sala de estar de Sibila.

— Ora, ora, olha quem decidiu assombrar a festa... literalmente.

Hades parecia mesmo deslocado no apartamento de Sibila, assim como no dia em que fora à casa de Perséfone e Lexa fazer biscoitos. Pelo menos ele tentara se adequar ao ambiente naquela noite, usando camiseta preta e calça de moletom. Dessa vez, insistiu em usar terno.

— *O que aconteceu com aquela calça de moletom que você usou na minha casa?* — Perséfone perguntara antes de saírem.

— *Eu... joguei fora.*

Ela arregalou os olhos.

— *Por quê?*

Hades deu de ombros.

— *Achei que nunca mais fosse precisar dela.*

Ela ergueu a sobrancelha.

— *Quer dizer que você não parou pra pensar que poderia sair com meus amigos de novo?*

— *Não.* — Ele baixou os olhos para o próprio terno. — *Eu não atendo às suas expectativas?*

Ela tinha rido.

— *Não, você supera todas elas, e muito.*

Ele tinha sorrido de volta, e Perséfone pensara que seu coração ia sair pela boca. Não havia nada tão bonito quanto Hades quando ele sorria.

Outra batida anunciou a chegada de mais convidados — dessa vez, Helena. Ela usava um casaco bege com gola de pele, que tirou e dobrou sobre o braço. Por baixo, havia uma camisa branca de manga comprida e uma saia cor de camelo acompanhada de leggings. Seu cabelo longo e cacheado caía em ondas cor de mel sobre os ombros. Ela tinha trazido vinho e entregou a garrafa a Sibila com um beijo no rosto.

Não fazia muito tempo que as duas se conheciam, mas, como todos no círculo de Perséfone, tinham ficado amigas rapidamente.

— Esse tempo... — Helena disse. — É quase... anormal.

— Pois é — Perséfone disse, baixinho, uma onda de culpa se abatendo sobre ela. — É horrível.

Mais uma batida levou Sibila à porta, e ela voltou trazendo Leuce e Zofie. As duas agora moravam juntas, e Perséfone ainda não tinha concluído se era uma boa ideia. Leuce havia acabado de voltar para o mundo mortal depois de passar séculos como uma árvore, e Zofie não entendia direito os humanos, tendo sido criada entre guerreiras. Ainda assim, as duas estavam aprendendo, desde coisas simples como usar a faixa de pedestre e pedir comida a aspectos mais complexos da vida mortal, como socializar e ter autocontrole.

Leuce era uma náiade — uma ninfa da água. Tinha cabelos e cílios brancos e uma pele pálida que fazia seus olhos azuis brilharem tanto quanto o sol. Da primeira vez que Perséfone a viu, ela se mostrou combativa, e suas belas feições pareceram severas e angulosas. Com o tempo, porém, a deusa tinha começado a conhecer a ninfa, e sua atitude em relação a ela se suavizou, apesar de Leuce ter sido amante de Hades. Ao contrário de Minta, no entanto, Perséfone tinha certeza de que não havia mais afeto entre os dois — o que facilitou muito a decisão de acolher a ninfa. Essa noite, ela usava um vestido azul-claro simples, que a fazia parecer uma rainha de gelo.

Ao entrar no apartamento, Zofie estava sorrindo, mas isso logo mudou quando notou Hades parado na sala de estar.

— Milorde! — ela exclamou, fazendo uma reverência depressa.

— Não precisa fazer isso aqui, Zofie — Perséfone disse.

— Mas... ele é o Senhor do Submundo.

— Estamos sabendo — Hermes comentou. — Olha pra ele: é o único gótico da sala.

Hades ficou carrancudo.

— Já que todo mundo tá aqui, vamos jogar um jogo! — Hermes disse.

— Que jogo? — Helena perguntou. — Pôquer?

— Não! — todos responderam em uníssono, olhando para Hades, que olhou feio de volta, como se quisesse incinerá-los.

Perséfone podia até imaginar quanto trabalho teria depois para compensar o sofrimento dele.

— Vamos jogar "Eu nunca"! — Hermes disse, depois se debruçou no balcão e pegou várias garrafas de bebidas diferentes. — Com shots!

— Tá, mas eu não tenho copos de shot — Sibila disse.

— Então todo mundo vai ter que escolher uma garrafa pra beber — Hermes respondeu.

— Ai, meus deuses... — Perséfone murmurou.

— O que é "Eu nunca"? — Zofie perguntou.

— É exatamente o que parece — Hermes explicou, depositando as garrafas na mesinha de centro. — Você fala uma coisa que nunca fez e quem já tiver feito tem que tomar um shot.

Todos foram para a sala de estar. Hermes se sentou de um lado do sofá, e Ben, do outro — até ver Sibila se acomodando no chão ao lado de Perséfone. Então abandonou seu posto para se espremer junto dela. Foi esquisito de assistir, e Perséfone desviou o olhar e encontrou Hades olhando para ela.

Ele estava parado do outro lado, não exatamente fazendo parte do círculo que haviam formado. Ela se perguntou se ele encontraria uma razão para não jogar — e não podia negar que uma parte sua queria ver como o deus responderia a cada uma das declarações. Embora tivesse medo das respostas.

— Eu começo! — Hermes disse. — Eu nunca... transei com o Hades.

Perséfone lhe lançou um olhar assassino — sabia disso porque sentia a frustração destruindo a ilusão que usava para atenuar a cor de suas íris.

— *Hermes...* — vociferou, entre dentes.

— O que foi? — ele choramingou. — Esse jogo é difícil pra alguém da minha idade. Eu já fiz de *tudo*.

Então Leuce pigarreou, e Hermes arregalou os olhos ao perceber o que tinha feito.

— Ah! — Hermes disse. — *Ah...*

Perséfone gostava de Leuce, mas isso não queria dizer que gostasse de ser lembrada de seu passado com Hades. Evitou olhar na direção da ninfa enquanto ela tomava um gole de sua garrafa de Fireball.

Ben foi o próximo.

— Nunca persegui uma ex-namorada.

Uma estranheza coletiva se seguiu à declaração do falso profeta. Será que ele estava tentando provar que não era um esquisitão?

Ninguém bebeu.

Depois foi a vez de Sibila.

— Eu nunca... me apaixonei à primeira vista. — Era um ataque direto a Ben, que pareceu não notar, ou talvez não ligasse, de tão confiante em suas habilidades de oráculo.

Ele tomou um shot.

A próxima foi Helena.

— Eu nunca... fiz sexo a três.

Para a surpresa de ninguém, Hermes bebeu um shot, mas Hades também, e algo naquilo fez a cor sumir do rosto de Perséfone. Talvez tivesse sido como ele o fez, os olhos baixos, cílios tocando as bochechas, como se não quisesse saber que ela tinha visto. Ainda assim, Perséfone tentou racionalizar que eles já tinham discutido aquilo. Hades não pediria desculpa por ter vivido antes dela, e Perséfone entendia. Ela *esperava* que Hades, o Deus dos Mortos, tivesse vivido inúmeras experiências sexuais diferentes. No entanto, ainda sentia ciúme.

Por fim, Hades ergueu os olhos para Perséfone. Estavam escuros, um toque de fogo incendiando as íris como uma lasca de lua. Era uma expressão que ela conhecia bem, mais um apelo do que um alerta: *Eu te amo, estou com você agora. Nada mais importa.*

Ela sabia — acreditava naquilo do fundo do coração —, mas, conforme o jogo progredia, os shots que tomou foram poucos e esparsos, nada comparados aos de Hades.

— Eu nunca... comi alguma coisa direto do corpo nu de alguém — Ben disse, mas acrescentou, olhando direto para Sibila: — Mas gostaria.

Hades bebeu, e Perséfone sentiu vontade de vomitar.

— Eu nunca... transei na cozinha — Helena falou.

Hades bebeu.

— Eu nunca transei em público — Sibila disse.

Hades bebeu.

— Eu nunca fingi um orgasmo — Helena continuou.

Perséfone não sabia ao certo o que estava acontecendo com ela, mas, ao ouvir essa declaração, levou o vinho aos lábios e tomou um gole. Quando voltou a abaixar a taça, Hades ergueu a sobrancelha, e seus olhos escureceram. Ela sentia a energia dele contra a sua, exigente. Ele estava ansioso para fazê-la falar — para provar o gosto de sua pele e confirmar que tinha mentido.

O que Perséfone não esperava era que Hades fosse desafiá-la na frente de todo mundo.

— Se isso for verdade, ficarei feliz de retificar a situação.

— Ui! — Hermes provocou. — Alguém vai ser comida essa noite.

— Cala a boca, Hermes.

— Por quê? Você teve foi sorte que ele não te levou pro Submundo no instante em que você levantou aquela taça.

Não estava fora do campo de possibilidades, considerando como Hades estava olhando para ela. Ele tinha perguntas e queria respostas.

— Vamos jogar outro jogo — Perséfone sugeriu.

— Mas eu gosto desse — Hermes reclamou. — Agora que estava ficando *bom*.

Perséfone lhe lançou um olhar feroz.

— Além disso, você sabe que Hades tá fazendo uma lista dos jeitos que ele quer te f...

— Chega, Hermes! — Perséfone se levantou e saiu andando pelo corredor até o banheiro.

Fechou a porta e se afundou contra ela. Depois fechou os olhos e suspirou — uma tentativa fracassada de liberar o sentimento estranho que estava se acumulando dentro de si. Não conseguia descrevê-lo, mas parecia espesso e pesado.

Então o ar se agitou, e Perséfone ficou tensa, sentindo o corpo de Hades enjaular o seu. O rosto dele tocou o dela, e sua respiração fez cócegas na orelha dela quando ele falou.

— Você devia saber que suas ações iam me provocar. — A voz dele estava rouca e áspera, o que fez o ventre de Perséfone se contrair. Seu corpo estava rígido, uma força que mal podia ser contida. — Quando foi que eu te deixei insatisfeita?

Perséfone engoliu em seco, sabendo que ele queria a verdade.

— Não vai responder?

Ele levou a mão à garganta dela — não para apertar, mas para forçá-la a olhar para ele.

— Eu realmente preferia não descobrir suas explorações sexuais por meio de um jogo na frente dos meus amigos — ela disse.

— Então achou melhor revelar que eu não te satisfazia desse mesmo jeito?

Perséfone desviou o olhar. A mão de Hades permanecia em seu pescoço, então ele se inclinou para a frente, pressionando a língua de leve contra sua orelha.

— Devo não deixar dúvidas para eles de que eu consigo te fazer gozar?

Ele levantou a saia dela e rasgou a calcinha de renda.

— Hades! Somos convidados aqui!

— E daí? — ele perguntou, erguendo-a do chão e apoiando-a na porta.

Seus movimentos eram controlados, mas brutos — uma amostra da violência despertada sob sua pele.

— É falta de educação transar no banheiro dos outros.

Hades lambeu a boca de Perséfone antes de abrir os lábios dela com a língua, engolindo os protestos da deusa ao beijá-la com força — até que ela não conseguisse respirar.

Por que fui provocar ele? Porque eu queria isso, pensou ela. *Eu precisava disso.*

Quisera deixá-lo irritado, sentir a fúria dele contra a própria pele até não conseguir se lembrar de um passado em que ela não existira com ele.

A buceta de Perséfone piscou ao sentir a cabeça do pau de Hades roçar os lábios, e, no instante seguinte, ele já estava totalmente dentro. A deusa jogou a cabeça para trás, e um som escapou de seus lábios, cru e despudorado, enquanto uma onda de prazer crescia nela.

Então alguém bateu à porta.

— Odeio interromper o que quer que esteja acontecendo aí dentro — Hermes disse. — Mas acho que vocês dois vão querer ver isso.

— Agora não! — Hades vociferou, a cabeça pousada no pescoço de Perséfone.

Seu corpo estava endurecido e rígido. Ela sabia o que estava acontecendo: uma tentativa de autocontrole.

Era um traço que ela gostaria que ele abandonasse.

Virou para ele, roçando a orelha primeiro com a língua, depois com os dentes. Hades respirou fundo e apertou a bunda dela.

— Ok, pra começo de conversa, é falta de educação transar no banheiro dos outros — disse Hermes. — Depois, é sobre o clima.

Hades gemeu, então resmungou.

— Um *momento*, Hermes.

— Quanto tempo é um momento? — perguntou ele.

— *Hermes* — Hades alertou.

— Ok, ok.

Quando ficaram sozinhos, Hades se afastou de Perséfone. Ela sentiu sua ausência imediatamente — um anseio que aumentava.

— Porra — disse ele, baixinho, ao restaurar a aparência.
— Desculpa — disse Perséfone.
Hades franziu a testa.
— Por que você está pedindo desculpa?
Ela abriu a boca para explicar: talvez fosse por causa do ciúme, ou por eles terem precisado parar, ou por causa da tempestade... Na verdade não sabia. Fechou a boca, e Hades se inclinou na direção dela.
— Não estou chateado com você — ele disse e, depois, a beijou. — Mas sua mãe vai se arrepender dessa interrupção.
Perséfone ponderou o que ele queria dizer, mas não perguntou nada enquanto saíam do banheiro. Do corredor, ela conseguiu ouvir a televisão em um volume bem alto.
— Um alerta de tempestade de gelo violenta foi emitido para toda a Nova Grécia.
— O que está acontecendo?
— Começou a chover granizo — Helena respondeu, perto da janela, as cortinas abertas.
Perséfone se aproximou. Podia ouvir as batidas suaves do gelo no vidro. Fez uma careta. Já sabia que o clima ia piorar, mas não imaginou que fosse acontecer tão rápido.
— É um deus — Ben afirmou. — Um deus amaldiçoando a gente!
Perséfone encontrou o olhar de Hades. Um silêncio tenso preencheu a sala.
O mortal se virou para Hades, questionando:
— Você vai negar?
— Não é uma boa ideia tirar conclusões precipitadas, mortal — Hades respondeu.
— Eu não estou tirando conclusões precipitadas. Previ isso! Os deuses vão fazer chover terror sobre nós. Vai haver desespero e destruição.
As palavras do oráculo se depositaram no estômago de Perséfone como pedras, frias e pesadas. Apesar de achar que ele era insano, ela não podia negar que o que ele dizia era completamente possível.
— Cuidado com o que diz, oráculo. — Foi Hermes que falou dessa vez.
Era perturbador vê-lo tão severo, tão ofendido, e o tom de sua voz fez um arrepio percorrer a espinha de Perséfone.
As acusações de Ben eram sérias, e era possível que sua previsão chamasse a ira dos deuses.
— Só estou falando...
— O que você ouve — Sibila completou. — Que pode ou não ser a palavra de um deus. A julgar pelo fato de que você não tem nenhum patrono, eu chutaria que está recebendo profecias de uma entidade ímpia. Se tivesse sido treinado, você saberia disso.

Perséfone olhou de Sibila para Ben. Não sabia o que era uma entidade ímpia, mas Sibila sabia do que estava falando. Tinha sido treinada para isso.

— E o que tem de tão ruim em uma entidade ímpia? Às vezes elas são as únicas que falam a verdade.

— Acho que você devia ir embora — Sibila disse.

Houve um silêncio tenso enquanto Ben parecia assimilar as palavras dela.

— Você quer que eu... *vá embora*?

— Ela foi bem clara — Hermes rebateu.

— Mas...

— Você deve ter esquecido onde fica a porta — Hermes falou. — Eu te mostro.

— Sibila... — Ben tentou argumentar, mas, no instante seguinte, desapareceu.

Todos os olhos se voltaram para Hermes.

— Não fui eu — o deus disse.

Os olhares pararam em Hades, mas ele permaneceu calado, e, apesar de ninguém ter perguntado, Perséfone ficou imaginando onde teria depositado o mortal.

— Acho melhor todo mundo ir embora — ela disse, embora o que realmente quisesse fosse ficar sozinha com Hades para fazer perguntas. — Quanto mais tempo a gente ficar, a tempestade só vai piorar.

Todo mundo concordou.

— Hades, eu quero garantir que Helena, Leuce e Zofie cheguem bem em casa.

Ele assentiu.

— Vou ligar para o Antoni.

Enquanto as mulheres pegavam os casacos, Perséfone puxou Sibila de lado.

— Você tá bem? O Ben é...

— Um idiota — Sibila disse. — Mil desculpas se ele ofendeu você ou os outros.

— Não se preocupa... Mas, no ritmo em que ele está, tenho certeza que vai provocar a ira de algum deus.

Não precisaram esperar muito por Antoni. O ciclope logo apareceu em uma limusine elegante, e todos entraram — Hades e Perséfone de um lado, Leuce, Zofie e Helena do outro.

— Mais alguém odiou muito o tal do Ben? — Leuce perguntou.

— Sibila devia manter uma faca embaixo da cama caso ele volte — Zofie disse.

— Ou talvez ela possa só trancar a porta — Helena sugeriu.

— Fechaduras podem ser arrombadas — Zofie disse. — Uma faca é melhor.

O carro ficou em silêncio, tirando o som do gelo batendo nas janelas.

Deixaram Leuce e Zofie em casa primeiro. Depois que elas saíram do carro, a escuridão pareceu engolir Helena, cuja estrutura pequena ficou perdida em meio à pele do casaco. Ela encarou a noite pela janela, seu rosto bonito iluminado de maneira intermitente pelos postes da rua.

Após um momento, falou:

— Vocês acham que o Ben está certo? Que isso é obra de um deus?

Perséfone ficou tensa e olhou para a mortal, cujos olhos grandes e inocentes tinham vagado até Hades. Era estranho ouvir aquela pergunta sem nenhum veneno por trás das palavras.

— Vamos descobrir muito em breve — Hades respondeu.

A limusine parou e, quando Antoni abriu a porta, o ar frio inundou o carro. Perséfone estremeceu, e o braço de Hades se apertou em torno dela.

— Obrigada pela carona — Helena disse ao sair.

Quando o carro voltou a andar, Perséfone indagou:

— Ela acha mesmo que uma tempestade vai separar a gente?

A maneira como o maxilar de Hades se apertou lhe disse tudo que ela precisava saber — *sim*.

— Você já viu neve, Perséfone? — Hades perguntou, e ela não gostou do seu tom.

A deusa hesitou.

— De longe.

Nos cumes das montanhas, mas, desde que se mudara para Nova Atenas, nunca.

Hades olhou em seus olhos, e os dele brilhavam; ele parecia ameaçador e irritado.

— No que você está pensando? — ela perguntou, baixinho.

Os cílios dele se abaixaram, criando sombras em suas bochechas.

— Ela vai fazer isso até os deuses não terem escolha a não ser intervir.

— E aí o que vai acontecer?

Hades não respondeu e Perséfone não forçou porque já sabia a resposta.

Guerra.

5

UM TOQUE DE MAGIA ANTIGA

— Antoni... — Hades disse, pouco depois de terem deixado Helena em casa. — Por favor, garanta que Lady Perséfone chegue à Nevernight em segurança.

— O quê?

As palavras mal tinham saído da boca de Perséfone quando Hades agarrou sua cabeça e a beijou bruscamente, abrindo seus lábios para enfiar a língua entre eles. O ventre de Perséfone se tensionou com a expectativa, os pensamentos passando da ira de sua mãe à promessa que Hades fizera no banheiro de Sibila. Ela ainda sentia o vazio da relação não concretizada e queria desesperadamente se perder nele hoje, mas, em vez de lhe dar alívio, Hades se afastou, deixando seus lábios inchados e rachados.

Mais, Hades. Agora. Ela queria gritar com ele, porque seu corpo estava sofrendo muito.

E ele sabia.

— Não tenha pressa, meu bem. Você ainda vai gozar pra mim hoje.

Antoni tossiu, parecendo querer abafar uma risada.

No instante seguinte, a magia de Hades explodiu, cheirando a especiarias e cinzas, e ele desapareceu.

Perséfone soltou um longo suspiro, então encontrou os olhos de Antoni pelo retrovisor.

— Aonde ele foi?

— Não sei, milady — ele respondeu.

Além disso, Perséfone ouviu o que não tinha sido dito: *mesmo se eu soubesse, tenho ordens de levá-la para casa.*

De repente, Perséfone se deu conta do que pediria que Hécate lhe ensinasse na próxima sessão de treinamento: como seguir alguém que se teleportava.

Antoni a deixou na frente da Nevernight. Apesar do frio terrível e da torrente de gelo caindo do céu, os mortais ainda faziam fila ali, desesperados para se agarrar à chance de ver o interior da famigerada boate de Hades. Ao sair do veículo, ela foi recebida por Mekonnen, um ogro que era um dos seguranças de Hades. Ele segurou um guarda-chuva sobre a deusa e acompanhou até a porta.

— Boa noite, Perséfone — ele disse.

Ela sorriu.

— Oi, Mekonnen. Como vai?

— Tudo bem — ele respondeu.

Ficou aliviada por ele não ter comentado o clima. Mekonnen manteve a porta aberta, e ela entrou na boate. Subiu até a pista, lotada tanto de mortais quanto de imortais. Nem sempre Perséfone atravessava a pista; às vezes, se teleportava assim que punha os pés ali dentro, mas, cada vez mais, estava tentando se acostumar com o tipo de poder que advinha de estar noiva de Hades.

O que significava que esta boate era dela.

Às vezes ela queria poder andar invisível no meio da multidão, como Hades, observando e escutando, sem ser interrompida, mas achava que esse poder não ia se manifestar no seu conjunto de habilidades.

Perséfone atravessou o salão principal da Nevernight, passando por lounges lotados, pelo bar retroiluminado e pela pista de dança, onde corpos acalorados pulsavam sob a luz do laser vermelho. Enquanto andava, sabia que as pessoas observavam. Mesmo que não olhassem para ela, sussurravam, e, apesar de não saber o que diziam, podia adivinhar. O que não faltava eram boatos, especialistas em linguagem corporal analisando cada movimento seu, "amigos próximos" revelando detalhes de sua vida no Submundo, de seu sofrimento com o luto, dos desafios de planejar um casamento... Embora houvesse apenas uma pontinha de verdade nessas notícias, era assim que o mundo formava uma opinião a respeito dela.

Perséfone sabia que palavras podiam ser tanto aliadas quanto inimigas, mas sempre pensara que estaria nos bastidores do jornalismo sensacionalista, não sob os holofotes.

Pelo menos ela se sentia grata por ninguém a ter abordado. Não que se importasse com isso na maior parte do tempo, mas naquela noite se sentia menos confiante. Talvez por causa do incidente do café de manhã. Ainda assim, sabia que uma das razões para as pessoas se manterem distantes era que ela estava sendo vigiada. Adriano e Ésio, dois dos vários ogros que Hades empregava como seguranças e guarda-costas, a acompanhavam a distância. Se alguém se aproximasse, eles também viriam.

Às vezes, porém, nem eles eram intimidantes o bastante para conter mortais desesperados.

— Perséfone! — uma voz feminina soou, que mal podia ser ouvida acima do clamor da multidão.

Perséfone estava acostumada com as pessoas gritando seu nome, e estava aprendendo a não deixar que isso a interrompesse, mas essa mulher abriu caminho pela multidão e se colocou na frente dela assim que a deusa chegou às escadas.

— Perséfone! — A mulher de cabelos escuros chamou, sem fôlego depois de tê-la perseguido de um lado ao outro da boate.

Estava de rosa, o peito subindo e descendo enquanto tentava tocar na deusa. Perséfone puxou o braço e, de repente, Adriano e Ésio apareceram entre ela e a mortal.

— Perséfone! — a mulher de novo disse. — Por favor. Eu imploro! Me escuta!

— Vamos, milady — Adriano implorou, enquanto Ésio formava uma barreira entre as duas.

— Só um momento, Adriano — Perséfone disse, apoiando a mão no braço de Ésio e se movendo para ficar ao lado dele. — Você está pedindo minha ajuda?

— Sim! Ai, Perséfone...

— Ela é a futura esposa e rainha de Lorde Hades — Adriano disse. — Você deve se referir a ela assim.

A mulher arregalou os olhos. Não muito tempo antes, Perséfone teria estremecido ao ouvir a correção de Adriano, mas as ocasiões em que pedia às pessoas para tratá-la pelo nome estavam diminuindo cada vez mais.

— Mil perdões, mil perdões!

Perséfone já estava ficando impaciente.

— Qualquer que seja seu problema, não deve ser tão urgente, considerando que você não vai direto ao ponto nunca.

Deuses, ela realmente estava começando a falar como Hades.

— Por favor, milady, eu imploro. Quero negociar com Lorde Hades. A senhora precisa pedir que ele se encontre comigo imediatamente.

Perséfone cerrou os dentes. Então a mulher não estava pedindo a ajuda *dela* — só queria uma ponte até Hades. Ela inclinou a cabeça, estreitando os olhos, tentando conter a raiva.

— Talvez eu mesma possa ajudar — sugeriu.

A mulher riu, como se a sugestão fosse ridícula. Para ser honesta, a reação a magoou. Perséfone entendia que a mortal não sabia que ela era uma deusa, mas era mais um lembrete do valor que as pessoas davam ao status divino.

Perséfone crispou os lábios.

— Rejeitar minha ajuda também significa rejeitar a de Hades.

Começou a subir de novo, e a mulher tentou se atirar em cima dela, mas Ésio colocou o braço entre as duas, impedindo que a mortal a tocasse.

— Espera, por favor. — O tom da mulher soou desesperado. — Eu não quis ofender. É só que... como a senhora poderia me ajudar? A senhora é uma mortal.

Perséfone parou e deu uma olhada na mulher.

— Se o que está pedindo requer a ajuda de um deus, provavelmente nem deveria estar pedindo, para começo de conversa.

— Pra você é fácil falar — a mulher retrucou, irritada. — Uma mulher que pode pedir qualquer coisa do amante, um deus.

Perséfone a fulminou com o olhar. Essa mortal era igual a todos os outros que escreviam matérias ou sussurravam coisas sobre ela. Tinha criado sua própria narrativa acerca da vida de Perséfone. Não sabia como ela havia implorado pela ajuda de Hades, como ele tinha recusado, como ela havia feito um acordo com Apolo e causado uma desgraça quando só deveria ter parado de interferir.

Ela olhou para Ésio.

— Leve ela até a saída — Perséfone disse, e se virou para subir com Adriano.

— Espera! Não! Por favor!

Os gritos da mulher irromperam como fogos de artifício pela boate, e, aos poucos, o barulho da multidão diminuiu enquanto todos observavam Ésio arrastando a mortal para fora. Perséfone ignorou a atenção e continuou rumo ao escritório de Hades. Quando se viu dentro das portas douradas, a frustração corria por suas veias. Sentia uma dor incomodando seu antebraço e sabia que era sua magia tentando se manifestar fisicamente — em geral na forma de galhos, folhas ou flores brotando da pele.

A mortal havia desencadeado alguma coisa nela.

Perséfone respirou para acalmar a raiva até a pontada de dor se dissipar.

De todo modo, de que importa a opinião do mundo? Seu pensamento amargo logo se transformou em algo muito mais doloroso quando se deu conta da razão de ter ficado tão brava: a mulher basicamente lhe dissera que ela não tinha nada de bom a oferecer, exceto sua conexão com Hades.

Perséfone já sofrera antes com a sensação de ser um objeto — uma posse de Hades, frequentemente não nomeada em matérias que falavam do relacionamento deles. Ela era *a amante de Hades* ou *a mortal*.

O que seria preciso para o Mundo Superior enxergá-la como o Submundo fazia? Em pé de igualdade com Hades.

Perséfone suspirou e se teleportou para o bosque de Hécate, onde encontrou a deusa envolvida numa batalha com um filhotinho de cachorro peludo e preto que segurava a barra de seu vestido carmesim entre os dentes.

— Nefeli! Me solta! — Hécate gritou.

A cachorrinha rosnou e puxou mais forte.

Perséfone deu uma risadinha, e as frustrações de antes de repente sumiram, substituídas pelo divertimento de ver a Deusa da Bruxaria agarrando a própria saia numa tentativa de se livrar de uma criaturinha tão delicada.

— Perséfone, não fica aí parada! Me salva desse... monstro!

— Ai, Hécate. — Perséfone se curvou para pegar a bolinha de pelos. — Ela não é um monstro.

Ela segurou Nefeli no alto. Tinha orelhas pequenas, um focinho pontudo e olhos expressivos, quase humanos.

— É uma criatura vil! — A deusa inspecionou o vestido, cheio de furinhos. Então pôs as mãos na cintura e estreitou os olhos. — Depois de tudo que eu fiz.

— Onde você a achou? — Perséfone perguntou.

— Eu... — Hécate hesitou, baixando as mãos. — Eu... bom... eu a criei.

Perséfone franziu as sobrancelhas e apoiou a cachorrinha no braço dobrado.

— Você... a *criou*?

— Não é tão ruim quanto parece — Hécate disse.

Quando ela não ofereceu nenhuma explicação, Perséfone falou:

— Hécate, por favor, não me diga que ela era humana.

Não seria a primeira vez. Hécate já transformara uma bruxa chamada Gale em uma doninha que agora mantinha como animal de estimação no Submundo.

— Ok, então não digo — ela respondeu.

— Hécate... Você não... Por quê? Porque ela te irritou?

— Não, não, não — a deusa respondeu. — Apesar de que... há controvérsias. Eu a transformei em um cachorro por causa do luto.

— *Por quê?*

— Porque ela estava enlouquecendo, e eu pensei que ela ia preferir ser um cachorro a ser uma mortal que tinha perdido alguém.

Perséfone abriu a boca, mas voltou a fechá-la.

— Hécate, você não pode simplesmente transformar uma pessoa em cachorro sem consentimento. Não surpreende que ela tenha atacado suas roupas.

A deusa cruzou os braços.

— Ela consentiu. Olhou pra mim do chão e implorou que eu tirasse sua dor.

— Tenho certeza que não foi isso que ela quis dizer.

Hécate deu de ombros.

— Uma lição para todos os mortais: se você for implorar pela ajuda de um deus, é melhor ser específico.

Perséfone lhe lançou um olhar penetrante.

— Além do mais, eu preciso de uma nova assombração. Hécuba está cansada.

— Uma assombração?

— Ah, sim — Hécate disse, com um sorrisinho dúbio. — É só uma velha tradição que comecei uns séculos atrás. Antes de tirar a vida de um mortal, eu mando uma assombração pra torturá-lo por algumas semanas antes do fim previsto.

— Mas... como você consegue tirar vidas, Hécate?
— Sou designada como o Destino deles.

Perséfone estremeceu. Nunca tinha testemunhado a vingança da deusa, mas sabia que Hécate era conhecida como a Senhora do Tártaro por sua abordagem única das punições, que normalmente envolviam veneno. Nem conseguia imaginar o inferno que um mortal atravessaria tendo Hécate como causa da morte.

— Mas chega de falar de mim e dessa vira-lata. Você veio me ver?

A pergunta de Hécate tirou o sorriso do rosto de Perséfone, porque a fez lembrar da razão de estar ali. Apesar da frustração de antes, já não estava tão brava, e sim desapontada.

— Eu só... estava me perguntando se podíamos praticar.

Hécate estreitou os olhos.

— Posso não ser Hades, mas também sei quando você não está falando a verdade. Anda, fala logo.

Perséfone suspirou e contou a Hécate sobre a mulher na boate. A deusa escutou e, depois de um instante, perguntou:

— O que você acha que poderia ter oferecido a essa mulher?

Perséfone abriu a boca para falar, mas hesitou.

— Eu... não sei — ela admitiu.

Nem sabia o que a mulher queria, embora pudesse adivinhar. Perséfone não demorara muito para perceber que os mortais raramente pediam algo diferente de tempo, saúde, riqueza ou amor. Nenhum dos quais Perséfone podia fornecer, não como Deusa da Primavera, muito menos como uma deusa ainda descobrindo seus poderes.

— Eu sei o que está pensando. Não tive intenção de fazer você se sentir inferior, mas, mesmo assim, você respondeu à minha pergunta.

Perséfone arregalou os olhos.

— Como?

— Está pensando como mortal. O que é que eu poderia ter oferecido?

— O que eu poderia ter oferecido, Hécate? Uma rosa murcha? O sol num dia frio?

— Você zomba de si mesma, e, no entanto, sua mãe está aterrorizando o Mundo Superior com neve e gelo. O sol é exatamente o que o mundo mortal precisa.

Perséfone franziu a testa. A ideia de tentar enfrentar a magia da mãe era assustadora. De novo, Hécate a interrompeu:

— Vindo de uma mulher que usou a magia de Hades contra ele mesmo.

Perséfone estreitou os olhos.

— Hécate, você estava escondendo que consegue ler minha mente?

— Esconder implica te enganar de propósito — Hécate retrucou.

Perséfone ergueu a sobrancelha.

— Mas sim, é claro que eu consigo ler mentes — Hécate respondeu, então, como se explicasse tudo, acrescentou: — Eu sou uma deusa e uma bruxa.

— *Ótimo.* — Perséfone revirou os olhos.

— Não se preocupe. Estou acostumada a me desligar, principalmente quando você está pensando no Hades.

A deusa torceu o nariz, e Perséfone gemeu.

— O que estou querendo dizer, Perséfone, é que vai chegar uma hora em que você não vai mais conseguir se passar por mortal.

Perséfone fez um beicinho, mas ela mesma estava começando a se perguntar por quanto tempo conseguiria manter essa farsa, principalmente com a magia de sua mãe desenfreada no Mundo Superior.

— Era nobre da sua parte querer ser conhecida pelo seu trabalho, mas você é mais do que Perséfone, jornalista. Você é Perséfone, Deusa da Primavera, futura Rainha do Submundo. Você tem muito mais do que palavras a oferecer.

Ela pensou em algo que Lexa tinha lhe dito a respeito do que significava ser uma deusa.

— *Você é gentil e piedosa, luta por aquilo em que acredita, mas, principalmente, você luta pelas pessoas.*

Perséfone respirou fundo.

— E o que é que eu devo fazer? Anunciar para o mundo a minha divindade?

— Ah, querida. Não se preocupe com como o mundo vai te conhecer.

Perséfone estremeceu, e, embora uma parte sua desejasse saber o que Hécate queria dizer, a outra não.

— Vem. Você queria treinar.

A deusa se sentou na grama e deu um tapinha no chão ao seu lado. Perséfone suspirou, sabendo que Hécate queria que ela meditasse. Ela não gostava de meditar, mas andava trabalhando para aprimorar sua magia e, embora estivesse melhorando, era com as instruções de Hades que costumava ser mais bem-sucedida.

Ela se sentou ao lado de Hécate, libertando Nefeli para vagar pelo campo que as rodeava. Hécate começou, instruindo-a a fechar os olhos enquanto narrava como Perséfone devia pensar em sua magia — como uma fonte ou uma lagoa de onde pudesse extrair água a qualquer momento.

— Imagine a lagoa, brilhante, fresca.

O problema era que Perséfone não pensava na própria magia como uma lagoa de jeito nenhum — era escuridão, sombra. Não era fresca; era fogo. Não era calma; era furiosa. Tinha ficado trancada por tanto tempo que a liberdade a tornava selvagem. Quando chegava perto, rangia, irrompia, arrancava sangue. Era o oposto de paz; o oposto da meditação.

Sentada ali de olhos fechados, sentiu a magia se agitar ao seu redor — era a de Hécate, um poder antigo e pesado que tinha cheiro de vinho fino, envelhecido e pungente, e dava a sensação de temor. Os olhos de Perséfone se abriram de repente, e ela viu que a cachorrinha peluda de antes tinha se transformado em um cão do inferno gigante. Não era mais fofa, e sim feroz. Seus olhos tinham um brilho vermelho, os dentes eram longos e afiados, e a boca salivava com fome.

Nefeli rosnou, e Perséfone olhou para Hécate, que agora assomava por trás de sua assombração.

— Hécate... — A voz de Perséfone assumiu um tom de advertência.

— Sim, milady?

— Nem vem com *milady* pra cima de mim. O que está fazendo?

— Estamos treinando.

— Isso não é treino!

— É, sim. Você deve estar preparada para o inesperado. Nem tudo é o que parece, Perséfone.

— Acho que entendi. Esse cachorro não é fofo.

Um rosnado mortal irrompeu da garganta de Nefeli. Ela avançou para Perséfone como um predador cercando a presa, segurando-a contra o chão.

— Ela te insultou, meu amorzinho? — Hécate perguntou, a voz doce, mas com um toque de repreensão.

Perséfone olhou feio para a deusa enquanto ela encorajava o animal que havia criticado antes.

— Se quiser que ela se renda, vai ter que usar sua magia — Hécate disse.

Perséfone arregalou os olhos. Que magia devia ser usada para parar um cão de caça?

— *Hécate...*

A deusa suspirou.

— Nefeli!

Quando Hécate falou o nome, as orelhas do cachorro se abaixaram e, por um momento, Perséfone pensou que ela fosse mandar o animal parar. Em vez disso, Hécate disse:

— *Ataque!*

Perséfone arregalou os olhos e, no instante seguinte, se teleportou, aterrissando na grama perto do oceano Aleyonia. Só estivera ali uma vez, numa noite em que perambulara para longe do palácio de Hades e se perdera. Se apoiando nas mãos e nos joelhos, ela se deu conta de que não caíra do penhasco por um triz. Seus membros tremiam quando ela se sentou na grama e abraçou as pernas. Ficou ali por um bom tempo, deixando o ar salgado secar as lágrimas que escorriam pelo rosto.

O teleporte tinha lhe parecido a única opção no momento em que Hécate dera a ordem, mas, apesar de agora estar segura, também sentia que havia falhado. Não culpava Hécate. Sabia o que a deusa estava tentando lhe ensinar. Tinha que pensar mais rápido. Assim que sentira a magia de Hécate circundá-la, devia ter ficado alerta. Em vez disso, tinha ficado confortável demais — tão confortável que não levara a instrução dela a sério.

Perséfone não cometeria o mesmo erro de novo. Mais cedo ou mais tarde, não haveria espaço para segundas chances.

6

UMA AMEAÇA

Perséfone andava de um lado para o outro no quarto.

Hades não tinha retornado desde que a deixara na limusine, e, embora ela não estivesse ansiosa com a ausência dele, *estava* nervosa com a perspectiva de tentar dormir sem ele. A cada vez que olhava para a cama deles, Perséfone se enchia de medo. Pelo menos, quando Hades estava ali, sabia que ele vigiaria seu sono e a despertaria dos pesadelos se Pirítoo resolvesse aparecer.

Parou diante da lareira e seus olhos pousaram sobre o decantador de uísque de Hades. Curiosa, Perséfone o pegou, estudando o líquido cor de âmbar. Através do cristal, ele cintilava como pedras de citrino. Uma vez, ela perguntara a Hades por que o uísque era sua bebida preferida.

— É saudável — ele disse.

Ela tinha bufado com uma risada.

— *É sim* — insistiu. — *Me ajuda a relaxar.*

— *Mas você bebe o tempo todo* — Perséfone comentou.

Ele tinha dado de ombros.

— *Gosto de me sentir relaxado o tempo todo.*

Se o uísque ajudava Hades a relaxar, talvez pudesse ajudá-la também.

Perséfone tirou a tampa e tomou um gole. Era surpreendentemente... doce. Lembrava baunilha e caramelo, dois ingredientes com os quais ela tinha muita experiência. Tomou outro gole, detectando um toque de especiaria semelhante ao cheiro de Hades. Ela gostou. Apertando a garrafa contra os seios, saiu do quarto e foi para a cozinha, acendendo as luzes, que sempre lhe pareciam claras demais depois de andar pelos corredores escuros do palácio.

Ela estava se familiarizando cada vez mais com a cozinha de Milan, e, para sua surpresa, o cozinheiro ficava contente de dividir o espaço, provavelmente porque Perséfone podia lhe ensinar receitas mais modernas. Em particular, ele estava ansioso para aprender a fazer bolos.

— *Sabe* — Perséfone tinha dito uma tarde enquanto o ensinava a decorar biscoitos de açúcar. — *Tenho certeza de que tem vários chefs famosos no Asfódelos. Já pensou em trazê-los aqui pra cozinha?*

— *Nunca tive motivo pra fazer isso* — Milan respondeu. — *Milorde é uma criatura de hábitos. Ele come a mesma coisa há uma eternidade... sem desejar variedade ou... sabor.*

Parecia mesmo coisa de Hades.

— *Tenho certeza de que ele vai aceitar provar alguns pratos novos.*

— *Se a sugestão sair da sua boca, não tenho dúvidas de que ele vai acatar seus desejos.*

Milan não estava errado. Perséfone entendia o poder que exercia sobre Hades. Ele faria qualquer coisa por ela.

Queimaria o mundo por ela.

Aquelas palavras provocaram um arrepio em seu corpo, a verdade delas reverberando fundo, e Perséfone se perguntou, enquanto a neve e o gelo cobriam a terra na superfície, se Hades manteria a promessa.

Então suspirou e se concentrou na tarefa. Decidiu que, além de uísque, precisava de brownies. Pôs-se a trabalhar, localizando ingredientes, tigelas e copos medidores. Começou derretendo a manteiga, depois misturou o açúcar. Foi prazeroso para ela bater os ovos, o que era uma coisa boa, já que não queria descontar a frustração na massa em si — bater demais não geraria a textura que queria. Depois dos ovos, Perséfone adicionou baunilha, farinha e cacau em pó. Quando a massa ficou pronta, despejou-a em uma forma, alisando a superfície com a parte plana da colher antes de provar um pouquinho.

— Hummm... — suspirou, saboreando o gosto: quente e doce.

— Como está?

O som da voz de Hades foi seguido por sua presença quando ele se manifestou atrás dela. Perséfone virou a cabeça na direção dele — sentiu a respiração do deus no rosto ao responder.

— Divino.

Ela se virou para ele e passou o dedo pela colher, reunindo massa o suficiente para ele.

— Prove... — sussurrou, pondo o dedo entre os lábios dele.

Nem precisou convencê-lo: a língua de Hades deslizou pelo dedo dela, a pressão de sua boca aumentando enquanto ele sugava até o último resquício da massa. Quando a soltou, um som profundo saiu de sua garganta, e ele falou com a voz baixa e grave.

— Extraordinário. Mas já provei a divindade, e não existe nada mais doce.

As palavras dele fizeram o peito de Perséfone se apertar e o espaço entre eles parecer ainda menor. Os dois se encararam por um momento, fervendo no calor que compartilhavam até Perséfone se virar, colocando a colher de volta na tigela.

— Onde você estava? — ela perguntou, pegando a forma de brownie e colocando-a no forno.

Uma intensa onda de calor atingiu seu rosto quando ela abriu a porta.

— Eu tinha uns negócios pra fazer — Hades respondeu, evasivo como sempre.

Perséfone deixou a porta do forno bater e se virou para ele.

— Negócios? A essa hora?

Ela nem tinha certeza do horário, mas sabia que era bem cedo.

Ele deu um sorriso ameaçador e inclinou a cabeça.

— Eu negocio com monstros, Perséfone. — Então olhou de soslaio para a tigela no balcão. — E você, pelo jeito, faz doces.

Ela franziu a testa.

— Não conseguiu dormir? — ele perguntou.

— Nem tentei.

Foi a vez de Hades franzir a testa e, em seguida, ficou surpreso.

— Esse é o meu uísque?

Perséfone seguiu o olhar dele até o ponto onde tinha deixado a garrafa de cristal.

— Era — ela respondeu.

Então sentiu a mão de Hades no queixo quando ele virou o rosto dela para si e apertou os lábios contra os seus, a princípio de leve, depois mais forte, se aproximando, selando o espaço entre eles.

— Estou morrendo de vontade de você — ele disse contra a boca de Perséfone.

As mãos de Hades desceram pelo corpo de Perséfone, uma agarrando sua bunda, a outra pressionada contra o robe de seda para acariciar sua buceta úmida através do tecido. Perséfone gemeu, enfiando os dedos na camisa dele enquanto o calor florescia no fundo de seu ventre, derretendo entre suas coxas. Todas as partes dela pareciam sensíveis e inchadas.

Hades interrompeu o beijo e Perséfone chiou quando ele esfregou o pau duro contra o calor do corpo dela.

— Vamos jogar um jogo — ele disse.

— Acho que já deu de jogos por hoje — Perséfone respondeu, ofegante.

— Só um — Hades argumentou, beijando o rosto dela, depois pegando a colher coberta de massa que Perséfone tinha largado na tigela.

Ela franziu as sobrancelhas enquanto o observava, curiosa.

— Eu nunca — ele disse, deslizando a parte traseira da colher pelo peito dela.

A massa estava fria, e a deusa estremeceu.

— Hades...

— Shhh — ele fez, com um sorrisinho, e levou a colher até os lábios dela. Perséfone começou a lamber a massa. — Para.

Ela travou, os olhos dele acalorados.

— Isso é pra mim.

Ela engoliu em seco, com força.

— Eu nunca quis ninguém além de você.

— Nunca? Nem antes de eu existir? — ela desafiou.

— Nunca — ele confirmou, lambendo os lábios dela antes de fazê-la abrir a boca.

Ele tinha gosto de chocolate e uísque e cheirava a especiarias — cravo, gerânio e madeira. Seus lábios foram até o rosto de Perséfone, deixando os lábios dela inchados pelos beijos. Hades falou contra sua pele, as palavras vibrando em seu âmago.

— Antes de você, eu só conhecia a solidão, mesmo numa sala cheia de gente; era um vazio, pungente, frio e constante, e eu estava desesperado para preenchê-lo.

— E agora? — ela perguntou, baixinho.

Hades riu.

— Agora é você que tem o vazio que eu quero preencher.

A língua dele tocou o colo dela, e ele começou a lamber a massa em sua pele, tocando seus seios, os dedos provocando seus mamilos através da camisola. Perséfone arfou, os dedos atrapalhados tentando desabotoar a camisa dele, mas Hades tinha outras ideias e a pôs sentada na ilha, encaixando-se entre as pernas dela. Ele estava tão perto que ela não conseguia continuar a despi-lo.

— Me fale dessa noite — ele pediu, as mãos percorrendo as coxas dela com leveza, provocando sua buceta.

Aquele vazio incomodava Perséfone.

— Não quero falar dessa noite — ela disse, agarrando o pulso dele, numa tentativa de trazê-lo para dentro de si.

— Mas eu quero — Hades afirmou, ainda circulando, fazendo um arrepio de prazer subir como um raio pela espinha dela. — Você ficou chateada.

— Eu me sinto... idiota — ela disse.

— Nunca — ele disse, baixinho, curvando um dedo dentro dela. O braço de Hades impediu que a cabeça de Perséfone caísse para trás, e ele olhou nos olhos dela ao implorar: — Me conte.

— Fiquei com ciúme — ela confessou, entre dentes, atravessada por um sentimento feio tão poderoso quanto o prazer que ele lhe dava no momento. — De você ter feito tanta coisa com tanta gente antes de mim, e eu sei que é inevitável, que você viveu muito... mas eu...

Suas palavras foram engolidas por uma sensação arrebatadora — uma onda de prazer que chacoalhou sua mente e lhe roubou a fala. Perséfone mal conseguia respirar, e Hades perseguiu essa sensação, os dedos girando mais fundo, o polegar esfregando de leve o clitóris.

— Gostaria de ter tido você desde o início — Hades disse, em um tom baixo, sensual, rouco. — Mas as Moiras são cruéis.

— Só fui criada pra punir — ela disse.

— Não, você é prazer. Meu prazer.

Ele a beijou, ainda movendo os dedos e as respirações deles se misturaram, acelerando cada vez mais, até Hades espalmar a mão sobre o peito dela e fazê-la se deitar. Ele a encarou ao falar:

— É você agora, você pra sempre.

Quando se curvou, abrindo bem as pernas dela, a língua provando os lábios inchados da sua parte íntima. Perséfone se arqueou sobre o balcão de granito. Os dedos e a língua dele se moviam cada vez mais depressa, provocando o orgasmo dela com cada gemido ofegante, mas, antes de Perséfone gozar, Hades parou, se endireitou e a puxou da bancada.

— O que você tá fazendo? — ela perguntou quando seus pés tocaram o chão.

Tinha alguma coisa sombria no olhar dele, erótica e violenta, e Perséfone queria desafiá-la, trazê-la à tona.

— Quando eu terminar, da próxima vez que a gente jogar esse maldito jogo, você vai sair tão bêbada que eu vou ter que te carregar pra casa.

— E aí? Você pretende me comer de todos os jeitos que nunca fui comida essa noite?

Ele riu.

— Tecnicamente, já é de manhã.

— Vou ter que ir trabalhar logo, logo.

— Que pena — ele disse, e a fez girar.

Com a mão no pescoço dela, empurrou-a para a frente até que seu rosto estivesse tocando o balcão de granito. Afastou as pernas dela com o pé e entrou nela por trás, metendo até o fundo. A mão que agarrava o pescoço de Perséfone se moveu até a boca e abriu os lábios. Ela chupou os dedos dele, provando o gosto metálico do próprio gozo na pele de Hades.

Perséfone abaixou a mão para se segurar na beirada enquanto Hades a penetrava, mas, assim que começou a estocar, ele a ergueu do balcão. Um som gutural escapou da boca da deusa ao se mover com ele ainda dentro de si, o pau tocando um ponto diferente, mais sensível, quando as costas dela se apoiaram em seu peito.

— Não esqueci o que você disse antes. — A voz de Hades era rouca contra sua orelha.

Ele estava se referindo ao jogo que tinham jogado na casa de Sibila, quando ela alegara já ter fingido um orgasmo.

— Eu menti — Perséfone gemeu, tentando se mover contra ele, mas Hades não cedeu.

— Eu sei — ele disse, mordendo o ombro dela. — E pretendo desencorajar esse tipo de mentira. Vou te foder até você ficar desesperada para gozar. Uma vez atrás da outra. Quando finalmente gozar, não vai lembrar nem do seu nome.

A promessa na voz dele a excitava.

— Você acha que vai conseguir parar? — ela perguntou. — Se privar da satisfação do meu orgasmo?

Hades deu um sorrisinho.

— Se isso significar ouvir você implorar por mim, meu bem... sim.

Ele inclinou o pescoço dela e devorou sua boca. Sua língua se entrelaçou à dela, explorando e deslizando, forçando-a a abrir a boca a tal ponto que sua mandíbula doía. Não conseguia nem retribuir o beijo. O beijo era dele, e tudo que Perséfone podia fazer era se agarrar ao deus. Quando a soltou, foi para fazê-la virar, levantar sua perna e meter de novo. O ângulo permitia que eles ficassem próximos, e Hades voltou a beijá-la, com tanta força que ela não conseguia respirar. Quando seus lábios deixaram os dela, foi para percorrer seu pescoço com beijos e mordidas, parando para chupar a pele sensível até deixar uma marca roxa. Quando ela já não conseguia se manter de pé, ele a imprensou contra a parede, metendo mais forte, mais rápido.

Perséfone observou o rosto dele, olhos selvagens e desfocados, uma camada de suor fazendo a pele brilhar — até não conseguir se concentrar em nada além da sensação dele e do prazer que extraía dela.

— Eu te amo — ele disse. — Você é a única que já amei.

— Eu sei... — Perséfone sussurrou.

— Sabe? — Hades questionou, entre dentes, mas não com raiva. Ele estava se segurando, as veias no pescoço saltadas, o rosto corado.

— Sei. Eu te amo. Eu só quero tudo. Quero mais. Quero tudo de você.

— Você já tem — Hades prometeu, beijando-a de novo, seus corpos escorregadios e pegajosos.

As mãos dele se moveram, uma pressionada contra a parede atrás dela, a outra agarrando sua bunda com tanta força que ela sabia que ia deixar uma marca. O peito dela estava apertado, cheio do ar que não conseguia soltar.

Então, de repente, ele se afastou com um palavrão, raspando os dentes nos lábios dela. O gemido gutural que Perséfone soltou foi de frustração. Hades realmente queria torturá-la — mas então se retirou por completo e a pôs de pé, arrumando as roupas dos dois antes de Hermes aparecer na cozinha.

De repente, Perséfone entendeu a pressa de Hades.

Era a segunda vez que o Deus das Travessuras os interrompia. A expressão de Hades era assassina, mas uma olhada em Hermes calou a frustração deles. O deus dourado parecia abalado, pálido.

— Hades, Perséfone... Afrodite requisitou a presença de vocês. Imediatamente.

O primeiro pensamento de Perséfone foi que isso devia ter algo a ver com Adônis — mas por que Hermes parecia tão preocupado? Alguma coisa não estava fazendo sentido.

— A essa hora? — O braço de Hades se apertou em torno da cintura de Perséfone.

— Hades — Hermes disse, o rosto lívido. — Não é... nada bom.

— Onde? — Hades perguntou.

— Na casa dela.

Não houve mais nenhuma pergunta — só o cheiro de ar invernal pungente e cinzas enquanto eles se teleportavam.

7

UM TOQUE DE TERROR

Eles apareceram em uma sala grande que Perséfone imaginou que devia ser um escritório. A luz era baixa, o que fazia a cor das paredes parecer um azul-petróleo escuro. Estantes de cor castanha preenchidas por tomos encadernados em couro circundavam uma escrivaninha da mesma cor. Na parede havia molduras grossas de ouro antigo, contendo pinturas de ninfas nuas, querubins alados e amantes entre as árvores. A parede oposta era toda de janelas, sem cortinas, deixando-os expostos à noite congelante.

A decoração não era nem um pouco a cara de Afrodite — nada de tapetes felpudos, cristais ou pérolas — e, por um momento, Perséfone pensou que tivessem chegado ao local errado, mas seus olhos logo encontraram a Deusa do Amor sentada na ponta de uma *chaise* no centro da sala. Ela usava uma camisola de seda azul-claro e um robe transparente. Seu corpo estava virado para uma mulher largada ao seu lado.

Perséfone não a reconhecia, mas pensou que suas feições lembravam um pouco as de Afrodite — a curva dos lábios, o arco da testa, a inclinação do nariz. Ela estava pálida e tinha sido espancada. Suas mãos, curvadas sobre a barriga que subia e descia, estavam ensanguentadas, as unhas quebradas e irregulares.

Mas o que fez o estômago de Perséfone embrulhar foi a visão dos chifres da deusa. Dois tocos de osso mutilado projetavam-se de seus enlameados e emaranhados cabelos cor de mel. Um cachorrinho com pelo branco sujo estava encolhido perto dela, tremendo.

A cena não era nada do que Perséfone estava esperando. Essa deusa tinha lutado pela própria vida, e, se Perséfone não tivesse conseguido sentir vida, teria pensado que ela estava morta, de tão fraca que estava sua respiração.

— Meus deuses! — Perséfone levou as mãos à boca, e alguma coisa espessa e azeda subiu até sua garganta.

Ela correu para as deusas e se ajoelhou, tomando a mão de Afrodite.

A Deusa do Amor olhou para Perséfone com os olhos e o rosto vermelhos. Era difícil vê-la tão emotiva. Afrodite normalmente dava seu melhor para reprimir as emoções. O máximo que expressava era raiva, e se o sentimento começasse a derreter seu exterior frígido, ela se fechava, mas aquilo — aquilo tinha destruído suas defesas. Quem quer que fosse essa deusa, era importante para ela.

— O que aconteceu? — Hades fez a pergunta, enchendo a sala de uma tensão escura que parecia penetrar nos pulmões de Perséfone e roubar seu fôlego.

Havia uma inquietação em sua voz, um tremor de violência que desceu pela espinha dela.

— Não temos certeza — uma voz respondeu, assustando Perséfone.

Ela percebeu que Hades não tinha falado com Afrodite ou Hermes, mas com outra pessoa — um homem parado no canto perto das portas. Era como se ele estivesse preparado para fazer uma saída rápida, mas também parecia à vontade, apoiado na parede, os braços grossos cruzados sobre o peito. Era quase do mesmo tamanho de Hades, mas não se vestia como nenhum deus que ela já tivesse visto. Usava uma túnica bege surrada e um par de calças que ia até as panturrilhas. Apesar das roupas simples, a barba e o cabelo loiros eram bem cuidados e pareciam quase sedosos.

Ela descobriu quem era quando seus olhos desceram pela figura e pousaram na prótese de ouro projetando-se da perna da calça do homem. Este era Hefesto, Deus do Fogo e marido ausente de Afrodite — ou pelo menos era o que os boatos diziam.

Mas, se ele era ausente, o que estava fazendo ali?

Hefesto continuou a falar, sua voz como um fósforo riscado em silêncio.

— Achamos que ela estava passeando com a cachorra, Opala, quando foi atacada, e só teve força suficiente para se teleportar pra cá. Quando chegou, não estava consciente, e não conseguimos despertá-la.

— Quem quer que tenha feito isso vai sofrer — Hermes disse.

Era estranho ver o deus normalmente alegre tão sério.

Perséfone olhou de Hermes para Hades, depois para Hefesto, notando suas expressões ferozes. Então se virou para a mulher deitada na *chaise* e perguntou:

— Quem é ela?

Dessa vez, Afrodite falou, a voz carregada de emoção:

— Minha irmã, Harmonia.

Harmonia, Deusa da Concórdia — ela era a menos combativa dos deuses, nem sequer fazia parte do Olimpo. Perséfone nunca a conhecera, nem tinha se dado conta de sua ligação com Afrodite.

Ela se virou para Hades.

— Você pode curar ela?

Ele já a curara várias vezes, mas seus ferimentos nunca tinham sido tão graves assim. Ainda assim, ele era o Deus dos Mortos e tinha a habilidade de trazê-los de volta à vida. Não era possível que isso estivesse além das suas habilidades, era?

No entanto, ele sacudiu a cabeça, com uma expressão sinistra.

— Não. Pra isso, vamos precisar de Apolo.

— Nunca pensei que essas palavras sairiam da sua boca — Apolo disse, aparecendo de repente. Estava vestido de maneira arcaica, com uma couraça de ouro e sandálias de tiras que se amarravam em torno das panturrilhas fortes. Uma capa dourada pendia de um ombro, e alguns de seus cachos escuros estavam grudados na testa suada. Perséfone pensou que ele devia estar treinando, talvez para os Jogos Pan-helênicos.

Ele manteve o sorrisinho, as covinhas em plena vista, até seu olhar pousar em Harmonia, então sua expressão se transformou em algo feroz. Era quase assustador, quão sério ele ficava em segundos, parecido com o irmão Hermes.

— O que aconteceu? — ele quis saber, indo se ajoelhar ao lado da *chaise*, e Perséfone não pôde deixar de notar que o cheiro do deus estava... diferente. Seu perfume costumeiro de louro — doce e terroso — tinha sido ofuscado por algo mais picante, como cravo. Perséfone poderia nem ter percebido, mas ele tinha se enfiado entre ela e Afrodite para alcançar Harmonia.

— Não sabemos — Hermes disse.

— Foi por isso que convocamos você — Hades respondeu, o desdém pingando da voz.

— Eu... não estou entendendo — Perséfone disse. — Como Apolo poderia saber o que aconteceu com Harmonia?

O deus sorriu de novo, seu terror momentaneamente esquecido ao se gabar:

— Enquanto curo, posso ver memórias. Sou capaz de tocar as feridas dela e descobrir como ela se machucou... e quem foi o responsável.

Perséfone ficou de pé e deu um passo para trás, observando Apolo trabalhar, e se surpreendeu com a gentileza com que ele tratou a deusa.

— Doce Harmonia — ele disse, baixinho, espalmando a mão sobre sua testa, acariciando seu cabelo emaranhado. — Quem fez isso com você?

Enquanto ele falava, seu corpo começou a brilhar, e logo esse brilho se transferiu para Harmonia. Os olhos de Apolo se fecharam, tremelicantes, e Perséfone viu seu rosto se contrair — a testa se franzindo, o corpo espasmando — e se deu conta de que ele estava vivenciando a dor dela. A respiração de Apolo foi ficando mais irregular conforme ele trabalhava. Foi só quando o nariz dele começou a sangrar que ela ficou preocupada.

— Para, Apolo!

Perséfone o empurrou. Ele caiu para trás, levando a mão ao nariz, de onde o sangue carmesim agora pingava para os lábios. Quando afastou os dedos, ele pareceu confuso pelos efeitos da cura.

— Você tá bem? — ela perguntou.

Apolo ergueu o olhar para ela, seus olhos violeta cansados. Ainda assim, ele sorriu.

— Ah, Sef — ele disse. — Você realmente se importa.

Ela franziu a testa.

— Por que ela não está acordando? — Afrodite perguntou, atraindo a atenção deles de volta para Harmonia, que não tinha se mexido.

— Não sei — ele admitiu. — Eu a curei até onde pude. O resto... é com ela.

Perséfone sentiu a cor sumir de seu rosto. Pensou em Lexa no limbo, escolhendo entre retornar e permanecer no Submundo.

— Hades? — Perséfone perguntou.

— Não vejo a linha da vida dela terminando — ele respondeu, e ela ficou com a sensação de que ele só estava respondendo à sua pergunta não feita para o bem dela, não de Afrodite. — A pergunta mais importante é o que você viu enquanto a curava, Apolo.

O deus fez uma careta, como se estivesse com dor de cabeça.

— Nada — ele disse. — Nada que vá ajudar a gente, pelo menos.

— Então você não conseguiu ver as memórias dela? — Hermes perguntou.

— Não muito. Estavam escuras e nebulosas, uma resposta ao trauma, eu acho. Ela provavelmente está tentando suprimir as lembranças, o que significa que talvez não tenhamos mais clareza quando ela acordar. Os agressores usaram máscaras... brancas, com bocas abertas.

— Mas como eles conseguiram machucá-la, afinal? — Afrodite quis saber. — Ela é a Deusa da Harmonia. Devia ter conseguido influenciar esses... *vagabundos* e acalmá-los.

Era verdade. Mesmo se o agressor tivesse conseguido acertar um golpe surpresa, Harmonia devia ter sido capaz de impedir novos ataques.

— Eles devem ter arrumado um jeito de subjugar o poder dela — Hermes disse.

Todos os deuses se entreolharam. Até Hefesto pareceu preocupado, descruzando os braços para sair um centímetro das sombras.

— Mas como? — Perséfone perguntou.

— Tudo é possível — Apolo disse. — Relíquias causam problemas o tempo todo.

Perséfone tinha descoberto as relíquias quando estava na faculdade. Podia ser qualquer item imbuído do poder dos deuses: espadas, escudos, lanças, tecidos, joias, basicamente qualquer coisa que tinha sido de propriedade de um deus ou dada de presente a um de seus favorecidos. Esses objetos normalmente eram desenterrados de campos de batalhas ou túmulos. Alguns iam parar em museus, outros nas mãos de pessoas que pretendiam usá-los em prol de seus próprios interesses desastrosos.

— Hades? — Perséfone chamou seu nome porque percebia que a mente dele estava trabalhando, revirando possibilidades enquanto eles falavam.

Após um instante, ele respondeu:

— Pode ser uma relíquia ou talvez um deus sedento de poder.

Perséfone notou que o olhar dele estava parado em Hefesto. O ferreiro havia criado muitas coisas ao longo dos séculos — escudos e carruagens, espadas e tronos, animatrônicos e humanos.

— Alguma ideia, Hefesto?

Ele balançou a cabeça, uma expressão sinistra tomando seu rosto quando os olhos cinza pousaram na esposa e na cunhada.

— Eu precisaria de mais detalhes.

Perséfone ficou com a sensação de que isso não era exatamente verdade. Ainda assim, entendia ele querer mais informações do que Apolo tinha conseguido fornecer.

— Deixem ela descansar, e, quando ela acordar, deem ambrosia e mel — Apolo disse, levantando-se. Perséfone também se levantou, amparando-o quando ele cambaleou, levando a mão à cabeça.

— Tem certeza que está bem?

— Sim — ele disse, baixinho, depois riu. — Fique alerta, Sef. Vou te chamar em breve.

Então desapareceu. Perséfone encontrou o olhar escuro de Hades, que, embora tenha parecido se concentrar nela por um momento, logo se voltou para Afrodite.

— Por que convocar a gente?

Perséfone fez uma careta ao ouvir o tom de Hades — era vazio de emoção, mas ela achava que sabia por quê. A situação o deixava desconfortável, assim como a ela, e, se tivesse que chutar, diria que ele, provavelmente, estava imaginando a própria Perséfone naquela chaise, espancada e machucada, em vez de Harmonia.

As costas de Afrodite se endireitaram, e ela olhou para Hades.

— Eu convoquei Perséfone, não você — ela respondeu depressa, olhando feio para Hermes.

— O quê? — ele perguntou. — Você sabe que Hades não ia deixar ela vir sozinha!

— Eu? — Perséfone perguntou, com os olhos arregalados de surpresa. — Por quê?

— Gostaria de que você investigasse os ataques de Adônis e Harmonia — Afrodite falou.

— Não — Hades disse, calmamente.

As deusas o fulminaram com o olhar.

— Você está pedindo que a minha noiva se coloque no caminho desses mortais que machucaram sua irmã. Por que eu aceitaria?

— Ela pediu pra mim, não pra você — Perséfone comentou. Embora Hades tivesse um bom argumento. Se Adônis e Harmonia tinham sido atacados por sua conexão com o Divino, os agressores não hesitariam em machucá-la só pelo fato de estar prestes a se casar com o Deus dos Mortos.

— Ainda assim, por que eu? Por que não pedir a ajuda de Hélio?

— Hélio é um idiota! — Afrodite vociferou. — Ele acha que não nos deve nada porque lutou por nós durante a Titanomaquia. Eu prefiro foder as vacas dele a pedir a ajuda dele. Não, ele não me daria o que eu quero.

— E o que você quer? — Perséfone perguntou.

— Nomes, Perséfone — Afrodite respondeu. — Eu quero o nome de cada pessoa que pôs a mão na minha irmã.

Perséfone percebeu que Afrodite não mencionou Adônis. Ainda assim, um pavor gelado tomou conta de Perséfone quando ela percebeu o que a deusa estava buscando: vingança.

— Não posso te prometer nomes, Afrodite. Você sabe que não posso.

— Pode, sim — Afrodite falou. — Mas não vai, por causa dele.

Ela estreitou os olhos para Hades.

— Você não é a Deusa da Retaliação Divina, Afrodite — Hades respondeu.

— Então prometa que você vai mandar Nêmesis executar minha vingança.

— Não vou prometer nada disso — foi só o que Hades disse.

Eles não iam chegar a lugar nenhum. Hefesto interveio:

— Seja quem for que machucou o mortal e a Harmonia, essas pessoas têm um plano. Machucar quem os atacou não vai nos levar ao propósito maior. Você também pode, sem querer, provar a causa deles.

Afrodite lhe lançou um olhar feroz, os olhos brilhando com algo que parecia mais mágoa do que raiva.

— Se esse é o caso, entendo a utilidade de Perséfone investigar o ataque a Harmonia. Ela se encaixa... como mortal e como jornalista. Dado seu histórico de afrontas aos deuses, podem até pensar que podem confiar nela ou pelo menos convertê-la para a causa deles. Em todo caso, seria um jeito melhor de entender nosso inimigo, montar um plano e agir.

Foi a vez de Hades fulminar Hefesto com o olhar, mas as palavras do deus deixaram Perséfone esperançosa, e ela se virou para Hades.

— Eu não faria nada sem o seu conhecimento — garantiu a ele. — E eu vou ter a Zofie.

Hades a encarou por um longo momento. Estava rígido, tudo nele odiava essa situação, mas então respondeu:

— Vamos discutir os termos.

Perséfone ficou radiante — aquilo não era um não.

— Mas, por enquanto, você precisa descansar.

Ela sentiu a magia dele se intensificando para teleportá-los, e ele acrescentou, antes de desaparecer:

— Chame a gente quando Harmonia acordar.

Quando apareceram no Submundo, eles se encararam. Um longo silêncio se estendeu. Perséfone achava que não era porque não tinham nada a dizer, mas porque estavam ambos exaustos, e o peso de ter que ver Harmonia — um deles — espancada quase até a morte era imenso. Perséfone não sabia se devia gritar, chorar ou desmoronar.

— Você vai me manter informado de cada passo que der, cada pedacinho de informação que conseguir neste caso. Vai se teleportar para o trabalho. Se for sair, pelo motivo que for, eu tenho que saber. Vai levar Zofie para *todos os lugares*. — Enquanto falava, Hades acabou com a distância entre eles. — E, Perséfone, se eu disser não...

Ele não terminou a frase, porque nem precisava. Ela sabia o que ele queria dizer.

Se ele dissesse não, estaria falando sério, e Perséfone sabia que, se desobedecesse, não haveria volta, então assentiu.

— Ok.

Hades soltou um suspiro e pôs a mão na nuca de Perséfone, colando a testa à dela.

— Se alguma coisa acontecesse com você...

— Hades... — ela sussurrou, envolvendo os pulsos dele com as mãos. Queria olhar nos olhos dele, mas ele não soltava seu pescoço. — Eu estou aqui. Estou segura. Você não vai deixar nada acontecer comigo.

— Mas já deixei — Hades respondeu.

Mesmo sem explicação, ela sabia que ele estava falando de Pirítoo.

— Hades...

— Não quero falar sobre isso — ele disse, e a soltou, dando um passo para trás. Aparentemente, também não queria tocá-la. — Você precisa descansar. Ela o observou por um instante, aquele mesmo silêncio estranho estendendo-se entre os dois. Não gostava daquilo e queria reclamar com ele, mas também não queria forçar a barra. Hades já tinha dito que não queria conversar, e estava certo — ela estava cansada.

Perséfone se retirou para o banheiro, onde tomou banho. Precisava da privacidade, do calor, do barulho inócuo da água batendo no ladrilho. Concentrou-se nessas coisas tanto quanto pôde, evitando pensar em Adônis, Harmonia e Afrodite.

Só tinham se passado algumas horas desde que ela e Hades haviam estado na cozinha juntos? Tinham estado prestes a fazer amor em todas as superfícies. Ela ainda sentia o vazio que Hades esculpira dentro dela. Duas vezes ele a tomara hoje, e duas vezes tinha parado, mesmo que não por escolha própria. Ela estava tensa e carente, mas parecia egoísta pedir sexo, considerando os eventos da noite.

Mesmo assim, ele praticamente a havia rejeitado mais cedo — tanto as palavras quanto o corpo dela.

Era como se ele não quisesse nenhuma parte dela aquela noite.

Mesmo sabendo que não era verdade, uma dor se formou no peito de Perséfone com esse pensamento, e ela se sentou no chão sob o chuveiro, os joelhos apertados contra o peito, até a água esfriar.

Depois do banho, vestiu uma camisa folgada e voltou para o quarto, onde encontrou Hades parado diante da lareira, ainda vestido.

Ela franziu a testa.

— Você vem deitar?

Ele se virou para ela e deixou a bebida de lado antes de se aproximar. Segurou o rosto dela entre as mãos ao responder.

— Já vou me juntar a você.

Hades a encarou por um momento, e, quando se inclinou para a frente, Perséfone abriu a boca, antecipando o beijo, porém ele pressionou os lábios em sua testa.

Um misto de emoções a inundou — decepção e vergonha competiam entre si. O que estava se passando na cabeça de Hades? O que quer que fosse parecia uma punição. Ela o encarou, engolindo o que queria dizer — as acusações que queria fazer —, e sussurrou um boa-noite antes de engatinhar para baixo das cobertas frescas, cansada demais para pensar muito no beijo evasivo dele, e cair num sono profundo.

Acordou mais tarde e encontrou Hades sentado na cama, as costas nuas viradas para ela, os pés plantados no chão.

Bom, pensou ela, *pelo menos ele veio pra cama.*

Ela estendeu a mão para tocá-lo, espalmando-a sobre os músculos rígidos das costas dele.

— Tudo bem? — ela sussurrou.

Ele se virou para olhar para ela, então girou por inteiro, o corpo nu se esticando até a boca ficar alinhada com a dela, mas, em vez de beijá-la, acariciou sua bochecha suavemente com o polegar.

— Estou bem — ele disse e, depois, se endireitou. — Durma. Estarei aqui quando você acordar.

Mas aquelas palavras não trouxeram conforto a Perséfone, então, em vez de acatá-las, ela se sentou e se pôs de joelhos.

— E se eu não quiser dormir?

Ela montou nele, envolvendo seu pescoço, mas Hades segurou sua cintura.

— Qual é o problema? — ela perguntou. — Você não me beijou mais cedo e não quer deitar comigo agora.

Perséfone sentiu as mãos dele se flexionarem ao seu redor.

— Não consigo dormir — ele disse. — Porque não consigo fazer minha mente parar.

— Eu posso te ajudar...

Ele deu um sorrisinho triste e, quando não disse mais nada, ela falou:

— E... por que você não me beija?

— Porque meu corpo está cheio de raiva, e se eu me entregasse a você... bom, não tenho certeza de que tipo de alívio eu encontraria.

— Você está bravo comigo? — ela perguntou, enfiando os dedos no cabelo dele.

— Não, mas tenho medo de ter concordado com uma coisa que só vai te machucar, e desde então já não consigo me perdoar por isso.

— Hades — ela sussurrou o nome dele, os medos dele machucando seu coração.

Perséfone queria dizer que a decisão não tinha sido só dele, mas dela também, mas sabia que não conseguiria confortá-lo. Este era um deus que já tinha vivido por séculos, um deus que conhecia o mundo de um jeito diferente do dela, um deus que tinha motivos para acreditar nas coisas que acreditava, e não tinha como ela discutir com aquilo.

Ela se aproximou, sua respiração acariciando os lábios dele. A tensão entre os corpos dos dois era elétrica.

— Se entrega pra mim... — Perséfone sussurrou. — Eu aguento você.

Hades a puxou com força, enfiando a língua na boca da deusa, beijando-a até ela perder o fôlego, até seus olhos se encherem de lágrimas e seu peito doer, e bem quando ela pensou que não ia aguentar mais, ele se afastou.

Enquanto ela respirava com dificuldade, as mãos dele deslizaram por baixo de sua camisola, subindo o tecido e tirando-o. Quando Perséfone ficou nua, as mãos de Hades apertaram todas as partes dela — costas, seios e bunda —, e ele beijou sua boca e chupou seu pescoço e seus mamilos. A sensação doce e o prazer cortante a fizeram arranhar as costas dele, e então ele meteu primeiro um dedo, depois outro, estimulando-a tão rápido e tão forte que ela nem reconhecia os sons que saíam da própria boca.

— Por favor — ela entoou. — Por favor, por favor, por favor.

— Por favor o quê? — Hades perguntou.

A resposta dela foi um gemido gutural de alívio. Ainda não tinha se recuperado quando ele a colocou deitada na cama, e suas pernas estavam tão moles que permaneceram abertas, prontas para ele. Hades se sentou sobre os calcanhares diante dela, se masturbando.

— Você me aguenta? — ele perguntou.
— Sim — Perséfone disse, baixinho.

No instante seguinte, ele agarrou sua bunda, ergueu seu quadril e meteu nela com força, movendo-se em um ritmo que demonstrava seu desespero para gozar. Mais uma vez, as mãos dele estavam em todos os lugares — agarrando as coxas dela, massageando seus seios. De vez em quando, ele se inclinava para provar sua língua ou lamber o suor de sua pele, e, quando eles gozaram, Perséfone teve certeza que todo o Submundo ouviu seus gemidos de êxtase.

Hades desmoronou sobre ela, acabado, molhado e pesado.

Perséfone o enlaçou com as pernas, e suas mãos foram até os cabelos dele, afastando-os do rosto. Quando recuperou o fôlego, ela falou, a garganta dolorida dos gritos que Hades tinha arrancado.

— Você é meu. É claro que eu aguento você.

Era o que ela quisera dizer mais cedo quando ele perguntara, mas não tivera fôlego o suficiente. Hades se afastou para olhar para ela, seu olhar a penetrando até a alma.

Era o mais vulnerável que eles já tinham sido um com o outro, ela pensou.

— Nunca pensei que agradeceria as Moiras por nada que elas me deram, mas você... você faz tudo aquilo valer a pena.

— Tudo aquilo o quê?

— O sofrimento.

8

UMA CONCESSÃO

Perséfone acordou em pânico.

Não por causa de um sonho, mas pela sensação de que tinha perdido a hora. Deu um pulo da cama, o olhar pousando em Hades, que estava parado diante da lareira. Depois da intensidade com que tinha feito amor com ela na noite anterior, ela esperava que ele estivesse dormindo ao seu lado. Encontrá-lo acordado e completamente vestido fez seu peito parecer um pouco oco.

Ainda assim, ele estava lindo, e havia algo diferente em sua expressão, uma vulnerabilidade que acompanhava as palavras que tinha dito na última noite.

Ele estava com medo.

E tinha todo direito de estar, porque alguém no mundo havia incapacitado uma deusa.

Ela sabia que ele não sentia medo por si mesmo, entretanto. Era por ela, e ela só conseguia pensar que talvez, se fosse mais forte, se pudesse invocar seu poder como Hades, ele não precisasse se preocupar.

— Você chegou a dormir? — ela perguntou.

— Não.

Perséfone franziu a testa. Não tinha ouvido Hades se mexendo. Será que ele tinha se levantado logo depois de ela adormecer?

— Pesadelo? — Hades perguntou.

— Não. Eu... achei que tinha perdido a hora.

— Hummm.

Ele virou a bebida e largou o copo, aproximando-se dela. Ela esticou o pescoço, olhando-o nos olhos enquanto ele roçava os dedos em sua bochecha.

— Por que você não dormiu? — Perséfone perguntou.

— Não senti vontade de dormir — Hades respondeu.

Ela arqueou a sobrancelha.

— Achei que você fosse ficar exausto.

Ele riu e disse, suavemente.

— Não falei que não estava cansado.

O polegar de Hades se demorou sobre a boca de Perséfone, e ela prendeu-o entre os lábios, chupando com força. Hades inspirou, as narinas se dilatando, e sua outra mão se enfiou no cabelo da deusa, na base do pescoço.

Era um sinal — um indício — de que ele não tinha liberado totalmente a escuridão que havia tentado controlar na noite passada, ou talvez tivesse reabastecido o estoque enquanto ela dormia. De todo modo, ela viu a mesma insinuação de violência, a mesma necessidade de paixão descarada da noite anterior.

Os olhos dele pararam em seus lábios, e a tensão entre eles umedeceu o espaço entre as pernas dela.

— Por que você está se segurando? — ela sussurrou.

— Ah, meu bem, se você soubesse...

— Eu gostaria de saber. — Ela deixou cair o lençol que segurava ao redor dos seios.

Houve um instante de silêncio, um momento em que Hades ficou parado como pedra, mas não mordeu a isca. Em vez disso, engoliu em seco e disse:

— Vou manter isso em mente. Por enquanto, gostaria que você se vestisse. Tenho uma surpresa pra você.

— O que poderia ser uma surpresa maior do que o que está se passando nessa sua cabeça?

Ele deu uma risada ofegante e beijou o nariz dela.

— Vista-se. Eu te espero.

Perséfone o seguiu com os olhos enquanto ele se dirigia para as portas, chamando-o quando ele chegou lá.

— Você não precisa esperar lá fora.

— Preciso sim.

Ela não o questionou — só o deixou se esgueirar para fora enquanto saía da cama e se arrumava. Em um dia típico de agosto, deveria usar um vestidinho leve para o trabalho, algo colorido e estampado. No entanto, a tempestade furiosa de sua mãe pedia roupas mais quentes. Escolheu uma camisa preta de manga comprida, uma saia cinza e meias-calças. Completou o visual com sapatos de salto e seu casaco de lã mais quente. Quando pisou no corredor, Hades estava esperando, as sobrancelhas franzidas.

— O quê? — ela perguntou, baixando o olhar para as próprias roupas.

— Estou calculando quanto tempo vou levar pra te despir.

— Não foi por isso que você saiu do quarto? — Perséfone perguntou.

O canto da boca dele se ergueu.

— Só estou fazendo planos para o futuro.

Ela se sentiu ficar mais quente — ele estava prometendo realizar as ideias que tivera mais cedo? Hades estendeu a mão para ela e puxou-a para si antes de sua magia cercá-los.

Eles se manifestaram no que parecia uma sala de espera. Havia um sofá verde-esmeralda sobre o qual duas obras de arte moderna estavam penduradas, e uma mesa de centro de ouro e vidro. O chão era de mármore branco, e uma parede de vidro dava para uma rua familiar. Perséfone reconheceu a Rua Konstantine — a mesma que percorrera com Lexa da primeira vez que visitara o Alexandria Tower.

Uma onda de emoção fez seus olhos arderem ao pensar na melhor amiga. Ela pigarreou.

— Por que estamos no Alexandria Tower?

A torre era mais um prédio de propriedade de Hades, onde a Fundação Cipreste, sua entidade filantrópica, operava. Perséfone descobrira por Lexa que Hades tinha várias organizações de caridade — em defesa dos animais, das mulheres e daqueles que passavam dificuldades. Ela se lembrava de se sentir envergonhada por não saber das múltiplas empreitadas dele e, quando o confrontara, ele explicara que estava tão acostumado a existir sozinho que nunca tinha pensado em lhe contar no que estava envolvido no Mundo Superior.

Mais tarde, ela descobriu que o mundo dele se estendia para além do Submundo e de sua filantropia, para o mundo do crime da Nova Grécia. Perséfone tinha plena ciência de que não entendia a gravidade do que Hades controlava, e pensar nisso a fez estremecer.

— Gostaria que seu escritório fosse aqui — disse Hades.

Perséfone se virou para ele, os olhos arregalados.

— Isso é por causa de ontem?

— Esse é um dos motivos — Hades respondeu. — Também vai ser conveniente. Eu gostaria de ouvir sua opinião sobre o seguimento do Projeto Anos Dourados, e imagino que seu trabalho com A Defensora leve a outras ideias.

Ela ergueu a sobrancelha.

— Você está me pedindo pra trabalhar com a Katerina?

Katerina era a diretora da Fundação Cipreste e trabalhava com Sibila no Projeto Anos Dourados, um centro de reabilitação com tecnologia de ponta que ofereceria cuidado gratuito aos mortais. Não muito tempo antes, elas haviam anunciado um jardim terapêutico que seria dedicado a Lexa, que trabalhara no plano antes de morrer.

— Sim — ele disse. — Você vai ser a rainha do meu reino e do meu império. Faz todo o sentido que essa fundação comece a beneficiar as suas paixões também.

Perséfone não disse nada e girou no lugar, analisando o espaço de uma nova perspectiva. Havia quatro portas — duas de cada lado da sala de espera. Uma levava à sala de conferências, as outras três a escritórios menores. Estavam vazias, com a exceção de mesas simples, mas, enquanto observava, ela começou a se imaginar trabalhando no lugar.

— Você se opõe? — ele perguntou.

— Não — Perséfone disse. Era só que seus pensamentos estavam desgovernados.

Ela pensou em uma coisa que Hades tinha dito.

— *É apenas questão de tempo até que alguém que queira se vingar de mim tente prejudicá-la.*

Perséfone não tinha acreditado muito nessas palavras na época, principalmente porque não quisera acreditar, mas, desde então, tinha percebido a verdade delas, de Kal a Pirítoo e à mulher raivosa que tinha derramado café nela.

Agora havia outra ameaça em potencial — os agressores desconhecidos de Adônis e Harmonia.

Seria loucura não aceitar a oferta de Hades.

— Obrigada. Mal posso esperar pra contar pra Helena e Leuce.

O canto dos lábios de Hades se levantou, e ele estendeu a mão para acariciar o rosto dela.

— Por puro egoísmo, vou ficar feliz de ter você por perto.

— Você raramente trabalha aqui — Perséfone comentou.

— A partir de hoje, esse é meu escritório preferido.

Ela tentou não sorrir, estreitando os olhos para o deus, seu futuro marido.

— Lorde Hades, devo lhe informar que estou aqui para trabalhar.

— Claro — ele disse. — Mas você vai precisar de pausas e de almoço, e eu estou ansioso para preencher esse tempo.

— A ideia de uma pausa não é não fazer nada?

— Eu não disse que ia fazer você trabalhar.

As mãos dele se apertaram na cintura dela. Era uma pressão familiar, que normalmente era seguida de um beijo, mas, quando ele começou a puxá-la, alguém pigarreou, e Perséfone se virou e deu de cara com Katerina.

— Milady Perséfone! — Ela sorriu, fazendo uma reverência fofa. Estava vestida em seda amarela e calças cáqui. O cabelo bem cacheado formava um halo em torno da cabeça.

— Katerina — Perséfone disse, sorrindo. — É um prazer.

— Me desculpem pela intrusão — Katerina disse. — Assim que ouvi que Hades tinha chegado, soube que teria que encontrá-lo antes de ele desaparecer.

Perséfone ergueu os olhos para Hades, que agora encarava Katerina. A expressão em seu rosto a deixou curiosa. Ele parecia até calmo na superfície, mas um leve apertar de lábios a fez questionar o que exatamente Katerina tinha a compartilhar com o Deus dos Mortos.

— Já vou falar com você, Katerina.

— Claro. — O olhar da mortal passou para Perséfone. — Estamos honrados em tê-la aqui, milady.

Ela foi embora depois disso, e Perséfone olhou com insistência para Hades.

— O que foi isso?

— Depois eu te conto — ele disse.

Ela ergueu a sobrancelha desafiadora.

— Assim como você ia me contar onde esteve aquela noite?

— Eu te disse que estava negociando com monstros.

— Uma não resposta por excelência — ela comentou.

Hades franziu a testa.

— Não quero esconder coisas de você. Só não sei com o que devo te incomodar durante o seu luto.

Perséfone abriu a boca, mas tornou a fechá-la.

— Não estou brava com você. Eu estava mais ou menos brincando.

Hades deu uma risada ofegante.

— Mais ou menos.

Ele passou a acariciar o rosto dela de novo, o olhar carinhoso.

— Vamos conversar hoje à noite — prometeu.

Ela achou que fosse beijá-la, mas em vez disso ele saiu da sala. Perséfone ficou parada ali por um segundo, perdida em uma nuvem de desejo. De repente, tudo que queria era seguir Hades e desafiá-lo a tomá-la em seu escritório de vidro, na frente de tudo que ele criara, como tinha prometido uma vez. Ele não hesitaria — era tão insaciável quanto ela — e, se ela não tomasse mais cuidado com seus pensamentos e ações, não haveria conversa nenhuma à noite, como ele prometera.

Perséfone suspirou e pegou o celular, mandando uma mensagem rápida para Leuce e Helena, avisando-as para encontrá-la no Alexandria Tower em vez de no lugar de sempre. Ela tinha que admitir que estava aliviada de poder trabalhar sem o público observando cada um de seus movimentos.

Percorreu a sala de novo, absorvendo a realidade de que teria um novo local para seu negócio, se preparando mentalmente para como organizaria o espaço e seu novo escritório.

Foi parar perto da janela. Estar no terceiro andar significava que tinha uma vista deslumbrante de Nova Atenas, envolta em nuvens pesadas, neblina e neve. Limpa-neves e caminhões de sal estavam trabalhando para limpar as ruas; enquanto isso, mais neve e gelo caíam. Até a janela estava coberta de gelo. Ela pensou nas palavras de Hécate.

— *Sua mãe está aterrorizando o Mundo Superior com neve e gelo. O sol é exatamente o que o mundo mortal precisa.*

Perséfone pôs a mão no vidro.

Uma parte dela sabia que podia combater a mãe porque já o fizera antes. Ela deixara Deméter de joelhos na corte de Hades, e a Deusa da Colheita, antiga e poderosa, não tinha se levantado contra seu poder. Ainda assim, outra parte dela temia que isso tivesse acontecido por Deméter ser menos poderosa no reino de Hades.

Você usou o poder de Hades contra ele, ela lembrou a si mesma, e tinha sido aterrorizante. Suas entranhas ficaram tremendo depois, e ela tinha se sentido exausta nas semanas seguintes, dormindo sempre que não estava trabalhando. Sabia que era um sinal de que ainda não era forte o bastante para dominar aquele tipo de poder. Ela precisava ganhar resistência, e o único jeito de fazer isso era treinar mais.

Seu olhar se mexeu quando uma gota de água escorreu pela vidraça. Ela moveu a mão; debaixo dela, o gelo tinha começado a derreter. Pressionou os dedos juntos, tentando decidir se tinha sido seu poder ou seu toque que aquecera o vidro. Sua pele não estava mais quente do que de costume, mas sua magia estava vigilante e alerta. Ela podia senti-la, como nervos altamente sensíveis reagindo a sua frustração.

Mas aquele era o problema.

Ela precisava começar a usar o poder de propósito.

Voltando a pousar a mão sobre a janela, Perséfone se concentrou na energia reunida ali, quente e elétrica. Logo o gelo começou a derreter de novo. Ela viu gotas de água descerem pelo vidro e só conseguiu pensar que era um truque barato. Não era nada comparado à magia de que precisaria para acabar com o inverno eterno de Deméter.

Ela abaixou a mão e, quando o fez, as gotas de água congelaram no lugar.

— Perséfone?

Ela se virou e viu Sibila parada na porta do escritório.

— Sibila — ela disse, sorrindo. As duas se abraçaram.

— É verdade? Você vai trabalhar aqui?

— Hades pediu pra eu usar esse espaço como escritório, e eu preciso admitir que estou muito feliz em aceitar.

Estaria segura ali, mas, ainda mais importante, Leuce e Helena estariam seguras.

— Como você está? — Perséfone perguntou. — Ben voltou a te incomodar?

Sibila lhe lançou um olhar sombrio e bufou.

— Mil desculpas por ele, Perséfone. Eu não sabia que ele era tão...

— Estranho?

— Acho que vou ter que mudar de número.

— Eu me ofereceria para ameaçá-lo... Ou posso pedir pra Hades fazer isso. Mas ele não pareceu ter medo dos deuses.

— Acho que ele é autocentrado demais pra ter medo de deuses — Sibila disse.

— Sinto muito, Sibila.

Ela deu de ombros.

— É isso que eu ganho por tentar achar um rebote — brincou. Mesmo assim, Perséfone franziu a testa. Sibila estava se referindo ao seu rápido relacionamento com Aro. O mortal fora amigo dela por muito tempo, e eles pareciam combinar, mas, por algum motivo, ele tinha preferido que permanecessem apenas amigos.

— Acho que o que me deixa mais chateada é que nunca vou poder voltar no Four Olives. Era um dos meus restaurantes preferidos pra almoçar.

— Bom, sempre tem o delivery — Perséfone disse.

— É, mas é provável que ele faça a entrega, e eu realmente não quero que ele saiba onde eu trabalho.

— Considerando a esquisitice dele, eu diria que ele já sabe onde você trabalha.

Sibila lançou um olhar apático a Perséfone.

— Obrigada, amiga.

Perséfone sorriu.

— Não se preocupe. Acho que ele não conseguiria passar pela Ivy.

Ivy era a recepcionista do Alexandria Tower. Era uma dríade — uma ninfa da floresta. Ela era organizada e controlada. Não deixava ninguém entrar no prédio sem ter sido convidado.

— Vamos almoçar logo — Sibila disse, abraçando Perséfone de novo antes de voltar ao trabalho.

Perséfone não ficou sozinha muito tempo, porque logo Leuce e Helena chegaram. Helena deu um gritinho animado com a notícia do novo escritório, e as duas percorreram o andar correndo, analisando salas, discutindo a respeito de que mesa pegariam e debatendo a decoração. Perséfone acabou entrando na primeira sala à esquerda, onde tirou o casaco e pegou o notebook.

Assim que se sentou, alguém bateu à porta. Erguendo os olhos, ela viu Helena parada na soleira.

— Ei, você conseguiu dar uma lida no meu artigo?

— Sim. Sente, por favor — Perséfone disse.

— Você não gostou — Helena respondeu imediatamente, entrando no escritório.

— Não é isso, Helena. Você tem argumentos válidos, mas... é um artigo perigoso.

As sobrancelhas de Helena se juntaram.

— Como assim, perigoso?

— Você fala dos deuses — Perséfone disse, citando: — *Em um mundo com mais mortais do que deuses, deveríamos estar perguntando o que os Divinos deveriam fazer?*

— Não estou fazendo nada além do que você quando escreveu sobre Hades — Helena argumentou.

— Helena...

— Tá bom. Eu tiro essa frase — Helena disse, em um tom seco, sua frustração óbvia.

A reação fez Perséfone hesitar; nunca tinha visto a amiga exibir um comportamento assim. Em todo o tempo que tinha trabalhado com ela no *Jornal de Nova Atenas* e desde o lançamento de A Defensora, Helena sempre fora alegre e entusiasmada. Mas, até aí, Perséfone nunca tinha criticado seu trabalho antes.

Apesar dessa reação, Perséfone se sentiu aliviada por ela ter concordado em excluir o comentário acerca dos deuses.

— Também quero que você entreviste alguém da liderança da Tríade.

Os lábios de Helena formaram uma linha fina.

— Você acha que eu não tentei? Ninguém respondeu aos meus e-mails. Essas pessoas não querem ser conhecidas.

— E-mail não é o único jeito de encontrar uma fonte, Helena. Se você quiser fazer isso de verdade, vai precisar ir pra rua.

Os olhos azuis de Helena brilharam.

— E como você sugere localizar a liderança secreta de uma organização terrorista?

Perséfone deu de ombros.

— Eu fingiria ser um deles.

— Você quer que eu finja ser membro da Tríade?

— Você quer um furo de reportagem? Quer ser a primeira a revelar quem está no comando da organização terrorista mais perigosa da Nova Grécia? É isso que vai precisar fazer. No fim das contas, você decide. O que você quer?

Helena ficou em silêncio, encarando Perséfone.

— E se eles descobrirem o que eu estou fazendo?

O corpo de Perséfone ficou rígido.

— Eu posso te proteger.

— O Hades pode, você quer dizer.

— Não — ela disse. — Eu quis dizer que eu vou te proteger.

Helena saiu e os ombros de Perséfone caíram. Por que ela tinha a sensação de que tinham terminado a conversa num impasse? Definitivamente estava esperando que Helena fosse um pouquinho mais receptiva ao feedback, e o fato de não ter sido era surpreendente. Parecia o contrário da pessoa que ela pensava que Helena fosse — mas talvez ela não conhecesse a garota tão bem assim.

De repente, Perséfone se viu envolvida por uma onda de magia e endireitou as costas, o cheiro familiar de louro permeando o ar.

— Porra! — Perséfone disse, logo antes de desaparecer de vista.

9

A PALESTRA DE DELFOS

Ela nunca se acostumaria a ser arrebatada pela magia de outro deus, tirando Hades. Não gostava da sensação, do jeito como a embalava, acariciava sua pele, invadia seus sentidos, mas pelo menos sabia quem era o responsável, com base no cheiro da magia.

— Apolo... — ela gemeu.

O frio a atingiu assim que ela se manifestou no centro de um pátio comprido e retangular, cercado por um alpendre. A neve que caía do céu era mínima — alguns flocos rodopiando no ar —, mas a terra a seus pés estava molhada e lamacenta. Perséfone inspecionou os arredores, tentando descobrir onde exatamente estava, mas travou ao ver um homem musculoso e nu tropeçar para trás, como se tivesse sido empurrado.

Ela arregalou os olhos, o coração martelando no peito. *Mexa-se*, disse a si mesma, mas, por algum motivo, seus pés não obedeceram. Então foi puxada pelo braço e bateu contra um peito duro, coberto de couro. Perséfone espalmou as mãos nele e empurrou, mas quem quer que a estivesse segurando a soltou depressa. Ela cambaleou para trás, e seus olhos subiram lentamente pela figura colossal de um homem. Das panturrilhas fortes envolvidas nas tiras de couro das sandálias ao linotórax de couro e depois aos olhos redondos, de íris brancas. Essa era, provavelmente, a parte mais impressionante dele — e a mais perturbadora. Seu maxilar era forte, seu rosto, bonito e emoldurado por cachos escuros. O homem era um guerreiro, um hoplita, ela chutaria, julgando pelo traje.

Perséfone começou a agradecer o homem por tê-la ajudado quando ouviu um baque alto atrás de si. Ela girou e viu que o homem nu tinha rolado até ficar de barriga para baixo, enquanto outro homem nu o segurava pelo queixo, puxando sua cabeça para trás.

— Você se rende? — o homem gritou.

O outro rosnou, um som raivoso que saiu do fundo de seu peito.

Ao lado dela, o homem que a salvou riu. Perséfone o encarou.

— Onde eu estou? — perguntou.

O homem não pareceu ouvir, então ela perguntou de novo.

— Você sabe onde eu estou?

De novo, ele não pareceu ouvir. Dessa vez, Perséfone se colocou na frente dele. O homem baixou os olhos, encontrando os dela.

— Pode me dizer onde eu estou?

Ele franziu as sobrancelhas e olhou ao redor. Talvez estivesse confuso pela pergunta. Depois de um momento, estendeu a mão, como se estivesse pedindo a dela. Hesitante, ela deu a mão ao homem, que a virou, traçando letras em sua palma. As letras traçadas formavam "A Palestra de Delfos" — um centro de treinamento usado, principalmente, para lutas.

Ela estava em Delfos.

— Apolo... — ela disse entredentes, frustrada que o Deus do Sol a tivesse levado para lá sem nenhum aviso. Apesar do alerta que ele havia feito na noite anterior na casa de Afrodite, ela pensou que ele ao menos a visitaria antes de arrastá-la para algum compromisso desconhecido.

Então ergueu o olhar e encarou os assombrosos olhos brancos do homem.

— Você é surdo? — ela perguntou.

Apolo assentiu com a cabeça.

— Mas consegue fazer leitura labial — acrescentou.

Ele assentiu de novo.

— Obrigada por me salvar agora há pouco.

Apolo levou a palma da mão aos lábios e a moveu para a frente.

— De nada — respondeu, com a voz gutural, levemente distorcida.

Ela sorriu e, na mesma hora, ouviu uma voz que a fez estremecer.

— Aí está você, meu docinho de coco!

Perséfone se virou para ver o Deus do Sol andando a passos largos na direção deles. Ele parecia luminoso, especialmente na penumbra do dia. Usava um traje parecido com o do homem enorme atrás dela, mas sua couraça era de ouro e folhas de louro estavam presas em seu cabelo escuro. Apesar do tom exuberante de sua voz, ele parecia quase frustrado, o maxilar apertado, os olhos de uma tonalidade estranha de roxo.

— Apolo... — Perséfone disse, entredentes, quando ele pegou seu braço.

— Também não gostou desse? — ele perguntou.

— Já falamos desses apelidos.

— Eu sei, mas pensei que você podia... aprender a gostar deles. — Ela olhou feio para ele, e Apolo suspirou. — Ok, ok. Vamos, Sef!

— Apolo... — ela advertiu, firmando os pés no chão. — Solta meu braço.

Ele girou para olhar para ela, os olhos brilhando. Definitivamente, tinha alguma coisa errada.

— Acordo — disse, ríspido, como se aquela palavra fosse convencê-la a deixar que ele a fizesse de marionete.

— Acho que você quis dizer *por favor*.

Ficaram se encarando intensamente e, então, de repente, ela sentiu uma presença atrás de si. Ao virar a cabeça, encontrou o homem gigante que a ajudou antes. Ele assomava sobre ela, olhando feio para Apolo, os braços fortes cruzados sobre o peito.

— Você está me desafiando, mortal? — Os olhos de Apolo se estreitaram. Perséfone sentia a magia dele se acumulando.

— Você não vai lutar com ele — Perséfone disse, encarando Apolo explicitamente.

Apolo deu uma risadinha.

— Lutar? Não haveria luta nenhuma. Esse aqui não aguentaria uma batalha comigo.

— Eu luto por você, milorde. — Outra voz se juntou à briga, e todos se viraram e depararam com os homens nus que estavam se digladiando antes. Eles tinham parado, e agora estavam ali, pelados e enlameados, completamente indiferentes ao frio — ou anestesiados demais. Quem falava era o homem que havia ganhado a batalha quando Perséfone fora teleportada. Era bonito, com grandes olhos castanhos, uma cabeleira curta e cacheada e uma barba.

— Não há necessidade — Perséfone disse.

— Eu não respondo a você, mulher.

Pelo mais breve segundo, Perséfone viu uma centelha de fúria nos olhos de Apolo.

— Esta mulher é a prometida de Hades, a futura Rainha do Submundo. Ajoelhe-se diante dela ou enfrente a minha ira.

O homem arregalou os olhos antes de cair de joelhos, seguido por seu oponente e pelo homem surdo, o novo amigo de Perséfone. Quando ela olhou para o Deus do Sol, ele estava sorrindo.

— Está vendo o que o seu título faz com os homens, Perséfone?

Ela suspirou.

— Eu devia ter pulado fora desse acordo quando tive a chance.

Empurrou Apolo para o lado e se dirigiu para o alpendre. Nem sabia aonde estava indo, mas estava frio, e ela estava brava.

— Você nem sabe aonde está indo, Sef — Apolo disse, dando uma corridinha para alcançá-la.

— O mais longe possível dessa sua competição pra ver quem tem o maior pau — ela respondeu.

— Você está agindo como se fosse culpa minha — ele disse. — Foi você que não veio quando eu pedi.

— Você não pediu. Você *ordenou*. A gente já falou sobre isso.

Apolo ficou calado enquanto caminhava ao lado dela. Depois de um momento, ele começou a emitir sons que pareciam silvos.

— Me... d-des...

Perséfone desacelerou o passo enquanto Apolo lutava com as palavras ao seu lado. Ele tentou de novo.

— Me de-des...

A boca dele tremeu, como se as palavras o deixassem com vontade de vomitar.

— Me *desculpa* — ele enfim conseguiu dizer, estremecendo.

— Você tá tendo um derrame? — Perséfone perguntou.

— Pode ser uma surpresa pra você, mas pedir desculpas não é a minha praia — Apolo disse, carrancudo.

— Estou chocada. Jamais teria adivinhado.

— Sabe, bem que você podia reconhecer como isso foi difícil pra mim. Não é pra isso que servem os amigos?

— Ah, agora nós somos amigos? Porque certamente não foi o que pareceu antes.

Apolo franziu a testa.

— Eu... não quis te chatear — ele disse. — Eu estava... frustrado.

— Percebi. Por quê?

— Eu... me distraí enquanto estava te trazendo pra cá — admitiu. — Pensei... que tivesse perdido você.

Perséfone franziu a testa.

— Por que você se distraiu?

Apolo começou a abrir a boca, depois tornou a fechá-la.

— A neve começou a cair de novo.

À menção da neve, Perséfone se virou na direção para a qual ele estava olhando. Os flocos rodopiavam, mais grossos agora, e o estômago dela ficou embrulhado.

— Será que a gente pode, por favor, concordar que você não vai teleportar a minha pessoa sem permissão?

— O Hades precisa de permissão?

Mais uma vez, ela olhou feio para ele.

— E como é que eu vou te convocar então?

— Do mesmo jeito que as pessoas normais.

— Não sou uma pessoa normal.

— Apolo...

Eles só tinham passado alguns segundos juntos, e ela já o tinha advertido duas vezes.

— Tá bom... — ele suspirou, cruzando os braços e apertando os lábios.

— Por que você me trouxe aqui? — Perséfone perguntou.

— Eu queria te apresentar para o meu herói — o deus respondeu. — Mas você já conheceu ele.

— O grandão? — ela perguntou, pensando que ele estava se referindo ao homem surdo, e ficou surpresa quando a expressão de Apolo endureceu.

— Não, aquele é o adversário do meu herói, Ajax. O *meu* herói é Heitor, aquele que tudo guarda.

Ela esperava que ele parecesse um pouquinho mais orgulhoso desse fato, mas, quando o deus continuou a falar, entendeu sua frustração.

— O que insultou você.

— Hummm, e onde você o encontrou?

— Em Delos — ele disse. — É um herói condecorado, mas é arrogante. Vai acabar morrendo por isso.

— E ainda assim você escolheu favorecê-lo?

— Delos é onde minha mãe buscou refúgio para dar à luz a mim e Ártemis — ele explicou. — Eles são o meu povo, e ele os protegeu. Eu devo o favor a ele.

Os dois olharam para o campo onde vários homens permaneciam, todos nus. Perséfone reparou em Heitor, cujos olhos estavam apertados, com uma expressão zombeteira. Seguiu o olhar dele e viu que fitava Ajax, que estava no processo de se despir. A deusa desviou os olhos. Sabia que era a tradição que os gregos participassem nus da maioria dos esportes — com a exceção das corridas de carruagem —, mas precisavam treinar daquele jeito também?

— Hades não vai ficar nada feliz quando souber como passei o dia — ela refletiu.

Perséfone esperava que Apolo fizesse um comentário sarcástico, mas tudo que ele disse foi:

— Hummm.

Quando olhou para ele, viu que estava concentrado em Ajax, com os olhos ardentes. Conhecia aquela expressão, mesmo nos olhos de outra pessoa, porque era a mesma de Hades quando olhava para ela. Cutucou Apolo com o cotovelo.

— Achei que seu herói fosse o Heitor — ela disse.

— E é.

— Então por que está encarando Ajax?

Um músculo se contraiu no maxilar de Apolo.

— Seria tolice da minha parte não observar o adversário do meu herói.

— Quando ele está tirando a roupa? — ela perguntou, levantando a sobrancelha.

Apolo bufou, zombeteiro.

— Não gosto de você.

Perséfone soltou uma gargalhada, mas sua diversão acabou logo, assim que ela ouviu algo que fez seu humor azedar.

— Olha pra ele, vestido como um guerreiro e não consegue ouvir nada — um dos homens disse no campo. Estava parado ao lado de outro homem, de braços cruzados, apontando para Ajax com a cabeça. — Que piada!

Os punhos de Perséfone se cerraram, e ela olhou para Apolo, cujo rosto permanecia impassível.

— Não confio nele — outro herói falou. — E se ele estiver enganando todos nós? Talvez esteja fingindo ser surdo para baixarmos a guarda e pegarmos leve com ele?

— Ele é um brinquedinho sexual — uma mulher acrescentou. — Do Poseidon, se não estou enganada.

Todos riram, mas Perséfone ficou horrorizada.

— Você vai deixar eles falarem assim?

— Não são meus heróis — ele disse.

— Podem não ser seus heróis, mas você é o diretor dos jogos. Não é você que estabelece o padrão para o comportamento deles? — Ela fez uma pausa. — Ou esse é o padrão?

Apolo estava com um olhar assassino, mas a atenção deles voltou para o campo quando Heitor se curvou para pegar um pedaço de madeira.

— Apolo! — A voz de Perséfone ficou mais aguda.

Heitor pegou impulso, sua força evidente no inchaço dos músculos, e atirou a viga na direção de Ajax. Perséfone observou, horrorizada, o objeto voar pelos ares, indo diretamente para a cabeça de Ajax, mas então o mortal se virou bem a tempo e o pegou com uma mão. Encarou a viga por um instante, e então seu olhar gelado pousou em Heitor e naqueles que não tinham feito nada durante a tentativa de ataque. Os sorrisinhos deles se transformaram em queixos caídos, a mesma expressão que Perséfone tinha agora.

Ajax quebrou a viga no joelho e descartou os pedaços. Heitor sorriu.

— Então seus reflexos são bons... Mas como você é na arena?

No instante seguinte, atacou Ajax. Juntos, os dois caíram na lama, água espirrando para todo lado, respingando nos rostos dos que estavam mais perto. Apolo se aproximou da beirada do pórtico onde os dois estavam lutando — só que não era uma luta esportiva, era um combate a sério. Por um momento, Heitor pareceu estar em vantagem, esmurrando o rosto de Ajax quando ele caiu de costas, mas Ajax logo assumiu o controle, prendendo o punho de Heitor entre as mãos e empurrando-o para longe como se ele não pesasse nada. Os dois ficaram de pé, girando em torno um do outro, as expressões cheias de fúria.

Heitor correu para Ajax, que se curvou, dando-lhe um soco no estômago. Então ergueu Heitor no ar e o jogou no chão de costas.

— Eles se odeiam — Perséfone disse.

— São adversários — Apolo respondeu, mas Perséfone não tinha tanta certeza. Heitor ria e brincava com os outros heróis; era só Ajax que ele tratava diferente. Por um instante ela se perguntou se seria porque o homem era surdo ou se seria inveja. Ajax era forte e capaz, independentemente de sua deficiência auditiva. Ainda assim, Perséfone teve a sensação de que conhecia essa fúria — sentiu a mesma coisa na Floresta do Desespero.

Seu olhar retornou para Heitor, que gemia no chão congelado.

A briga terminou tão rápido quanto começou. Ajax não ficou parado acima de Heitor para se vangloriar, mas se virou e lançou um olhar penetrante a Apolo antes de pegar suas roupas e sair do pátio.

Perséfone franziu as sobrancelhas quando olhou do mortal que se afastava para o Deus do Sol.

— Não vai ver como está seu herói? — ela perguntou.

— Não. É o castigo de Heitor por sua soberba — Apolo disse. — Talvez isso o ajude a ter humildade antes de enfrentar Ajax nos Jogos Pan-helênicos.

— Você ainda vai organizar os jogos com esse clima?

— Se homens e mulheres não puderem lutar debaixo de uma nevezinha, então o lugar deles não é nos jogos.

— Não se trata dos competidores, Apolo. E os espectadores? É perigoso viajar nesse tempo.

— Já que está tão preocupada, talvez você devesse falar com a sua mãe.

Perséfone baixou o olhar, franzindo a testa.

— Então você sabe?

— Todos nós sabemos — Apolo disse. — Não é como se Deméter nunca tivesse feito isso antes. É só uma questão de quando Zeus vai intervir.

Perséfone sentiu o estômago ficar azedo.

— Ela vai ouvir Zeus? Se ele disser pra ela parar?

— Vai — Apolo respondeu. — Ou vai haver uma guerra.

Eles saíram do campo, e Apolo deu a Perséfone um tour da Palestra de Delfos. Era uma bela instalação, com diversas salas para banhos, esportes e equipamento que saíam do pórtico circundando o campo. Havia alguns campos de treino internos e um grande estádio aberto para treinos de carruagem. No momento ela estava olhando para o campo a partir de uma suíte privada que incluía um bar, grandes televisões presas às paredes e assentos de couro diante de um painel de janelas. Perséfone estava muito feliz de estar ali dentro, onde estava quente.

— Esse lugar é incrível — ela disse.

Tinha alguma coisa ainda mais impressionante nas corridas de carruagem e nos estádios. Perséfone só os tinha visto antes pela televisão, mas estar ali pessoalmente lhe dava uma ideia de como eram monumentais.

— Estou feliz que você gostou — Apolo falou. — Tenho... muito orgulho dele.

Perséfone achava que nunca tinha ouvido Apolo dizer algo do tipo.

Ficaram em silêncio enquanto ela observava o centro da pista, onde um muro baixo chamado *spina* seguia sua forma oval. Era decorado por diversas estátuas, incluindo uma dourada de Apolo, mas havia também Ártemis e uma mulher que ela não reconhecia.

— Quem é a terceira estátua? — ela perguntou.

— Minha mãe, Leto — Apolo respondeu. — Ela arriscou a própria vida para dar à luz a mim e a minha irmã, então nós protegemos ela.

Perséfone sabia que Hera tinha perseguido Leto sem parar antes e depois de ela dar à luz aos gêmeos divinos, com ciúme da infidelidade de Zeus. Também sabia o que Apolo queria dizer com *proteger* — ele e sua irmã tinham matado tanto mortais quanto criaturas. A boca de Perséfone se apertou ao pensar nisso.

— Gostaria que você comparecesse à primeira competição comigo — Apolo disse. — É corrida de carruagem.

— Você está pedindo ou ordenando? — Perséfone perguntou.

— Pedindo — Apolo respondeu. — A menos que você diga não.

— E eu crente que você estava mudando — ela disse, calmamente.

— Um passo de cada vez, peitinhos de mel.

— Se o Hades se manifestar pra te matar, eu não vou interferir.

— O quê? Não é como se eu já tivesse provado pra saber se é verdade!

— O simples fato de a gente estar tendo essa conversa já é suficiente pra deixar o Hades furioso.

— Talvez você devesse dizer pra ele que masculinidade tóxica não é nada atraente.

Perséfone revirou os olhos e rebateu:

— Ele não confia em você.

— Mas devia confiar em você.

— Ele confia. E também sabe quantas vezes eu já te pedi pra não me chamar por esses apelidos. — Ela lhe lançou um olhar de desafio.

Apolo fez um beicinho e cruzou os braços.

— Só estou me divertindo.

— Achei que a gente estivesse se divertindo!

O Deus do Sol se iluminou.

— Você estava se divertindo?

Ela suspirou bem alto.

— Você faz eu me arrepender de manter minha parte do acordo.

Ele sorriu.

— Lição número dois, Sefy. Quando um deus te oferecer uma saída, aceite.

— E qual é a lição número um?

— Nunca aceite fazer um acordo com um deus.

— Se essas são as lições, ninguém está ouvindo.

— Claro que não. Deuses e mortais sempre querem o que não podem ter.

— Incluindo você? — ela perguntou, olhando de soslaio para ele.

Ele pareceu ficar sério, uma careta retorcendo seu rosto perfeito.

— Eu mais do que qualquer um — Apolo respondeu.

10

UM PASSEIO NO PARQUE

Apolo teleportou Perséfone de volta para o Alexandria Tower sem nenhum aviso. A única indicação que ela teve de que ele estava prestes a agir foi o cheiro de sua magia.

— Apolo! — ela resmungou, mas sua frustração se perdeu quando o chão pareceu sumir debaixo de seus pés. Seu estômago embrulhou e o mundo escureceu. Quando clareou de novo, ela viu Hades sentado atrás de sua mesa no novo escritório.

— Oi — ela disse.

— Oi — a voz dele retumbou, como um rosnado baixo, e ela franziu as sobrancelhas.

Ele não soou nada feliz, mas parecia à vontade, relaxado na cadeira dela, um dedo tocando a boca, as pernas bem afastadas, e ela imaginou que se encaixaria perfeitamente no vão entre as coxas dele.

— Tudo bem? — ela perguntou.

— Harmonia acordou — ele respondeu.

O coração de Perséfone quase saiu pela boca.

— Como ela está? — As palavras saíram depressa.

— Estamos prestes a descobrir — ele disse, levantando-se e contornando a mesa. — Aproveitou o tempo com Apolo?

Perséfone não estava surpresa que Hades soubesse aonde ela tinha ido; provavelmente estava sentindo o cheiro da magia de Apolo. Ainda assim, franziu a testa, sabendo que Hades não estava feliz. Não havia nada que ele pudesse fazer. Ela e Apolo estavam ligados por um acordo que ela insistiu em cumprir mesmo quando o Deus do Sol ofereceu livrá-la do contrato, algo que Hades não tinha gostado nada de descobrir.

Ainda assim, Perséfone se manteve firme na decisão. A última coisa de que Apolo precisava era se sentir abandonado.

— Numa escala de um a dez? — Perséfone perguntou. — Eu daria um seis.

Hades levantou a sobrancelha. Era como se ele quisesse achar divertido, mas sua irritação estivesse vencendo.

— Sinto muito que isso te desagrade.

— Não é você que me desagrada — ele respondeu. — Só preferia que Apolo não te arrastasse até Delfos durante o chilique da sua mãe e enquanto os agressores de Adônis e Harmonia ainda estão por aí.

— Você... me seguiu?

A ideia não a chateou; na verdade, ela gostaria de que Hades conseguisse rastrear sua localização mais vezes. Já aconteceu de ele não ser capaz de encontrá-la. De algum jeito — e Perséfone não sabia exatamente como — ela bloqueava a habilidade dele de sentir e rastrear sua magia. Tinha acontecido algumas vezes: uma vez quando ela se perdeu no Submundo, outra quando Apolo a obrigou a participar de uma competição musical ridícula; e por fim, quando Pirítoo a sequestrou. Cada ocorrência foi mais perigosa do que a anterior.

Hades baixou os olhos e levantou a mão dela para que seu anel ficasse à mostra, as pedras cintilando sob a luz, cada uma no centro de uma flor delicadamente moldada.

— Essas pedras, turmalina e dioptásio, emitem uma energia única... A sua energia. Se estiver usando esse anel, consigo te encontrar em qualquer lugar.

Perséfone não ficou surpresa com a habilidade; Hades era o Deus dos Metais Preciosos.

— Não foi... de propósito — ele acrescentou. — Eu não tinha a intenção de... colocar um rastreador em você.

— Eu acredito em você — Perséfone disse. — É... reconfortante.

Hades a encarou, então roçou os lábios em seus dedos. O hálito dele estava quente contra a pele fria dela.

— Vem. Afrodite está esperando — ele disse, e desapareceram.

Apareceram diante de uma mansão feita de estuque branco e vidro. A porta da frente era de madeira e tinha um puxador comprido e elegante. Uma janela lateral possibilitou que Perséfone espiasse lá dentro e visse uma escada. Jamais teria adivinhado que o escritório em que esteve na noite passada fazia parte desta casa. Aquela sala era tradicional e quente, enquanto o edifício era moderno e reluzente.

Perséfone estremeceu, abraçando a si mesma enquanto o vento frio chicoteava ao redor deles, cortante e com cheiro de sal. Pelo jeito, o inverno de Deméter também não tinha poupado as ilhas ao redor da Nova Grécia.

— A gente não pode só se teleportar pra dentro igual a última vez? — Perséfone perguntou, batendo o queixo.

— Poderíamos — Hades respondeu. — Se tivéssemos sido convidados.

— Como assim? Afrodite não te avisou que Harmonia tinha acordado?

Hades não respondeu de imediato.

— Hades — Perséfone alertou.

— Ela mandou Hermes atrás de você — Hades respondeu. — E em vez disso, ele me encontrou.

Eles se encararam por um instante. Perséfone não tinha certeza do que dizer. Afrodite estava tentando agir pelas costas de Hades, e, embora Perséfone se perguntasse o que a Deusa do Amor pretendia fazer sem o Deus dos Mortos, também se perguntava se Hades percebia que ela não teria vindo sem ele.

— Você não vai fazer isso sem mim — ele disse.

Aí estava sua resposta. Era um golpe duro, uma dor que ela não estava esperando. Ele não confiava nela, não com essa situação, pelo menos, e mesmo reconhecendo que não tinha o melhor histórico de obediência, ela sabia que isso era diferente — *ela* estava diferente. Seus olhos arderam e ela engoliu um nó na garganta, virando a cabeça de um jeito quase mecânico para encarar a entrada.

— Perséfone...

Mas o que quer que Hades estivesse prestes a dizer se perdeu quando a porta se abriu. Era uma mulher, mas Perséfone achava que não era uma mulher de verdade. Até parecia viva — bochechas rosadas e olhos vidrados —, mas Perséfone não sentia nenhum tipo de vida; nenhum coração batendo e nenhum calor.

Devia ser um animatrônico, Perséfone pensou, uma das criações de Hefesto.

— Bem-vindos. — O tom dela era suave, sussurrado. Fazia Perséfone se lembrar da voz de Afrodite, mas um pouquinho tensa. — Milorde e milady não estão esperando convidados. Digam seus nomes, por favor.

Perséfone começou a abrir a boca, mas Hades só passou pela mulher... robô... o que quer que ela fosse... e entrou na casa.

— Com licença! — ela gritou atrás de Hades. — O senhor está entrando na residência privada de Lorde e Lady Hefesto!

— Eu sou Lady Perséfone. E aquele é Lorde Hades.

O Deus dos Mortos se virou para ela.

— Vem, Perséfone.

Ela cruzou os braços e olhou feio para ele.

— Dá pra ser um pouquinho mais educado? Você *não foi* convidado, lembra?

A boca de Hades se apertou.

O animatrônico ficou em silêncio, e Perséfone se perguntou por um momento se tinha quebrado o robô, mas então o rosto dela mudou, iluminando-se como se estivesse animada ou feliz, e ela disse:

— Lady Perséfone, seja muito bem-vinda. Por favor, siga-me.

A mulher se virou e se dirigiu para uma sala de estar espaçosa. Ao passar por Hades, acrescentou:

— Lorde Hades, o senhor não é nada bem-vindo.

Ele revirou os olhos, mas foi atrás de Perséfone. Ela sentiu um calor se espalhando pelo peito quando ele pegou sua mão. Tentou se soltar, mas ele segurou firme, e ela acabou cedendo. Por mais brava que estivesse com Hades, o fato de ele querer tocá-la ajudava.

A casa de Afrodite era o que Perséfone esperava — luxuosa, aberta, romântica —, mas havia elementos que eram muito diferentes do que imaginava: linhas modernas, arte de metal e madeira polida. Era uma fusão da Deusa do Amor com o Deus do Fogo, mas, com base no que ouviu e viu dos dois, ela achou surpreendente que as diferenças deles combinassem tão bem — e de maneira tão óbvia — naquela casa. Estava esperando que eles levassem vidas separadas.

Perséfone e Hades foram conduzidos por um corredor. De um lado havia janelas; do outro, telas pintadas com tinta rosa-bebê e dourada. Perséfone manteve os olhos na arte, sem querer olhar para o jardim do lado oposto e ver todas as plantas tropicais de Afrodite afundadas em neve.

A empregada parou para abrir a porta e anunciá-los ao entrar.

— Lady Afrodite, Lady Harmonia... Lady Perséfone e Lorde Hades estão aqui para vê-las.

Entraram em uma biblioteca que, apesar de ter os mesmos janelões do corredor, de algum jeito parecia mais quente. Talvez fossem todas as estantes de mogno, preenchidas por livros com encadernação de couro e relevos dourados, ou as lâmpadas que lançavam um brilho cor de âmbar sobre as paredes. Afrodite e Harmonia estavam sentadas lado a lado em um canapé estofado em veludo fino da cor do mar frio lá fora. Diante delas, estava uma bandeja com um bule de chá fumegante, canecas e pequenos sanduíches.

Perséfone não conseguia desviar o olhar de Harmonia. A deusa loira era tão bela quanto a irmã. Parecia mais jovem, o rosto menos anguloso, as expressões mais suaves. A magia de Apolo tinha conseguido curar boa parte dos cortes e hematomas que machucavam sua pele na noite anterior, mas era evidente que ela tinha passado por um trauma. Ele assombrava seus olhos e a energia ao seu redor. Ela estava sentada como se temesse quebrar — ou talvez como se não confiasse em ninguém, ainda que estivesse segura. Enrolada em seu colo estava Opala, que tinha acabado de tomar banho, o pelo branco como a neve de novo.

Perséfone tentou não ficar encarando os chifres de Harmonia — ou o que sobrou deles, na verdade. Tinha algo errado no jeito como o osso branco se projetava de seu cabelo sedoso.

Será que cresceriam de volta? Era possível restaurá-los com magia? Perséfone não sabia, já que nunca tinha ouvido falar de alguém chegando perto o bastante de um deus ou de uma deusa para arrancar seus chifres. Teria que perguntar a Hades depois.

— Obrigada, Lucy — agradeceu Afrodite, e o animatrônico fez uma reverência antes de sair da sala. O olhar da deusa passou para Perséfone, depois para Hades. — Estou vendo que Hermes não foi capaz de seguir as instruções — comentou, com brusquidão.

— Graças a Apolo — Perséfone falou.

— Perséfone e eu estamos nisso juntos, Afrodite — Hades disse.

Todos ficaram em silêncio.

— Perséfone... — Afrodite continuou. — Por favor, sente-se.

Perséfone se sentou em uma cadeira de frente para as duas deusas. Afrodite continuou como se Hades não estivesse escurecendo a sala, embora ele tenha ido ficar atrás de Perséfone.

— Chá? — ela ofereceu.

— Sim. — A voz de Perséfone saiu suave. Ela queria alguma coisa quente para acabar com o frio em seus ossos.

Afrodite serviu o chá e empurrou a caneca em sua direção.

— Açúcar?

— Não, obrigada — Perséfone disse, tomando um gole da bebida amarga.

— Sanduíche de pepino?

Era estranho ver Afrodite bancando a anfitriã, e Perséfone ficou com a impressão de que ela estava sendo tão gentil por causa do papel que esperava que a Deusa da Primavera desempenhasse na localização dos agressores de Harmonia.

— Não, obrigada — Perséfone repetiu.

Houve um momento de silêncio, e foi Harmonia que o quebrou ao pigarrear suavemente.

— Acho que vocês vieram falar comigo — ela disse. Sua voz era baixa e calma, e ela falava cuidadosa, mas liricamente.

Perséfone hesitou, olhando para Afrodite por um segundo.

— Se você estiver se sentindo bem o bastante. Precisamos saber o que aconteceu ontem à noite.

Ela não sabia dizer o que Harmonia achava de compartilhar com eles o trauma de seu encontro com os agressores. A deusa não recuou, nem sequer piscou. Era como se estivesse reprimindo todas as emoções no esforço de se comunicar com eles.

— Por onde eu começo? — ela perguntou, olhando para Hades.

— Onde você estava quando foi atacada? — Hades perguntou.

— Eu estava no Parque Concorida — ela respondeu.

O Parque Concorida ficava em Nova Atenas. Era grande e tinha muitas trilhas arborizadas.

— Na neve? — Perséfone perguntou.

Harmonia deu um sorrisinho.

— Eu levo a Opala para passear lá toda tarde — ela disse. A cachorrinha branca e peluda em seu colo grunhiu. — Fomos pelo caminho de sempre. Não senti nada de estranho; nenhuma violência ou animosidade antes de eles atacarem.

O fato de Harmonia passear pelo parque com frequência e fazer sempre o mesmo caminho provavelmente significava que alguém conhecia sua rotina e planejou o ataque. A neve também garantia que houvesse poucas testemunhas.

— Como aconteceu? — Hades perguntou. — Do que você se lembra?

— Alguma coisa pesada me consumiu — ela respondeu. — O que quer que tenha sido me derrubou no chão. Não conseguia me mexer, nem invocar meu poder.

Houve vários segundos de silêncio, então Harmonia recomeçou.

— Ficou fácil para eles depois disso... saíram da mata, mascarados. O que eu mais me lembro é da dor nas costas... Colocaram um joelho na minha coluna enquanto alguém segurava e serrava meus chifres.

— Ninguém veio te socorrer? — Perséfone perguntou.

— Não tinha ninguém — Harmonia explicou, balançando a cabeça. — Só essas pessoas que me odeiam por ser uma coisa que eu não posso evitar.

— Depois de tirarem seus chifres, o que eles fizeram? — Hades perguntou. A pergunta foi cuidadosa, mas quase fez Perséfone estremecer.

— Eles me chutaram, me socaram e cuspiram em mim — Harmonia respondeu.

— Falaram alguma coisa enquanto... te atacavam?

— Falaram todo tipo de coisa — ela disse. — Coisas horríveis. — Parou por um instante, as lágrimas molhando seus cílios. — Usaram palavras como puta, vadia e abominação, e às vezes formavam perguntas com elas, como: cadê seu poder agora? Era como se eles achassem que eu fosse uma deusa da batalha, como se eu tivesse feito algo contra eles. Eu só conseguia pensar que podia ter trazido paz a eles, e em vez disso eles me trouxeram agonia.

Perséfone não sabia o que dizer; talvez porque não houvesse nada a dizer. Ela não tinha a capacidade de entender as pessoas que haviam machucado Harmonia ou suas razões. Era ódio, puro e simples. Ódio pelo que ela era, e nada mais.

— Você se lembra de mais alguma coisa? Qualquer coisa que consiga recordar agora e que possa nos ajudar a encontrar essas pessoas? — Hades continuou. Então acrescentou, suavemente: — Leve o tempo que precisar.

Harmonia pensou e, depois de um instante, começou a balançar a cabeça.

— Eles usaram a palavra *pau-mandado* — ela disse. — Falaram: você e os seus paus-mandados estão fadados à destruição quando o renascimento começar.

— *Pau-mandado* — Perséfone repetiu, erguendo o olhar para Hades. — Foi disso que a mulher na Coffee House me chamou.

Ela também já tinha ouvido sobre esse tal de "renascimento" antes, no artigo que Helena escreveu sobre a Tríade. Será que esses agressores mascarados eram membros? Ou só apoiadores independentes?

Harmonia ficou calada e levou a mão fina e trêmula até os chifres quebrados na parte da frente da cabeça.

— Por que vocês acham que eles fizeram isso? — ela sussurrou.

— Para comprovar um argumento — Hades respondeu.

— E qual é o argumento, Hades? — Afrodite perguntou, com a raiva evidente em sua voz.

— Que os deuses são dispensáveis.

Dispensáveis.

Descartáveis.

Inúteis.

— E eles queriam uma prova disso — ele acrescentou. — Não vai demorar muito para a notícia do seu ataque se espalhar, a gente querendo ou não.

— Você não é o deus das ameaças e da violência? — Afrodite perguntou. — Use o seu Submundo decadente para se antecipar a isso.

— Você esquece, Afrodite, que precisamos descobrir quem eles são primeiro. Até lá, a notícia já vai ter se espalhado, se não entre as massas, pelo menos entre aqueles que desejam ver nossa queda.

Perséfone se pegou pensando em Sibila: o que o oráculo faria numa situação dessas? Era um pesadelo de assessoria, mas, pior ainda, comunicava que os deuses falhavam, que podiam ser derrotados. Da última vez que os mortais tinham lutado contra os deuses, o mundo tinha se inundado do sangue deles.

— Mas precisamos deixar quieto por enquanto — ele disse.

— Por quê? Você quer que isso aconteça de novo? — Afrodite exigiu saber. — Já aconteceu duas vezes!

As palavras eram um insulto a Hades e Perséfone, que só queriam ajudar.

— Afrodite — Perséfone falou seu nome em tom de advertência.

— Entendo o que Lorde Hades está dizendo — Harmonia interrompeu. — Alguém está fadado a deixar escapar que sabe do meu suplício, e, quando isso acontecer, vocês estarão prontos... Não é, Hades?

Perséfone olhou de Harmonia para o Deus dos Mortos, que assentiu.

— Sim — ele disse. — Estaremos prontos.

11

UM TOQUE DE PESADELO

Perséfone e Hades deixaram a ilha de Lemnos e retornaram para o Submundo. Quando apareceram no quarto dele, Hades agarrou os ombros de Perséfone e a abraçou com força, tomando sua boca, beijando-a como se estivesse reivindicando sua alma. Por um instante, ela ficou atordoada. Estava achando que eles iam voltar e discutir. Hades sabia que ela estava brava com ele e não gostava de deixar a situação fermentando. Ela cedeu à sensação dos lábios dele, ao avanço de sua língua, ao cheiro de cinzas e pinheiros impregnado em sua pele. Ele mexeu o braço, aninhando a cabeça dela na dobra de seu cotovelo enquanto levava a outra mão ao rosto da deusa. Com um último deslizar da língua pelos lábios dela, ele se afastou.

Os olhos dela se abriram devagar, e ela se deparou com Hades encarando-a cheio de ternura, como se estivesse se dando conta de seu amor por ela de novo.

— Pra que isso? — Perséfone perguntou, sem fôlego.

— Você me defendeu — ele disse.

Perséfone abriu a boca para falar, mas não tinha palavras. Tinha sido grosseira com a Deusa do Amor porque as palavras dela foram cruéis, e Hades não merecia sua censura. Machucava-a lembrar que já havia feito o mesmo.

— Sou grato por isso — Hades acrescentou.

Ela sorriu para ele, baixando os olhos para seus lábios antes de ele franzir as sobrancelhas, os olhos escuros endurecendo.

— Eu feri seus sentimentos — ele disse.

As palavras atingiram Perséfone como uma flecha direto no peito, roubando seu sorriso enquanto ela se lembrava do que a magoou do lado de fora da casa de Afrodite. Desviou o olhar por um instante, com os pensamentos meio caóticos, mas achava melhor ser direta. Então olhou nos olhos dele.

— Você confia em mim?

Hades arregalou os olhos.

— Perséfone...

— Seja lá o que estiverem prestes a fazer, podem parar — Hécate disse, aparecendo no quarto, cobrindo os olhos com a mão.

Os dois se viraram para olhar para ela. Estava vestida de um jeito mais formal do que de costume, com um traje da cor de rosas da meia-noite e o cabelo trançado.

— Será que a gente devia tirar a roupa antes de ela abrir os olhos? — Hades perguntou, baixando o olhar para Perséfone.

Hécate abaixou a mão e lançou a eles um olhar feroz.

— As almas estão esperando. Vocês dois estão atrasados!

— Atrasados pra quê? — Perséfone perguntou.

— Sua festa de noivado! — Eles se entreolharam, e Hécate pegou a mão de Perséfone e a arrastou até a porta. — Vem. Não temos muito tempo pra te arrumar.

— E eu? — Hades perguntou. — O que devo usar na festa?

Hécate olhou para ele por cima do ombro.

— Você só tem duas roupas, Hades. Escolha uma.

Então elas saíram e caminharam pelo corredor de mármore em direção à suíte da rainha, onde Perséfone normalmente se arrumava para os eventos. Uma vez lá dentro, Hécate invocou sua magia. O cheiro deixou Perséfone tensa, talvez porque da última vez que Hécate havia usado seus poderes na presença dela, mandou sua assombração atacar. O cheiro de amora e incenso e a sensação de algo velho, antigo e sombrio a afetaram, mas, quando a magia a tocou, foi como uma carícia, um formigamento suave que parecia seda se desenrolando sobre a pele. Ela relaxou sob esse efeito, fechando os olhos e deixando-o assumir o controle, enroscando-se ao redor de seu corpo e em seus cabelos. Pouco depois, Hécate falou.

— Perfeito — ela disse, e Perséfone abriu os olhos e se deparou com a Deusa da Magia sorrindo.

— Sem lâmpadas dessa vez?

— Infelizmente não temos tempo para o lazer — Hécate disse. — Vem... Olha o que eu fiz.

A deusa girou Perséfone para colocá-la de frente para o espelho, e ela soltou um suspiro. Estava usando um vestido de cor rosa envelhecido com um corpete justo e uma saia de tule. Era simples e lindo. No processo de usar sua magia, Hécate tinha acabado com a ilusão de Perséfone, que agora exibia sua forma Divina; esguios chifres brancos saíam de sua cabeça, e camélias brancas formavam uma coroa na base deles. Os cachos caíam pelas costas, em variados tons de dourado. Seus olhos verde-escuros e cintilantes faziam-na parecer selvagem, indomável, ameaçadora.

Perséfone sempre soube que havia uma escuridão dentro de si. Hécate e Hades já a tinham visto, enquanto ela apenas a sentia.

Agora a via também.

Há escuridão dentro de você. Raiva, medo, ressentimento. Se você não se libertar primeiro, ninguém poderá fazê-lo.

Ela encontrou o olhar de Hécate no espelho, e a bruxa deu um sorriso bondoso. Tinha ouvido seus pensamentos.

— Essa escuridão não é a mesma. Essa escuridão é fadiga e trauma, luto e perda. É essa escuridão que fará de você Rainha do Submundo.

Então Hécate se inclinou para a frente, segurando os ombros esbeltos de Perséfone e apoiando o queixo em um deles.

— Olhe bem pra você, meu amor, mas não tenha medo da mudança.

Perséfone encarou seu reflexo por mais um instante e descobriu que não tinha medo da pessoa que olhava de volta. Na verdade, gostava dela, apesar da dor e do luto. Estava ferida e, de algum jeito, era melhor por isso.

Elas apareceram no meio do Asfódelos, sob um etéreo dossel de luzes e tecido branco brilhante. Lamparinas e buquês de rosas brancas e cor-de-rosa, delfínios, goivos e hortênsias adornavam os dois lados da via. Havia velas em todas as janelas e, do lado de fora de cada casa, mesas abarrotadas de comidas diversas, as várias especialidades das almas que residiam ali. Os diferentes cheiros davam água na boca. As almas em si estavam presentes em massa, todas bem-vestidas e alegres.

— Lady Perséfone chegou! — Hécate anunciou, e, depois de se curvarem diante dela, as almas a aclamaram, aproximando-se para segurar sua mão ou agarrar seu vestido.

— Estamos tão animados, Lady Perséfone!

— Parabéns, Lady Perséfone!

— Mal podemos esperar para chamá-la de rainha!

Ela sorriu e riu com elas até Yuri se aproximar, jogando os braços em torno dela.

— E aí, o que achou? — Yuri perguntou, sorrindo tanto que Perséfone teve certeza de que nunca vira a alma tão feliz desde que a conheceu.

— Está lindo, de verdade, Yuri — Perséfone disse. — Você se superou.

— Se você acha que isso é lindo, precisa ver o campo!

Yuri pegou Perséfone pela mão e a conduziu pela estrada comprida, passando por casas, flores e lamparinas até chegar ao verde-esmeralda do campo de Asfódelos. Do centro da vila, ela tinha avistado globos de luz à distância, mas agora que se aproximava, via o que eram de verdade. As lâmpadas pairavam a alguns metros do chão, sua luz sobrenatural iluminando o campo inteiro, coberto por narcisos, onde cobertores brancos estavam dispostos. Cada espaço tinha uma cesta de piquenique decorada com os delfínios brancos dos buquês que ela vira na vila.

— Ah, Yuri, que perfeito! — Perséfone disse.

— Pensei nisso porque você gosta de piqueniques — Yuri falou, e, ao lado dela, Hécate bufava.

Perséfone olhou para a deusa com a sobrancelha erguida.

— O que foi? Eu gosto mesmo de piqueniques.

— Você gosta de piqueniques sozinha. Com Hades. Você gosta do Hades — Hécate disse.

— E daí? É minha festa de noivado.

Hécate jogou a cabeça para trás, rindo.

— Você gostou? — Yuri perguntou. Ela parecia ter interpretado as palavras de Hécate como sinal de que Perséfone podia não gostar da decoração.

— Eu amei, Yuri. Muito obrigada.

A alma ficou radiante.

— Venha! Planejamos tanta coisa... Danças, jogos, banquetes!

Todas voltaram para o movimentado centro da vila, e Perséfone se viu maravilhada com a diversidade das almas — ali havia todo tipo de pessoa, e ela queria aprender com cada uma delas. Cada uma se vestia de um jeito, tinha um tom de pele e um sotaque, cozinhava um tipo de comida e fazia um determinado chá, todas com costumes e crenças diferentes. Todas tinham levado vidas diferentes, algumas sem e outras com progresso, algumas por poucos anos, outras por muitos — e no entanto, aqui estavam, compartilhando sua eternidade sem nenhum pingo de raiva ou animosidade.

— Olha quem chegou... E de roupa nova também! — Hécate disse, arrancando Perséfone dos pensamentos.

Ela se virou, os olhos encontrando os de Hades quando ele se manifestou no fim da estrada, a entrada para o Asfódelos. A presença dele a fez parar de repente e levou seu coração a martelar de um jeito doloroso no peito.

Ele estava estonteante, um Rei da Escuridão, coberto em sombras. Seu traje era da cor da meia-noite, com bordas prateadas, e só cobria um ombro, deixando exposta parte do peito e do bíceps musculoso. Os olhos dela percorreram sua pele bronzeada, os contornos e as veias que subiam pelo braço e desapareciam sob o cabelo longo e sedoso. Dessa vez, ele usava um penteado meio preso, e seus chifres pretos estavam coroados por pontas de ferro.

Enquanto estavam parados em pontas opostas da estrada, Perséfone ficou impressionada com o quanto eram parecidos — não em aparência, mas em algo mais profundo, algo que estava entranhado em seus corações, ossos e almas. Tinham começado em dois mundos muito diferentes, mas no fim das contas queriam a mesma coisa — aceitação, amor e consolo — e tinham-na encontrado nos olhos, nos braços e na boca um do outro.

Isso é poder, pensou ela, enquanto seu corpo se inflamava e agitava com um emaranhado caótico de emoções: a paixão e a dor de amar alguém mais do que o ar nos próprios pulmões e o brilho das estrelas no céu noturno.

— Lorde Hades! — Um coro de vozes soou quando várias crianças correram na direção dele, abraçando suas pernas. Outras ficaram para trás, tímidas demais para se aproximar. — Vem brincar com a gente!

Ele sorriu, e aquele sorriso a atingiu com força no peito, a risada que se seguiu sacudindo seus pulmões. Ele se curvou e pegou uma garotinha chamada Lily nos braços.

— Do que vamos brincar? — ele perguntou.

Várias vozes gritaram ao mesmo tempo.

— Esconde-esconde!

— Cabra-cega!

— Ostracinda!

Era estranho, de partir o coração, ouvir os pedidos, porque pelas escolhas Perséfone podia dizer há quanto tempo aquelas crianças estavam no Submundo.

— Bom, acho que a questão é escolher do que vamos brincar primeiro — Hades respondeu.

Então olhou para cima e encontrou o olhar de Perséfone. Aquele sorriso — o que fazia seu coração dar cambalhotas por ser tão raro e ao mesmo tempo tão genuíno — continuava ali.

Com o olhar dele vieram muitos outros. Algumas das crianças que tinham sido tímidas demais para se aproximar de Hades foram até ela, pegando suas mãos.

— Lady Perséfone, brinca com a gente, por favor!

— Claro — ela falou, rindo. — Hécate? Yuri?

— Não — Hécate disse. — Mas vou assistir e beber vinho aqui no canto.

Foram para um espaço aberto próximo da área de piquenique que Yuri e as almas tinham arrumado e brincaram, se divertindo com a maior parte dos jogos sugeridos pelas crianças. No caso de esconde-esconde, Hades teve muita vantagem, já que ele podia ficar invisível pouco antes de ser encontrado. Também não foi muito justo ele participar de cabra-cega, já que ele podia encontrar qualquer um pelo campo usando seus poderes.

O jogo final foi ostracinda, um jogo grego antigo em que os participantes se dividiam em dois times — um representando o dia e outro, a noite. Para começar a brincadeira, era necessário jogar uma concha no ar — um lado era branco e o outro preto para corresponder aos times. Dependendo de qual cor ficasse para cima, um time tinha que perseguir o outro.

Perséfone nunca tinha brincado disso antes, mas era bastante simples. O maior desafio seria escapar de Hades. Parado ali diante dela, no time da noite, ela sabia que ele estava de olho nela.

Um menino segurava uma concha enorme. Ele dobrou os joelhos e pulou, lançando a concha no ar. Ela aterrissou com um baque na grama, com o lado branco para cima, e o caos tomou conta do campo enquanto as crianças se dispersavam. Por um segundo, Perséfone e Hades permaneceram parados, olhos presos um ao outro. Então um sorriso predatório se espalhou pelo rosto do deus, e a Deusa da Primavera se virou. Na mesma hora, sentiu o dedo de Hades roçar de leve seu braço — foi por muito pouco que ele não a capturou.

Ela correu. A grama estava fresca sob seus pés, e o cabelo esvoaçava atrás dela. Perséfone se sentiu livre e ousada quando olhou por cima do ombro para Hades, que estava se aproximando, e de repente se lembrou de que não se sentia assim desde antes do acidente de Lexa. Pensar nisso a fez vacilar na corrida, e ela parou por completo, a euforia esmagada sob o peso da culpa.

Como podia ter esquecido? O rosto da deusa ficou quente e um nó se formou em sua garganta, fazendo seus olhos se encherem de lágrimas.

Hades parou ao lado dela. Reconhecendo que tinha alguma coisa errada, perguntou:

— Você está bem?

Ela levou um momento para responder — um momento em que lutou para engolir as lágrimas se formando atrás de seus olhos e suprimir o tremor na garganta.

— Acabei de lembrar que a Lexa não está aqui. — Ela olhou para Hades. — Como pude esquecer?

A expressão de Hades era severa, os olhos cheios de dor.

— Ah, meu bem — ele disse, e plantou um beijo na testa dela. Era o suficiente, porque era conforto.

Ele pegou a mão de Perséfone e a levou para a área de piquenique, onde as almas agora estavam reunidas para o banquete. Yuri mostrou a eles onde deviam se sentar — bem na ponta do campo, sobre um cobertor preso ao chão pelas mesmas lamparinas e buquês que decoravam a estrada. A cesta estava cheia de comidas e odres de vinho que ofereciam uma amostra da cultura do Asfódelos.

Todos comeram, e o campo se encheu de conversas animadas, risadas e gritinhos felizes das crianças. Perséfone observou a cena com o coração cheio. Esse era o seu povo, mas, mais importante, eram seus amigos. O instinto de protegê-los e prové-los era quase primitivo. Esse impulso a surpreendeu, mas também a fez perceber que queria mesmo ser Rainha do Submundo — porque assumir esse título tinha um significado muito maior do que a realeza. Era responsabilidade. Cuidado. Tornar o reino ainda melhor, ainda mais reconfortante.

— No que você está pensando? — Hades perguntou.

Ela olhou de soslaio para ele e, depois, para as próprias mãos. Segurava um pãozinho de trigo, do qual arrancava pedaços; seu colo estava coberto de migalhas. Ela largou o pão e limpou a saia.

— Só estava pensando sobre virar rainha — ela disse.

Hades deu um sorrisinho.

— E está feliz?

— Sim — ela respondeu. — Claro. Só estava pensando em como vai ser. O que vamos fazer juntos. Quer dizer, se Zeus aprovar, né?

Hades crispou os lábios.

— Pode continuar fazendo planos, meu bem.

Ela não fez mais nenhuma pergunta a respeito de Zeus porque sabia o que Hades ia responder — *vamos nos casar independente da opinião de Zeus* — e acreditava nele.

— Queria falar sobre o que aconteceu mais cedo — Hades disse. — Antes de sermos interrompidos, você perguntou se eu confiava em você.

Ela percebia, pela expressão dele, que a pergunta tinha ferido seus sentimentos. Hesitou um instante antes de responder, procurando as palavras para se expressar.

— Você achou que eu não ia te chamar quando Hermes me convocou para ir a Lemnos — a deusa disse. — Pode me falar a verdade.

Hades cerrou a mandíbula antes de responder:

— Achei.

Perséfone franziu a testa.

— Mas eu estava mais preocupado por causa da Afrodite. Sei o que ela quer de você. Tenho medo que você tente investigar e identificar os agressores de Adônis e Harmonia sozinha. Não porque não confio em você, mas porque te conheço. Você quer deixar o mundo seguro de novo, consertar o que está quebrado.

— Eu te disse que não ia fazer nada sem o seu conhecimento — Perséfone disse. — Falei sério.

Perséfone queria encontrar os agressores de Adônis e Harmonia tanto quanto Hades e Afrodite, mas nem por isso seria imprudente. Tinha aprendido muito com os erros do passado. Sem mencionar que ver Harmonia e como ela tinha sofrido a fazia hesitar ainda mais. Era óbvio que essa ameaça era diferente. Deuses com pleno controle dos próprios poderes não tinham conseguido lutar contra ela, o que significava que Perséfone teria ainda mais dificuldade para se defender.

— Desculpe — ele falou.

— Uma vez você disse que as palavras não significam nada — Perséfone disse. — Vamos deixar nossas ações falarem da próxima vez.

Estava decidida a mostrar a Hades que estava falando sério, e só podia torcer para ele fazer o mesmo.

Mais tarde, depois de as almas terem se retirado para suas casas para dormir, eles permaneceram no campo. Hades estava deitado, com a cabeça no colo de Perséfone. Ela brincava com o cabelo dele, correndo os dedos pelos fios, que se espalhavam por sua coxa e caíam na grama. Os olhos dele estavam fechados, seus cílios grossos roçando os pontos mais proeminentes das bochechas. Ele tinha linhas finas em torno dos olhos, que se aprofundavam quando sorria. Se havia mais alguma ao redor da boca, não era possível vê-la por causa da barba por fazer.

Deuses não envelheciam para além de um certo ponto na vida. Era diferente para cada um, e era por isso que nenhum deles tinha a mesma aparência. Provavelmente, uma decisão das Moiras. Hades parecia ter amadurecido até os trinta e tantos anos.

— Hades...

Perséfone falou seu nome e se calou, hesitante.

— Hummm?

Hades olhou para ela, que sustentou o olhar.

— O que você trocou pela capacidade de ter filhos?

Ele ficou tenso e desviou o olhar para o céu. Era algo em que ela esteve pensando desde as brincadeiras no campo. Um dia, depois de acolherem as almas nos portões do Submundo, Hades admitiu que não poderia lhe dar filhos porque tinha negociado essa capacidade. Ela não sabia os detalhes e, naquela hora, estava mais preocupada em acalmar sua ansiedade. Ele parecia achar que essa confissão levaria ao fim do relacionamento.

Mas Perséfone não tinha certeza se queria ter filhos e não estava mais perto de tomar uma decisão no momento, apesar de ter feito a pergunta.

— Dei a divindade a uma mulher mortal — ele respondeu.

As palavras provocaram um nó na garganta de Perséfone, e seus dedos pararam em meio aos cabelos dele. Depois de um instante, ela perguntou:

— Você a amava?

Hades deu uma risadinha sem nenhum humor.

— Não. Queria poder dizer que foi por amor ou compaixão — Hades respondeu. — Mas... eu queria obter um favor de um deus, então negociei com as Moiras.

— E elas pediram os seus... *nossos*... filhos?

Dessa vez, Hades se sentou, virando o corpo para encará-la, os olhos percorrendo seu rosto.

— O que você está pensando?

Ela balançou a cabeça.

— Nada. Eu só... estou *tentando* entender o Destino.

Hades deu um sorriso irônico.

— O Destino não faz sentido. É por isso que é tão fácil culpá-lo.

Ela deu um sorriso, mas só por um instante, depois ela desviou os olhos. Seus pensamentos estavam embaralhados com a tentativa de entender exatamente o que o acordo de Hades a fazia sentir.

Ele estendeu a mão para acariciar o rosto dela com os dedos.

— Se eu soubesse... se tivessem me dado alguma dica... eu nunca teria...

— Tá tudo bem, Hades — Perséfone interrompeu. — Não perguntei pra te causar dor.

— Você não me causou dor — ele respondeu. — Penso bastante nesse momento, reflito a respeito da facilidade com que abri mão de uma coisa que viria a desejar, mas essa é a consequência de negociar com as Moiras. Inevitavelmente, você sempre vai desejar o que elas tomam. Um dia, eu acho, você vai se ressentir de mim pelo que eu fiz.

— Não me ressinto, nem vou — Perséfone disse, e acreditava disso, apesar de um sentimento estranho estar pesando em seu peito. — Você não consegue se perdoar tão facilmente quanto me perdoou? Todo mundo já errou, Hades.

Ele ficou olhando para ela por um instante, depois a beijou, fazendo-a se deitar no chão macio. Ela relaxou sob o peso dele e o deixou devorar sua boca com beijos lentos e acalorados. Perséfone ergueu os joelhos, prendendo-o entre as coxas enquanto procurava seu pau duro sob as vestes. Quando conseguiu pegá-lo, Hades se afastou para se posicionar contra o calor dela. Ela se arqueou ao sentir o deus entrando nela. Ele ficou parado por um instante, enterrado bem no fundo, preenchendo-a por inteiro, e a beijou mais uma vez antes de estabelecer um ritmo lânguido. A respiração dos dois demorou a acelerar, seus gemidos eram suaves, suas palavras sussurradas, e, sob o céu estrelado do Submundo, eles encontraram alívio e refúgio nos braços um do outro.

— Perséfone. — A voz era melódica, um sussurro suave sobre a pele.

A respiração de Perséfone ficou presa na garganta quando mãos subiram por suas panturrilhas. Ela cerrou os punhos, agarrando os lençóis de seda, e suas costas se arquearam, inquietas, o corpo ainda meio enterrado no sono.

— Você vai gostar... — ele sussurrou, os lábios roçando o baixo ventre da deusa. Ela se contorceu e se retraiu sob o toque ofegante.

— Abre pra mim — a voz disse, persuasiva. As palavras eram um pedido, mas as mãos que forçavam seus joelhos eram uma ordem.

Ela se forçou a abrir os olhos, reconhecendo o rosto afundado e os olhos injetados de sangue que olhavam dentro dos seus.

— Pirítoo — ela falou, odiando o som e a sensação do nome na boca. Uma maldição horrível que não merecia a respiração necessária para pronunciá-la. Ela gritou, e o homem tapou sua boca com a mão ossuda. Ele se mexeu para ficar por cima de Perséfone, as coxas pressionadas com firmeza contra o corpo dela.

— Shh, shh, shh, shh, shh! — ele fez, tentando acalmá-la, o rosto inclinado perto do dela, seu cabelo escuro roçando a bochecha da deusa. — Eu não vou te machucar. Vou deixar tudo melhor. Você vai ver.

Ela fincou as unhas nele, que pareceu nem notar.

Quando ele afastou a mão, Perséfone descobriu que não conseguia mais emitir sons. Ele tinha roubado sua voz. Ela arregalou os olhos, e lágrimas lhe desceram pelo rosto. Esse era mais um dos poderes do semideus.

Ele deu um sorriso horrível que parecia rasgar seu rosto.

— Isso — ele disse. — Gosto mais de você assim. Desse jeito, ainda consigo te ouvir gemer.

Havia um gosto azedo no fundo da boca de Perséfone, e, quando Pirítoo deslizou para baixo para ficar entre suas coxas, ela começou a chutar e bater. Ergueu o joelho, atingindo Pirítoo no rosto, e, quando ele caiu de costas, ela se sentou bruscamente.

Foi se afastando para trás, chutando o colchão até encostar na cabeceira. Seu corpo parecia quente e frio ao mesmo tempo, suas roupas encharcadas de suor. Por um instante, ela encarou a escuridão sem enxergar, a respiração ofegante — então notou uma sombra se movendo em sua direção e gritou.

— Não! — Ela pulou para trás e bateu a cabeça na cabeceira, na mesma hora em que galhos irromperam de sua pele, enviando uma onda de dor avassaladora por todo o seu corpo. Ela gritou, o som perfurando até seus próprios ouvidos.

— Perséfone. — A voz de Hades cortou a escuridão e a lareira voltou à vida, inundando o quarto de luz, iluminando a bagunça que ela havia feito no corpo e na cama. Tinha sangue em todo canto, e galhos grossos saíam de seus braços, ombros e pernas, esfolando a pele. Quando os viu, ela começou a chorar.

— Olha pra mim — Hades disse, com brusquidão, e o som de sua voz a fez recuar. Ela encontrou o olhar dele, o rosto molhado com lágrimas salgadas.

Havia algo nos olhos dele, um brilho de pânico que ela nunca viu antes. Era como se, por um instante, ele não soubesse o que fazer. Quando agarrou os espinhos, eles se dissolveram em poeira e cinzas, então suas mãos passaram a tocar a pele de Perséfone, enviando calor e cura através do corpo dela. A carne que ela tinha mutilado com a própria magia voltou a se fundir, formando uma linha rosa enrugada, que depois se alisou. Quando terminou, Hades ficou de pé.

— Vou te levar para a casa de banhos — ele falou. — Posso... te carregar?

Ela engoliu em seco e assentiu. Ele a pegou nos braços com cautela e saiu da cama ensanguentada.

Não conversaram enquanto Hades percorria o corredor. O cheiro de lavanda e sal marinho era reconfortante. Em vez de levá-la para a piscina principal, Hades navegou por um caminho separado, passando por um corredor com paredes cintilantes. Quando foi colocada no chão, Perséfone viu que estavam em uma sala menor, com uma piscina redonda. O ar era mais quente ali, e a luz mais agradável para seus olhos cansados.

— Posso tirar sua roupa? — Hades perguntou.

Ela assentiu, e mesmo assim ele demorou um pouco para se mover, para passar os dedos por baixo das alças do vestido ensanguentado e abaixá-lo pelos braços dela. Em seguida, foi a vez das roupas dele. Hades a encarou por um instante, depois estendeu a mão para afastar uma mecha de cabelo do ombro dela, e ela estremeceu.

— Você percebe a diferença? — ele perguntou. — Entre o meu toque e o dele?

Ela engoliu em seco e respondeu honestamente.

— Quando estou acordada.

Hades levou um longo tempo para perguntar:

— Posso te tocar agora?

— Não precisa perguntar — ela respondeu, e o maxilar dele se trincou.

— Eu quero perguntar. Não quero te tocar caso você não esteja preparada.

Ela assentiu, então ele a pegou nos braços e entrou na piscina, segurando-a junto a si. O sangue na pele dela tingiu a água de carmesim, se desprendendo de seu corpo em filetes. Ele não perguntou sobre o pesadelo dela, e ela não falou até a tensão no corpo dele ter diminuído.

— Não entendo por que fico sonhando com ele... — ela sussurrou. Hades baixou o olhar para ela, franzindo a testa. — Às vezes, penso naquele dia e lembro de como estava com medo, e outras vezes acho que não devia ficar tão abalada. Outras...

— Não dá pra comparar traumas, Perséfone. — O tom de Hades era gentil, mas firme.

— É que eu sinto que devia ter percebido — ela disse. — Eu nunca devia ter...

— Perséfone — Hades disse, numa voz suave, mas não sem um toque de tensão, uma frustração que fazia os olhos dela arderem. — Como é que você ia saber? Pirítoo se apresentou como um amigo. Ele se aproveitou de sua bondade e compaixão. A única pessoa errada nisso tudo foi ele.

A boca de Perséfone começou a tremer, e ela cobriu os olhos com as mãos. Seu corpo se sacudia com força, e Hades se mexeu, abraçando-a contra a própria pele nua, sua cabeça acomodada sob o queixo dele. Ela não saberia dizer ao certo quanto tempo ficou chorando, mas os dois permaneceram na piscina até ela terminar. Se vestiram e retornaram para a cama, onde Hades serviu dois copos de uísque. Entregou um a Perséfone.

— Beba — ele disse.

Ela aceitou e tomou o álcool de uma vez só.

— Você quer dormir? — Hades perguntou.

Perséfone balançou a cabeça.

— Vem sentar comigo — ele disse, se sentando ao lado da lareira. Conduziu-a para seu colo, e ela pousou a cabeça no peito dele, confortada pelo calor às suas costas e pelo cheiro da pele de Hades.

Um tempo depois, Perséfone sentiu a magia de Hades agitar o ar. Abriu os olhos, percebendo que tinha adormecido e agora estava deitada na cama. Ela rolou e se sentou, se assustando ao ver Hades. Tinha alguma coisa completamente selvagem nele, como se tivesse conseguido afogar a própria humanidade nas profundezas de sua escuridão e tudo que tivesse sobrado fosse um monstro.

Este é um deus guerreiro, ela pensou.

— Você foi ao Tártaro — ela disse, em voz baixa.

Hades não respondeu.

Ela não precisava perguntar o que ele tinha feito lá. Tinha ido torturar Pirítoo, e a evidência estava espalhada por seu rosto manchado de sangue.

Mais uma vez, Hades ficou calado.

Um instante depois, Perséfone se levantou e se aproximou dele, pondo a mão em seu rosto. Apesar do olhar feroz, ele se inclinou na direção do toque dela.

— Você está bem? — Perséfone sussurrou.

— Não — ele respondeu.

A mão dela caiu, indo parar na cintura dele. Hades demorou um pouco, mas enfim se mexeu, passando os braços em torno dela, abraçando-a com força. Um momento depois, ele falou, e sua voz soou um pouquinho mais normal, um pouquinho mais calorosa.

— Elias e Zofie encontraram a mulher que te atacou — ele disse.

— Zofie? — Perséfone perguntou, se afastando.

— Ela tem ajudado Elias — ele respondeu.

Perséfone estava curiosa para saber o que exatamente Hades queria dizer com isso, mas era uma conversa para outra hora.

— Cadê a mulher?

— Está detida na Iniquity — respondeu ele.

— Você me leva até ela?

— Prefiro que você durma.

— Eu não quero dormir.

Hades franziu a testa.

— Mesmo se eu ficar aqui?

— Tem pessoas por aí atacando deusas — disse Perséfone. — Prefiro ouvir o que ela tem a dizer.

Hades segurou seu queixo, então passou os dedos por seu cabelo, com uma careta. Ela sabia que ele estava preocupado, se perguntando se ela conseguiria lidar com esse confronto tão pouco tempo depois do terror do pesadelo.

— Eu estou bem, Hades... — sussurrou ela. — Você vai estar comigo.

Essas palavras só fizeram com que franzisse ainda mais a testa. Mesmo assim, ele finalmente respondeu.

— Então farei sua vontade.

12

UM TOQUE DE ESCLARECIMENTO

Perséfone não ia à Iniquity desde a primeira vez que visitou o lugar. Tinha vindo com a esperança de salvar Lexa e saiu apenas com a compreensão de que não conhecia Hades e nem seu império.

O clube fazia o estilo clandestino e só podia ser acessado por membros que tivessem uma senha. O espaço era um território neutro, e, atrás daquelas paredes, acordos eram feitos tendo o equilíbrio em mente. Depois de ficar sabendo do mal que Hades estava disposto a permitir que existisse no mundo, Perséfone com frequência se pegava pensando na mesma coisa — que malevolência ela permitiria se os resultados trouxessem a paz, se impedissem a guerra, por exemplo?

Eles se manifestaram em uma sala parecida com aquela em que Perséfone encontrara Kal Stavros, dono da Epik Communications, um mago mortal que tinha se oferecido para salvar Lexa em troca da história da deusa com Hades. Ela nem teve a chance de recusar antes de Hades chegar e acabar com a negociação, deixando cicatrizes permanentes no rosto de Kal.

A acusada estava sentada debaixo de um feixe redondo de luz. Seu cabelo longo e escuro era sedoso e liso. A cabeça estava apoiada no encosto da cadeira. Uma cobra preta rastejava lentamente em torno de seu pescoço, enquanto outras duas faziam o mesmo ao redor dos braços; outras seis se esgueiravam em um círculo ao redor de seus pés. O ódio dela era palpável enquanto os fulminava com o olhar, a boca apertada formando uma linha fina.

Perséfone foi se aproximando aos poucos, até parar à beira da luz.

— Não preciso dizer por que você está aqui — disse ela.

A mulher lhe lançou um olhar feroz, e, quando falou, a voz saiu clara, sem um pingo de medo nem raiva. Sua calma deixou Perséfone tensa.

— Você vai me matar?

— Eu não sou a Deusa da Retaliação — disse Perséfone.

— Você não respondeu à minha pergunta.

— Não sou eu que estou sendo interrogada.

A mulher a encarou.

— Qual é o seu nome? — Perséfone perguntou.

A mulher ergueu o queixo e respondeu:

— Lara.

— Lara, por que você me atacou na Coffee House?

— Porque você estava lá — ela respondeu, indiferente. — E eu queria que você sofresse.

As palavras, embora não fossem surpreendentes, doeram mesmo assim.

— Por quê?

Lara não respondeu de imediato, e Perséfone observou a cobra parar de se mexer para levantar a cabeça do pescoço da mulher e sibilar, deixando à mostra suas presas venenosas. Lara se sobressaltou, fechando os olhos com força, se preparando para a mordida.

— Ainda não — Perséfone disse, e a cobra parou. Lara olhou para a deusa. — Eu te fiz uma pergunta.

Dessa vez, quando a mulher respondeu, lágrimas escorreram por seu rosto.

— Porque você representa tudo que tem de errado com o mundo — ela disse, com raiva. — Você se acha uma justiceira porque escreveu umas palavrinhas nervosas num jornal, mas elas não significam nada! Suas ações falam muito mais! Você, como tantos outros, simplesmente caiu na mesma armadilha. Você é uma ovelha, encurralada pelo glamour do Olimpo.

Perséfone ficou olhando para a mulher, sabendo que sua raiva tinha crescido a partir de alguma coisa — uma semente que foi plantada e nutrida pelo ódio.

— O que aconteceu com você?

Alguma coisa assombrosa tomou os olhos de Lara. Era uma expressão difícil de explicar, mas, quando Perséfone a viu, reconheceu-a na hora: trauma.

— Eu fui estuprada... — Lara sibilou, num sussurro tão baixo que mal dava para escutar. — Por Zeus.

A confissão foi um choque, apesar de Zeus ser conhecido por esse comportamento — um fato que não deveria acontecer de jeito nenhum. O poder deu a Zeus, assim como a tantos outros iguais a ele, um passe livre para abusar das pessoas. Ele era apenas um homem numa posição de poder.

Infelizmente, esse comportamento estava no centro da sociedade. Mesmo entre as deusas, que eram iguais ou, em alguns casos, mais poderosas, o abuso era usado como meio de controle e opressão. Hera em si era o melhor exemplo — enganada e estuprada por Zeus, ficou tão envergonhada que concordou em se casar com ele. Como sua rainha, mesmo seu papel de Deusa do Casamento tinha sido absorvido por Zeus.

Ao lado de Perséfone, o corpo de Hades enrijeceu. Ela olhou de relance para o Deus dos Mortos, cujo maxilar estalou. Ela sabia que Hades punia severamente todos que cometiam crimes contra mulheres e crianças — será que era motivado pelas ações do irmão? Será que já tinha punido Zeus?

— Sinto muito que isso tenha acontecido com você — Perséfone disse.

Ela deu um passo na direção de Lara, e as cobras que a mantinham presa ao assento desapareceram, se transformando em tentáculos de fumaça.

— *Não* — Lara falou rispidamente. — Eu não quero a sua pena.

Perséfone parou.

— Não estou te oferecendo pena — ela rebateu. — Mas gostaria de te ajudar.

— E como você poderia me ajudar? — Lara perguntou, furiosa.

A pergunta machucou — assim como quando aquela mulher tinha lhe abordado na Nevernight e, depois, a repreendeu. Mas não importava, ela tinha que fazer alguma coisa. Nunca tinha vivido na pele a dimensão do pesadelo de Lara, mas, mesmo assim, Pirítoo a assombrava de um jeito que ela nunca havia imaginado.

— Sei que você não fez nada pra merecer o que aconteceu com você — Perséfone disse.

— Suas palavras não significam nada enquanto os deuses ainda têm a capacidade de machucar — Lara retrucou, num sussurro dolorido.

Perséfone não conseguiu falar, porque não havia nada a dizer. Podia argumentar que nem todos os deuses eram iguais, mas tais palavras não seriam certas para o momento — e Lara tinha razão. De que importava que nem todos os deuses fossem iguais quando os que machucavam os outros saíam impunes?

Foi então que Perséfone se lembrou de algo que sua mãe havia dito.

— *Consequências para os deuses? Não, filha, não há nenhuma.*

As palavras a deixaram enjoada, e ela cerrou os punhos, jurando que, um dia, as coisas seriam diferentes.

— Como você puniria Zeus? — Hades perguntou.

Tanto Perséfone quanto Lara olharam para ele, surpresas. Ele estava perguntando porque planejava fazer alguma coisa a respeito? Perséfone voltou a olhar para Lara quando a mulher começou a falar.

— Eu arrancaria um membro dele de cada vez, depois queimaria o corpo. Quebraria sua alma em um milhão de pedacinhos até não sobrar nada além do murmúrio dos gritos dele ecoando ao vento.

— E *você* acha que consegue fazer esse tipo de justiça? — A voz de Hades estava baixa, um desafio mortal, e Perséfone percebeu que enquanto ela estava ali para simpatizar com a mulher, ele estava ali para obter algo diferente — sua lealdade.

Lara lhe lançou um olhar penetrante.

— Eu não. Deuses — ela disse. — Novos deuses.

Seus olhos assumiram uma expressão vidrada, quase esperançosa, como se estivesse imaginando como seria — um mundo com novos deuses.

— Vai ser um renascimento — ela sussurrou.

Renascimento. Pau-mandado. Ouvir aquelas palavras novamente fazia Perséfone imaginar que Lara estivesse ligada às mesmas pessoas que atacaram Harmonia e, talvez, até mesmo Adônis. Parecia que estavam desesperadas para dar início a uma nova era de deuses.

— Não — Hades afirmou. A voz dele pareceu atravessar a mulher, arrancando-a da possessão estranha que tomara conta dela. — Vai ser um *massacre*. E não somos nós que vamos morrer. São *vocês*.

Perséfone olhou para Hades e pegou a mão dele.

— O que aconteceu com você foi horrível — ela disse. — E você tem razão, Zeus devia ser punido. Você não quer deixar a gente ajudar?

— Não existe esperança pra mim.

— Sempre existe esperança — Perséfone disse. — É tudo que nós temos.

Houve um momento de silêncio, então Hades falou:

— Elias, leve a srta. Sotir para Hemlock Grove. Ela vai estar segura lá.

A mulher ficou tensa.

— Então você vai me prender?

— Não — Hades disse. — Hemlock Grove é um abrigo. A deusa Hécate comanda a instalação para mulheres e crianças vítimas de abuso. Ela vai ouvir sua história se você quiser contar a ela. Para além disso, você pode fazer o que quiser.

Perséfone estava exausta, e uma dor estava se formando atrás de seus olhos, irradiando para as têmporas. Podia contar em uma mão as noites que havia dormido bem nas últimas três semanas.

Segurou o café entre as mãos e deu um gole, seus pensamentos se voltando para Hades. Seu coração se apertava com força toda vez que pensava em como ele a encontrou, destruída e sangrando na cama, os olhos dele cheios de pânico e dor. Ela queria confortá-lo, mas as únicas palavras que vinham eram questionamentos de sua própria sanidade e percepção da realidade.

Aquilo só pareceu irritá-lo.

Ela estremeceu, recordando de repente o modo como sua pele tinha rasgado quando sua magia veio à tona, a expressão de Hades ao perguntar se ela percebia a diferença entre o toque dele e o de Pirítoo, a maneira como tinha chorado nos braços dele até adormecer, acordando mais tarde e se deparando com ele de volta ao quarto, o rosto salpicado de sangue.

A Perséfone que, sem saber, convidou o Deus dos Mortos para jogar cartas teria ficado assustada, enojada, mas ela já não era aquela deusa. Tinha sido enganada, traída e destruída, e enxergava o fim de Pirítoo como julgamento e justiça — ainda mais agora que tinha ouvido a história de Lara.

Era difícil culpar Lara pelo ataque. Ela tinha canalizado sua dor do único jeito que fez sentido para ela. Com certeza Zeus devia perceber que suas ações estavam tornando organizações como a Tríade mais fortes, não é?

O telefone do escritório de Perséfone tocou, assustando-a, soando mais alto do que de costume. Talvez fosse porque estava sofrendo de privação de sono, mas ela o arrancou do suporte depressa, principalmente para acabar com o barulho, e então se lembrou de que precisava falar.

— Sim? — O cumprimento saiu mais como um silvo, e ela logo emendou com algo um pouquinho mais profissional. — Posso ajudar?

— Lady Perséfone, peço desculpas por incomodá-la — Ivy disse do outro lado. — Lady Harmonia está aqui. Ela diz que não tem hora marcada com a senhora. Devo deixá-la subir?

Harmonia tinha vindo visitar? Perséfone ficou surpresa. Não estava esperando vê-la tão cedo depois do que tinha passado. Mais importante ainda, não estava esperando que Afrodite a deixasse sair de suas vistas.

— Sim, claro. Peça para ela subir, por favor.

Perséfone ficou de pé, alisando o macacão e o cabelo. Estava se sentindo um pouco constrangida naquele dia, já que não tinha tido tempo de se arrumar quando ela e Hades chegaram em casa depois da Iniquity. Havia vestido a roupa de trabalho mais confortável que possuía e prendido o cabelo numa trança que não tinha o menor interesse em permanecer assim.

Foi para a área de espera, que tinha sido redecorada para se adequar ao seu estilo. Havia um sofá com linhas modernas encostado na parede e uma coleção de retratos florais coloridos pendurados acima dele, além de duas espaçosas cadeiras azul-safira do outro lado da sala. Uma mesa de vidro separava as duas, com um vaso de narcisos brancos no centro.

O mais engraçado na maneira como a sala tinha sido decorada era que Perséfone não tinha pedido nada, nem dado nenhuma orientação. Só retornou para o trabalho no dia depois de Hades ter lhe presenteado o espaço e encontrou tudo arrumado. Quando perguntou a ele a respeito disso, Hades tinha colocado a culpa em Ivy.

— Ela não suporta espaços vazios — ele disse. — Você deu a ela uma desculpa para decorar. Ela vai ficar em dívida com você pra sempre.

— Foi você que me deixou montar o escritório aqui — Perséfone respondeu. — Ela devia ficar em dívida com você.

— Já está.

Perséfone não pediu nenhum esclarecimento. Qualquer que fosse o acordo entre ele e Ivy estava funcionando bem para os dois.

Sua atenção se voltou para o elevador, que apitou ao chegar ao andar. Quando a porta se abriu, ela ouviu Ivy falando com Harmonia.

— Lorde Hades nos dá bastante trabalho. Recentemente, ele comprou alguns acres de terra em preparação para seus planos de abrir um rancho de resgate e reabilitação de cavalos...

Perséfone ergueu a sobrancelha. Essa informação era nova. Fez uma nota mental para perguntar a ele a respeito daquilo mais tarde, mas, por enquanto, se concentrou em sorrir quando Ivy e Harmonia saíram do elevador.

A Deusa da Concórdia parecia muito diferente em relação à última vez que Perséfone a viu, e isso a deixava aliviada. Harmonia já não estava ferida e acabada; parecia curada, pelo menos por fora. Estava usando uma blusa com manga sino, jeans skinny e botas. Seu longo cabelo loiro era cacheado e caía em ondas sobre os ombros. Ela carregava uma bolsa grande no ombro, e Perséfone notou a carinha de Opala despontando lá de dentro.

Harmonia sorriu ao ver Perséfone.

— Bom dia, Lady Perséfone — Ivy disse, inclinando a cabeça.

— Bom dia, Ivy — ela respondeu. — Bom dia, Harmonia. Não estava esperando você.

A deusa corou.

— Mil desculpas. Se for uma hora ruim, posso voltar depois.

— Claro que não. Estou feliz que esteja aqui — Perséfone disse.

— Gostariam de beber alguma coisa? Café? Talvez um chá? — Ivy perguntou, sempre uma boa anfitriã.

— Café pra mim — Perséfone disse. — E você, Harmonia?

— A mesma coisa.

— Claro! Já volto.

As duas ficaram observando até Ivy desaparecer pelo corredor, então Harmonia se virou para Perséfone, dando um sorriso meigo.

— Ela é muito gentil — a deusa falou.

— Sim, eu a adoro — Perséfone disse, então gesticulou na direção de Harmonia. — Você parece bem.

— Estou melhor — ela respondeu, mas Perséfone viu um brilho de inquietação em seus olhos.

Reconheceu neles o mesmo que reconhecia em si mesma — um monstro que residia sob a superfície. Ele a deixaria ansiosa e preocupada por meses, anos — talvez para sempre.

— Vem. Vamos nos sentar no meu escritório — Perséfone disse, direcionando-a para dentro e fechando a porta.

Elas se sentaram no sofá, e Harmonia tirou Opala da bolsa, pousando a cachorra no colo.

— Eu não esperava que você voltasse a sair tão rápido.

— O que mais eu posso fazer? — Harmonia perguntou. — Me esconder até todos eles serem encontrados? Acho que não é possível.

— Tenho certeza de que Afrodite não concorda.

Principalmente desde que Adônis tinha sido assassinado.

Harmonia deu um sorriso discreto.

— Tenho certeza de que não mesmo. Na verdade, é sobre ela que eu vim falar com você.

Perséfone levantou as sobrancelhas.

— Ah, é?

Seus olhos desceram até as mãos de Harmonia, que alisavam o pelo longo de Opala com nervosismo.

— Acredito que minha irmã era o verdadeiro alvo dos meus agressores — Harmonia disse.

— O que te dá tanta certeza?

— Eles disseram isso — ela explicou.

Perséfone sentiu o estômago embrulhar.

— Você tem medo de que machuquem Afrodite?

— Não — Harmonia disse. — Tenho medo de que a intenção dessas pessoas seja provar como os olimpianos podem ser vingativos, e temo que tenham escolhido minha irmã como alvo.

— Por que começar com ela? Tem outros deuses muito mais temperamentais.

— Não sei — Harmonia admitiu. — Mas não consigo evitar pensar que outro deus os ajudou a me atacar. Um olimpiano.

— Por que você diz isso?

— Reconheci a arma que eles usaram pra me prender, a sensação dela, pelo menos. Era uma rede, parecida com a que Hefesto fez, mas a magia não era dele.

— E de quem era?

Harmonia começou a falar, mas alguém bateu à porta, e Ivy entrou.

— Só estou trazendo o café — ela disse, pousando uma bandeja sobre a mesa de centro.

— Obrigada, Ivy — Perséfone agradeceu.

— Qualquer coisa por você, minha querida. Me chame se precisar!

Mais uma vez a sós, Perséfone serviu uma xícara de café para cada uma e, ao entregar a xícara e o pires a Harmonia, perguntou de novo:

— De quem era a magia?

— Da sua mãe.

— Da minha... mãe? — Perséfone levou um instante para assimilar a informação. Não questionou como Harmonia sabia quem ela era; tinha certeza de que Afrodite tinha revelado aquilo. — Qual era o cheiro? Da magia?

— Inconfundível — Harmonia respondeu. — Quente como o sol numa tarde de primavera. Tinha cheiro de trigo dourado e da doçura de fruta madura.

Perséfone não respondeu.

— Eu não queria te contar isso na frente da minha irmã — Harmonia explicou. — Existe a chance de eu estar errada... principalmente se a arma que eles usaram tiver sido criada com magia de relíquia.

Era uma possibilidade.

— Mas você não sentiu nenhuma outra magia?

Harmonia franziu a testa, então disse, baixinho:

— Não.

— Mas... por quê? — Perséfone perguntou em voz alta. — Por que ela ajudaria essas pessoas tão determinadas a machucar os deuses?

— Talvez porque eles a tenham machucado — Harmonia sugeriu, então explicou: — Talvez ela tenha escolhido Afrodite como alvo por ela ser uma das razões para você e Hades terem se conhecido.

Uma sensação parecida com choque se instaurou nos ombros de Perséfone. Ela jamais tinha imaginado que sua mãe machucaria as pessoas que apoiavam seu relacionamento com Hades, muito menos por meio de um grupo de mortais que odiavam deuses. Não fazia sentido, a menos que estivessem deixando passar alguma coisa.

— Se esses mortais odeiam os deuses, por que aceitar ajuda de um de nós?

— Os mortais ainda são impotentes — Harmonia disse. — E não seria a primeira vez que algo assim acontece. Ao longo de todas as guerras Divinas, houve deuses que ficaram ao lado de quem devia ser o inimigo. Hécate é um exemplo disso, uma titã que lutou com os olimpianos.

Era verdade — e Hécate não tinha sido a única deusa a escolher os olimpianos. Hélio havia feito o mesmo e, como recordavam Perséfone com frequência, usava sua lealdade como motivo para evitar ajudar os deuses em todas as ocasiões possíveis.

— Eu sinto muito mesmo.

Perséfone franziu as sobrancelhas ao encontrar o olhar de Harmonia.

— Sente muito por quê? Foi você quem sofreu.

— Porque não está na minha natureza aumentar a dor de ninguém — ela respondeu.

— Não é culpa sua.

— Nem sua — Harmonia disse, como se estivesse lendo a mente de Perséfone, então explicou: — Estou vendo sua aura ficar vermelha com a vergonha e verde com a culpa. Não se culpe pelas atitudes da sua mãe. Você não pediu que ela buscasse vingança.

— Não é tão fácil assim — Perséfone retrucou. — Quando tantos estão sofrendo pela minha decisão de me casar com Hades.

— Porque você decidiu se casar com Hades ou por causa de algo bem mais profundo?

Perséfone lançou um olhar questionador a Harmonia.

— Há uma série de medos na raiz da raiva de Deméter. Ela tem medo de ficar sozinha e gosta de sentir que precisam dela.

Era verdade.

Deméter gostava de ser a salvadora, e era por isso que havia levado tanto tempo para revelar os mistérios de seu culto, que incluía jardinagem. Ela se sentia poderosa e necessária quando o mundo lhe implorava por comida e água.

— Você vai contar pra Afrodite o que está suspeitando? Que ela era o verdadeiro alvo do seu ataque?

— Não — Harmonia disse. — Porque ela só vai sentir culpa. Além disso, você não ia ter a menor chance de lidar com essa situação discretamente se Hefesto ficasse sabendo. Ele atearia fogo no mundo por ela.

Perséfone sorriu ao ouvir essas palavras. Já tinha ouvido a mesma coisa de Hades e de repente compreendeu o amor que o Deus do Fogo sentia pela Deusa do Amor.

— Ele gosta mesmo dela.

— Sim — Harmonia respondeu. — Vejo nas cores deles todo dia. Mas é um amor sombrio o que eles sentem um pelo outro, atrapalhado por uma dor compartilhada e por mal-entendidos. Um dia, acho que eles vão conseguir aceitar um ao outro. — Harmonia olhou para o relógio. — Preciso voltar para Lemnos antes de Afrodite vir me procurar.

Opala grunhiu quando Harmonia a pegou no colo e a colocou de volta na bolsa.

— Claro — Perséfone disse, se levantando com a deusa.

Quando abriu a porta, se deparou com Sibila do outro lado, se preparando para bater. O oráculo baixou a mão e o sorriso que coloria seu rosto sumiu assim que pousou os olhos em Harmonia. Sua expressão pareceu perturbada.

Estranho, pensou Perséfone.

— Sibila, essa é Harmonia — ela falou. Talvez a amiga não reconhecesse a deusa, embora isso não fizesse sentido, considerando seu histórico como oráculo.

— É... um prazer te conhecer — Sibila disse, mas parecia distraída.

Harmonia estendeu a mão.

— O prazer é meu, Sibila. — Ela parou. — Você é um oráculo.

— Era — Sibila respondeu, quase sem fôlego.

— Você sempre será um oráculo, mesmo se não trabalhar para o Divino —Harmonia afirmou. — É o seu dom.

Uma tensão estranha preencheu o espaço entre as três. Talvez por causa de como o trabalho de Sibila como oráculo tinha chegado ao fim. Foi devastador para ela, ver algo em que havia trabalhado tanto ruir em questão de segundos.

— Eu vim ver se você estava pronta pra almoçar — Sibila disse.

— Chegou na hora certa — Harmonia comentou. — Eu já estava indo embora. Perséfone, se precisar de alguma coisa, por favor, me avise. Sibila, foi bom conhecer você.

Harmonia saiu, e Sibila se virou para observá-la indo embora.

— O que foi isso? — Perséfone perguntou, quando a deusa tinha sumido de vista.

— O quê? — o oráculo perguntou, franzindo a testa.

— Tem alguma coisa errada. O que você viu quando olhou pra Harmonia? Vi sua expressão mudar.

— Nada — Sibila se apressou em dizer. — Vamos comer. Estou morrendo de fome.

13

UMA TEMPESTADE PERFEITA

Perséfone, Sibila e Zofie caminharam pela rua até o Ambrosia & Néctar para o almoço, gratas pelo calor que encontraram ao entrar. Apesar de o café não ficar longe do Alexandria Tower, elas tiveram a sensação de precisar andar quilômetros até lá, atravessando grandes montes de neve e sendo atingidas pelo granizo. Por mais que tentassem, os removedores de neve não conseguiam acompanhar o ritmo da nevasca.

Depois de se sentarem, Perséfone ajudou Zofie a consultar o cardápio, mostrando seus pratos preferidos.

— Quero provar tudo — a amazona disse.

Se fosse qualquer outra pessoa, Perséfone presumiria que estava brincando, mas sabia que, se não a impedisse, Zofie tentaria fazer exatamente o que havia dito.

— Você vai ter tempo pra provar tudo depois — Perséfone prometeu.

Elas pediram e, enquanto esperavam a comida, Zofie explicou a Sibila como desarmar um invasor, especificamente para o caso de Ben retornar ao apartamento dela.

— Se ele atacar com uma espada, bloqueie o golpe agarrando-a e girando. — Ela demonstrou o movimento com um deslocamento rápido do pulso, e Perséfone ficou feliz por Zofie não ter manifestado sua espada de verdade. — Se ele tentar te atingir, empurre a espada para baixo.

— Zofie... — Sibila começou. — Alguém já te disse que ninguém luta com espadas hoje em dia?

A amazona pareceu afrontada.

— Minhas irmãs e eu sempre lutamos com espadas!

Perséfone tentou não rir.

— Ok, mas e se não tiver nenhuma espada envolvida? Só um combate corpo a corpo?

— Acerte o nariz — Zofie disse, um brilho malicioso nos olhos.

A conversa continuou assim mesmo depois de a comida chegar. Perséfone ficou relativamente quieta, perdida em seus próprios pensamentos, tentando entender as coisas.

Um problema era que ela não tinha informação suficiente a respeito da morte de Adônis, mas talvez os agressores estivessem buscando instigar alguma reação de Afrodite com o assassinato dele. Mas que razão haveria para tentar enfurecer um olimpiano além de criar agitação? A nevasca de Deméter já não estava cumprindo esse papel? Ainda assim, se a suposição de Harmonia estivesse correta, de quem Deméter iria atrás em seguida? Havia uma série de deuses e deusas que apoiavam Perséfone: Hécate, Apolo, embora provavelmente relutante, e também...

— Hermes... — Sibila disse. — O que você está fazendo aqui?

Perséfone piscou e encontrou o olhar dourado do deus. Parecia que ele tinha acabado de sair de um treino de tênis, vestindo calças brancas e uma camisa polo azul-clara. Ele deslizou no banco ao lado de Perséfone, empurrando-a pelo vinil com facilidade.

— Almoçando com as minhas amigas — ele respondeu. — O que você acha?

— Acho que você está invadindo nosso almoço — Perséfone comentou.

— Bem, não é como se *você* estivesse falando muita coisa — ele disse, pegando o garfo de Perséfone e atacando a comida intocada dela, enfiando uma garfada na boca. Enquanto mastigava, falou, olhando para ela: — Aposto que sei o que você está pensando. Revivendo uma noite de sexo selvagem com Hades.

— Que nojo! — Zofie disse.

Sibila deu uma risadinha.

Mas Perséfone queria que fosse *mesmo* o caso. Seria melhor do que pensar na mãe dela — ou na noite que ela e Hades realmente tiveram, que só tinha envolvido sangue e lágrimas.

Ela conseguiu revirar os olhos e mentir.

— Na verdade, estou pensando no casamento.

Hermes se iluminou.

— Me fala que já escolheu a data!

— Bom, não — ela disse, crispando os lábios. — Na verdade, eu estava pensando em... fugir pra casar.

Era uma ideia que havia lhe ocorrido várias vezes desde que Hades fizera o pedido, e, considerando o drama que circundava seu noivado, parecia a melhor opção. Será que alguém precisava mesmo saber que eles tinham se casado, afinal?

— Fugir pra casar? — Hermes repetiu, como se não compreendesse a ideia. — Por que você faria isso?

— Tipo, tem muita agitação entre mortais e deuses no momento, e um casamento público só deixaria minha mãe ainda mais furiosa.

Agora ela estava pensando que, se sua mãe estava envolvida no ataque a Harmonia, as coisas poderiam muito bem piorar mesmo sem uma cerimônia.

— E um casamento secreto não? — Hermes desafiou, com a sobrancelha erguida.

— Não entendo esse negócio de casamento — Zofie disse. — Por que você precisa se casar? Você não ama Hades? Isso não é suficiente?

Amar Hades *era* suficiente, mas seu pedido era a promessa de algo mais. Um comprometimento com uma vida que eles compartilhariam e cultivariam juntos. Ela queria aquilo.

— Se eu fosse me casar com Hades, ia querer um casamento televisionado pra todo mundo saber que aquele gostoso era meu — Hermes disse, pegando outra garfada da comida de Perséfone.

— Pelo jeito, você já pensou bastante sobre casar com Hades — Sibila observou.

— Não precisamos planejar nada até Zeus aprovar o casamento, de todo modo — Perséfone respondeu, olhando feio para Hermes.

— Por que você está me olhando como se eu devesse ter te falado? — Hermes perguntou, na defensiva. — Todo mundo sabe disso.

— Caso você tenha esquecido, eu cresci numa estufa com a minha mãe narcisista — Perséfone rebateu.

— Como eu poderia esquecer? — Hermes perguntou. — Com essa tempestade de gelo maluca lá fora me lembrando?

Sibila deu uma cotovelada no deus.

— Ai! — Ele olhou feio para ela. — Toma cuidado, oráculo.

Perséfone, que estivera olhando para Hermes, baixou os olhos para as mãos, pousadas no colo.

— Não é sua culpa, Perséfone — Sibila disse.

— Mas parece.

— Você quer se casar com o amor da sua vida — ela comentou. — Não tem nada errado nisso.

— Tirando que... todo mundo parece desaprovar. Se não é minha mãe, é o mundo, ou Zeus. — Perséfone fez uma pausa. — Talvez a gente devesse ter esperado mais para noivar. Não é como se não fôssemos ficar juntos pra sempre.

— Aí você permitiria que outras pessoas determinassem como você vive — Sibila disse. — E isso não é nem um pouco justo.

Não era justo, mas Perséfone já tinha aprendido bastante sobre justiça desde que conheceu Hades. Na verdade, a lição veio da própria Sibila.

— *Certo, errado, justo, injusto — isso não funciona no mundo em que vivemos, Perséfone. Os deuses castigam.*

Ela estava começando a entender por que o número de Ímpios estava crescendo, por que alguns tinham se organizado e formado a Tríade, por que eles queriam que os deuses tivessem menos influência em sua vida.

— Isso não é nada bom — Sibila falou, acenando com a cabeça para a televisão no canto, que exibia o jornal.

Ímpios se reúnem para protestar contra clima de inverno

Perséfone queria afundar em si mesma.
Ela pegou parte do que a âncora estava dizendo.
— *O clima atípico está fazendo com que muitos acreditem que um deus ou uma deusa esteja em busca de vingança. Tanto os Ímpios quanto os Fiéis pedem o fim da situação, de dois modos muito diferentes.*

Perséfone desviou o olhar, mas não conseguiu escapar da transmissão, as palavras entrando e zumbindo em seus ouvidos.
— *Por que os mortais sofrem toda vez que o humor de um deus muda? Por que deveríamos adorar deuses assim?*

— Eu entendo cada vez menos os Ímpios — Hermes disse.
Perséfone olhou para ele.
— Como assim?
— Quando começaram, eles estavam irritados conosco por sermos distantes e desatentos, como se quisessem nossa presença. Agora pelo jeito pensam que podem viver sem nós.
— E podem? — Perséfone perguntou, porque realmente não sabia.
— Acho que depende. Hélio ainda forneceria o sol? Ou Selene a lua? Apesar de como os mortais percebem o mundo, nós somos a razão da existência dele; podemos fazer e desfazer o que quisermos.
— Sim, mas... se eles ainda fornecessem o sol e a lua e todo o poder para manter o mundo. Se os deuses... se afastassem da sociedade mortal... o que aconteceria?

Hermes piscou.
— Eu... não sei.
Estava claro que nunca tinha pensado nisso antes.
A verdade era que os deuses nunca poderiam renunciar ao controle do mundo por completo porque ele acabaria, mas seria possível atingir o equilíbrio? E o que seria isso exatamente?
— Com licença... — Um homem se aproximou da mesa deles, com o celular na mão. Estava na meia-idade e usava calças cinza e camisa branca.
Hermes girou a cabeça rapidamente.
— Não — ele disse, e a boca do mortal se fechou na hora. — Vai embora.
O homem se virou e foi embora, aturdido.
— Que grosseria! — Perséfone disse.
— Hoje você está passando longe de uma noivinha envergonhada, hein? — comentou ele. — Duvido de que você quisesse tirar uma foto com um esquisitão. — Então sua expressão suavizou. — Além disso, você parece triste.
Perséfone franziu a testa, o que não melhorou essa imagem.
— Eu só estou... distraída — ela murmurou.

Hermes a surpreendeu ao colocar a mão sobre a dela.

— Está tudo bem ficar triste, Sefy.

Ela não tinha pensado muito sobre o que estava sentindo. Em vez disso, tinha se concentrado em se manter ocupada, criando novos hábitos para substituir os antigos que a lembravam de que Lexa não estava mais ali.

— É melhor a gente voltar — ela disse, mais uma vez escolhendo agir em vez de sentir.

Hermes se despediu delas na frente do Ambrosia & Néctar, dando um beijinho no rosto de cada uma, até Zofie, que ficou chocada demais para reagir a princípio, mas depois tentou esfaqueá-lo. Perséfone segurou o pulso dela, mas, em vez de dar bronca em Zofie, fulminou Hermes com o olhar.

— Da próxima vez que decidir beijar alguém, peça permissão primeiro — ela disse.

Por um instante, ele arregalou os olhos, depois pareceu genuinamente arrependido.

— Desculpa, Zofie.

A amazona ficou emburrada, de braços cruzados.

— Bom, já vou indo — Hermes anunciou. — Tenho um encontro com um homem-cabra. A gente marca de sair um dia desses.

Depois que ele desapareceu, Perséfone, Sibila e Zofie se entreolharam.

— Homem-cabra? — todas perguntaram em uníssono.

Perséfone e Sibila voltaram para o trabalho, enquanto Zofie se dedicava à função de patrulha. A cada vez que Perséfone chegava ou retornava ao escritório, a amazona fazia rondas dentro e fora do Alexandria Tower. O que ela fazia depois, Perséfone não sabia. Mas tinha que admitir que estava feliz de Hades tê-la mandado trabalhar com Elias. Isso daria a Zofie a chance de cumprir mais tarefas e socializar.

Os deuses sabiam que a amazona precisava daquilo.

Ivy as cumprimentou quando entraram no prédio e rumaram para o elevador.

— Hermes tem razão — Sibila disse. — A gente devia sair um dia desses.

Perséfone sabia o que Sibila estava pensando. Não tinham ido a lugar nenhum desde a morte de Lexa. Ela franziu a testa com a ideia.

— É — disse, distraída. — Devíamos mesmo.

— Você pode dizer não — Sibila disse, e Perséfone olhou nos olhos dela. — Se não estiver a fim ainda. Todo mundo entenderia, sabe?

Perséfone engoliu em seco com força.

— Obrigada, Sibila — sussurrou.

Elas se abraçaram, e Perséfone pousou a cabeça no ombro de Sibila até chegar ao seu andar, mas, assim que saíram do elevador, viram Leuce e Helena paradas uma ao lado da outra, olhando pela janela para uma confusão de luzes vermelhas e azuis piscando a distância. Apesar da neblina espessa e da neve misturada com gelo, Perséfone sabia que a rodovia ficava naquela direção e que algo horrível tinha acontecido.

— Ai, meus deuses... — ela sussurrou, indo para perto de Leuce e Helena.

A televisão rugiu de repente, as três se viraram e viram que Sibila tinha ligado o aparelho, sintonizando no jornal. Um banner preenchia a parte inferior da tela, anunciando o horror que elas viam a distância.

Múltiplas batidas reportadas na rodovia A2

Acredita-se que os acidentes foram causados por pistas escorregadias e neve pesada. Não há notícias do número de fatalidades, mas foi anunciado que há vários feridos.

Imagens e um vídeo da confusão apareciam no plano de fundo. Perséfone assistiu chocada aos carros se aproximarem do acidente e, sem enxergar direito por causa da névoa intensa e sem capacidade de frear a tempo ou ganhar tração na pista escorregadia, colidirem um atrás do outro.

— Que horrível! — Helena disse quando assistiram a um grande caminhão de carga deslizar até atingir a traseira de um carro, mandando-o pelos ares. — Como essa pessoa conseguiria sobreviver?

Não conseguiria — e não havia maneira segura de escapar do acidente. Sair do carro significava a possibilidade de escorregar no gelo ou ser atingido por outro veículo que se aproximava; ficar no carro significava torcer para a próxima pessoa não bater com tanta força.

Perséfone olhou para a televisão, com um nó se formando na garganta. Era isso que ela temia: que Deméter descontasse sua raiva na humanidade, não só porque as coisas não estavam saindo como ela queria, mas porque sabia que era o melhor jeito de atingir Perséfone.

— Por que se passar por mortal? Você é uma deusa.
— Sou mais como eles do que como você.
— Não é, e, quando eles descobrirem quem você é de verdade, vão te rejeitar por ter fingido que era um deles.
— Sua mãe é doida — Leuce disse, baixinho.

Ninguém precisava dizer isso para Perséfone — ela sabia muito bem.

Deu as costas à televisão e caminhou cegamente até o escritório. Uma vez lá dentro, pegou o telefone e ligou para Elias.

— Lady Perséfone... — ele cumprimentou.
— Onde está Hades? — Perséfone perguntou.

Ele deve ter sentido a aflição na voz dela, porque não hesitou um segundo antes de lhe contar.

— Ele está na Iniquity, milady.

— Obrigada.

Suas mãos estavam tremendo tanto que ela mal conseguiu desligar o telefone antes de sumir, aparecendo no escritório de Hades. Dali ele espiava as pessoas que frequentavam o clube enquanto elas ficavam no bar lá embaixo, bebendo, fumando e jogando cartas. Hoje, entretanto, Perséfone viu que ele não estava sozinho. Um homem que ela não conhecia, usando um terno azul-marinho, estava de pé diante da mesa de Hades, apesar de haver duas cadeiras vazias disponíveis. Se fosse fazer um palpite, Perséfone diria que o homem não tinha sido convidado a se sentar.

Assim que chegou, as vozes deles pararam, e o olhar acalorado de Hades se voltou para ela.

— Meu bem... — disse Hades, acenando com a cabeça. Não havia nenhuma surpresa em sua voz, mas ela sabia por sua expressão que estava preocupado com a aparição súbita dela.

Então, o homem se virou para olhar para ela. Era bonito e, com certeza, um semideus — os brilhantes olhos cor de água-marinha denunciavam sua ascendência imediatamente, um filho de Poseidon. Tinha a pele marrom e cabelo escuro curto, e uma barba por fazer cobria seu maxilar. Ela nunca o tinha visto.

— Então você é a encantadora Lady Perséfone — disse ele.

Baixou os olhos para avaliá-la, e ela se sentiu enojada na hora.

— Teseu, acho que você deveria ir embora — disse Hades, e os olhos do semideus deixaram os dela, quase relutantes. Perséfone estremeceu visivelmente, perturbada pela presença dele.

— Claro — ele disse. — Estou atrasado pra uma reunião mesmo.

Ele acenou para Hades e se virou para sair, parando na frente de Perséfone.

— É um prazer conhecê-la, milady — disse ele, estendendo a mão. Perséfone deu uma olhada nela e depois voltou a encarar os olhos dele. Na verdade, não queria apertar a mão desse homem, então não disse nada, mas, em vez de ficar ofendido, ele sorriu e abaixou a mão.

— Você deve estar certa de não apertar minha mão. Tenha um bom dia, milady.

Passou por ela, que ficou observando até ele sair do escritório, sem confiar nele o bastante para lhe dar as costas. Depois que ele sumiu, Hades falou.

— Tudo bem?

Ela se virou e viu que Hades tinha atravessado a sala silenciosamente para ir até ela.

— Você conhece aquele homem? — perguntou Perséfone.
— Tanto quanto conheço qualquer inimigo — respondeu Hades.
— Inimigo?

Ele apontou com o queixo para a porta fechada onde o semideus havia desaparecido.

— Aquele homem é o líder da Tríade — explicou.

Perséfone tinha perguntas, muitas, mas, quando a mão de Hades tocou seu queixo, seus olhos se encheram de lágrimas.

— Me conta — ele disse.
— As notícias... — Perséfone sussurrou. — Aconteceu um acidente horrível.

Hades não pareceu surpreso, e Perséfone se perguntou se ele já teria sentido a morte.

— Venha — ele disse. — Vamos recebê-los nos portões.

14

O TEMPLO DE SANGRI

Perséfone ia com frequência ao píer para acolher novas almas que atravessavam o rio Estige na balsa de Caronte, mas, dessa vez, Hades os teleportou para a margem oposta, para os portões do Submundo. Estava frio ali, como se o ar do Mundo Superior estivesse vazando pelo chão, mas Perséfone mal percebeu, porque ver os portões pessoalmente a deixou sem fôlego.

Eram tão altos quanto as montanhas nas quais foram construídos, feitos de ferro preto. A base dos portões tinha a forma de uma fileira de narcisos, e dela brotavam videiras retorcidas decoradas com flores e romãs. Suas arestas erguidas brilhavam douradas sob o céu pálido, que se estendia sobre a cabeça dos dois, mas se transformava em uma estranha e aterrorizante escuridão ao redor deles. Além dos portões havia um grande olmo. Perséfone sentia a idade dele, mesmo de longe. Era tão antigo quanto Hades, e suas raízes eram profundas, seus galhos pesados com globos de luz brilhante e azulada.

— O que são essas coisas penduradas na árvore? — ela perguntou a Hades.

— Sonhos — Hades respondeu, olhando para ela. — Quem entra no Submundo deve deixá-los para trás.

Perséfone se sentiu tomada por certa tristeza com essa ideia, mas também entendia: não havia espaço para sonhos no Submundo, porque viver ali significava existir sem fardos, sem desafios. A vida ali era descanso.

— Todas as almas precisam atravessar esses portões? — Sua voz saiu baixa porque, por algum motivo, esse espaço parecia sagrado.

— Sim — Hades respondeu. — É a jornada que precisam realizar para aceitar a morte. Acredite ou não, já foi mais assustadora.

Perséfone olhou nos olhos dele.

— Não quis dizer que era assustadora.

Ele deu um sorrisinho e levou o dedo aos lábios dela.

— E mesmo assim você está tremendo.

— Estou tremendo porque está frio — explicou ela. — Não porque estou com medo. É muito lindo aqui, mas também... muito intenso. Dá pra sentir seu poder, mais forte do que em qualquer outro lugar do Submundo.

— Talvez porque essa seja a parte mais antiga do Submundo.

Uma capa apareceu nas mãos de Hades, e ele envolveu os ombros de Perséfone com ela.

— Melhor? — perguntou.

— Sim — ela sussurrou.

No instante seguinte, tanto Hermes quanto Tânatos apareceram. Suas asas estavam enroladas ao redor deles como capas, depois se abriram, expandindo e esticando, quase preenchendo o espaço onde estavam para revelar um punhado de almas. Eram cerca de vinte no total, com idades variadas, que iam do que Perséfone supunha que fosse uma criança de cinco anos a um adulto de sessenta. A menina de cinco anos chegou com o pai, o homem de sessenta veio com a esposa.

Tânatos fez uma reverência.

— Lorde Hades, Lady Perséfone — ele disse. — Nós... voltaremos.

— Tem mais? — Perséfone perguntou, encarando o Deus da Morte com olhos arregalados.

Ele assentiu, com expressão severa.

— Tá tudo bem, Sefy — Hermes disse. — Só se concentre em fazer as almas se sentirem bem-vindas.

Os dois deuses desapareceram, e, logo em seguida, o pai da menininha caiu de joelhos.

— Por favor — ele implorou. — Me levem, mas minha filha não! Ela é nova demais!

— Vocês chegaram aos portões do Submundo — Hades respondeu. — Infelizmente não posso mudar seu Destino.

Antes, talvez Perséfone achasse as palavras de Hades insensíveis, mas eram a verdade.

Ela achava que não era possível o homem ficar mais pálido do que já estava, mas ele conseguiu e gritou:

— Você é um mentiroso! Você é o Deus dos Mortos! Pode, sim, mudar o Destino dela!

Perséfone deu um passo à frente. Sentia que estava protegendo Hades da fúria do homem.

— Lorde Hades pode ser o Deus dos Mortos, mas não é ele que tece seu fio — ela disse. — Não tema, pai mortal, e seja corajoso pela sua filha. Sua existência aqui será pacífica.

Então voltou sua atenção para a menina e se ajoelhou diante dela. Era adorável, uma garotinha pequena com marias-chiquinhas loiras e cacheadas e covinhas.

— Oi — a deusa disse, baixinho. — Meu nome é Perséfone. Como você se chama?

— Lola — a menina respondeu.

— Lola — Perséfone disse, com um sorriso. — Estou feliz que você esteja aqui, e ainda por cima com seu pai. Que sorte.

Várias crianças chegavam ao Submundo sem os pais, então eram adotadas por outras almas e reencontravam seus entes queridos anos mais tarde. Se essas eram as circunstâncias que essas almas precisariam enfrentar, ela estava feliz que pelo menos estavam juntas.

— Quer ver uma coisa mágica? — ela perguntou.

A garota assentiu.

Perséfone pegou um pouco da terra preta aos seus pés e torceu para que funcionasse. Imaginou uma anêmona branca — e viu a flor se materializar em sua mão com facilidade. Soltou um suspiro, aliviada, e o rosto de Lola se iluminou quando Perséfone prendeu a flor em seu cabelo.

— Você é muito corajosa — a deusa disse. — Vai ser corajosa pelo seu pai também?

A menina assentiu, e Perséfone endireitou o corpo, dando um passo para trás. Pouco depois, mais almas se juntaram a eles, guiadas para o Submundo por Hermes e colhidas por Tânatos. Antes que terminassem o trabalho, o pequeno espaço já estava lotado, com cento e trinta pessoas e um cachorro, cujo dono também tinha chegado ao além-vida. Perséfone acolheu muitas delas, e Hades seguiu o exemplo. Havia crianças e adolescentes, adultos jovens e mais velhos. Alguns estavam temerosos e outros estavam irritados. Alguns poucos não tinham medo.

Em certa altura, os dedos de Hades se entrelaçaram aos de Perséfone, e ele gesticulou na direção dos portões, que se abriam em silêncio para revelar o olmo do outro lado por completo — belo, antigo e brilhante.

— Bem-vindos ao Submundo — ele disse.

Juntos, eles conduziram as almas através dos portões e por baixo dos longos galhos do olmo. Enquanto andavam, milhares de pequenos e brilhantes globos de luz apareceram, se erguendo sobre as cabeças para se assentar nas folhas da árvore. As almas observaram encantadas, não horrorizadas, sem perceber que aquelas bolinhas de luz eram as esperanças e os sonhos que haviam alimentado ao longo da vida. Perséfone sentiu uma tristeza imensa assistindo à cena, mas Hades apertou sua mão.

— Pense nisso como uma libertação — ele disse. — Eles não vão mais carregar o fardo do arrependimento.

Essa ideia lhe deu algum conforto. Quando saíram do abrigo da árvore, chegaram a um trecho de folhagem exuberante e a um píer que se estendia sobre a água preta do Estige. A margem do rio do Infortúnio estava coberta de narcisos brancos em flor. Voltando do outro lado estava Caronte, usando vestes brancas que brilhavam como uma tocha contra a penumbra do Submundo. Seus braços poderosos remavam, levando o barco ao porto, e ele sorria.

— Bem-vindos, bem-vindos! — ele disse. — Venham. Vou levar vocês para casa.

Perséfone nunca tinha testemunhado esse processo antes, mas ficou observando Caronte escolher aqueles que estavam autorizados a embarcar. O barco ainda nem estava cheio quando ele decidiu que já era suficiente.

— Chega — ele disse. — Já volto.

Enquanto ele remava para longe, Perséfone olhou para Hades.

— Por que ele não levou mais gente?

— Lembra quando eu disse que as almas faziam essa jornada para aceitar a morte?

Ela assentiu.

— Caronte não as leva até elas aceitarem.

Perséfone arregalou os olhos.

— E se não aceitarem?

— A maioria aceita — ele disse.

— Mas e aí? — Perséfone insistiu. — E o resto?

— Precisamos analisar caso a caso. Alguns têm permissão de ver como as almas vivem no Asfódelos. Se isso não os encorajar a se ajustar, são enviados para os Campos Elísios. Alguns precisam beber do Lete.

— E com que frequência isso acontece?

— É raro — ele disse. — Mas inevitavelmente, quando acontece uma coisa assim, sempre tem alguém que sofre para se acostumar.

Ela podia imaginar. Nenhuma dessas pessoas tinha acordado esperando morrer hoje.

Caronte voltou mais algumas vezes e, no fim das viagens, os únicos que restavam eram o homem e a filha de cinco anos. Caronte tentou levá-la, mas o pai protestou com veemência, e Perséfone não o culpou por isso.

— Vamos juntos ou não vamos!

Perséfone olhou de Caronte para Hades, depois para o homem, que segurava a filha nos braços. Ela se agarrava a ele também. Por mais que aceitasse o fim, também não queria deixar o pai.

Perséfone saiu de perto de Hades e se aproximou do homem.

— Do que você tem medo? — ela perguntou.

— Deixei minha mulher e meu filho na Terra — ele respondeu.

Ela refletiu a respeito dessa informação. Sabia que várias das almas que já tinham atravessado o Estige haviam deixado entes queridos para trás. Também sabia que haveria outros como ele. Não podia lhe fazer uma promessa que não conseguiria manter para todos.

Então, em vez disso, perguntou:

— E você não acredita, depois de tudo que viu aqui, que vai vê-los de novo?

— Mas...

— Sua esposa encontrará conforto — ela disse. — Porque você está aqui com a Lola, e ela vai esperar para reencontrar vocês dois aqui no

Submundo. No Asfódelos. Você não quer montar um espaço para eles? Para recebê-los quando eles vierem?

O homem olhou para Lola e a abraçou, chorando por um bom tempo. Eles o deixaram chorar, e, nesse meio-tempo, Perséfone sentiu o peso dessa tarefa. Nem imaginava como Tânatos, Caronte e os juízes aguentavam isso todo dia.

Um pouco depois, o homem se recompôs e suspirou.

— Tudo bem. Estou pronto.

Perséfone se virou para Caronte, que sorriu.

— Então seja bem-vindo ao Submundo — ele disse, e ajudou os dois a embarcarem.

Hades e Perséfone se juntaram a eles.

A viagem foi feita em silêncio, as almas olhavam para a água, com expressões sombrias. Hades apertou a mão de Perséfone com mais força, e ela sabia que era porque ele reconhecia o fardo que ela carregava — tristeza, luto e desespero —, mas seu humor logo melhorou quando avistou um grupo de almas do Asfódelos na margem do rio, esperando para recebê-los.

— Olha! — Lola exclamou, apontando um dedinho.

Quando Caronte aportou, Yuri e Ian ajudaram todos a subir no cais lotado.

— Bem-vindos — eles disseram.

O cais se agitou quando os recém-chegados se juntaram à multidão. As almas haviam aperfeiçoado sua cerimônia de boas-vindas, conseguindo torná-la mais parecida com uma festa, trazendo música e cestas de comida. No início, Perséfone temeu que Hades pudesse desaprovar, uma vez que essas almas ainda precisavam ser julgadas, mas o deus considerara essa celebração um modo ainda melhor de adentrar seu reino, porque permaneceria para sempre nas mentes dos que fossem parar no Tártaro.

— *Eles vão refletir a respeito desse momento e lamentar por não terem sido melhores em vida.*

Hades e Perséfone ficaram com Caronte, observando as almas partirem pelo caminho de pedra, rumo aos Campos do Luto. Enquanto andavam, elas dançavam, cantavam e gritavam, entusiasmadas. Parecia um final mais feliz para um dia terrível.

Ao lado deles, Caronte soltou uma risadinha.

— Eles, com certeza, nunca vão esquecer a entrada no Submundo.

Perséfone olhou para ele.

— Você acha que vai se sobrepor à chegada repentina da morte deles?

O daímôn deu um sorriso gentil para ela.

— Acho que o seu Submundo vai mais do que compensar esse susto, milady.

Com isso, empurrou o barco para longe do píer e começou a atravessar o rio de novo.

Ela se virou para Hades.

— Um destino ainda é tecido pelas Moiras se for causado por outro deus? Realmente não sabia.

— Todos os destinos são definidos pelas Moiras — Hades respondeu. — Láquesis deve ter determinado para cada um deles um tempo de vida que acabava hoje, e Átropos escolheu o acidente como causa da morte. A tempestade da sua mãe forneceu o catalisador.

Perséfone franziu a testa, e Hades apertou a mão dela de novo.

— Vamos sair daqui. Tenho uma coisa para te mostrar.

Ela deixou que Hades os teleportasse, mas ficou surpresa com o destino para onde ele a levara: o Templo de Sangri. Era um edifício grande feito de mármore e pedra branca. Uma escada íngreme levava aos portões dourados fechados, que ficavam logo atrás de uma fileira de antigas colunas jônicas com volutas revestidas de ouro. Eram decorativas, mas também práticas, pois nelas se apoiava um frontão decorado com os símbolos de Deméter — uma cornucópia e grãos de trigo —, que também eram de ouro.

— Hades... o que estamos fazendo no templo da minha mãe? — Perséfone perguntou.

— Visitando.

O Deus dos Mortos continuou olhando nos olhos dela enquanto beijava sua mão, então a pousou sobre o próprio braço e começou a subir os degraus.

— Não quero visitar o templo — ela reclamou.

— Sua mãe quer foder com a gente. Então vamos foder com ela.

— Você está pensando em atear fogo ao templo dela? — Perséfone perguntou.

— Ah, meu bem... — Hades respondeu. — Sou depravado demais pra isso.

Eles subiram os degraus, e Perséfone sentiu um pico da magia de Hades quando as portas se abriram. Vários sacerdotes e sacerdotisas vestidos de branco pararam no meio do caminho ao ver o Deus dos Mortos entrar, arregalando os olhos de medo.

— L-lorde Hades... — Um dos sacerdotes tremeu ao pronunciar o nome.

— Saia — o deus ordenou.

— O senhor não pode entrar no Templo de Deméter — uma sacerdotisa ousou dizer. — Este lugar é *sagrado*.

Hades ignorou a mulher.

— Saiam. Ou sejam testemunhas e cúmplices da profanação deste templo.

Eles fugiram, deixando-os sozinhos no espaço iluminado pelo fogo. Os portões bateram, fazendo as sombras projetadas nas paredes tremularem.

No silêncio, Hades se virou para Perséfone.

— Quero fazer amor com você.

— No templo da minha mãe? Hades...

Ele a interrompeu com um beijo que a fez gemer. Era delicioso e profundo, e o desejo penetrou o ventre da deusa como uma garra.

— Minha mãe vai ficar furiosa — Perséfone disse quando ele se afastou.

— *Eu estou furioso* — Hades sibilou, segurando a base da cabeça dela e voltando a beijá-la. Sua outra mão desceu pelo corpo de Perséfone, passando pela bunda e indo até a parte interna da coxa, então ergueu a perna dela para enganchá-la ao próprio quadril. Sua ereção se acomodou no ponto ávido entre as pernas da deusa, e ela gemeu. Seus lábios passaram pelo rosto dela e foram até a orelha, e Hades sussurrou: — E você não disse não.

Perséfone não disse não. Os acontecimentos do dia a deixaram tensa, agitada, estressada. Ela precisava de alívio — precisava dele.

Ele se afastou e os dois se encararam por um instante antes de Perséfone passar as mãos pelo peito e pelos ombros de Hades, ajudando-o a tirar o paletó. Depois de a peça cair no chão, foi a vez das roupas dela. Eles despiram um ao outro — um processo lento e lânguido que envolveu beijar, lamber e chupar — até ficarem nus, então Hades a pegou no colo e a carregou pelo corredor de colunas até o altar da mãe dela, que estava abarrotado de cornucópias com frutas e ramos de trigo. Dois grandes braseiros de ouro rugiam de ambos os lados do altar, e o ar ali estava quente, fazendo os deuses pingarem de suor.

Hades se ajoelhou e pôs Perséfone sobre o piso de ladrilho e, depois, se acomodou entre as pernas dela. Baixou o rosto para ela, os olhos em chamas, percorrendo cada parte de seu corpo, então se curvou e a lambeu, a língua quente contra sua intimidade. Quando se afastou, seus lábios brilhavam com o desejo dela, e ele deu um sorriso malicioso.

— Você está molhada pra mim.

— Sempre... — Perséfone sussurrou.

— Sempre... — ele repetiu. — Só de me ver?

Ela assentiu, e Hades lambeu os lábios.

— Quer saber como eu me sinto quando vejo você? — ele perguntou, se inclinando para beijar a parte de trás das coxas de Perséfone.

Ela assentiu de novo.

— Quando vejo você, não consigo não pensar em você desse jeito — ele disse, a voz um murmúrio sensual contra a pele dela, os lábios subindo por sua coxa. — Nua. Linda. Encharcada.

Cada uma de suas palavras era pontuada por um giro da língua contra a pele dela, e respiração da deusa foi acelerando conforme ele chegava mais perto de sua intimidade ardente.

— Meu pau está duro por você — ele disse. — E estou morrendo de vontade de te comer.

Ele ergueu os olhos para Perséfone, a cabeça pairando entre as pernas dela; ela sentia a respiração dele na buceta. Afundou os dedos nas mãos, as unhas se enfiando na pele.

— Então por que eu estou tão vazia?

O canto dos lábios de Hades se ergueu, então ele se abaixou, envolvendo o clitóris dela com a boca. Ela se arqueou contra ele e levou as mãos aos seios, apertando os mamilos entre os dedos. Perséfone gemeu, então encontrou o olhar acalorado de Hades. Assim que o fez, ele puxou o quadril dela, apertando sua bunda, então a penetrou com os dedos, curvando-os bem no fundo, estimulando uma parte dela que a fez prender a respiração. Quanto mais ela gemia, mais rápido a língua dele se movia, mais seus dedos trabalhavam, e, quando ele se afastou dela, seus lábios e dedos brilhavam.

Hades deixou que ela relaxasse no ladrilho e foi subindo por seu corpo, a boca descendo sobre a dela. Ele estava com o gosto dela — picante e salgado —, e, enquanto suas línguas se enroscavam, ela pegou o pau duro dele, deslizando o polegar pela cabeça, inchada de desejo. Hades gemeu.

— Você quer me sentir na sua boca? — ele perguntou.

— Sempre — Perséfone respondeu, se sentando.

Ele estremeceu e fechou os olhos.

— Essa palavra.

— Qual é o problema dela?

— Nenhum — ele disse, e assumiu o lugar dela no chão, a mão atrás da cabeça. — É... perfeita.

Perséfone segurou o pau de Hades, lambeu e depois envolveu-o com a boca. Ele agarrou o cabelo da deusa e chiou, as coxas se retesando ao redor dos joelhos dobrados dela. Perséfone manteve a boca concentrada na cabeça por um bom tempo, saboreando cada gota que brotava, então engoliu até o talo. Hades soltou um longo suspiro e se sentou na hora, afastando Perséfone de seu pau e apertando a boca quente contra a dela. Ele a fez deitar, depois agarrou o pau e o levou aos lábios melados dela, provocando a abertura e o clitóris.

Perséfone gemeu e pressionou os calcanhares na bunda dele.

— Agora, Hades — ela ordenou. — Você *prometeu*.

Ele soltou uma risada ofegante.

— O que eu prometi, meu bem?

Se inclinou para beijá-la no pescoço, e seus dentes roçaram a orelha dela. Ela se virou para ele, irritada, tentando capturar seus lábios, mas ele se mexeu.

— Meter... — ela murmurou. — Me foder.

— Não foi uma promessa — Hades disse. — Foi um juramento.

Então meteu tudo, até o fundo, e, por um instante, descansou o corpo sobre o dela e os dois se fundiram, molhados de suor. Os lábios de Hades tocaram o queixo de Perséfone, então a boca, e ele esperou que ela relaxasse debaixo de si.

— Quero fazer amor com você — ele disse de novo, e sustentou o olhar dela ao erguer o corpo, se apoiando nas mãos.

Começou a estocar, estabelecendo um ritmo para assegurar que Perséfone sentisse cada parte do seu pau. Ela se arqueou debaixo dele, tirando as costas do chão. Hades se sentou, então, agarrando as coxas dela enquanto metia sem parar, com movimentos firmes e agonizantes.

Ela queria que durasse para sempre. Queria gozar. Queria tudo ao mesmo tempo.

Então tirou o pau e enfiou a cara entre suas pernas, a boca descendo sobre ela mais uma vez antes de voltar a penetrá-la, o corpo pairando sobre o dela, prendendo-a entre os braços fortes. Perséfone observou o rosto dele enquanto ele se movia, os olhos quase fechados, o maxilar tenso, os lábios entreabertos. De vez em quando ele se inclinava para beijá-la — uma, duas, três vezes —, até que nenhum deles conseguisse mais manter os olhos abertos, até jogarem a cabeça para trás e gozarem.

Depois, se deitaram no piso de ladrilho, enroscados um no outro.

— Que negócio é esse de resgate de cavalos? — ela perguntou, em voz baixa.

Estava cansada, e seu corpo ainda estava trêmulo por causa do orgasmo. Hades não reagiu e continuou a passar os dedos pelo cabelo dela.

— Eu ia te mostrar pessoalmente — ele disse. — Quem te contou?

— Ninguém — Perséfone respondeu. — Só ouvi dizer.

— Hummm... — murmurou, sonolento.

Depois de um instante, ela se mexeu para pousar os braços sobre o peito dele, o queixo apoiado neles.

— Harmonia me visitou hoje — disse.

— Ah, é? — Ele ergueu a sobrancelha escura, os olhos semicerrados.

— Ela acha que a arma que usaram para capturá-la era uma rede — Perséfone disse. — E que foi feita com a magia da minha mãe.

Hades não falou, não moveu um único músculo do rosto.

— Por que minha mãe ajudaria alguém a atacar seu próprio povo?

— Acontece toda vez que novos deuses chegam ao poder — Hades respondeu. Não parecia nem um pouco surpreso.

— Novos deuses ou um novo poder? — ela perguntou.

— Talvez ambos — ele respondeu. — Acho que vamos descobrir mais cedo ou mais tarde.

Perséfone ficou quieta, pensando nas palavras de Hades.

— O que Teseu estava fazendo no seu escritório hoje? — perguntou, de repente curiosa. Quando chegou, a conversa deles não parecia estar indo bem, considerando a tensão na sala.

— Tentando me convencer de que não tinha nada a ver com o seu incidente nem com os ataques a Adônis e Harmonia.

— E convenceu?

— Não detectei nenhuma mentira — admitiu Hades.

— Mas ainda acha que ele foi o responsável?

A sombra de um sorriso tocou os lábios dele, como se estivesse orgulhoso de ela entendê-lo tão bem.

— Acho que a falta de ação dele o torna responsável — Hades disse. — A essa altura, ele já deve saber os nomes dos agressores de Harmonia, mas se recusa a revelá-los.

— Você não tem métodos pra extrair esse tipo de informação? — Perséfone perguntou, erguendo a sobrancelha.

Hades deu uma risadinha.

— Sedenta por sangue, meu bem?

— Só não entendo que poder ele tem para guardar essa informação — ela respondeu, franzindo a testa.

— O mesmo tipo de poder que todo homem com seguidores tem: soberba — Hades retrucou.

— E isso não é uma ofensa passível de punição aos olhos de um deus?

— Pode acreditar, meu bem, quando Teseu chegar ao Submundo, eu mesmo vou escoltá-lo direto para o Tártaro.

15

TORNAR-SE O PODER

O restante da semana passou rápido enquanto Perséfone conduzia sua própria pesquisa a respeito da Tríade. Descobriu que a organização teve um início tortuoso, alegando ter uma liderança descentralizada. Isso levou vários indivíduos a realizarem seus próprios protestos — alguns pacíficos, outros mais violentos. Quando Zeus os declarou um grupo terrorista, o que encorajou diversos mortais Fiéis a perseguir e atacar quem fosse associado ao grupo, aconteceu uma debandada temporária, mas a Tríade ressurgiu um ano depois sob nova direção.

Isso tinha acontecido há cinco anos.

Desde então, houve alguns protestos e mais ataques violentos, mas a Tríade nunca assumia a responsabilidade por eles, alegando que eram Ímpios independentes. Perséfone recordou o que Hades disse sobre Teseu — que o líder da Tríade afirmou não ter nenhum envolvimento no assassinato de Adônis ou no ataque a Harmonia. Será que os Ímpios haviam agido por conta própria, com a ajuda de Deméter?

Ela não sabia dizer. Só esperava que não precisassem de um novo ataque para descobrir.

Só no sábado Perséfone conseguiu ir ao chalé de Hécate para treinar, e o fez sem o conhecimento de Hades. Ele insistiu para que ela descansasse, já que não conseguia dormir a maioria das noites, mas, depois de testemunhar o acidente horrível que havia tirado tantas vidas no Mundo Superior, ela sabia que praticar era uma prioridade. Além disso, tinha algumas perguntas para a deusa antiga.

Quando Perséfone chegou, Hécate estava trabalhando dentro do chalé, enrolando ervas secas com barbante — tomilho, alecrim, sálvia e estragão. Havia vários maços, e a casa inteira tinha um cheiro doce e amargo ao mesmo tempo.

Perséfone se sentou para ajudar, selecionando ramos de cada pilha e amarrando-os cuidadosamente com o barbante, fazendo laços elegantes.

— Que tipo de feitiço você pretende fazer com isso tudo? — Perséfone perguntou.

O canto da boca de Hécate se levantou.

— Nenhum. Essas ervas são para cozinhar.

— Desde quando? — Perséfone quis saber, mas a pergunta soou quase como uma acusação. Nunca viu a deusa cozinhar nada que não fosse um veneno.

— Cultivo vários tipos de ervas — Hécate respondeu. — Algumas para os meus feitiços, algumas para Milan e outras para diversão.

— E por que Milan precisa de tantas assim?

— Essas ervas duram, pelo menos, três anos — Hécate disse. — Mas imagino que ele esteja se preparando para o banquete do casamento.

Perséfone travou. Nem tinha pensado na comida — e o bolo? Será que devia estar pensando nessas coisas, considerando os acontecimentos da última semana? Ela franziu a testa, a tensão se acumulando entre as sobrancelhas.

— Eu não queria te deixar estressada — Hécate disse.

— Não deixou — Perséfone começou, então parou. — Hécate, você ficou do lado dos olimpianos na Titanomaquia, né?

— Por que a pergunta?

Perséfone se encolheu com o tom da voz dela: frio, quase irado. Será que a deusa preferia não tocar no assunto?

Hécate continuou amarrando maços de ervas, nunca desviando os olhos da tarefa.

— Eu só... estava me perguntando por que você não ficou do lado dos titãs — Perséfone disse. — Já que é uma.

— Ser uma não significa que eu concorde com eles — Hécate disse, sem parar o trabalho, as mãos se movendo depressa. — Sob o domínio dos titãs, o mundo não teria evoluído, e eu acreditei que os olimpianos, apesar de serem eles mesmos deuses, eram muito mais humanos que os titãs.

Perséfone fez uma careta.

— Acho que os motivos da minha mãe não são tão nobres assim.

— Como assim?

Perséfone explicou o que Harmonia tinha lhe contado — que havia sentido a magia de Deméter no parque onde fora atacada — e suas suspeitas de que a deusa estivesse trabalhando com a Tríade ou Ímpios independentes.

Não conseguia parar de pensar nas palavras de Harmonia.

— *Quente como o sol numa tarde de primavera. Tinha cheiro de trigo dourado e da doçura de fruta madura.*

A magia de Deméter esteve espalhada pela arma que capturou Harmonia. Fazia sentido, foi por isso que a deusa não conseguiu invocar a própria magia para acalmar os agressores. Harmonia era uma deusa menor. Eram poucas as suas chances de se sobrepor a uma olimpiana antiga como Deméter.

Quando Perséfone terminou a explicação, Hécate não parecia surpresa.

— Ela não é a primeira deusa a tentar derrubar os seus, nem será a última — ela respondeu.

Era a mesma coisa que Hades tinha dito.

— Você não parece preocupada — Perséfone observou.

— Só me preocupo com coisas que posso controlar — Hécate disse. — As ações da sua mãe são só dela. Você não pode impedi-la de escolher esse caminho, mas pode combatê-la no percurso.

Perséfone encontrou o olhar de Hécate.

— Como?

A deusa a encarou e, depois de um instante, pegou uma tesoura rudimentar que haviam usado para cortar as ervas antes. Colocou o objeto na mesa diante de Perséfone.

— Aprendendo a curar a si mesma.

— Por quê? Você disse que eu devia lutar. Não era pra eu praticar magia?

— A cura é um poder que é preciso dominar antes de enfrentar qualquer um dos Divinos. Todos os deuses têm a habilidade de curar a si mesmos em alguma medida. Hoje, vamos descobrir o seu.

Todos os deuses? Perséfone não fazia ideia. Até agora, pensava que era um poder que poucos possuíam.

Perséfone olhou para Hécate, então baixou os olhos para a tesoura.

— E o que eu faço com isso?

— Ou você se corta ou eu faço isso por você.

Por um momento, Perséfone pensou que Hécate devia estar brincando, mas logo abandonou a ideia ao se lembrar de como a Deusa da Bruxaria tinha ordenado que Nefeli a atacasse. Naquela noite, ela tinha ido além de ensinar simples truques de mágica. A situação era séria, e Hécate já havia provado que faria o que fosse preciso para garantir que o poder de Perséfone se manifestasse.

Perséfone pegou a tesoura.

— E o que eu faço depois de me cortar?

— Obedeça e eu te explico — Hécate respondeu.

Ainda assim, Perséfone hesitou. Nunca tinha se machucado propositalmente antes, e a ideia de fazer isso a fez estremecer.

Finja que é sua magia, pensou ela, lembrando da noite em que sonhou que Pirítoo estava em seu quarto e galhos grossos tinham deixado seus braços e pernas em frangalhos. *Isso não é nada comparado àquilo.*

Ela segurou a tesoura acima da palma da mão. Rápida como um raio, Hécate empurrou-a para baixo. A ponta da tesoura perfurou a mão de Perséfone e se cravou na mesa abaixo dela.

A princípio, Perséfone ficou tão chocada que nem reagiu. Então Hécate puxou a lâmina, e com o sangue veio a dor. Perséfone gritou, agarrando o pulso da mão machucada enquanto sua magia vinha à tona, inundando suas veias. Era o tipo de magia que explodia de sua pele — o tipo que irrompeu na noite em que tinha sonhado com Pirítoo.

— Curar a si mesma é uma forma de defesa — Hécate disse calmamente, como se não tivesse acabado de esfaqueá-la.

— Que porra é essa, Hécate? — Perséfone perguntou, a voz rouca e furiosa. Seus olhos ardiam com magia; ela estava sentindo um calor residual que fazia seus olhos lacrimejarem.

— Sua magia não vai acordar pra curar um arranhão — a deusa explicou.

— E aí você tinha que me esfaquear? — Perséfone perguntou.

Um sorriso horrível se espalhou pelo rosto de Hécate.

— Você precisa aprender a invocar sua magia sem dor, medo ou raiva. Fazer isso precisa se tornar instintivo, então vamos usar dor, medo e raiva pra treinar.

Perséfone cerrou os dentes, a magia queimando sua pele.

— Canalize sua magia, Perséfone. Como você se sente quando o Hades te cura?

Perséfone lutava com a própria mente, presa entre ouvir Hécate e sentir raiva, mas a dor na mão também atraía sua atenção, e logo ela passou a se concentrar nisso e nas lembranças das mãos curativas de Hades. Era tão fácil para ele, uma pulsação de poder que aquecia a pele, como mergulhar em uma fonte termal.

— Bom — Perséfone ouviu Hécate dizer e, quando abriu os olhos, viu que sua mão estava curada. A única evidência de que tinha se machucado era o sangue na mesa.

— De novo — a deusa disse, voltando a pegar a tesoura.

Perséfone recuou e se levantou.

— Não.

Hécate a encarou, ainda segurando a tesoura ensanguentada no alto.

— O que você quer, Perséfone?

— O que isso tem a ver com me esfaquear?

— Tudo. Sua magia é reativa, muito provavelmente devido a um trauma, e embora isso não seja sua culpa, estamos ficando sem tempo. Você acha que vai ter quatro minutos pra se curar no campo de batalha?

— Isso aqui não é uma batalha, Hécate.

— Mas logo vai ser, e onde você prefere aprender? Então vou perguntar de novo. O que você quer?

Ela queria... Hades. Queria o Submundo, o Mundo Superior. Queria...

— Tudo — respondeu, ofegante.

— Então lute pelo que quer — Hécate disse.

Perséfone estendeu a palma da mão.

Elas praticaram por mais de uma hora. Depois da vigésima vez, Perséfone parou de se sobressaltar quando a tesoura perfurava sua pele. Não demorou muito para ela começar a curar a ferida antes mesmo de a lâmina sair de seu corpo. Guiada por Hécate, ela se familiarizou com a maneira como sua magia reagia à intrusão, mais forte no momento do impacto, imediatamente aquecendo sua pele e arrepiando os cabelos na nuca.

— Está instigando você a usá-la — Hécate disse. — Quer te proteger.

Perséfone já tinha ouvido essas palavras antes, mas só agora começava a entendê-las, assim como sua magia. O poder não era uma coisa estranha que lhe invadia o corpo. Era tão natural para ela quanto seu sangue e seus ossos.

— Chega por hoje — Hécate disse.

Perséfone perdeu a conta de quantas vezes tinha sido esfaqueada. Estava se sentindo cansada, mas estranhamente alerta. Como se seu corpo tivesse se transformado numa víbora, toda enrolada e pronta para atacar. Pela primeira vez desde que seus poderes tinham despertado, eles não pareciam tão distantes.

— Sim, minha querida... — Hécate sibilou, e Perséfone olhou em seus olhos escuros. — Você entende agora porque consegue sentir. Não se trata de invocar o poder. Trata-se de se tornar o poder.

Se tornar o poder.

— Com que frequência podemos treinar assim? — Perséfone perguntou.

— Sempre que você quiser — ela respondeu.

— Por favor, Hécate.

A deusa estendeu a mão e segurou seu queixo. Pela primeira vez desde que tinham começado a praticar naquele dia, seu olhar suavizou.

— Contanto que você se lembre de que eu te amo — Hécate falou.

As palavras fizeram o ventre de Perséfone se contrair; eram palavras cheias de temor, promessa e medo. Mas esses sentimentos existiam fora do chalé também — no Mundo Superior onde a magia da mãe dela se enfurecia e onde Harmonia havia sido atacada. Pelo menos aqui com Hécate... Perséfone sabia que estaria segura.

— Mas é claro. Como eu poderia esquecer?

Hécate deu um sorriso triste.

— Ah, meu amor! Posso fazer você se arrepender de ter sido minha amiga um dia.

Perséfone pensou em ir aos Campos Elísios visitar Lexa, mas, depois de sua sessão com Hécate, estava se sentindo particularmente esgotada. Em vez disso, voltou para o palácio. Cérbero, Tifão e Ortros caminhavam obedientemente atrás dela, o que fazia com que tivesse a sensação de que haviam recebido ordens de escoltá-la ao redor do Submundo, provavelmente devido à sua tendência de perambular por aí e arranjar problemas. Suas suspeitas foram confirmadas quando, assim que pisou no palácio de Hades, os três dobermans se dispersaram.

Não estava chateada pela presença ou pela escolta deles, mas ficava, sim, ansiosa pelo dia em que não precisaria tanto daquilo. Mais uma vez, pensou nas palavras de Hécate e se perguntou onde exatamente estava se metendo ao pedir à deusa que a treinasse como tinha feito hoje.

— Ah, Perséfone... — Hécate disse quando ela estava saindo do chalé. — Não conte ao Hades sobre hoje. Acho que não preciso te dizer que ele não aprovaria.

Aquelas palavras pesavam sobre ela no caminho até o quarto. Perséfone tinha adotado o hábito de ser totalmente transparente com Hades, em especial depois de perder Lexa. Não era nada fácil, levando em conta que ela não estava acostumada a se comunicar de jeito nenhum. Crescer sob o controle da mãe tinha lhe ensinado que expressar suas opiniões ou sentimentos atraía atenção e críticas. Era melhor só ficar quieta — existir em segredo o máximo possível para não ser punida.

Era assim que tinha vivido por anos, mas, depois da morte de Lexa, ela percebeu que não conseguia mais agir assim. Mais importante, não precisava. Hades queria ouvir o que ela tinha a dizer, queria entender seu ponto de vista — e ela queria o mesmo dele.

Ainda estava ponderando como falar com ele a respeito dos métodos de treinamento de Hécate quando entrou no quarto e encontrou Hades no mesmo lugar de sempre, diante da lareira, acompanhado de um deus que ela não conhecia. Ele era bonito e elegante: pele negra, cabelo curto e branco, com cachos próximos da cabeça. Tinha olhos grandes e inocentes, e lábios cheios. Usava branco e acessórios de ouro: um cinto e uma camada de colares. Estava descalço, mas provavelmente porque não precisava de sapatos: grandes asas brancas saíam de suas costas.

— Olá — ela disse, fechando a porta. — Estou... interrompendo alguma coisa?

Percebia que era uma pergunta estranha, mas... o quarto também era um lugar estranho para Hades fazer negócios.

O deus desconhecido bufou.

— Perséfone — Hades disse, tirando a mão do bolso para gesticular na direção do deus. — Esse é Hipnos, Deus do Sono. É irmão do Tânatos. Eles não são nem um pouco parecidos.

Hipnos olhou feio para ele.

— Ela teria descoberto sozinha. Não precisava contar.

— Eu não queria que ela tivesse a falsa impressão de que você seria tão gentil quanto seu irmão.

Perséfone ficou olhando para eles, um pouco surpresa pela rapidez com que o tom e a atmosfera do quarto haviam mudado na presença daqueles dois.

— Não é que eu não seja gentil — Hipnos argumentou. — Mas eu não me dou bem com idiotas. Você não é idiota, é, Lady Perséfone?

Ele definitivamente não era como Tânatos. Esse deus parecia mais imprevisível. Talvez por causa da natureza do sono.

— N-não — ela respondeu, hesitante.

— Eu chamei Hipnos para vir aqui pra ele te ajudar a dormir — Hades disse depressa.

— Tenho certeza de que ela já percebeu — Hipnos falou, ríspido.

— E você? Contou pra ele que você não dorme?

Hipnos riu — um som profundo que saiu de algum lugar na sua garganta.

— O Deus dos Mortos admitindo que precisa de ajuda? Só em sonho mesmo.

Até agora, Hades tinha permanecido impassível diante do deus rabugento, mas, de repente, seus olhos escureceram.

— Isso é sobre você — ele rebateu, se esforçando para fazer sua voz soar suave e calma, apesar de ter cerrado os dentes. — Ela não tem dormido e, quando dorme, tem pesadelos que a fazem acordar. Às vezes, encharcada de suor, às vezes gritando.

— Não é... nada — Perséfone tentou argumentar. Não tinha a menor vontade de falar do assunto, de reviver o que estava passando desde o dia em que Pirítoo a raptou. — São só pesadelos.

— E você é só uma jardineira superestimada — Hipnos respondeu.

— *Hipnos!* — Hades bradou em tom de advertência.

— Não me admira que você viva do lado de fora dos portões do Submundo... — Perséfone murmurou.

Pela primeira vez, Hipnos pareceu estar se divertindo.

— Para o seu governo, eu vivo do outro lado dos portões porque ainda sou uma divindade do Mundo Superior, apesar da minha sentença aqui.

— Sua sentença?

— Viver debaixo do mundo é meu castigo por ter feito Zeus adormecer — ele explicou.

— Duas vezes — Hades enfatizou.

Hipnos deu uma olhada de soslaio para o deus, irritado, com a sobrancelha erguida.

— Duas vezes? Você não aprendeu da primeira vez? — Perséfone perguntou.

Hades tentou suprimir um sorrisinho.

— *Eu* aprendi, mas é difícil ignorar um pedido da Rainha dos Deuses. Rejeitar Hera significa viver uma vida infernal, e ninguém quer viver assim, *né*, Hades?

A alfinetada de Hipnos tirou a diversão da expressão de Hades. Satisfeito com o golpe, o deus voltou a se concentrar em Perséfone.

— Me conta sobre esses pesadelos — pediu. — Preciso de detalhes.

— Por que você quer saber? — Hades perguntou. — Eu te falei que ela estava tendo problemas para dormir. Não é suficiente pra criar um sonífero?

— Talvez sim, mas um sonífero não vai resolver o problema. — Hipnos lançou um olhar penetrante para Hades. — Sou mais velho que você, milorde, uma divindade primordial, lembra? Me deixa trabalhar.

Hipnos voltou a olhar para Perséfone.

— E então? — Sua voz era impaciente, exigente, mas ela teve a sensação de que, se não quisesse ajudá-la, ele já teria ido embora. — Com que frequência você tem esses pesadelos?

— Não é toda noite — disse ela.

— Existe um padrão? Eles vêm depois de um dia particularmente estressante?

— Acho que não. Esse é um dos motivos de eu não querer dormir. Não tenho certeza do que vou encontrar do outro lado.

— Esses sonhos... eles começaram depois de algum evento traumático?

Perséfone assentiu.

— Qual?

— Eu fui sequestrada — respondeu ela. — Por um semideus. Ele estava obcecado por mim e... queria me estuprar.

— E conseguiu?

Perséfone recuou com a pergunta direta de Hipnos, e Hades esbravejou.

— *Hipnos!*

— Lorde Hades... — Hipnos cortou, ríspido. — Mais uma interrupção e eu vou embora.

Perséfone desviou o olhar para Hades, de cuja mão haviam brotado espinhos pretos letais.

— Tudo bem, Hades. Eu sei que ele está tentando ajudar.

O deus sorriu, pesaroso.

— Escute a mulher. Ela aprecia a arte da interpretação de sonhos.

— Não — disse Perséfone. — Ele não conseguiu, mas, nos meus sonhos, parece chegar cada vez mais perto de... conseguir.

Ela não conseguiu evitar; deu uma olhadinha em Hades ao falar e viu que ele estava pálido. Sentiu o peito se apertar. Não tinha pensado em como essa situação o afetaria, talvez devesse ter pedido para ele sair. Mas duvidava que ele fosse aceitar.

— Sonhos, pesadelos, nos preparam para sobreviver — explicou Hipnos. — Eles dão vida a nossas ansiedades para que possamos combatê-las. Você não é diferente, Deusa.

— Mas eu sobrevivi — retrucou Perséfone.

— E acha que sobreviveria se acontecesse de novo?

Ela começou a falar.

— Não na mesma situação, numa situação diferente. Talvez se um deus mais poderoso a raptasse.

Ela fechou a boca com força.

— Você não precisa de um sonífero — Hipnos disse. — Precisa pensar em como vai lutar no próximo sonho. Mude o final, e os pesadelos vão parar.

Nessa hora, o deus se levantou.

— E pelo amor de todos os deuses e deusas, vai dormir, porra.

Depois disso, Hipnos desapareceu.

Perséfone olhou para Hades.

— Agradável, ele.

A expressão de Hades lhe disse tudo que ela precisava saber a respeito do que ele pensava do Deus do Sono. Então, ele baixou e estreitou os olhos.

— Por que tem sangue na sua blusa?

Perséfone arregalou os olhos e, quando olhou, viu uma mancha carmesim. Não a tinha notado antes de sair do chalé de Hécate. Pelo jeito, era assim que contaria a Hades da sessão de treinamento daquela tarde.

— Ah... eu estava praticando com a Hécate — ela disse.

— Praticando o quê?

— Cura — ela respondeu.

Hades juntou as sobrancelhas.

— É muito sangue.

— Bom... Não dava pra eu me curar se não estivesse machucada — Perséfone explicou, mas percebeu pela expressão de Hades que tinha dito a coisa errada. Ele inclinou a cabeça para o lado, a boca se apertando.

— Ela está fazendo você praticar em si mesma primeiro?

Perséfone abriu a boca para falar, mas não havia nada a dizer além da verdade.

— Sim... por que é errado?

— Era pra você estar praticando em... *flores*, porra! Não em si mesma. O que ela mandou você fazer?

— E importa? Eu me curei. Eu consegui. — Ela estava orgulhosa. — Além disso, não tenho muito tempo. Você sabe o que aconteceu com Adônis e viu o que aconteceu com Harmonia.

— Você acha que eu deixaria o que aconteceu com eles acontecer com você? — Hades perguntou.

— Não é isso que eu estou dizendo. — Perséfone falou cuidadosamente, sabendo que sua escolha de palavras era importante. Hades já se culpava pelo que tinha acontecido com Pirítoo. — Quero ser capaz de me proteger.

Hades só olhou para ela, os olhos mergulhando na mancha de sangue, o que a fez cruzar os braços para escondê-la.

— Juro que estou bem — ela disse. — Pode me beijar, se acha que eu estou mentindo.

Os olhos dele voltaram aos dela e ele se aproximou, segurando seu queixo.

— Eu acredito em você, mas vou te beijar mesmo assim.

Os lábios dele se encostaram aos dela docemente — um beijo rápido e contido demais. Quando ele se afastou, ela ergueu o olhar para ele e perguntou:

— Por que você não me contou que eu tinha o poder de me curar?

— Imaginei que Hécate fosse te ensinar em algum momento — ele disse. — Até lá, seria um prazer curar você.

Ela corou, não por causa de alguma lembrança em particular, mas pelo som da voz de Hades — a voz de um amante, calorosa e hipnotizante. Baixou o olhar para os lábios dele, suculentos, sedutores.

— O que devemos fazer esta noite, meu bem? — Hades perguntou.

Um sorriso apareceu nos lábios de Perséfone quando ela respondeu:

— Estou morrendo de vontade de jogar cartas.

16

ESCONDE-ESCONDE

— Vamos jogar seguindo as minhas regras — Perséfone disse.

Eles estavam sentados de frente um para o outro diante da lareira no quarto, uma mesa e um baralho entre eles.

Hades ergueu a sobrancelha.

— Suas regras? Qual é a diferença delas para as regras oficiais?

— Não há regras oficiais — ela falou. — Por isso esse jogo é tão divertido.

Hades franziu a testa. Perséfone sabia que esse era exatamente o tipo de jogo que ele detestava. Ele precisava de estrutura, orientações — *controle*.

— Me escuta. O objetivo é pegar todas as cartas do baralho — Perséfone disse. — Nós dois vamos jogar uma carta na mesa ao mesmo tempo. Se a soma das cartas for dez ou se você jogar um dez, tem que dar um tapa na pilha.

— Dar um... *tapa* na pilha? — Hades perguntou.

— Isso.

— Por quê?

— Porque é assim que você obtém as cartas.

Ele pigarreou.

— Continua.

— Além da regra dos dez, tem uma regra para as figuras — ela explicou.

Ela tinha que reconhecer que Hades demonstrou interesse nas regras, muito provavelmente porque estava interessado no que estaria em jogo.

— Dependendo da figura que alguém jogar, você tem um certo número de chances de baixar outra figura, ou a pessoa que jogou a primeira fica com todas as cartas.

— Ok — ele disse, de maneira muito decidida.

Ela continuou.

— Por último, se você der o tapa na hora errada, vai ter que colocar duas cartas embaixo da pilha.

— Certo — ele concordou. — Claro. Qual é o nome desse jogo mesmo?

— Parafuso de rato egípcio — Perséfone disse.

— Por quê?

Ela franziu a testa.

— N-não sei. Só sei que chamam assim.

Hades ergueu a sobrancelha.

— Bom, acho que vai ser divertido. Vamos para a parte importante, o que está em jogo? O que você vai querer se conquistar esse... baralho inteiro primeiro?

Perséfone refletiu antes de responder:

— Quero um fim de semana. A sós. Com você.

Os lábios de Hades tremelicaram.

— Você está pedindo uma coisa que eu daria de bom grado, e já dei, muitas vezes.

— Não um fim de semana presa na sua cama — ela disse, revirando os olhos. — Um fim de semana... numa ilha ou nas montanhas ou numa cabana. Tipo... *férias*.

— Hummm. Até agora você não me deu nenhum bom motivo pra vencer — ele disse.

Perséfone sorriu.

— E você? O que vai querer?

— Uma fantasia... realizada — ele respondeu.

— Uma... fantasia?

— Uma fantasia sexual.

Ela lutou com todas as forças para não gaguejar.

— Claro... — conseguiu dizer calmamente, soltando um breve suspiro. *Agora quem está tirando a vontade do outro de vencer?* Ela mordeu os lábios. — Posso perguntar o que essa fantasia sexual envolve?

— Não. — Os olhos dele brilharam de diversão. — Você aceita?

— Aceito — Perséfone disse, e, ao falar, apertou as coxas uma contra a outra, sentindo uma onda de calor no baixo ventre. Estava torcendo para conseguir se concentrar o suficiente no jogo para pelo menos tentar vencer.

Ela cortou o baralho e deu a cada um deles vinte e seis cartas. A primeira carta que jogou foi um dois de espadas. Hades jogou uma rainha de paus.

— Então agora eu tenho três chances de jogar uma figura — ela explicou.

Sua carta seguinte foi um rei.

— Agora, você tem quatro chances de jogar uma figura.

— Ok.

A primeira carta dele foi um cinco de ouros, depois um três de paus, a terceira um valete de copas. Então foi a vez de Perséfone — para sua sorte, jogou outra figura.

— Agora, você tem uma chance de jogar uma figura — ela disse.

O que ele jogou foi um dez de espadas.

Na velocidade da luz, Hades deu um tapa na pilha, com um estalo alto.

Perséfone se sobressaltou e olhou para ele, surpresa. Não estava esperando que ele se movesse tão rápido — ou que se lembrasse tão bem das regras.

— O quê? — ele perguntou, ao notar a expressão dela. — Você disse pra dar um tapa.

— Isso não foi um tapa. Foi mais uma agressão.

— É que eu quero muito vencer. — Ele deu um sorrisinho.

Ela ergueu a sobrancelha.

— Achei que você estava intrigado com a *minha* proposta.

— É, mas eu posso fazer o que você pediu a qualquer momento.

— E você acha que eu não posso realizar sua fantasia a qualquer momento?

Os lábios de Hades tremeram.

— Pode?

Eles se encararam por um instante. A tensão estava aumentando depressa, uma tempestade no horizonte. Parte dela queria descartar o jogo por completo só para fundir o corpo ao dele.

Então Hades falou, em voz baixa e impaciente:

— Vamos continuar?

O jogo progrediu — uma troca quase infinita de cartas. A certa altura, Hades só tinha mais uma carta; a vitória de Perséfone estava na mão. Ela estava tão animada que quase sentia o gosto do triunfo.

— Não fique tão convencida, meu bem. Vou me recuperar com essa carta — ele prometeu.

E, quando jogou a carta na mesa, era um dez.

Hades deu um tapa na pilha e ganhou as cartas: um vencedor.

Perséfone olhou feio para ele.

— Você trapaceou! — ela acusou.

Hades deu uma risadinha.

— Conversa de perdedor.

— Cuidado, milorde. Você pode ter vencido, mas eu sou a responsável pela experiência. Você quer que seja boa, não quer?

Ela nem tinha certeza do que ele ia pedir — uma fantasia de algum tipo. O que ele queria? Perséfone pensou na vez que ele ameaçou possuí-la em seu escritório de vidro. Talvez ele tivesse desejos mais sombrios: submissão, *bondage* ou alguma encenação. Mal podia respirar enquanto esperava que ele falasse, que a instruísse.

Então, Hades se levantou, afrouxando a gravata e tirando as abotoaduras. Perséfone inclinou a cabeça para trás, o olhar percorrendo o contorno de seu físico musculoso.

— Dez segundos — ele disse.

Perséfone franziu a testa. Estava esperando que outras palavras saíssem da boca dele, como... "tire a roupa" ou "ajoelhe-se".

— O quê? — Talvez tivesse ouvido errado. Não era possível que tivesse interpretado mal a tensão no quarto. Seu olhar se abaixou até o ponto onde a ereção dele pressionava a calça.

Não tinha mesmo.

— Você tem dez segundos pra se esconder. Depois eu vou te procurar.

— Sua fantasia é brincar de esconde-esconde? — ela perguntou.

— Não. Minha fantasia é a perseguição. Eu vou caçar você, e aí, quando te encontrar, vou meter tão fundo em você que a única coisa que você vai conseguir dizer vai ser o meu nome.

Parecia justo.

Ela fingiu estar refletindo a respeito da proposta, depois disse:

— Você vai usar magia?

O sorriso dele aumentou.

— Ah, a brincadeira vai ser muito mais divertida com magia, meu bem.

Ela estreitou os olhos.

— Mas esse é o seu reino. Você sempre vai saber onde eu estiver.

— Quer dizer que você não quer ser encontrada?

Foi a vez dela de sorrir. Sem mais nenhuma palavra, ela se teleportou e apareceu no jardim de Hades. Tinha aterrissado ao ar livre, sobre o caminho de pedras pretas que serpenteava através de flores coloridas e árvores escuras. Ela correu para a folhagem, se abaixando para passar por cortinas de glicínias e se embrenhando em meio a galhos de salgueiro.

Sentiu quando Hades apareceu. Ele era calor, uma chama que aquecia sua pele, e ela era atraída para ele como uma mariposa. Colou o corpo ao tronco do salgueiro, observando-o através dos galhos graciosos da árvore.

Ele se virou na direção dela, dando passos deliberados, mas cuidadosos naquele rumo.

— Pensei em você o dia todo — ele disse, e um arrepio a percorreu. Ela se afastou da árvore e saiu andando ao longo da margem do jardim. Hades continuou a segui-la, falando. — Seu gosto, a sensação do meu pau deslizando para dentro de você, o jeito como você geme quando eu meto em você.

Perséfone chegou ao muro do jardim, o coração acelerado. Estava encurralada. Se virou e se deparou com Hades bloqueando o caminho, o olhar faminto. Ele estendeu um braço, depois o outro, prendendo-a entre eles. Seu hálito acariciou os lábios dela quando ele falou.

— Quero te foder tão forte que seus gritos vão chegar aos ouvidos dos vivos.

Perséfone sorriu e se aproximou, provando os lábios dele com a língua antes de perguntar, ofegante:

— E por que não fode?

Então sumiu.

Reapareceu no Asfódelos, no centro das ruas lotadas. Era dia de feira, o que significava que as almas estavam ali em massa, trocando os bens que produziam no conforto de suas casas. O cheiro de levedura do pão, junto ao aroma dos chás amargos e da canela doce, flutuava no ar.

— Lady Perséfone!
— Milady!
— Perséfone!

As almas chamaram e começaram a rodeá-la. As crianças estavam particularmente felizes de vê-la e se espremiam entre as almas mais velhas para chegar até ela, abraçando suas pernas e agarrando suas mãos.

— Vem brincar com a gente, Perséfone!
— Sinto muito mesmo, pessoal. Infelizmente estou... no meio de um jogo com Lorde Hades.
— Que tipo de jogo? — uma das crianças perguntou.
— A gente pode brincar também? — outra quis saber.

Ela realmente devia ter ficado calada, mas, quando Hades chegou, as almas do Asfódelos voltaram sua atenção para ele.

— Hades! — as crianças gritaram, disparando na direção dele. O Senhor do Submundo pegou um menininho, o menorzinho, chamado Theo, e o levantou no ar. A criança deu uma risadinha e Hades sorriu. Era um sorriso de tirar o fôlego, e atingiu Perséfone como uma flecha. Mais uma vez, ela se pegou pensando em Hades como pai.

Engoliu em seco.

— Hades, brinca com a gente! — as crianças continuaram a gritar.
— Receio que tenha feito uma promessa a Lady Perséfone que preciso cumprir — ele disse. — Mas vou prometer uma coisa a vocês agora: Lady Perséfone e eu vamos voltar para brincar assim que possível.

Ele ergueu os olhos para ela, e ficou claro que ainda pretendia cumprir seu objetivo.

— Vamos visitar vocês em breve! — Perséfone prometeu, desaparecendo em seguida. Hades a acompanhou; ela sentia a magia dele se entrelaçando à sua, e, quando apareceram, estavam no campo de Asfódelos.

Ele a beijou, e, por um breve momento, Perséfone esqueceu que estava no meio de uma perseguição. Foi selvagem, a língua dele colidindo com a dela. Ele bebeu dela a fundo, como se desejasse consumir sua essência. Os dedos dela se enfiaram nos braços musculosos do deus enquanto ela se agarrava a ele, se afogando em seu poder.

Perséfone conseguiu recobrar os sentidos e se afastar. Hades pareceu surpreso, e seus olhos escureceram. Ele agarrou a parte da frente do vestido dela e a puxou até ele, rasgando o tecido no meio para expor seus seios. Pegou cada um nas mãos e os cobriu com a boca, lambendo os mamilos com a língua quente até deixá-los eretos. Então passou a beijar o pescoço da deusa, as mãos substituindo a língua e apertando aquelas bolinhas duras.

Perséfone jogou a cabeça para trás, arfando, e Hades esbravejou baixinho, do fundo da garganta:

— Renda-se.

A cabeça dela girava, cercada pelo cheiro dele. Ele tinha se afastado o suficiente para que ela pudesse ver seu rosto, e, olhando nos olhos dele, ela respondeu:

— Não.

Foi uma das coisas mais difíceis que já tinha feito na vida.

Então ela sumiu.

Dessa vez, apareceu no cavernoso salão do trono de Hades. Apesar de ter várias janelas, boa parte da sala ficava no escuro. Ela subiu até o trono e se sentou. A obsidiana era escorregadia e fria contra seus braços e suas costas, e, apesar de seu vestido estar rasgado, ela se sentou com as costas retas, os seios expostos.

Se Hades pensava que essa vitória era dele, estava enganado.

Quando ele se materializou e a viu sentada em seu trono, seus olhos pareceram escurecer, e ele deu um sorriso sedutor. O deus estava faminto, e seu desejo permeava o ar. Tinha cheiro de especiarias e algo esfumaçado, e ela se inclinou na direção dele, querendo prová-lo.

— Minha rainha — ele disse, partindo na direção dela.

— Para! — Perséfone ordenou. Para sua surpresa, Hades obedeceu imediatamente, mesmo deixando claro que não queria, com os punhos cerrados, o maxilar apertado, os ombros tensos. Antes que ele pudesse protestar, entretanto, ela deu outra ordem. — Tire a roupa.

Ele a observou por um instante, e então sorriu.

— Pra alguém que não gosta de títulos, você é bem mandona.

Ela lhe lançou um olhar penetrante.

— Preciso repetir?

Agora Hades estava sorrindo. Ergueu a mão, mas Perséfone o fez parar.

— Sem magia. Do jeito mortal. Devagar.

— Como quiser — ele disse.

Hades não teve pressa para desabotoar a camisa e as calças. Tirou a camisa primeiro, exibindo a pele queimada e os músculos dos braços e do abdômen. Depois, abaixou as calças, revelando sua ereção grossa e rígida.

Quando terminou e ficou nu diante dela, Perséfone estava sentada bem na beira do trono, as mãos agarrando os braços do assento. Pensou em ir até ele, pegar seu pau com a mão, mas se conteve.

— E seu cabelo... — ela disse. — Solte.

Ele levantou a mão, os músculos maciços se flexionando, e soltou o cabelo, que normalmente ficava preso e penteado para trás. As mechas compridas e escuras caíram em torno de seus ombros em ondas, dando-lhe uma aparência selvagem e indomável, o que a excitou.

Mas havia mais uma coisa que ela queria.

— Desfaça sua ilusão — ela pediu.

Os cantos da boca dele se ergueram.

— Só se você também desfizer a sua.

Ela ficou olhando para ele por um instante, então se desprendeu da magia. Era como despir uma capa pesada ou trocar uma pele que tinha ficado apertada e levemente desconfortável. Os olhos de Hades varreram todo o seu corpo, dos esguios chifres brancos que se retorciam a partir da cabeça coberta de cabelos rebeldes e dourados até os pés descalços, sujos depois da corrida através do jardim e do Asfódelos. Não devia parecer tão íntimo, porque o modo como ele a olhava era familiar, mas, quando seus olhos escuros encontraram os dela, Perséfone sentiu que estava a ponto de implodir, tamanha a intensidade do olhar.

Ele se desfez de sua ilusão em seguida. Perséfone adorava ver Hades se transformar. Sua magia evaporou como fumaça, desprendendo-se de seu corpo para revelar o deus antiquíssimo debaixo dela. Era raro que Hades assumisse sua forma Divina, o que era estranho, considerando que encorajava Perséfone a manter a sua. Seus chifres eram pretos, letais, porém graciosos, com as mesmas curvas delicadas que os chifres de uma gazela. O escuro de seus olhos derreteu e revelou íris de um azul-elétrico.

Foi então que ela se levantou, estudando-o tão atentamente quanto ele fazia com ela, e se aproximou.

— Não se mexa... — ela sussurrou.

Pensou tê-lo ouvido gemer, mas não tinha certeza.

Espalmou a mão sobre o peito dele. Seu corpo era um inferno debaixo da mão dela, tão quente quanto o rio Flegetonte. A pele era macia, e os músculos, firmes. Ela o explorou, do abdômen às laterais, descendo a mão até entrar em contato com sua ereção. Quando os dedos dela se fecharam em torno dele, Hades respirou fundo, cerrando os punhos com tanta força que ela teve certeza de que tinha perfurado a pele.

Ela ergueu os olhos para ele, masturbando-o até uma gota espessa de sêmen brilhar na pontinha do pau. Limpou-a com o dedo e a levou à boca. Hades a observava como um predador. Ela estava testando seus limites, mas era exatamente isso que queria.

Perséfone retornou para o trono de Hades, sem nunca tirar os olhos dele, com o gosto dele nos lábios, e disse:

— Venha.

Hades sorriu.

— Só por você.

Ela pensou em desaparecer de novo, mas Hades já estava em cima dela. Rasgou o resto de suas roupas e ergueu-a do trono pela cintura. Ela não tinha a menor vontade de resistir a ele. Em vez disso, fundiu-se a ele — peito com peito, pernas ao redor de sua cintura, pele macia contra músculos de ferro.

Hades a penetrou, e os dois deixaram escapar um gemido gutural.

— Eu estava começando a achar que você só queria olhar — ele disse contra a pele dela.

Ela respondeu com um gemido quando ele aproveitou o peso dela para começar a entrar e sair de seu corpo. Cada centímetro escorregadio dele a preenchia ao máximo.

— Eu queria você — Perséfone conseguiu dizer. — Queria transar desde que ficamos sozinhos.

Sua voz era um sussurro agora, rouca e pesada de prazer. A cada vez que ele metia, ela parava de falar, deleitando-se com o prazer que consumia seu corpo.

— E, em vez de transar, você pediu um jogo. Por quê?

— Eu gosto de preliminares — ela respondeu, mordiscando a orelha dele.

A risada de Hades se transformou em um rugido, e ele a beijou intensamente, penetrando-a com força por alguns instantes descontrolados. Os gemidos de Perséfone tomaram conta do salão do trono, mas suavizaram quando o ritmo do deus diminuiu. Era uma doce tortura — ele a arrastava até a beirada de um precipício, segurando-a por um fio.

Hades era a definição de um vício. Uma onda gloriosa, um êxtase intoxicante que ela queria o tempo todo.

— Odeio ter que esperar você — ela confessou.

— Então me encontre — Hades disse, beijando seu pescoço.

— Você está sempre ocupado.

— Sonhando com estar dentro de você — ele disse.

Perséfone conseguiu soltar uma risada ofegante.

— Eu amo essa risada — falou, beijando-a.

— Eu amo você — Perséfone disse.

Algo mudou quando ela pronunciou essas palavras. Hades olhou em seus olhos e sustentou o olhar ao se sentar na beira do trono. Perséfone manteve as pernas ao redor da cintura dele.

— Fale de novo — ele pediu.

Ela o estudou por um momento, enrolando o cabelo dele com o dedo. Aquela seria sua corda salva-vidas, porque ela sabia, pela voz de Hades e pelo jeito como ele a olhava, que estava prestes a ser consumida.

— Eu te amo, Hades — ela disse, suavemente.

O sorriso que ele deu foi de tirar o fôlego, e então a beijou, ajudando-a a se mover para cima e para baixo em seu pau.

— Eu te amo. Você é perfeita — disse, apertando a bunda de Perséfone. — É a minha amada. Minha rainha.

Hades se inclinou para trás e enfiou a mão entre eles. Uma nova sensação a atingiu quando ele começou a esfregar o clitóris de Perséfone. Ela gemeu e assumiu o controle, cavalgando-o com mais força, sentindo-o mais fundo do que nunca.

Hades respondeu, movendo-se junto com ela. A batida de um corpo no outro era brutal, e os dois gozaram violentamente. Perséfone desmoronou em cima de Hades, seus corpos escorregadios e quentes enquanto eles tentavam acalmar a respiração.

Depois de alguns instantes, ela sentiu o beijo de Hades em seu cabelo.

— Por que essa foi a primeira vez que ouvi falar das suas fantasias? — ela perguntou.

Como ele não respondeu de imediato, Perséfone olhou para ele.

— Como verbalizar uma coisa dessas? — devolveu Hades.

Ela deu de ombros.

— Acho que é só... me falar o que você quer — ela disse. — Não é isso que você ia querer que eu fizesse?

Um sorriso apareceu nos lábios dele.

— Sim — respondeu. — Então me fala: qual é a sua fantasia?

Perséfone não estava esperando essa pergunta e, apesar de estar nos braços do amante, nua e coberta de suor depois de fazer amor com ele, ela corou.

— Eu... acho que não tenho nenhuma — ela disse.

— Desculpa, mas não acredito em você — Hades retrucou.

— Não — ela afirmou. — Não desculpo. É da sua natureza detectar mentiras.

Hades deu uma risadinha.

— Mas o que devemos fazer? Para descobrir suas fantasias?

Perséfone não respondeu na hora, traçando com o dedo o peito musculoso do deus.

— Um dia... quero que... você me amarre — ela disse.

Percebeu que Hades engoliu em seco com força, mas não riu e, por isso, ela ficou grata.

— Sempre vou fazer o que você pedir — o deus falou.

Os dois ficaram calados por um longo tempo, então Perséfone disse:

— E você? — Sua voz saiu baixa. — Que outras fantasias vivem nessa sua cabeça?

Hades riu, com os braços se apertando em torno do corpo molhado dela.

— Meu bem, toda vez que eu como você é uma fantasia.

17

UM TOQUE DE SOMBRA

Perséfone foi cedo para o trabalho na manhã de segunda-feira. Tinha recebido um e-mail de Helena bem tarde na última noite, pedindo uma reunião no primeiro horário. Ela tinha uma atualização sobre a Tríade e sua liderança, e Perséfone estava ansiosa para ouvir o que ela havia descoberto. No caminho, abriu o tablet para ler as notícias. A primeira manchete que atraiu sua atenção foi a maior de todas, colocada abaixo de um banner que dizia "últimas notícias".

Um indivíduo que se identifica como membro do Movimento do Renascimento, uma divisão dos mortais ímpios, afirma que a organização conseguiu arrancar os chifres de uma deusa.

Pavor, mas também esperança, invadiu o estômago de Perséfone. Hades suspeitava que essa notícia fosse vir à tona mais cedo ou mais tarde. Era a chance deles de localizar os responsáveis por mutilar Harmonia e talvez assassinar Adônis.

Lendo o artigo, ela ficou surpresa ao ver que não havia muita informação e que até o autor parecia duvidar do relato. Pelo jeito, havia recebido uma ligação de um indivíduo que havia lhe contado o incidente, mas sem dar detalhes. Essa pessoa só informou que o grupo tinha conseguido "subjugar uma deusa" e "cortar seus chifres".

Quando pedimos provas do incidente, o indivíduo declarou: "O mundo terá provas quando usarmos os chifres dos deuses no campo de batalha".

Ainda não se sabe se esse relato é verdadeiro, mas uma coisa é certa: o Renascimento é uma entidade violenta — o pior tipo, porque realmente acreditam estar lutando pelo bem maior.

— Somos um escudo para aqueles que não desejam mais ser governados pelos deuses. Vamos cortar os fios que nos ligam ao destino, libertar os que estão enfeitiçados pelas divindades. Nós somos a liberdade.

Era tanto uma promessa quanto uma declaração de guerra.

— Milady? — A voz de Antoni chegou a ela como um rumor suave. Ela levantou os olhos, encontrando os dele no retrovisor. — A senhora está bem?

— Estou. Só estava lendo uma coisa... perturbadora.

Antoni franziu as sobrancelhas.

— Há algo que eu possa fazer?

— Não, Antoni, mas obrigada — Perséfone disse. Quando começou a guardar o tablet, Antoni fez menção de sair do veículo. — Não, Antoni. Está frio demais.

— Permita que eu ajude a senhora a chegar até a porta. A calçada e os degraus estão escorregadios.

— Mais uma razão para você ficar.

— Se a senhora insiste... Te vejo mais tarde.

— Claro. Tenha um bom dia, Antoni.

— Igualmente, milady.

Perséfone não sabia que tipo de afazeres ou tarefas Antoni cumpria além de levá-la para o trabalho. Uma vez, o gigante veio buscá-la logo depois de pegar roupas numa lavanderia, mas, quando ela perguntou se eram de Hades, ele disse que não. Em outro momento, estava com um engradado de vinho tinto que, segundo ele, era para Milan. De todo modo, sempre parecia perfeitamente feliz de executar a tarefa que fosse.

A deusa deixou o conforto aquecido do banco traseiro do Lexus e adentrou o ar frígido do dia. A calçada estava escorregadia, mas uma camada de sal e areia facilitou que ela se estabilizasse. Uma vez dentro do prédio, ela cumprimentou Ivy, aceitou seu café com um aceno agradecido e entrou no elevador. Na subida, segurou o copo junto às bochechas e ao nariz até que eles se aquecessem, e continuou usando o casaco mesmo depois de entrar no escritório. Será que estava imaginando coisas? Definitivamente parecia mais frio ali. Perséfone sabia que esse clima podia provocar falhas de energia e abastecimento, e não tinha dúvidas de que Deméter continuaria até chegar a esse ponto. Na verdade, não ficaria surpresa se esse fosse o próximo método de assassinato da mãe: congelar as pessoas até a morte.

Alguém bateu à porta e Perséfone ergueu os olhos, encontrando o olhar de Helena. Estava vestindo um suéter de tricô preto e uma saia xadrez preto e branco. Também usava meias-calças grossas e botas que iam até o joelho para se manter aquecida, e seu cabelo loiro estava preso em um penteado. Um par de brincos de pérola completava o visual. Apesar de Helena estar sempre chique, Perséfone achou que ela parecia um pouquinho mais arrumada do que de costume.

— Você está muito bonita — Perséfone disse.

— Obrigada — agradeceu Helena, com as bochechas ficando vermelhas. — Eu... vou encontrar uma pessoa pra almoçar.

— Ah, é? — Perséfone ergueu a sobrancelha. — Alguém que eu conheço?

— Acho que não. Pelo menos, ainda não.

Perséfone interpretou a fala como um sinal de que Helena esperava apresentá-la a essa pessoa misteriosa. Mesmo assim, não insistiu no assunto. Helena tinha chegado para a reunião e, por mais que Perséfone apreciasse a companhia tanto dela quanto de Leuce, gostava de manter o profissionalismo no trabalho.

Depois de um momento de silêncio, Perséfone fez um gesto para indicar o sofá diante de sua mesa.

— Sente — ela disse. — Acho que você queria compartilhar alguma coisa.

— Sim — Helena falou, sentando-se. — Queria falar com você sobre o meu artigo. Estou seguindo um novo rumo.

— Continue — Perséfone encorajou, curiosa. Pegou a caneta, pronta para tomar notas.

Helena hesitou.

— Eu fiz o que você sugeriu — ela começou, e algo nessas palavras fez o estômago de Perséfone se revirar. — Tentei contatar os membros da Tríade e consegui arrumar uma entrevista com um dos líderes... um grão-lorde.

— Um *grão*-lorde?

— Eles... têm uma certa hierarquia — Helena explicou. — Para proteger aqueles que não podem proteger a si mesmos.

— Quer dizer que os que têm poder ficam no topo — Perséfone disse.

— Poder *de verdade* — Helena falou, como se Perséfone não soubesse o que era poder de verdade.

— Tipo poder divino?

— Sim e não — ela respondeu. — Eles têm o poder dos deuses, mas o utilizam para proteger. Eles respondem preces, Perséfone. Eles *escutam*.

— Helena — Perséfone disse, largando a caneta. — Você está equivocada.

— Não estou. Eu vi.

— Você viu — Perséfone declarou, sem emoção. — O que você viu? Me dê um exemplo.

— Participei de algumas reuniões e ouvi testemunhos — Helena disse. Perséfone fez uma nota mental para voltar às reuniões que Helena havia acabado de revelar. Queria saber que reuniões eram essas. A mortal continuou. — Um homem tinha câncer. Ele rezou para Apolo, ofereceu sacrifícios, até apareceu em uma das apresentações dele e implorou por ajuda. Não teve resposta, nem uma palavra. Ele procurou a Tríade, e um dos grão-lordes o *curou*.

Perséfone se retesou ouvindo a história. Soava familiar até demais.

— Você já parou para pensar por que os deuses podem não ter respondido a essas preces?

— Sim! E a resposta é sempre: por quê? Por que precisamos sofrer com dores, doenças e morte quando os deuses têm saúde perpétua e imortalidade?

Perséfone não tinha resposta para aquilo, porque nem ela sabia, mas, depois de perder Lexa, precisava acreditar que cada fibra tecida na tapeçaria do mundo servia a um propósito maior. Talvez esse propósito fosse que, às vezes, uma amiga precisava morrer para uma deusa ascender.

Ela encarou Helena, perguntando-se o que teria atraído a mortal para o lado da Tríade tão depressa.

— Sério, Perséfone. Achei que você fosse entender depois do que aconteceu com a Lexa.

— *Não* diga o nome dela — Perséfone disse, com a voz trêmula.

— Se tivesse a chance, você não faria com que ela vivesse para sempre?

— O que eu quero não importa. Você está falando de coisas sobre as quais não sabe nada. Uma coisa é proclamar que os deuses deviam ser responsabilizados por suas ações, o que certamente é verdade. Ativamente perturbar o equilíbrio do mundo é outra história.

E Perséfone havia aprendido as consequências daquelas ações do pior jeito possível.

Helena revirou os olhos.

— Você sofreu uma lavagem cerebral... Passou tempo demais no pau do Hades.

— Isso não é apropriado — Perséfone disse, ríspida, levantando-se. — Se essa é a direção que você pretende dar ao seu artigo, não vou aprovar a publicação.

Helena ergueu o queixo, um brilho desafiador nos olhos.

— Não precisa — ela disse, com um tom convencido na voz. — Vou levá-lo para Demetri.

— Pois leve — Perséfone rebateu. — Mas você vai se arrepender.

— É uma ameaça? — Helena perguntou.

— Depende — Perséfone falou. — Você está com medo?

Ela percebeu a dúvida atravessar os olhos de Helena. Perséfone pegou o telefone e ligou para a linha direta de Ivy.

— Lady Perséfone?

— Ivy. Por favor, chame Zofie.

Quando ela desligou, Helena falou.

— *Você* está com medo. Medo de perder seu status quando Hades cair.

Perséfone espalmou as mãos sobre a mesa e se inclinou para a frente, garantindo que a ilusão que escondia o verdadeiro fogo de seus olhos derretesse ao olhar nos olhos de Helena.

— Bom, *isso* pareceu uma ameaça — Perséfone disse, em voz baixa.

— Foi uma ameaça?

Helena arregalou os olhos, e, antes que pudesse falar, alguém bateu à porta. Nenhuma delas se mexeu, as duas paralisadas pela tensão na sala. Perséfone reconheceu o efeito de sua magia — tornava o ar pesado e elétrico.

Outra batida, e a porta se abriu. Zofie estava parada na soleira, o cabelo escuro preso na trança de sempre. Usava uma túnica preta, calças e botas. Parecia simples, longe da guerreira que fora criada para ser.

— A senhora precisa da minha ajuda?

— Sim, Zofie. Por favor, escolte Helena para fora. Ela não deve falar com ninguém enquanto sai do prédio.

— Preciso pegar minhas coisas no escritório — Helena argumentou.

— Zofie, garanta que Helena só tire seus pertences pessoais do escritório.

— Como quiser, milady — Zofie disse, abaixando a cabeça. Em seguida, virou-se para Helena. — Vai!

Helena deu um passo na direção da porta, mas se virou para olhar para Perséfone.

— Uma nova era está chegando, Perséfone. Achei que você fosse inteligente o bastante para estar na vanguarda. Pelo jeito, me enganei.

Sem aviso, Zofie empurrou Helena para fora, fazendo-a tropeçar para a frente. A mortal conseguiu se segurar e, depois, se virou para encarar Zofie.

— Como você ousa! — Helena vociferou.

Zofie tirou uma adaga de uma bainha escondida debaixo da túnica. A lâmina reluziu sob as luzes fluorescentes da antessala.

— Lady Perséfone não disse que você precisava sair do prédio andando. *Vai!*

Quando elas se foram, Perséfone desmoronou na cadeira, sentindo-se exausta. Não conseguia entender a conversa que tinha acabado de ter com Helena. Definitivamente, não estava esperando que ela mudasse de opinião sobre a Tríade depois de uma investigação tão curta. Mas, até aí, não sabia muito a respeito de Helena além de seu jeito de trabalhar. Ela parecia sempre dedicada e entusiasmada...

E ela não tinha perdido essas qualidades, só decidiu exercitá-las em outro lugar.

Talvez houvesse mais alguma coisa acontecendo que Perséfone não estivesse vendo, alguma coisa na vida pessoal de Helena que fez com que ficar do lado da Tríade fosse a melhor opção.

Sentindo-se frustrada, Perséfone deixou o recinto e foi para o escritório de Hades. Quando chegou lá, estava vazio, e tudo parecia intocado. Não havia nada na mesa além de um vaso de narcisos brancos e um porta-retratos. Os narcisos eram revigorados todos os dias por Ivy, que, sendo uma dríade, tinha um talento especial para manter flores vivas mais tempo do que o normal.

Mesmo na ausência de Hades, estar num espaço que tinha o cheiro dele acalmava os nervos de Perséfone, então ela ficou ali e foi até a janela para olhar o dia de inverno. Lá embaixo, viu Helena esperando na calçada congelada, os braços cruzados com força, visivelmente tremendo. Depois de um tempinho, uma limusine preta chegou.

Perséfone franziu as sobrancelhas, perguntando-se quem teria vindo buscá-la. Helena normalmente usava o transporte público para ir e voltar do trabalho. Talvez estivesse mais envolvida na Tríade do que Perséfone achava. O motorista não a ajudou a entender melhor. Deixou o conforto de seu assento vestido de terno, sem nenhuma marca de identificação. Abriu a porta e Helena deslizou para dentro antes de o veículo seguir pela rua.

De repente, Hades se manifestou atrás de Perséfone, bem perto dela. Ela esperava que ele pusesse as mãos em sua cintura; em vez disso, ele a prendeu entre elas, espalmando-as na janela.

— Cuidado... — Perséfone disse. — Ivy vai te dar uma bronca por sujar o vidro.

— Será que ela vai achar ruim se eu comer você apoiada nele?

Perséfone se virou para encará-lo, e o brilho de provocação nos olhos dele diminuiu.

— O que aconteceu?

Ela lhe contou tudo, incluindo o que considerava uma ameaça de Helena — *quando Hades cair*. Devagar, ele tirou as mãos da janela, deixando-as cair ao lado do corpo. Franziu as sobrancelhas e retorceu os lábios em uma careta.

— Você está com medo por mim?

— Estou. Estou, seu idiota. Olha o que essas pessoas fizeram com a Harmonia!

— Perséfone...

— Hades... — Perséfone interrompeu. — Não menospreze o meu medo de te perder. É tão válido quanto o seu.

A expressão dele suavizou.

— Desculpa.

— Eu sei que você é poderoso — ela disse. — Mas... não consigo deixar de pensar que a Tríade está tentando começar uma nova Titanomaquia.

Perséfone odiava dizê-lo — odiava desenterrar algo que causava tanta inquietação em Hades —, mas precisava falar as palavras, pronunciá-las em voz alta. Achava que, uma vez que estivessem soltas no ar entre eles, soariam ridículas, completamente improváveis.

Mas não foi o caso.

Porque tinha certeza de que os deuses primordiais e os titãs tinham se sentido intocáveis, e caíram mesmo assim.

Hades colocou as mãos no rosto de Perséfone, dizendo:

— Não posso prometer que não vamos entrar em guerra mil vezes durante a sua vida. Mas posso prometer que jamais te deixarei por vontade própria.

— Você pode prometer nunca me deixar, ponto?

Ele deu um sorrisinho triste, depois a beijou. Enfiou as mãos no cabelo dela, depois desceu para as costas e o quadril, explorando. Perséfone queria aquilo mais do que queria pensar em como Hades não havia respondido à pergunta, então acariciou o pau dele através da calça, arrancando um gemido do fundo da garganta do deus. Em resposta, ele agarrou o quadril dela, esfregando-se nela, mas Perséfone empurrou seu peito e olhou em seus olhos.

— Me deixa fazer isso — ela disse.

— O que você quer fazer? — Hades perguntou.

Ela pegou as mãos de Hades e o conduziu para trás da mesa, onde o empurrou para a cadeira e se ajoelhou diante dele. Postada entre suas coxas, abriu o botão da calça dele, depois baixou o zíper, fazendo o sexo erguido dele pular para fora do tecido, grosso e duro.

Continuou olhando nos olhos dele ao envolver seu pau com a mão, masturbando-o, aumentando a pressão quando chegou à cabeça. Se o olhar de Hades fosse fogo, ela queimaria feliz debaixo dele. Sorriu quando ele cerrou os dentes, os dedos ficando brancos enquanto ele se agarrava aos braços da cadeira. Então ela se inclinou, deslizando a língua pela glande. Ele tinha um gosto amargo e quente, e cheirava a especiarias.

Um grunhido suave escapou da boca de Hades, depois palavras.

— Sim — ele disse. — Isso. Eu sonho com isso.

Ela tinha perguntas: com o que exatamente ele tinha sonhado? Com a boca dela? Com esse ato, feito desse jeito? No escritório, visível para todos? Mas não perguntou nada e continuou, estimulada pela respiração dele, que era irregular, rasa e difícil.

— Lorde Hades. — A voz de Ivy se juntou aos ruídos, e Perséfone sentiu Hades ficar tenso, endireitando a postura, com o corpo rígido. A presença da dríade não impediu que Perséfone continuasse. Ela continuou a chupar com mais ímpeto, saboreando cada declive e curva do pau dele com a língua.

— Por que o senhor está sentado?

Ivy parecia perplexa, e Perséfone riu, apesar de estar com a boca cheia do pau de Hades. A reação dele foi imediata. Enfiou a mão no cabelo dela.

— Estou trabalhando — ele respondeu.

— Não tem nada na sua mesa — Ivy comentou.

— Está... chegando — Hades disse, cravando os dedos no couro cabelo de Perséfone.

— Certo, bem, quando tiver um tempinho...

— Saia, Ivy. Agora.

Perséfone não ouviu a dríade dizer mais nada. Presumiu que tivesse saído quando Hades colocou outra mão em seu rosto. Por um momento, seus olhos encontraram os dele quando ele falou.

— Me engole inteiro — ele disse, enfiando o pau na boca de Perséfone.

Hades foi até o fundo, e os olhos de Perséfone lacrimejaram, a garganta cheia dele, mas ela queria fazer aquilo por ele.

— Isso... — ele sibilou. — Assim mesmo.

Hades meteu nela, e ela engasgou, mas ele permaneceu ali, rígido em sua boca, até gozar, enchendo sua garganta de sêmen. Ela engoliu com força, sentindo a ardência no nariz. Quando ele se afastou, ela arquejou, pousando a testa no joelho dele. A mão de Hades alisou seu cabelo.

— Você está bem? — ele perguntou.

Ela ergueu os olhos.

— Sim. Cansada.

Hades roçou a ponta dos dedos na boca de Perséfone.

— Hoje à noite, vou fazer você gozar forte assim também.

— Na sua boca ou no seu pau?

Ele sorriu com a pergunta e respondeu:

— Nos dois.

Hades restaurou a própria aparência e ajudou Perséfone a se levantar.

— Sei que você está tendo um dia difícil — ele disse. — Odeio ter que sair, mas vim te dizer que vou me encontrar com Zeus.

— Por quê?

Ela conseguia pensar em dois motivos.

— Acho que você sabe — ele respondeu. — Espero assegurar a aprovação de Zeus ao nosso casamento.

— Você vai confrontar ele sobre Lara?

— Hécate já fez isso — Hades disse. — Vai levar uns bons dois anos para as bolas dele crescerem de volta.

Perséfone arregalou os olhos.

— Ela... castrou ele?

— Sim — Hades disse. — E, se eu conheço a Hécate, foi um processo sangrento e doloroso.

— Mas que tipo de punição é essa, se ele pode simplesmente se regenerar?

— É um poder que não pode ser retirado, infelizmente. Mas, pelo menos por um tempinho, ele vai ser um problema... *menor*.

— A menos que ele rejeite nosso casamento — Perséfone disse.

— Tem isso — Hades concordou.

Ela queria que ele a confortasse, que disse que isso não aconteceria, que Zeus não ousaria. Hades pareceu perceber seu desconforto. Pôs as mãos na nuca de Perséfone e apoiou a testa na dela.

— Confia em mim, meu bem. Não vou deixar ninguém, nem rei, nem deus, nem mortal, impedir que eu faça de você minha esposa.

Perséfone retornou ao seu andar e encontrou Sibila, Leuce e Zofie na mesa de Helena. Era adjacente à de Perséfone e decorada de modo simplista, com enfeites de mármore e ouro.

— O que está acontecendo aqui?

— Zofie contou o que aconteceu com a Helena — Leuce disse. — Então pensei em dar uma olhada nas coisas dela.

— Porque...

— Porque ela está escondendo coisas — a ninfa falou.

— Como você sabe?

— Eu andei observando — Leuce respondeu. — Ela atendia ligações fora do escritório. Achei estranho, então a segui outro dia.

— E?

— E ela foi encontrar um cara que ficava glorificando a Tríade... e a si mesmo — ela contou. — Acho que eles estão dormindo juntos.

— E como ele era?

— Parecia um semideus — Leuce disse, e seus lábios se retorceram em uma expressão de desgosto. — Chuto que era um filho de Poseidon. Dava pra ver nos olhos dele.

Teseu, pensou Perséfone.

— E quando você ia me contar?

— Hoje — Leuce disse. — Foi por isso que a Helena foi te encontrar hoje de manhã, queria falar com você primeiro.

Perséfone baixou o olhar para a mesa de Helena. Era limpa e organizada. Ela organizava suas pesquisas variadas em pastas de arquivos, com rótulos escritos em uma caligrafia elegante.

Sibila estava folheando um livrinho preto.

— O que é isso? — Perséfone perguntou.

— Anotações — o oráculo respondeu. — Só estava tentando ver se ela deixou alguma coisa útil.

— Eu voto por queimar as coisas dela — Zofie disse. — Não deixar nenhum traço dessa traição.

— Eu não a chamaria de traidora — Perséfone disse, buscando as palavras certas. Confusa, tola e iludida lhe vieram à mente.

— Ela é uma interesseira — Sibila disse. — Está procurando uma oportunidade que a faça chegar ao topo depressa. Foi por isso que ela saiu do *Jornal de Nova Atenas* com você. Pensou que podia pegar carona com você até o topo.

— Você viu isso nas cores dela?

— Vermelho, amarelo, laranja, um toque de verde pela inveja.

— Você sabia isso tudo só de olhar pra ela e nunca nos avisou? — Leuce acusou.

Sibila ergueu os olhos do livro preto.

— Eu via ambição ao olhar pra ela. Pode ser um traço positivo ou negativo. Não sabia como ela ia usar essa característica.

— Acho que nenhuma de nós sabia.

— Sefy, é hora do almoço!

Hermes apareceu ao lado dela de repente, cantando. Perséfone pulou; não estava esperando que ele chegasse tão cedo, mas, quando olhou para o relógio, viu que já era quase meio-dia. Perdeu a noção do tempo.

— Preciso de uns minutinhos, Hermes... o que você está vestindo?

Parecia um macaquinho verde-militar. Ele enfiou as mãos nos bolsos e deu uma voltinha.

— Não gostou? É o que eu considero meu traje social.

— E... você vai almoçar usando isso?

Hermes a fulminou com o olhar.

— É só falar que não gostou, Sefy. Você não vai ferir meus sentimentos, e sim, tenho total intenção de ir almoçar usando meu traje social.

— Humm, Perséfone — Sibila disse. — Acho que você devia dar uma olhada nisso.

— Ah não, não precisa não! — Hermes agarrou o braço de Perséfone para impedi-la de sair do lugar.

— Hermes, me solta.

Ele apertou os lábios.

— Mas... eu estou com fome!

Ela lhe lançou um olhar feroz, e ele a soltou, resmungando:

— Tá bom.

O oráculo entregou o livro aberto à deusa. Em uma das páginas, Helena tinha desenhado um triângulo e rabiscado uma data, um endereço e um horário. A data era hoje, e o horário, oito da noite.

— Leuce, pode investigar isso?

— Espera. Deixa eu ver — Hermes disse.

— Achei que você estivesse com fome — Perséfone rebateu.

— Para de me fazer lembrar — Hermes falou, entre dentes, arrancando o livro preto das mãos dela.

Ele passou um minuto estudando a página, então disse:

— Esse é o endereço do Clube Aphrodisia.

— Esse lugar... é da Afrodite?

— Não, o dono é um mortal — ele disse. — Ele se chama de Mestre.

Sibila e Leuce deram uma risadinha.

— Que tipo de clube é esse? — Perséfone perguntou, embora tivesse um palpite.

— Uma casa de swing — Hermes respondeu. — Há, não que eu já tenha ido lá.

Perséfone ergueu a sobrancelha.

— Então, quer dizer que Helena tem uma reunião numa casa de swing? — Leuce perguntou.

— Talvez ela seja meio depravada — Hermes disse, dando de ombros. — Quem somos nós pra julgar as preferências sexuais dos outros?

Perséfone franziu a testa.

— Acho que devíamos ir lá dar uma olhada.

Hermes riu.

— Você acha que o Hades vai te deixar ir a uma casa de swing? Ele vai precisar de uma boa explicação pra isso.

— Eu dou um motivo pra ele ir.

— Tenho certeza que dá sim, Sefy, mas não lá.

Perséfone o fulminou com o olhar.

— Se não for ajudar, você pode almoçar sozinho.

— Só estou dizendo que Hades vai acabar com o clima. Se a gente for, ele não pode ir.

— Então, você conta pra ele — ela disse. — Eu não vou sem o conhecimento dele.

— Hã, não. Ele vai me fazer jurar que vou te proteger com a minha própria vida.

— E não vai? — ela perguntou.

Hermes abriu a boca para falar, então parou, com sua expressão se suavizando.

— Claro que eu te protegeria.

Perséfone deu um sorrisinho.

— A gente pode ir — Leuce sugeriu. — Sibila e eu.

— Não — Perséfone disse. — Não sozinhas e nem sem mim.

A situação parecia pessoal, não apenas porque envolvia Helena — uma mulher que ela considerava sua amiga e funcionária —, mas porque temia que suas amigas se tornassem alvos também. Se essa reunião fosse a respeito do futuro da Tríade e seus planos, Perséfone precisava estar lá.

Ela olhou para Hermes.

— Prepare-se para fazer esse juramento, Hermes, e para me proteger com a sua vida.

Hades relutantemente concordou em deixar Perséfone ir ao Clube Aphrodisia, mas fez o que Hermes previu e obrigou o deus a jurar que ia protegê-la.

— E o que é que isso significa? — Perséfone perguntou quando Hermes voltou mais tarde para lhe informar que tinha obtido a permissão de Hades.

— Não se preocupa com isso, Sefy, deixa comigo — ele disse. — Veste alguma coisa sexy!

Perséfone balançou a cabeça e tentou não rir quando o deus foi embora com pressa.

Depois do trabalho, ela voltou ao Submundo. Antes de se arrumar para a investigação daquela noite, teleportou-se para os Campos Elísios. Já fazia um tempo que não visitava Lexa e descobriu que o que mais queria depois do que tinha acontecido com Helena era sua melhor amiga.

Não teve pressa ao percorrer os campos dourados, pontilhados por árvores gloriosamente exuberantes, com raízes selvagens e profundas. Papoulas pipocavam aqui e ali, misturando-se à grama. Uma vez, antes de Tânatos permitir que Perséfone falasse com Lexa, ela tinha perguntado ao Deus da Morte a respeito das papoulas esporádicas.

— São lugares de descanso eterno — ele respondeu.

— Quer dizer...

— Quando uma alma não deseja existir mais nem no Mundo Superior nem no Submundo, é liberada na terra. — Ele continuou a explicação dizendo que a energia dessas almas muitas vezes funcionava como magia. — Dela brotam papoulas e romãs.

Perséfone tinha mais perguntas: quando uma alma decide que não quer mais existir? Claro, estava pensando em Lexa ao perguntar, mas a resposta de Tânatos não foi a que ela esperava.

— Às vezes elas não têm escolha. Às vezes, chegam aqui tão destruídas que continuar seria uma tortura.

Foi então que Perséfone compreendeu que teve sorte com Lexa. Pelo menos ela só teve que beber do Lete. Pelo visto, havia destinos piores.

Quando chegou ao topo de uma das muitas colinas, Perséfone parou, procurando os familiares cachos escuros de Adônis, mas não o encontrou. Era possível que nem mesmo o reconhecesse ali. Até Lexa, que continuava familiar, parecia diferente, e já fazia meses desde a última vez que havia posto os olhos no mortal favorecido por Afrodite. Mesmo se o visse, não poderia abordá-lo. Os Campos Elísios eram um lugar de cura. As almas ali não recebiam visitantes, nem socializavam entre si.

Lexa era a exceção, e Perséfone suspeitava que Hades tivesse alguma coisa a ver com aquilo, embora nunca tivesse perguntado.

Ficou parada ali mais um tempo, o olhar se demorando sobre os campos, antes de seguir em frente para encontrar Lexa.

Não teve pressa, aproveitando a paz que vinha de estar nessa parte do Submundo. Ali era fácil esquecer a ameaça de sua mãe, a Tríade e a súbita mudança no comportamento de Helena. Era como se o ambiente expulsasse esses pensamentos à força, dificultando o acesso a eles, e ela sempre ficava com a sensação de que, se permanecesse ali tempo o suficiente, se esqueceria de ir embora.

Mais uma colina, e, enquanto descia para um vale profundo com mais árvores onde Lexa costumava ficar com mais frequência, seu olhar foi atraído por duas almas sentadas sob uma das árvores. Estavam ombro a ombro, as cabeças inclinadas, e a deusa quase desviou os olhos, sentindo que estava se intrometendo num momento íntimo. Mas logo percebeu que estava olhando para Tânatos e Lexa. Um ao lado do outro, eles eram opostos, Tânatos com seu cabelo branco, uma chama contra as mechas escuras como a meia-noite de Lexa. A única coisa que compartilhavam eram os olhos azuis brilhantes, e aparentemente a respiração e o espaço, pensou Perséfone.

Ela se perguntou o que deveria fazer: dar meia-volta e retornar depois? Esconder-se e assistir de longe? Abordá-los e forçá-los a se afastar? Não teve chance de decidir, no entanto, porque os olhos de Tânatos pousaram sobre ela, e ele ficou de pé num pulo, indo para longe de Lexa, que franziu a testa ao ver Perséfone.

Sentindo-se constrangida e incerta, a deusa foi descendo a colina devagar na direção deles. Hesitou quando viu Tânatos se aproximando, enquanto Lexa continuava debaixo da árvore, a cabeça inclinada para trás, os olhos fechados.

— Você não veio no horário de sempre — Tânatos observou.

— Não — ela concordou, mas não se desculpou. Os Campos Elísios podiam ser supervisionados por ele, mas Hades era o rei. — Tenho que ir a um lugar hoje à noite, pensei em vir ver Lexa mais cedo.

— Está cansada — ele disse.

— Ela estava falando com você agorinha — Perséfone comentou, estreitando os olhos.

— Entendo que você sinta saudade dela — Tânatos disse. — Mas suas visitas não vão produzir o resultado que você quer.

Ela recuou como se ele tivesse lhe dado um tapa. A expressão de Tânatos mudou, os olhos se arregalando de leve, e ele deu um passo na direção dela, como se estivesse se dando conta da dor que suas palavras lhe causaram.

— Perséfone...

— Não — ela falou, dando um passo para trás.

Não queria ser lembrada de que Lexa nunca mais seria a mesma. Sofria com aquele fato todo dia, lutava contra a culpa de saber que era a responsável.

— Eu não quis te machucar.

— Mas machucou — ela disse, depois desapareceu.

Já que não podia visitar Lexa no Submundo, Perséfone se teleportou para o Cemitério Jônia, para o túmulo da amiga. Ainda era novo — um monte de terra estéril com uma lápide onde se lia *filha amada, levada cedo demais*. Aquelas palavras lhe causavam um aperto no coração por duas razões: porque realmente era como se Lexa tivesse sido levada cedo demais, mas também porque Perséfone sabia que estavam erradas. No fim, morrer tinha sido escolha de Lexa.

— *Eu cumpri o que precisava* — ela disse, logo antes de se afastar com Tânatos para beber do Lete. Depois disso, as coisas nunca mais foram as mesmas.

Era a primeira vez que Perséfone ia até ali desde o funeral de Lexa. Soltou um suspiro trêmulo ao se ajoelhar ao lado do túmulo. Estava coberto de neve, e, quando a mão dela tocou a terra fria, um carpete de anêmonas brancas brotou do solo. Essa magia era fácil de liberar porque a emoção por trás dela era tão crua, tão dolorosa, que praticamente se derramava da pele da deusa.

Ela passou um tempo espanando a neve das flores e da lápide.

— Você não sabe quanta saudade eu tenho de você.

Falou com o túmulo, com a lápide, com o corpo enterrado a sete palmos do chão. Eram palavras que não podia dizer para a alma no Submundo porque eram palavras que ela não entenderia. Era por isso que Perséfone estava ali: para falar com sua melhor amiga.

Sentou-se no chão, o frio penetrando suas roupas e sua pele. Suspirou, pousando a cabeça na pedra atrás de si e olhando para o céu — flocos de neve derreteram ao atingir sua pele.

— Vou me casar, Lexa — ela disse. — Eu disse sim.

Riu um pouquinho. Quase dava para ouvir Lexa gritando enquanto pulava no ar e jogava os braços em torno do pescoço dela, e, por mais feliz que ficasse ao pensar nisso, Perséfone também se sentia destruída.

— Nunca fui tão feliz — ela falou. — Nem tão triste.

Ficou calada por um longo tempo, deixando lágrimas silenciosas descerem pelo rosto.

— Sefy?

Ela ergueu os olhos e viu Hermes parado a alguns metros, parecendo fogo dourado em meio à neve.

— Hermes, o que você está fazendo aqui?

— Acho que dá pra adivinhar — ele falou, passando os dedos pelos cabelos loiros e sentando-se ao lado dela. Estava vestido de forma casual, com uma camisa de manga comprida e jeans escuros.

— Sem macaquinho dessa vez?

— Ele é só pra ocasiões muito especiais.

Eles sorriram um para o outro, e Perséfone enxugou os olhos, os cílios ainda úmidos depois do choro.

— Você sabia que eu perdi um filho? — Hermes perguntou, depois de um longo tempo.

Perséfone olhou para ele, vendo apenas o perfil de seu rosto bonito, mas soube pelo dourado profundo de seus olhos e pelo aperto do maxilar que aquele tema era difícil para ele.

— Não... — ela sussurrou. — Sinto muito.

— Você já ouviu falar dele — Hermes disse. — O nome dele era Pã, o Deus das Florestas, dos Pastores e dos Rebanhos. Ele morreu há muitos anos, e eu ainda estou de luto. Em alguns dias, parece que aconteceu ontem.

Ela sabia que perguntas os outros fariam: como ele morreu? Mas não era uma pergunta que queria fazer, porque não gostava de respondê-la, então, em vez disso, pediu:

— Me conte mais dele.

Um sorriso apareceu nos lábios do deus.

— Você teria gostado dele — ele disse, dando um empurrãozinho nela com o ombro. — Ele era tipo eu... Bonito e hilário. Ele amava música. Sabia que ele inventou a flauta? Desafiou Apolo pra uma competição uma vez. — Hermes fez uma pausa para rir. — Ele perdeu, é claro. Ele era... divertido.

Ele continuou, contando histórias de Pã — seus grandes e não tão grandes amores, suas aventuras, e enfim sua morte.

— A morte dele foi súbita. Num momento, ele existia, e de repente não existia mais, e eu soube que ele tinha morrido escutando o vento — pelos gritos dos mortais e dos que lamentavam a perda. Não acreditei, então fui procurar o Hades, que me contou a verdade. As Moiras tinham cortado o fio dele.

— Eu sinto muito mesmo, Hermes.

Ele sorriu, mesmo triste.

— A morte existe — ele disse. — Até para os deuses.

Com essas palavras, um arrepio gelado a percorreu, profundo demais para ignorar.

— Precisamos ir — Hermes falou, levantando-se e estendendo a mão. — Temos que ir ao Clube Aphrodisia, e eu sei que você não vai usar *isso*.

Perséfone conseguiu rir enquanto ele a ajudava a levantar, e, antes de eles desaparecerem, cada um para um lugar, Hermes olhou em seus olhos.

— Ninguém nunca disse que você precisa fingir que está tudo bem — ele disse. — O luto significa que amamos intensamente... e se isso for tudo que tiverem a dizer sobre nós dois no fim das contas, então acho que vivemos a melhor vida possível.

18

CLUBE APHRODISIA

Perséfone estava embrulhada em seu casaco mais quente e, mesmo assim, congelava ao sair do banco traseiro da limusine de Hades. Debaixo do agasalho, usava um vestido fino e preto que mostrava mais pele do que seria apropriado para esse clima. Um profundo decote em V expunha a curva de seus seios, enquanto grandes fendas frontais exibiam suas coxas. Era difícil dizer se Hades aprovaria a roupa, mas ela imaginou que ele também ficaria muito em dúvida se a visse — dividido entre a frustração e um desejo profundo de trepar com ela.

Sibila também usava preto, mas seu vestido era mais curto e parecia mais uma peça de lingerie. Lembrava algo que Afrodite usaria. Leuce estava vestindo uma blusa vermelha transparente e jeans apertados, e pelo jeito Zofie havia atacado o armário dela, pois usava um espartilho preto com barbatanas de aço, que realçava seu corpo elegante, e calças escuras. Surpreendentemente, Hermes estava usando um look mais contido: camiseta branca com gola V, casaco cinza e jeans escuros. Secretamente, Perséfone estava torcendo para ele aparecer de macaquinho.

— Aproveitem a noite — Antoni disse, voltando para o banco do motorista.

— Ligo quando estivermos prontos — Perséfone prometeu.

— Não estou vendo uma casa de swing — Leuce disse, olhando para os prédios que se enfileiravam pela calçada.

Ela estava certa — não havia nem sinal do Clube Aphrodisia. Havia um restaurante, um bar e um prédio vazio.

— A entrada é por trás — Hermes disse.

Elas o seguiram pelo beco escuro, que fora limpo após a neve, o que tornou a tarefa de andar por ali mais fácil do que Perséfone esperava.

O clube era discreto e não sinalizado; havia apenas uma entrada com duas portas em verde-esmeralda banhadas por luz amarela e dois seguranças parados na frente, que checaram as identidades de todos e abriram as portas para eles. Lá dentro, o grupo foi recebido por um homem vestindo um terno preto impecável.

— Ah, Mestre Hermes! — o atendente disse. — Bem-vindo.

— Sebastian... — o Deus da Trapaça cumprimentou.

Os olhos do homem passaram para Perséfone, Sibila, Leuce e Zofie.

— O senhor trouxe acompanhantes. Mulheres. — Sebastian pareceu surpreso, erguendo as sobrancelhas.

Hermes pigarreou.

— Sim. Essas são minhas amigas. Você já ouviu falar de Lady Perséfone. Ela vai se casar com Hades.

— É claro — Sebastian disse. — Como pude não notar sua beleza? Não sabia que Lorde Hades compartilhava...

— Não compartilha — Perséfone disse.

Hermes pigarreou de novo.

— E essas são as amigas dela: Sibila, Leuce e Zofie.

— É uma honra para nós, de verdade. Espero que sua visita seja prazerosa. Sigam-me.

Sebastian os conduziu para o andar de cima, e, ao seguir atrás de Hermes, Perséfone lhe deu uma cotovelada.

— Nunca veio aqui antes, hein?

— Só umas duas vezes — ele disse.

Perséfone olhou para ele.

— Só duas vezes e já é tão conhecido assim?

Ele sorriu.

— Fazer o quê? Minhas habilidades são lendárias.

Perséfone revirou os olhos e deu uma cotovelada mais forte no deus.

— Ai! — Ele esfregou a lateral do corpo. — O que foi? Eu tenho muita prática!

Ela balançou a cabeça, e, enquanto uma parte sua queria rir, outra parte se lembrou da conversa que teve com Hades depois do jogo de "Eu Nunca". Ela ainda estava aprendendo. Às vezes se perguntava se dava a Hades exatamente o que ele precisava, principalmente depois do modo como ele assumiu o controle no escritório dele mais cedo. Hades tinha sido firme e bruto ao meter na boca de Perséfone. Não era a primeira vez que faziam sexo violento, nem a primeira vez que ela tinha a sensação de que ele precisava de algo além da experiência padrão. Talvez esse clube lhe desse algumas ideias.

Quando chegaram ao topo dos degraus, encontraram-se em um corredor escuro. Perséfone estendeu a mão para se apoiar na parede e descobriu que era macia — de veludo. Passaram por diversas portas, todas com nomes como Carnal, Paixão e Luxúria, antes de chegar a uma chamada Desejo.

O interior da suíte era iluminado por luzes de um azul pálido, o que deixava a maior parte do lugar na escuridão. Havia dois grandes sofás de couro preto que pareciam mais camas e um banco com amarras e uma palmatória em cima. Ainda vestindo o casaco, Perséfone se aproximou da sacada, de cujo teto saía uma luz vermelha que banhava o chão em um carmesim sombreado.

Abaixo da sacada havia várias camas, grandes sofás, bancos e duas jaulas. Também havia pessoas espalhadas por todo canto. Algumas usavam máscaras, outras não. Algumas estavam envolvidas em todo tipo de sexo — oral e tudo mais. Outras estavam sentadas nos sofás e em cadeiras, conversando e assistindo. Havia também uma pista de dança, embora pequena; algumas pessoas se balançavam ali, enquanto tocavam e exploravam umas às outras. Era tudo meio silencioso e muito diferente do que Perséfone havia imaginado.

Ela achava que seria mais parecido com o sexo que fazia com Hades, mas o que tinha com ele era muito mais intenso. Mesmo assim, era também com cuidado, gentil e respeitoso.

Não se tratava de compartilhar — não como neste lugar. Uma mulher estava levando tapinhas de um homem enquanto fazia um boquete em outro. Vários casais estavam transando, com os rostos contorcidos de prazer. Outra mulher estava amarrada enquanto um homem lhe dava prazer. Por um longo tempo, Perséfone foi atraída para a atividade deles em particular. Não sabia dizer por que estava fascinada, mas então percebeu que era porque sempre tinha pensado em amarras como uma coisa — uma perda de controle —, mas aquilo parecia diferente. Sensual, provocante e amoroso. Parecia confiança.

Começou a sentir o corpo todo quente e pigarreou, um anseio profundo tomando conta dela. Mais cedo naquele dia, tinha oferecido a Hades o que considerava um de seus melhores trabalhos. O encontro deles tinha sido sexy e intenso, e agora ela sentia uma necessidade desesperada. Seus dedos apertaram a beira da sacada.

— E aí, o que achou? — Hermes perguntou, vindo ficar ao seu lado.

— É... diferente — Perséfone disse, procurando as palavras certas.

— Não tão sórdido quanto imaginou? — ele quis saber, arqueando a sobrancelha.

— Não — ela respondeu. — Na verdade... é meio... tranquilo. Mesmo com um vibrador comunitário.

— Viu alguma coisa que gostaria de tentar?

Perséfone ficou olhando para ele.

— Com Hades, quero dizer — Hermes acrescentou.

Ela revirou os olhos e mudou de assunto.

— Onde você acha que vai ser a reunião?

— Acho que depende do tipo de reunião — Hermes disse.

Sibila, Leuce e Zofie juntaram-se a eles na sacada.

Leuce deu uma risadinha.

— Acho que algumas coisas nunca mudam.

Perséfone supôs que a ninfa estivesse se referindo ao fato de que a antiga sociedade grega era hipersexualizada e, realmente, suas visões acerca do sexo não haviam mudado tanto assim. Mesmo na sociedade moderna, a prostituição era algo comum.

— Rápido, tapa os olhos, Zofie — Leuce brincou.

— Por quê? — a amazona perguntou. — Estou familiarizada com o sexo.

Todos a encararam, surpresos.

— O que foi? — ela quis saber, num tom exasperado. — Posso não conhecer a sociedade moderna, mas o sexo não é moderno.

Hermes riu e Sibila deu um sorrisinho.

— *Você* já transou? — Leuce perguntou.

Zofie revirou os olhos.

— Claro que sim.

— Mas... a gente jogou "Eu Nunca" — Leuce comentou. — E você não bebeu! *Nenhuma vez!*

Zofie ficou calada por um bom tempo e, depois, disse:

— Acho que entendi errado o jogo.

Eles riram e ficaram olhando um pouco, comentando os vários atos e posições. Os casais se misturavam, realizando trocas e diferentes tipos de sexo, mas, com o tempo, Perséfone notou alguns deles saindo da pista — um por um, indo em direção à escuridão.

Ela ficou tensa.

— Aonde você acha que eles vão? — Sibila perguntou.

— Não sei — Perséfone respondeu.

— Vamos investigar? — Hermes interrogou.

— Alguém precisa ficar aqui e esperar Helena aparecer — disse Perséfone. — Sibila, Leuce, podem ficar de olho nela e mandar mensagem quando ela chegar?

— Claro — disse Sibila.

— Zofie, preciso que você fique aqui com elas.

— Tenho ordens para proteger você, milady.

— Na verdade, eu jurei protegê-la essa noite — Hermes disse. — Perdão, mas não confio em ninguém mais para cumprir essa missão.

A amazona olhou feio para Hermes e ensaiou um protesto, mas Perséfone interrompeu.

— Zofie, é importante. Estou ordenando que você proteja minhas amigas. Se Helena estiver aqui com a Tríade e reconhecer qualquer uma de nós, estaremos encrencadas.

— Muito bem, milady — disse Zofie, ainda olhando feio para Hermes.

Perséfone tirou o casaco e os dois saíram da suíte, colocando máscaras de tecido sobre o rosto antes de se dirigir para a pista do clube. Hermes parou na escuridão da escada.

— Faça o que eu fizer — ele falou, enlaçando o braço no dela enquanto ingressavam na pista. Não tiveram pressa, perambulando devagar em torno de camas com membros entrelaçados e sofás com homens e mulheres perdidos nos espasmos da paixão. O que impressionou Perséfone foi a quietude do lugar, mesmo com a música e os gemidos.

Um casal sorriu para eles — o homem estava postado entre as pernas da parceira.

— Querem participar? — ele perguntou.

— Ficamos satisfeitos em assistir — Hermes respondeu.

Eles não pareceram chateados, e o homem começou a chupar a mulher. Perséfone desviou os olhos, sentindo-se estranha parada ali no centro da sala, vendo pessoas transando livremente de maneira tão aberta. Não tinha certeza de que conseguia fazer aquilo, nem se ficaria confortável com pessoas assistindo a ela ou Hades. Ela era possessiva — ele era possessivo. Não acabaria bem.

Logo os deuses se encaminharam para a escuridão, navegando por um corredor onde um homem estava parado.

— Milady — disse ele.

Ela enrijeceu ao ouvir o título, mas, quando Hermes soltou seu braço, percebeu que o homem estava ali para ajudá-la a descer os degraus. Aceitou a mão dele e seguiu na frente de Hermes, adentrando um salão circular e lotado, rodeado por colunas e arcadas embutidas. Era um teatro, mas a construção lembrava mais a de um anfiteatro. O palco ficava no ponto mais baixo da sala, e no centro dele estava uma deusa.

Ela estava amarrada, seus braços e pernas esticados sobre um banco preto. Não estava consciente, e sangue pingava de uma ferida em sua cabeça.

Perséfone congelou por um instante; um frio arrepio de medo desceu por sua espinha. Não reconhecia a deusa, mas sentia que ela ainda estava viva. Alguns espectadores a vaiavam e jogavam coisas nela, enquanto outros entoavam sem parar para que cortassem seus chifres.

— Aquela é a Tique — Hermes disse.

Perséfone deu um pulo. Não tinha sentido o deus se aproximar, mas, agora que ele estava ali, sua ansiedade diminuiu um pouco.

— Tique... — Perséfone sussurrou. — A Deusa da Fortuna e da Prosperidade?

— Ela mesma — ele respondeu, com a voz sombria. Ela olhou para ele, notando o maxilar tenso e a expressão dura.

— O que a gente vai fazer? — Perséfone perguntou.

Precisavam ajudá-la.

— Esperar — Hermes disse. — Não sabemos quem ou o que está do lado deles.

Perséfone se sentiu invadida pelo medo ao ouvir o comentário — uma força avassaladora que a arrastava para uma corrente veloz. Pensou na arma que derrubou Harmonia e em sua mãe, cuja magia tinha dado poder ao objeto. O que estavam prestes a encarar ali?

Ela analisou a multidão, mas não viu Helena no meio dela.

Mais pessoas foram entrando, até o salão estar abarrotado e quente. A máscara grudava na pele de Perséfone, desconfortável e úmida. Com mais pessoas vinham mais raiva e mais provocações. A violência estava no ar, e ela se aproximou ainda mais de Hermes, sentindo-se cada vez mais desconfortável. O deus a apertou com mais força, o que foi menos reconfortante do que devia, porque ela sabia que Hermes também estava tenso.

Aplausos repentinos atraíram a atenção deles para o palco, onde agora havia um homem. Ele estava vestindo um terno azul-marinho, feito sob medida para seu grande corpo. Tinha cabelo loiro ondulado e olhos tão brilhantes e azuis que Perséfone conseguia enxergar sua luz mesmo de longe.

Semideus, ela pensou.

— Esse é o Okeanos — Hermes disse.

— Quem é Okeanos?

— É um filho de Zeus — Hermes explicou. — Ele tem um irmão gêmeo, Sandros. Eles não costumam ficar longe um do outro.

Perséfone observou Okeanos rodear Tique como um predador, com uma expressão de nojo. Parou diante da cabeça dela e pegou um de seus chifres, quebrando-o com facilidade. O estalo fez a bile subir à garganta de Perséfone, mas tirou vivas da multidão. Depois de quebrar o segundo chifre, o semideus os segurou no alto como um troféu, enquanto a multidão o saudava como um herói da Antiguidade.

Então ele jogou os chifres longe, como se não fossem nada — como se não tivesse acabado de mutilar a deusa.

— Os olimpianos zombam do poder! — ele gritou. — Desfilam por aí como celebridades mais obcecadas com a própria imagem e riqueza e com machucar mortais do que com atender suas preces *desesperadas*.

A multidão rugiu em concordância.

— É uma história mais velha do que o tempo. Deuses vivem além da sua utilidade para o mundo e precisam ser substituídos por novos deuses, que entendem esse mundo e enxergam seu potencial. Nós somos esses deuses. É hora de retomar nosso mundo.

Mais gritos.

Perséfone se sentia enjoada. Era a narrativa que estava esperando, a que tinha sido perpetuada por Helena. Esses semideuses queriam mesmo derrubar os olimpianos. O problema era que essas pessoas — Adônis, Harmonia, Tique — não eram olimpianas. Eram inocentes. Qual era o sentido de machucá-las?

Um movimento de Tique atraiu a atenção de Okeanos. O semideus continuou falando enquanto se aproximava da deusa.

— Teremos um renascimento! Um novo mundo onde suas preces serão atendidas, onde os deuses intervirão apenas quando forem chamados, onde as divindades vão curar, não ferir, mas o preço é altíssimo.

Ele pegou uma lâmina que devia estar pousada acima da cabeça de Tique. Ela cintilou, afiada e perigosa.

— Vocês estão dispostos a pagar esse preço? — ele perguntou, e a multidão respondeu com um retumbante sim.

Foi então que Perséfone sentiu o cheiro da magia de sua mãe. O perfume atraiu sua atenção e fez seu coração disparar. Por um instante, ela sentiu pânico, sua respiração se transformando em arquejos, a visão ficando embaçada, mas, tão rápido quanto a sentiu, a magia desapareceu, e, quando seus olhos voltaram para o palco, Okeanos estava erguendo a lâmina.

— Não! — Perséfone gritou, estendendo as mãos. Assim que algumas cabeças se viraram em sua direção, elas congelaram, exceto Okeanos, que estreitou os olhos para ela.

Porra!

Semideuses podiam não ser tão poderosos quanto os outros deuses, mas era impossível saber que poder recebiam ao nascer, e, pelo jeito, Okeanos podia controlar o tempo. Sem dizer uma palavra, ele estendeu a mão e disparou um raio bem na direção de Perséfone.

Perséfone arregalou os olhos e mergulhou para evitar o impacto, mas, quando aterrissou no chão, alguém se materializou na frente dela — uma deusa.

— Afrodite...

A deusa estendeu o braço e, no instante seguinte, Okeanos cambaleou, e seu coração voou do peito direto para a mão dela. Ele arregalou os olhos e, enquanto caía, perdeu o controle de sua magia, e a multidão voltou a se mexer.

Houve um instante de silêncio pesado antes de o público perceber o que tinha acontecido.

— Deuses! Tem deuses entre nós! — uma pessoa gritou.

Então veio o caos — alguns gritaram e fugiram, enquanto outros arrancaram as máscaras e passaram a procurar armas no teatro.

— Hermes! — Perséfone gritou. — Pegue Tique!

O Deus das Travessuras sumiu num piscar de olhos, aparecendo no palco ao lado da deusa imóvel. A multidão avançou numa tentativa de atacá-lo, mas os olhos de Hermes tinham começado a brilhar, e algumas pessoas hesitaram.

Perséfone se levantou.

— Afrodite!

A deusa não pareceu ouvi-la, a atenção fixa no coração que ainda batia em sua mão, o sangue escorrendo entre seus dedos. Então os olhos de Perséfone pararam sobre um mortal que corria na direção da deusa, um grande castiçal erguido para atacá-la.

— Afrodite!

Ainda assim, a deusa permaneceu calma, quase passiva ao girar a cabeça na direção do mortal, estender a mão e fazê-lo voar para trás, no rumo da multidão, passando em meio aos corpos até bater na parede oposta com um estrondo alto.

Perséfone esperava que os mortais saíssem correndo, mas, em vez disso, eles dispararam na direção delas.

Uma mão agarrou seu cabelo, puxando sua cabeça para trás e deixando a garganta esticada, e arrancou sua máscara. O movimento foi tão violento que ela ficou atordoada e demorou um instante para encontrar um par de olhos familiares.

— Jaison?

Não o via desde o funeral de Lexa. Ele tinha cortado por completo a comunicação com ela, e agora sabia por quê. Seus cachos escuros estavam mais longos, e seu rosto não estava barbeado. Ele parecia agitado e irritado.

— Ora, ora, o brinquedinho sexual resolveu se infiltrar na nossa reunião.

— Jaison... — Ela disse o nome dele e tentou alcançar sua mão para diminuir a força do puxão na cabeça. Ficou surpresa quando o mortal a soltou e cambaleou para trás, mas foi empurrada com força por alguém. Ao tropeçar para a frente, foi empurrada de novo. Dessa vez, conseguiu se segurar antes que outra pessoa pudesse tocá-la, mas estava cercada.

Ela olhou nos olhos de Jaison.

— Por quê? — foi o que se viu perguntando.

— Não é óbvio? Hades podia ter salvado a Lexa. *Você* podia ter salvado ela.

— Não ouse — Perséfone disse, com os olhos se enchendo de lágrimas ardentes.

— Se você tivesse feito direito da primeira vez, ela não teria ido embora. Quando voltou, já não era a mesma.

— Porque ela queria morrer! — Perséfone gritou. — Ela estava cansada, mas você foi egoísta demais pra enxergar. Fui egoísta demais.

— Não finja que você liga — ele disse. — Se ligasse, não se casaria com Hades.

O círculo se apertou, e Perséfone ficou rígida.

— Não faz isso — ela falou. — Você vai se arrepender.

— Não temos medo de Hades — Jaison disse.

— Não é de Hades que vocês deviam ter medo — ela disse. — É de mim.

Ele riu, e os outros o acompanharam, mas a raiva de Perséfone estava fervendo. Uma mão tentou tocá-la, e ela explodiu. Espinhos irromperam de seus braços, pernas e mãos. Dispararam como lâminas, atingindo os mortais que a circundavam, espetando muitos deles — inclusive Jaison — na altura em que estivessem: cabeça, garganta, peito, barriga. Ela berrou com a raiva, com a carnificina, com a dor, mas quando o grito diminuiu, os espinhos recuaram, penetrando de volta em seu corpo como se fossem parte dela. Ainda assim, a deixaram destruída e ensanguentada, com a pele rasgada.

Ela caiu de joelhos no centro de seu massacre, inclinada para a frente, respirando com dificuldade. Sentiu gosto de sangue.

Cure-se, pensou. *Você precisa se curar.*

Então sentiu a presença inconfundível de Hades. Viu os sapatos primeiro, depois subiu os olhos lentamente pelo corpo dele. Ao ver seu rosto, viu um deus — um deus antiquíssimo, cheiro de fúria, escuridão e morte.

Perséfone levou um momento para se dar conta de por que o salão tinha ficado tão silencioso: era porque todo mundo estava morto. Será que ela tinha feito aquilo? Ou tinha sido a perversidade de Hades?

— Hades... — Tentou dizer o nome dele, mas o sangue em sua boca era espesso, e ela engasgou com a palavra, lançando um jato carmesim nos sapatos do deus. A cabeça dela girou, e ela terminou de cair no chão.

Hades se inclinou e a pegou nos braços. Perséfone nunca o viu assim — assombrado, no limite — e percebeu que ele estava lutando contra algo terrível e sombrio. Queria confortá-lo e só conseguia pensar que esperava que ele soubesse quanto ela o amava.

Depois, tudo ficou escuro.

PARTE II

Como os portões do Hades me é odioso, aquele homem que esconde uma coisa na mente, mas diz outra.

— Homero, *Ilíada*

19

A ILHA DE LAMPRI

Quando acordou, Perséfone estava em uma cama desconhecida. Sentia a língua inchada, mas conseguia respirar, a garganta não estava mais cheia de sangue. Ergueu os braços; sua pele estava macia, sem marcas da magia que usara para se defender no porão do Clube Aphrodisia. Estava curada e, no entanto, não conseguia deixar de sentir que havia fracassado, porque não tinha sido capaz de fazer isso sozinha.

Ela se sentou, inspecionando o quarto iluminado em busca de Hades. Não demorou muito para encontrá-lo. As portas da sacada estavam abertas, deixando entrar o ar fresco e salgado que fazia as cortinas leves esvoaçarem sobre a cama. Hades estava sentado do lado de fora. Perséfone saiu da cama, enrolou o lençol em torno do corpo e se juntou a ele.

O deus usava um robe preto e estava inclinado para a frente, os cotovelos apoiados nas coxas, um copo de uísque entre os dedos. Sua expressão era severa, com as sobrancelhas unidas e o maxilar apertado. Ele parecia perdido em pensamentos, e Perséfone estava um pouco receosa de perturbá-lo, mas queria ver seus olhos.

— Hades... — Perséfone sussurrou.

Ele olhou para ela com olhos tempestuosos, e ela se perguntou que tipo de batalha ele estava lutando internamente.

— Tudo bem? — a deusa perguntou.

— Não — ele disse, e a resposta a fez estremecer.

Hades tomou um gole do copo e voltou a olhar para os próprios pés. Hesitante, Perséfone se aproximou e passou os dedos pelo cabelo dele. Estava molhado e exalava um forte aroma de especiarias. Ela respirou fundo, confortada pelo cheiro.

— Hades... — disse seu nome de novo. Dessa vez, ele levou mais tempo para erguer o olhar para ela. — Eu te amo.

Ela percebeu a força com que ele engoliu em seco antes de desviar os olhos. Suspirou e pegou o copo dele, depositando-o na mesa ao lado. Conseguiu montar nele na cadeira pequena, um joelho de cada lado. Então segurou o rosto dele com as mãos e roçou suas bochechas com os polegares. Ele estava tão lindo e tão destruído...

— Me fale o que você está sentindo.

— Acho que não tenho nada a dizer — ele respondeu.

Ela o estudou por um tempo.

— Você está bravo comigo?

— Estou bravo comigo mesmo por ter deixado você ir, por ter confiado em outra pessoa pra te proteger.

— Eu disse pra Hermes...

— Ele fez um juramento! — Hades esbravejou, interrompendo-a.

Perséfone travou por um instante, pega de surpresa pela raiva de Hades. Estava acordada havia pouco tempo e não tinha calculado bem seus atos. Só o viu e o desejou. Devia ter imaginado que ele levaria aquilo para o pessoal. Ele se culpava por Pirítoo; se culparia por essa situação também.

Mesmo assim, ela tentou explicar.

— Hades... — Colocou as mãos no peito dele. — Eu... machuquei a mim mesma. *Eu* fracassei. Não consegui me curar.

O maxilar de Hades se contraiu.

— Eu estou bem — ela disse. — Estou aqui.

— Por pouco — Hades retrucou, entre dentes.

Só então Perséfone notou que as mãos de Hades não estavam nela. Em vez disso, agarravam os braços da cadeira. Quando se deu conta disso, ela deslizou para fora do colo dele e deu um passo para trás, batendo as costas na grade da sacada.

— Não sei o que fazer — ela disse, impotente.

— Você pode parar — Hades afirmou, com os olhos tomados de fúria. — Pode decidir não se envolver. Pode parar de tentar mudar a opinião das pessoas e salvar o mundo. Deixar as pessoas tomarem as próprias decisões e encararem as consequências. Era assim que o mundo funcionava antes de você, e é assim que vai continuar funcionando.

Ela se afastou da sacada, endireitando o corpo ao ouvir as palavras raivosas do deus.

— Isso aqui é diferente, Hades, e você sabe. Estamos falando de um grupo de pessoas que conseguiram capturar e dominar *deuses*.

— Sei exatamente o que é — ele vociferou. — Já vivi isso antes, e posso proteger você.

— Eu não pedi pra você me proteger — Perséfone disse, erguendo a voz.

— Eu não posso te perder. — Hades se levantou e a encurralou, mostrando os dentes. — Quase perdi, sabia? Porque não conseguia pensar direito pra te curar, porra! Já segurei homens, mulheres e crianças enquanto sangravam como você estava sangrando. Meu rosto ficou sujo com o sangue deles. Ouvi essas pessoas implorando pela própria vida, uma vida que eu não podia prolongar, curar ou doar, porque não posso lutar contra o destino delas. Mas você... você não implorou pela vida. Não ficou nem desesperada por ela. *Você estava em paz.*

— Porque eu estava pensando em você — ela rebateu. Era como se ele tivesse enfiado uma faca em seu peito. Parecia que seu coração estava exposto, batendo com toda a dor dos dois. Hades ficou paralisado. — Eu não estava pensando na vida, nem na morte nem em qualquer coisa além de quanto te amo e como queria te dizer isso, mas não conseguia...

Ela parou. Não precisava se explicar mais. Hades já sabia por que ela não tinha conseguido falar, e ela não queria relembrá-lo dos horrores que ele tinha vivido enquanto ela sangrava, inconsciente. Ele continuou encarando seu rosto, depois deixou a cabeça cair no contorno do seu pescoço, o corpo tremendo contra o dela. Perséfone não disse nada quando sentiu lágrimas quentes penetrando sua pele. Hades demorou um bom tempo para se recompor e, quando se afastou, seus olhos estavam escuros e injetados. Ela nunca o viu assim antes. Aquela era a dor dele, nua e crua.

Ela pressionou a mão contra o rosto do deus.

— Me leva pra cama?

— Vou transar com você aqui mesmo — ele disse, se inclinando para beijá-la. Ele tinha gosto de sal e uísque, e falou com a boca encostada à dela. — Depois na cama, depois no chuveiro e na praia. Vou transar com você em todas as superfícies dessa casa e em cada centímetro dessa ilha.

Suas mãos desceram para o quadril dela, e ele a puxou para si enquanto voltava a se sentar. Ela deixou cair o lençol que cobria seu corpo antes de montar nele. As mãos de Hades seguraram seus seios, então ele tomou seus mamilos na boca. Perséfone passou os dedos pelo cabelo dele enquanto ele a masturbava, com a respiração ficando difícil, o corpo se movendo contra a ereção dele, que ainda estava coberta pelo robe que o deus usava. Ela ficou frustrada, querendo sentir o toque de pele contra pele, e abriu o robe de Hades, expondo seu peito e seu pau duro. Então se esfregou no calor dele, a fricção a deixando mais molhada.

As mãos de Hades foram para sua bunda, apertando-a enquanto ela rebolava em cima dele, então seus dedos deslizaram para dentro dela e ela estremeceu. Perséfone passou alguns minutos se deleitando na sensação dele, mas logo passou a desejar mais. Afastou a mão de Hades e agarrou seu pau, conduzindo-o para dentro de si. Ela se esfregou nele, sentindo-se frenética e desesperada. Os pelos que iam da barriga à virilha dele provocavam seu clitóris. Enquanto ela assumia o controle, Hades se inclinou para trás, os braços esticados acima da cabeça, agarrando o topo da cadeira. Ele observava o rosto dela com os olhos brilhantes, ainda repletos de sombras.

Logo suas mãos voltaram para a cintura da deusa, e ele a ajudou a se mover, esfregando-se nela. A sensação do corpo dele era um tônico que ela tomaria pelo resto da vida. Revigorava seus membros e incendiava sua alma. A boca de Hades percorria o ombro de Perséfone, os dentes roçando-lhe a pele. A respiração dos dois começou a se misturar; eles passaram a soltar gemidos em rápida sucessão. Perséfone sentiu o fundo de seu ventre se apertar, seus músculos contraídos em torno do pau de Hades, e o jorro quente do deus dentro dela.

Desmoronou em cima dele, com a respiração pesada. Depois de um longo instante, ela se mexeu, plantando um beijo no peito de Hades antes de se endireitar, enquanto ele permanecia dentro dela. Ela sorriu.

— Está cansado?

— Nunca me senti mais vivo — ele disse, e seus olhos pareciam ter perdido um pouco da escuridão.

Ela o beijou — um beijo longo e lento, a língua dela dando voltas ao redor da dele até ele ficar duro de novo. Ela se afastou e pousou a cabeça sobre o peito de Hades, satisfeita em ficar assim para sempre.

— Onde estamos? — ela perguntou, em voz baixa.

— Estamos na ilha de Lampri — Hades respondeu. — A nossa ilha.

— Nossa?

— Já é minha há um tempo — ele explicou. — Mas raramente venho aqui. Depois que te encontrei no clube, não quis ir para o Submundo. Não queria estar em lugar nenhum, só queria ficar sozinho. Então vim pra cá.

Houve mais um longo período de silêncio.

— Você sabe se Tique sobreviveu?

Foi então que as mãos de Hades se apertaram em volta de Perséfone.

— Não — ele disse. — Não sobreviveu.

Mais tarde, Hades devolveu o celular de Perséfone, o que lhe permitiu ver como estavam Sibila, Leuce e Zofie. Elas tinham criado um grupo para dizer a ela que a amavam. Os olhos da deusa ficaram marejados ao ler as mensagens carinhosas das amigas. Avisou a elas que estava bem e perguntou como elas estavam.

Estamos bem. Zofie garantiu que a gente chegasse em casa em segurança, Sibila disse, depois explicou o que tinha acontecido no andar de cima. *Percebemos que tinha alguma coisa errada quando as pessoas começaram a sair das sombras gritando que um deus estava atacando todo mundo. Não sabíamos se era Hermes ou... Hades.*

Mas não tinha sido nenhum dos dois.

Tinha sido Afrodite e Perséfone.

De repente, ela se lembrou da carnificina que havia provocado. Quantas pessoas matou?

Deixou o celular de lado e, assim que Hades entrou no quarto, ele parou.

— O que foi?

— Quantas pessoas eu matei? — ela sussurrou.

Hades fez uma pausa, depois perguntou:

— Do que você se lembra?
— Hades...
— Saber vai ajudar? — ele perguntou.
Ela abriu a boca para falar, mas não sabia como responder.
— Pense no assunto — Hades sugeriu. — Digo isso como um deus que sabe a resposta.

Depois, eles caminharam pela praia. Era estranho ver Hades num lugar tão iluminado, sem nada além de um pano amarrado na cintura. Sua pele estava queimada de sol e tinha assumido um bronzeado dourado. Perséfone não conseguia desviar os olhos dele.

— Por que você está me encarando? — ele perguntou.
— Você acha ruim? — Perséfone perguntou, franzindo a testa.
— Não — ele afirmou. — Me dá vontade de trepar.
Ela sorriu.

Quando chegaram à costa, Perséfone correu para o mar, dando um gritinho de alegria ao ser atingida pela água, que encharcou a saia de seu vestido branco. Ela se virou e viu Hades avançando em sua direção.

— Quanto tempo faz? — ela perguntou a Hades. — Que você não entra no mar?

— Por diversão? — ele perguntou. — Nem sei.

— Então vamos tornar a ocasião memorável — disse, pulando no colo dele e cravando os dedos em seus ombros largos e musculosos, passando as pernas ao redor de sua cintura. O pau dele se acomodou contra o corpo dela, e os dentes dela roçaram o lábio inferior dele.

— Eu te amo... — ela sussurrou.

As bocas e os corpos dos dois se fundiram. O sangue de Perséfone pulsava, embaralhando seus pensamentos. Ambos deslizavam as mãos pela pele um do outro, aproveitando a sensação. Quando os dedos de Hades apertaram sua bunda, e ele se esfregou nela com uma ferocidade que ela queria igualar, eles se separaram, os lábios latejando.

— Quero te mostrar uma coisa — ele disse.

Ela ergueu a sobrancelha, o desejo se impondo sobre qualquer outro pensamento.

— Seu pau?

Ele riu.

— Não se preocupe, meu bem. Vou te dar o que você quer, mas não aqui.

Eles saíram da água e Hades a conduziu pela praia até um bosque de plantas e árvores tropicais. Além delas havia uma trilha, que ia se tornando rochosa conforme se aproximava de uma caverna aberta. Logo na entrada havia uma escada que descia em espiral para uma gruta. A água era da cor de centenas de safiras cintilantes. Acima deles, o teto havia cedido, permitindo que um feixe de luz solar quente penetrasse ali, atingindo a água. Uma folhagem exuberante crescia entre as paredes da caverna, derramando-se sobre a superfície áspera.

Perséfone encarou a paisagem, maravilhada pela beleza.

— Gostou? — Hades perguntou.

— É lindo.

Hades sorriu e desceu mais alguns degraus, que levavam à água. Tirou o tecido que lhe cobria o corpo e ficou nu, virando-se para olhar para ela. Quando ela se aproximou, ele pulou da beirada, afundando na lagoa profunda. Perséfone o viu emergir a uma certa distância da costa.

Os olhos dele brilhavam, escuros e reverentes.

— Quer se juntar a mim?

Ela tirou o vestido fino, descartando-o ao seu lado, e mergulhou na água. Hades a segurou pela cintura, pressionando os lábios contra os dela quando os dois vieram à tona. Flutuando na gruta, ele a beijou com ardor e ela desceu a mão, levando seu pau para o meio das próprias pernas para senti-lo ali. Prendeu a respiração quando os lábios dele traçaram seu pescoço.

— Eu vou construir templos em honra do nosso amor e vou venerar você até o fim dos tempos. Não existe nada que eu não sacrificaria por você. — Hades se afastou para olhar para ela, os olhos brilhando como estrelas. — Você entende isso?

— Entendo — ela respondeu, apertando-o com mais força. — Eu vou te dar tudo que você já quis um dia, até coisas das quais pensou que podia abrir mão.

As bocas dos dois se encontraram de novo, e Hades a agarrou, conduzindo-os até uma depressão na parede de pedra onde uma cachoeira escondia uma caverna maior. Ele tirou Perséfone da água e adentrou a caverna, imprensando-a contra a parede, com um braço estendido para cima e o outro apoiado ao lado da cabeça dela. A deusa sustentou seu olhar ardente.

— Tem uma coisa sombria que vive dentro de mim — ele disse. — Você já viu. Já reconhece agora, certo?

Ela assentiu.

— Essa coisa quer você de jeitos que te assustariam.

Será que ele estava dizendo isso para assustá-la? Porque suas palavras tiveram o efeito oposto, fazendo um arrepio percorrer a espinha dela.

— Me fala.

— Essa parte de mim quer ver você suplicar pelo meu pau. Se contorcer debaixo de mim enquanto eu meto em você. Implorar pra eu te encher de porra.

Perséfone manteve as mãos apoiadas na parede, as unhas arranhando a pedra atrás de si. Ela olhou para ele por entre os cílios, sentindo-se ao mesmo tempo tímida e ousada.

— E como você prefere receber minhas súplicas, milorde?

— De joelhos — disse ele.

Ela ficou olhando para ele ao se ajoelhar e ficar no mesmo nível de sua ereção. Hades agarrou o cabelo dela com uma mão, enrolando-o ao redor do pulso até seu couro cabeludo pinicar de dor.

— Me chupa — ordenou ele, e ela obedeceu.

Tomou-o na boca, explorando a glande com a língua, chupando a pontinha até sentir o gosto da porra dele. Hades gemeu, segurando o cabelo dela com mais força, fazendo seus olhos lacrimejarem, mas ela continuou, querendo brincar com a escuridão que emergia na força do aperto dele. Quando Hades começou a meter na boca de Perséfone, tudo que ela pôde fazer foi recebê-lo, um meio para o prazer do deus. Hades segurou a cabeça dela com as duas mãos, com os músculos inchados, a respiração curta. Perséfone pensou que Hades ia gozar, mas ele se retirou de repente, puxando-a para cima de um jeito bruto, colando a boca à dela. A deusa afastou os pés quando ele conduziu o pau para o meio de suas pernas, provocando sua abertura, escorregadia com o desejo que sentia por ele.

— Hades... — Sua voz saiu engasgada, um pedido que Hades respondeu agarrando seu quadril e penetrando-a com força.

Quando ele apoiou o corpo de Perséfone na parede, levou outra mão ao seu pescoço, pressionando o rosto ao dela ao se mover. Cada investida arrancava um gemido desesperado da garganta da deusa, e os dedos dela se enfiaram nos ombros dele, arranhando a pele. A boca de Hades voltou à dela, a língua provando, os dentes raspando. Ele beijava e se movia com uma ferocidade que ela nunca sentira antes, e que arrancou palavras e sons obscenos de sua boca, coisas que ela nunca tinha dito nem ouvido até então.

— Quero sentir você gozar — ela disse, arqueando as costas, enfiando os ombros na pedra. — Quero sua porra dentro de mim. — Ela prendeu a respiração. — Quero sentir ela pingando nas minhas coxas. — Seus calcanhares se cravaram na bunda dele. — Quero ficar tão cheia de você que vou ficar dias sentindo só o seu gosto. — A boca de Perséfone se fechou em torno da orelha do deus, e ela chupou com força.

Enquanto ela falava, Hades continuou a meter; a boca dele foi até seu pescoço, cuja pele ele chupou e mordeu com força. Ela gritou com a dor gostosa quando sentiu a vibração do primeiro orgasmo percorrer seu corpo. A sensação continuou, sem chegar ao ápice, só se prolongando até o corpo inteiro dela tremer, e, quando Hades gemeu, soltando um rosnado selvagem, ela sentiu o calor do prazer dele dentro de si.

Eles continuaram grudados um ao outro por um tempo, até Hades se afastar e a pegar no colo, teleportando-os para o quarto, onde a colocou deitada em cima da cama. Perséfone esperava que ele se deitasse ao seu lado, mas, em vez disso, ele se ajoelhou entre suas pernas e começou a beijar suas coxas, subindo até cobrir seu clitóris com a boca, a língua devorando deliciosamente sua pele inchada.

— Hades... — ela sussurrou, uma vez atrás da outra. Enfiou as mãos no cabelo dele e se afundou nos lençóis, contorcendo-se ao sentir outro clímax atravessar seu corpo, e, quando voltou a si depois do êxtase, Hades enfim veio repousar ao seu lado.

Exausta, ela caiu num sono profundo.

Acordou mais tarde e encontrou Hades dormindo ao seu lado. Ele estava deitado de barriga para baixo, os dedos entrelaçados aos seus. Parecia em paz, os tentáculos da escuridão que se agarrara a ele horas antes expulsos pela sonolência. Perséfone o observou por um tempo, depois se desvencilhou dele, vestiu um robe e escapou para a sacada. Apoiando-se na grade de proteção, ficou olhando a noite. Tudo estava em paz ali, intocado pela destruição de sua mãe.

E parecia errado estar ali, errado se sentir tão feliz enquanto tamanho caos reinava.

— Por que essa cara? — Hades perguntou.

A voz dele a sobressaltou, e ela se virou e o viu na porta, o corpo nu envolto pela luz do quarto. O calor floresceu em seu baixo ventre quando seus olhos desceram até a ereção dele, e ela se lembrou de como ele a havia olhado na gruta, das palavras sensuais que ele tinha dito, das amarras de que tinha se libertado.

Engoliu em seco e afastou aqueles pensamentos.

— Você sabe que a gente não pode ficar aqui — Perséfone disse. — Não com tudo que deixamos para trás.

— Só mais uma noite.

— E se for tarde demais?

Hades não falou. Saiu de onde estava e foi até ela, segurando seu rosto, os olhos investigando.

— Não consigo te convencer a ficar aqui? — ele perguntou. — Você estaria segura, e eu voltaria pra você sempre que pudesse.

Ela envolveu os antebraços dele com as mãos.

— Hades... — sussurrou. — Você sabe que eu não vou. Que tipo de rainha eu seria se abandonasse o meu povo?

Ele deu um sorriso, mas seu olhar estava triste.

— Você é a Rainha dos Mortos, não a Rainha dos Vivos.

— Os vivos mais cedo ou mais tarde se tornam nossos, Hades. Para que serviríamos se os abandonássemos em vida?

Hades suspirou e pousou a testa na dela.

— Queria que você fosse tão egoísta quanto eu — ele disse.

— Você não é egoísta — Perséfone rebateu. — Você me deixaria aqui para ajudá-los, lembra?

Ele baixou os olhos até os lábios dela e a beijou. Suas mãos deslizaram até a cintura da deusa, enfiando-se por dentro do robe, descendo até sua buceta quente.

Perséfone arquejou com o nome dele nos lábios.

— Hades... — sussurrou contra a boca dele.

— Se não quiser ficar mais uma noite, pelo menos mais uma hora — ele disse.

Como ela poderia dizer não?

Os braços dela envolveram o pescoço dele quando ele a colocou sentada na beira da sacada, enfiando os dedos em sua buceta escorregadia até provocar um gemido. Quando ele tirou, as unhas dela cravaram-se em sua pele, e Hades riu.

— Você estava errada — ele disse, levando os dedos até a boca. — Eu sou egoísta.

Ela ficou olhando para ele, uma fome carnal crescendo dentro de si. Enquanto ele chupava os próprios dedos, ela abriu mais as pernas, convidando-o a voltar.

— Só uma hora — lembrou a Hades.

Ele deu um sorriso muito sutil e, assim que se moveu para se unir a ela de novo, trovejou, puxando Perséfone para o chão.

— Porra! — ele vociferou. — *Hermes.*

— Eu adoraria me juntar a vocês — o deus disse, aparecendo na sacada a poucos passos de distância. — Quem sabe outra hora.

Perséfone deu as costas a ele para amarrar o robe e, quando se virou, viu que o rosto esculpido do deus estava marcado por um grande corte que ia da parte inferior do olho ao lábio.

Ela arregalou os olhos.

— Hermes, o que aconteceu com seu rosto?

Ele sorriu, os olhos amáveis apesar da resposta.

— Eu quebrei um juramento.

Os lábios de Perséfone se entreabriram, e ela se voltou para Hades, que não olhou para ela, irritado demais e concentrado no Deus das Travessuras.

— O que você quer, Hermes? A gente ia voltar daqui a pouco.

— Quanto tempo é pouco? — ele perguntou, mas seu sorrisinho não tinha alegria nenhuma, e Perséfone se deu conta de que não gostava da melancolia que se agarrava a ele. Seria o luto por perder Tique ou outra coisa?

— Hermes... — Hades começou.

— Zeus chamou vocês dois para o Olimpo — Hermes interrompeu. — Ele convocou o Conselho. Querem discutir a separação de vocês.

20

UM CONSELHO DE OLIMPIANOS

— Nossa separação? — Perséfone repetiu, olhando para Hades. — Não existem assuntos mais urgentes? Tipo a Tríade assassinando uma deusa e atacando outra?

— Eu só informei uma das razões para Zeus convocar o Conselho — Hermes disse. — Não significa que não vamos discutir outras preocupações.

— Estarei lá em breve, Hermes — Hades falou, sem fazer nenhuma tentativa de se cobrir.

Hermes assentiu, depois olhou para Perséfone.

— Até mais tarde, Sefy — ele disse, dando uma piscadela. O deus desapareceu, e Perséfone pensou que talvez ele estivesse tentando amenizar a culpa que ela sentiu ao ver seu rosto ferido.

Perséfone se virou para Hades.

— Você fez aquilo com o rosto de Hermes?

O maxilar dele se apertou.

— Você pergunta, mas já sabe a resposta.

— Você não precisava...

— Precisava sim. — Ele a interrompeu. — A punição dele podia ter sido pior. Algumas das nossas leis são sagradas, Perséfone, e, antes de se sentir culpada pelo que aconteceu com o rosto de Hermes, lembre-se de que ele sabia as consequências, mesmo que você não soubesse.

As palavras dele soaram como uma bronca. Ela desviou os olhos e disse baixinho:

— Eu não sabia.

Hades suspirou, parecendo frustrado, mas pegou a mão dela, puxando-a para perto.

— Desculpa — ele disse, colocando a mão no rosto da deusa. — Eu queria te consolar.

— Eu sei — Perséfone respondeu. — Deve ser difícil... ter que me ensinar coisas o tempo todo.

— Nunca me canso de ensinar — ele afirmou, em voz baixa. — Minha frustração se deve a outros fatores.

— Talvez eu pudesse ajudar... se você me contasse mais coisas — ela ofereceu.

Hades sustentou seu olhar, refletindo antes de falar.

— Tenho medo de me expressar mal e fazer você achar meus motivos cruéis.

Perséfone franziu a testa. Não estava surpresa por ele se sentir assim. Ela já havia dito que ele era o pior tipo de deus. Já presumiu que seus acordos com mortais tivessem apenas o propósito de entretê-lo, não de realmente tentar salvar almas.

— Desculpa — Perséfone disse. — Acho que provoquei esse medo em você quando nos conhecemos.

— Não — ele negou. — Já existia antes de você, mas só passou a importar quando eu te conheci.

— Eu entendo a punição do Hermes — ela afirmou. — Me sinto reconfortada.

Apesar de suas palavras, ela sentiu que a expressão de Hades permanecia incerta, cautelosa. Mesmo assim, ele se inclinou para a frente e plantou um beijo em sua testa. Ela fechou os olhos, sentindo o calor dos lábios dele no corpo inteiro. Encontrou o olhar do deus quando ele se afastou.

— Quer me acompanhar no Conselho? — ele perguntou.

Ela arregalou os olhos.

— Está falando sério?

Hades deu um sorrisinho.

— Tenho algumas condições — ele disse. — Mas se os olimpianos querem falar de nós, é justo que você esteja presente.

Perséfone sorriu.

— Vem. Precisamos nos preparar — Hades disse, e ela sentiu o toque de sua magia enquanto se teleportavam.

Perséfone estava esperando que eles aparecessem no quarto para se vestir, mas, em vez disso, Hades os levou para uma sala cheia de armas.

— Isso é...

— Um arsenal — Hades completou.

Era uma sala redonda, com chão de mármore preto, como o restante do castelo. A maioria das paredes estava coberta pelo que pareciam estantes de livros, mas que na verdade guardavam uma variedade de armas — lâminas e lanças, dardos e fundas, arcos e flechas. Havia armas modernas também — revólveres, granadas e outras artilharias. Além disso, estavam expostos escudos, elmos, cotas de malha e couraças de couro, mas o que chamou a atenção de Perséfone foi a peça no centro da sala: a armadura de Hades. Era ao mesmo tempo ameaçadora e mortal. Espinhos afiados de metal cobriam os ombros, os braços e as pernas. Uma capa preta pendia do ombro esquerdo, e um elmo escuro repousava aos pés do conjunto.

Perséfone se aproximou e passou os dedos pelo metal frio do elmo. Tentou imaginar Hades usando a armadura. Ele já era grande e imponente; aquelas peças deviam deixá-lo... monstruoso.

— Quanto tempo faz? — perguntou, baixinho. — Desde a última vez que você usou isso?

— Um tempinho — ele respondeu. — Não preciso dela a menos que esteja lutando com deuses.

— Ou contra uma arma que pode te matar — Perséfone acrescentou.

Hades não respondeu. Estendeu o braço ao redor dela e pegou o elmo.

— Este é o Elmo das Trevas — ele disse. — Dá a quem estiver usando o poder de se tornar invisível. Os ciclopes o fizeram para mim durante a Titanomaquia.

Perséfone conhecia as três armas — o elmo de Hades, o raio de Zeus e o tridente de Poseidon. Sempre há um momento de virada nas batalhas, uma hora em que a maré muda para melhor ou para pior, a depender do lado. Essas armas tinham alterado o destino dos olimpianos e permitido que eles derrotassem os titãs.

Ver o elmo fez Perséfone se encher de pavor. Ela suspeitava que a Tríade quisesse uma guerra. Será que veria Hades nessa armadura em breve?

— Por que você precisa do elmo? — ela perguntou. — Um dos seus poderes é a invisibilidade.

— A invisibilidade é um poder que ganhei ao longo do tempo, conforme fiquei mais forte — ele explicou, com um sorriso irônico. — Fora isso, acho melhor proteger a cabeça durante as batalhas.

Ele achou que estava sendo engraçado, mas Perséfone franziu a testa quando ele lhe entregou o elmo. Segurou-o entre as mãos, olhando para os arranhões e amassados na superfície. Sempre imaginou que ninguém conseguisse se aproximar o bastante de Hades para feri-lo durante as batalhas, mas as marcas neste elmo lhe diziam o contrário.

— Quero que você use o elmo no Conselho — Hades disse.

Perséfone ergueu a cabeça.

— Por quê?

— O Conselho é para os olimpianos — ele respondeu. — E eu não estou a fim de apresentar você para os meus irmãos, principalmente nessas circunstâncias. Você não vai gostar de tudo que for dito.

— Você tem medo de que a minha boca sabote nosso noivado? — ela perguntou, erguendo a sobrancelha.

Hades sorriu, o que foi revigorante, já que ele tinha ficado muito sério nos últimos dias desde que ela fora ferida no Clube Aphrodisia.

— Ah, meu bem, creio que sua boca só vai deixá-lo ainda melhor.

Eles ficaram se encarando por um longo momento, depois Perséfone baixou os olhos, descendo pelos músculos de Hades até chegar ao pau ereto.

— Você vai participar do Conselho nu, milorde? Se sim, eu *insisto* em assistir.

— Se você continuar me olhando assim, não vou participar de Conselho nenhum — respondeu ele, e, com um movimento de seu pulso, os dois se viram vestidos de preto; Hades de terno e Perséfone em um vestido tubinho. As roupas a fizeram pensar em como os outros deuses se vestiriam para o Conselho. Será que usariam a exuberância da Antiguidade?

Hades estendeu a mão.

— Pronta?

Na verdade, ela não tinha certeza, mas encontrava conforto em Hades e em seu elmo. Esta seria uma das últimas vezes que teria tempo para ponderar se estava pronta. Chegaria um ponto em que não haveria tempo, em que tudo dependeria de ações rápidas.

Ela pegou a mão do deus, ainda segurando o elmo, e eles se teleportaram.

Pousaram na sombra, as costas de Perséfone apoiadas em uma grande coluna, e, quando olhou para o lado, ela viu outras, à esquerda e à direita, em círculo. Ouviu vozes trovejantes e frustradas.

— Esta tempestade precisa acabar, Zeus! Meus adoradores imploram por alívio!

Perséfone não sabia quem estava falando, mas chutava que devia ser Héstia, julgando pelo tom ainda suave.

— Não estou ansioso para o fim da tempestade — Zeus disse. — Os mortais ficaram atrevidos demais, precisam de uma lição. Talvez congelar até a morte os faça lembrar quem é que governa o mundo deles.

Perséfone encontrou o olhar de Hades. As palavras de Zeus eram um problema. Eram a razão de Harmonia ter sido atacada e de Tique ter morrido. Era um comportamento do qual os mortais estavam se cansando e se rebelando.

Hades levou o dedo aos lábios, tirou o elmo das mãos da deusa e o colocou na cabeça dela. Perséfone não se sentiu diferente ao usá-lo, só que era pesado e não se encaixava bem em sua cabeça. Os lábios de Hades roçaram o nó de seus dedos antes de soltá-la. Ele atravessou a escuridão sem ser visto. Ela só soube que ele tinha aparecido diante dos olimpianos porque ele falou com a voz sombria, pingando de desdém.

— Você não vai conseguir fazê-los lembrar de nada além do ódio que sentem por você, por todos nós — Hades disse, respondendo ao comentário de Zeus.

— Hades. — Seu nome saiu como um rosnado da boca de Zeus.

Perséfone se esgueirou pelo lado de fora das colunas. Para além delas, conseguia enxergar a parte de trás de alguns tronos e a frente de outros três — os de Poseidon, Afrodite e Hermes. Cada trono tinha algo que representava um dos deuses. Para Poseidon, era um tridente; para Afrodite, uma concha rosa; para Hermes, o caduceu.

Seu olhar se demorou em Afrodite, relembrando como ela ficou parada com o coração de Okeanos na mão, indiferente à selvageria de sua magia. Será que enfrentaria consequências por matar um dos filhos de Zeus? Perséfone não sabia quais eram as regras dos olimpianos, mas imaginou que a deusa devia ter se justificado para o Deus do Trovão, porque estava sentada ali entre os doze como se nada tivesse acontecido.

Perséfone se esgueirou para mais perto até tocar a borda de um dos tronos — um que presumia pertencer a Apolo, considerando que havia raios dourados saindo do topo.

— Pelo que entendi, Hades, essa tempestade é culpa sua. Não conseguiu manter o pau longe da filha da Deméter.

— Cala a boca, Ares — Hermes disse.

Perséfone percebeu a escuridão nublando os olhos do deus e a contração de seu maxilar, o que deixava suas maçãs do rosto com aparência afiada.

— E por que calaria? Ele está dizendo a verdade — uma voz à direita falou. Perséfone achava que parecia a de Ártemis.

— Você podia ter comido um milhão de outras mulheres, mas escolheu ficar com uma, e justo a filha de uma deusa que te odeia mais do que ama a humanidade — Ares continuou.

— Essa buceta deve ser de ouro — Poseidon comentou.

Perséfone sentiu algo azedo no fundo da garganta, então uma sensação sombria de temor quando a magia de Hades ardeu, forte e vibrante.

— Eu vou pessoalmente cortar o fio de qualquer deus que ousar dizer mais uma palavra sobre Perséfone.

— Você não teria coragem. — Perséfone reconheceu a voz de Hera. — As consequências de matar um deus fora da vontade das Moiras são horrendas. Você poderia perder sua preciosa deusa.

Um silêncio tenso se seguiu, e Perséfone ficou tentando imaginar a expressão de Hades. Provavelmente comunicava algo como *experimente*.

— O fato é que a tempestade de neve está causando graves danos. — A voz sedosa de Atena, calmante e autoritária, se juntou ao debate.

— Então precisamos discutir soluções para acabar com a fúria de Deméter — Hades disse.

— Nada vai convencê-la a acabar com esse ataque, só a sua separação da filha dela — Hera argumentou.

Embora fosse verdade, essa fala também implicava que não houvesse nenhum outro jeito de acabar com a ira de Deméter.

— Isso está fora de questão.

— E essa menina por acaso quer ficar com você? — Hera desafiou. — Não é verdade que você a prendeu num contrato para forçá-la a passar tempo com você?

Perséfone cerrou os punhos.

— Ela é uma *mulher* — Hermes disse. — E ama Hades. Eu mesmo já vi.

— Então devemos sacrificar as vidas de milhares de pessoas pelo amor verdadeiro de dois deuses? — Ártemis perguntou. — Ridículo.

— Eu não vim até aqui para que o Conselho pudesse debater minha vida amorosa — Hades disse.

— Não, mas, infelizmente pra você... — Zeus disse. — Sua vida amorosa está provocando o maior caos no mundo.

— Assim como o seu pau — Hades rebateu. — E ninguém nunca convocou o Conselho por isso.

— Falando em paus e nos problemas que eles causam — Hermes interrompeu. — Ninguém vai comentar os problemas que seus rebentos estão causando? Tique está morta. Alguém está atacando a gente... *conseguindo* matar a gente... e você quer ficar brigando por causa da vida amorosa do Hades?

Perséfone não conseguiu evitar o sorriso com as palavras de Hermes, mas não demorou muito para os outros deuses o apagarem de seu rosto.

— Não vamos ter que nos preocupar com nada se a tempestade de Deméter continuar — Ártemis disse. — Os mortais vão todos morrer congelados. Será uma nova Pompeia.

— Você acha que a ira de Deméter é a pior coisa que pode acontecer? — Hades perguntou, num tom ameaçador. — Você não conhece a minha.

Era uma ameaça e Perséfone sabia que não levaria a conversa a lugar nenhum.

Hades tinha lhe pedido para não se revelar, mas lhe perturbava o fato de que aqueles deuses estavam conversando a respeito dela — de seus pensamentos, seus sentimentos, sua escolha — e não estavam progredindo rumo ao que realmente importava, ou seja, o que quer que fosse que Deméter estivesse planejando com a Tríade. Ela saiu do lugar onde estava, ao lado do trono de Apolo, e percorreu o arco. Quando chegou à ponta — onde Ares estava sentado —, tirou o elmo de Hades e o largou no chão. Desfazendo-se de sua ilusão, entrou no centro do semicírculo e se viu rodeada por onze olimpianos.

Encontrou o olhar de Hades e o sustentou. Ele estava rígido, as mãos agarrando as beiradas do trono. Sob o olhar dele, Perséfone conseguiu endireitar os ombros e erguer o queixo. Não fazia ideia de como esses deuses antigos a viam, provavelmente como uma jovem inexperiente, mas pelo menos agora a veriam e conheceriam e, no fim de tudo, a respeitariam.

— Hades... — ela disse o nome dele, e isso pareceu acalmá-lo. Perséfone deu um sorrisinho para ele antes que sua atenção fosse atraída para Zeus, cuja voz pareceu retumbar profundamente sob seus pés.

— Ora, ora. A filha de Deméter.

— Eu mesma — ela disse, não gostando da maneira como os olhos do Deus do Trovão brilhavam quando se concentravam nela. Já vira o rei muitas vezes; uma figura grande e imponente, seu corpo preenchia o trono. Apesar de ser mais novo que os dois irmãos, seu cabelo tinha um tom prateado que o fazia parecer mais velho. Ela não sabia por que, talvez ele achasse que aquilo lhe dava mais autoridade, ou tinha negociado um pouco de juventude em troca de poder. Ao lado dele estava Hera, que a julgava com o olhar. Seu rosto, belo e nobre, era esculpido e cínico.

Perséfone deu uma olhada para a esquerda, encontrando o rosto dourado e passivo de Atena, o trono vazio de sua mãe, e depois Apolo e Ártemis. Apolo inclinou a cabeça um centímetro. Foi o único sinal de reconhecimento que recebeu; não houve luz nos olhos dele, nem um movimento em seus lábios. Ela tentou não deixar o humor dele a perturbar e olhou para a direita, onde encontrou Poseidon, que a encarava aberta e avidamente. Depois Hermes, Héstia, Afrodite e Ares.

Hermes sorriu, com olhos gentis.

— Você causou muitos problemas — Zeus disse, atraindo sua atenção relutante. Ela encontrou o olhar apagado do deus.

— Acho que você quis dizer que minha mãe causou muitos problemas — Perséfone falou. — E, no entanto, você parece determinado a punir Hades.

— Só estou tentando resolver um problema da maneira mais simples possível.

— Até poderia ser verdade, se Deméter só fosse responsável por uma tempestade — Perséfone disse. — Mas eu tenho motivos para acreditar que ela está trabalhando com os semideuses.

Todos ficaram em silêncio por um instante.

— Que motivos?

— Eu estava lá na noite em que Tique morreu — ela explicou. — Minha mãe também estava lá. Eu senti a magia dela.

— Talvez ela estivesse lá para buscar você — Hera sugeriu. — Como é o direito dela, pela lei Divina. Ela é sua mãe.

— Já que estamos baseando nossas decisões em leis arcaicas, sou obrigada a discordar — Perséfone rebateu.

O olhar de Hera endureceu, e Perséfone teve a distinta impressão de que a deusa não gostava de ser desafiada.

— Com base em quê?

— Hades e eu transamos — Perséfone declarou. — Pela lei Divina, somos casados.

Hermes engasgou com uma risada, mas todos os outros permaneceram em silêncio. Ela olhou para Zeus. Por mais que odiasse aquilo, era ele que precisava convencer.

— Era a magia da minha mãe que estava mantendo Tique presa — Perséfone disse.

O deus a encarou por um instante, depois olhou para Hermes para ter confirmação.

— É verdade, Hermes?

Perséfone cerrou os punhos.

— Perséfone jamais mentiria — Hermes respondeu.

— A Tríade é um inimigo de verdade — Perséfone disse. — Vocês têm motivos para temê-los.

Algumas risadas ecoaram, e Perséfone olhou ao redor.

— Não ouviram o que eu acabei de dizer?

— Harmonia e Tique são deusas, sim, mas não são olimpianas — Poseidon disse.

— Tenho certeza de que os titãs pensavam o mesmo de vocês — ela retrucou. — Além disso, Deméter *é* olimpiana.

— Ela não seria a primeira a tentar, e a não conseguir, me derrubar — Zeus disse, e Perséfone notou que ele olhou para os dois lados ao falar. Apesar de estarem sentados em um círculo, unificados, os olimpianos estavam divididos. Havia ódio ali, que impregnava o ar como poluição.

— Dessa vez é diferente — Perséfone disse. — O mundo está pronto para trocar de lado e se aliar a um grupo de pessoas que acreditam ser mais mortais do que deuses, e a tempestade da minha mãe vai forçar essa decisão.

— Isso nos leva de volta ao verdadeiro problema — Hera falou. — Você.

Perséfone a fulminou com o olhar; seu maxilar se contraiu.

— Se você me mandar de volta pra minha mãe, aí sim vou virar um problema — ela disse. — Serei a razão da sua infelicidade, do seu desespero, da sua ruína. Prometo que você vai provar do meu veneno.

Ninguém riu. Ninguém falou. Só houve silêncio. Ela olhou para Hades, cujo olhar queimava no seu. Não sentiu que ele estava decepcionado com ela, mas o sentiu tenso. Preparado. Pronto para agir, se fosse necessário.

— Você fala do que *não* devemos fazer — Zeus disse. — Mas o que gostaria que *fizéssemos*? Quando o mundo está sofrendo debaixo de uma tempestade criada pela sua mãe?

— Vocês não estavam dispostos a ver o mundo sofrer minutos atrás? — Perséfone rebateu.

Não era o que ela queria, mas tinha a sensação de que esses deuses estavam prestes a mandá-la de volta para sua mãe, e ela não iria. Teria Hades. Teria o mundo — de um jeito ou de outro.

— Está sugerindo que a gente permita que a tempestade continue? — Héstia perguntou.

— Estou sugerindo que vocês castiguem a fonte da tempestade — ela respondeu.

— Você está se esquecendo de uma coisa. Ninguém conseguiu localizar Deméter.

— Não existe nenhum deus que tudo vê?

Ouviram-se risadas.

— Você está falando de Hélio — Ártemis disse. — Ele não vai nos ajudar. Não vai ajudar você, porque você ama Hades, e Hades roubou o gado dele.

Apesar das respostas, Perséfone continuou olhando para Zeus.

— Você não é o Rei dos Deuses? Hélio não está aqui pela sua graça?

— Hélio é o Deus do Sol — Hera falou. — O papel dele é importante, mais importante do que o amor obsessivo de uma deusa menor.

— Se ele fosse tão poderoso, não conseguiria derreter a nevasca que assola a terra?

— Chega! — A voz de Zeus ecoou na câmara, seus olhos brilhando ao pousar em Perséfone. Ela tremeu por dentro. Não gostava do olhar de Zeus, não gostava de quaisquer que fossem os pensamentos borbulhando em sua mente. Ainda assim, quando ele falou, ela gostou das palavras que disse.

— Você nos deu muito em que pensar, deusa. Vamos procurar Deméter, todos nós. Se ela estiver mancomunada com a Tríade, que admita o que fez e receba a punição. Até lá, entretanto, vou adiar mais um pouco a decisão a respeito de seu casamento com Hades.

Hera olhou feio para o marido, claramente insatisfeita com sua escolha.

— Obrigada, Lorde Zeus — Perséfone disse, baixando a cabeça.

Odiava dizer essas palavras ou pensar demais no motivo de ele ter tomado essa decisão. Tinha a sensação de que ele esperava, de alguma forma, ganhar seu favor.

Perséfone desviou os olhos para Hades quando Zeus continuou.

— Hoje à noite, nos despediremos de Tique.

Um por um, os deuses sumiram da sala.

— Até mais tarde, Sefy! — Hermes disse.

Hades saiu do trono, e Perséfone começou a falar enquanto ele se aproximava.

— Desculpa. Sei que você me pediu pra ficar escondida, mas não dava. Não quando eles queriam...

Ele a calou com um beijo, que pareceu queimar seus lábios e sua boca, e, quando se afastou, segurou seu rosto.

— Você foi maravilhosa — ele falou. — De verdade.

Os olhos dela se encheram de lágrimas.

— Achei que iam me tirar de você.

— Nunca... — ele sussurrou, repetindo a palavra uma vez atrás da outra, como uma oração, uma súplica desesperada, até ela quase acreditar.

21

UM TOQUE DE MEDO

A pira na qual Tique repousava era linda — de mármore, adornada com esmeraldas e rubis e polvilhada com ouro. Sobre ela havia uma pilha de madeira, e, por cima, a própria Tique. Seu rosto e seus membros eram de um branco pálido, banhados na luz da lua. Seu corpo estava envolto em seda preta. Seu cabelo, tão escuro quanto a meia-noite, se derramava pela borda da pira.

Os deuses formavam um arco a alguns metros de distância, e outros residentes do Olimpo estavam reunidos atrás deles. Nenhuma palavra foi dita quando Hefesto acendeu a pira com sua magia. As chamas começaram pequenas, mas cresciam rapidamente, e Perséfone não conseguia desviar os olhos.

Minha mãe fez isso, pensou ela.

Seus olhos lacrimejaram conforme o ar se enchia de fumaça. Os ramos de lavanda e alecrim que deviam ajudar a camuflar o cheiro não conseguiam mascarar o odor intenso de carne queimando. Hades apertou os braços em volta de sua cintura.

— A morte da Tique não foi sua culpa — ele disse. Ela sentiu a vibração da voz dele nas costas. Não se sentia culpada, mas se perguntava quem seria o próximo. Quanto tempo se passaria até sua mãe e a Tríade atacarem de novo?

— Para onde os deuses vão quando morrem? — Perséfone perguntou.

— Eles vêm até mim, impotentes — ele falou. — E eu dou a eles uma função no Submundo.

— Que tipo de função?

Perséfone estava curiosa, considerando os negócios que ele fazia com mortais.

— Depende de quais foram seus desafios ao longo da vida como deuses. Tique sempre quis ser mãe. Então, vou dar de presente pra ela o Jardim das Crianças.

Um nó grosso se formou na garganta de Perséfone, e ela levou alguns instantes para engoli-lo.

— Vamos poder falar com ela? Sobre como ela morreu?

Perséfone odiava perguntar, mas queria saber a história de Tique, assim como sabiam a de Harmonia.

— Não imediatamente — ele respondeu. — Mas ainda essa semana.

Perséfone não apreciava a ideia de pedir a Tique para reviver a própria morte, principalmente quando estivesse no Submundo. Era para ser um espaço de renovação e cura, mas não seriam capazes de lutar contra esse inimigo se não soubessem com que estavam lidando.

Seu olhar se demorou nas chamas consumindo a deusa até elas diminuírem e não restar nada além da imagem brilhante e borrada das brasas.

Já era tarde quando Perséfone acordou. A luz enevoada do Submundo se infiltrava no quarto pelas janelas. Ela rolou na cama e ficou surpresa ao encontrar Hades deitado ao seu lado.

— Você acordou — ele murmurou. Estava deitado de lado, o cabelo solto, os olhos envoltos em sombras.

— Sim... — Perséfone sussurrou. — Você dormiu?

— Estou acordado há um tempo.

Era o jeito dele de dizer não.

Hades tocou os lábios dela com os dedos.

— Observar você dormir é uma bênção.

Com tanta coisa acontecendo, Perséfone não tinha pensado muito em seus pesadelos. Desde que Hades trouxe Hipnos para visitá-la, eles tinham se mantido sob controle, mas ela achava que isso tinha menos a ver com o Deus do Sono e mais a ver com o fato de que estava se curando de feridas graves.

Eles ficaram olhando um para o outro por um tempo, então Perséfone pousou a cabeça no peito de Hades. Ele estava quente, e ela ouvia e sentia seu coração bater contra o próprio ouvido — um ritmo contínuo que acompanhava o seu.

— Tique conseguiu atravessar o rio? — Perséfone perguntou.

— Sim, e Hécate estava lá para acolhê-la. Elas são muito amigas.

Era reconfortante saber daquilo. O polegar de Hades subia e descia suavemente pela lombar de Perséfone. As mãos dele estavam quentes, e o movimento a ninava, deixando seus olhos pesados de sono.

— Eu gostaria de treinar com você hoje — Hades disse, depois de um instante.

— Eu também gostaria disso — ela respondeu. Já tinha treinado com Hades antes, e sempre aprendia alguma coisa. Ele era gentil e paciente na explicação, que inevitavelmente terminava em sexo.

— Acho que você não vai gostar — Hades comentou.

Perséfone se afastou só o suficiente para olhar nos olhos dele.

— Por que você diz isso?

Ele cravou o olhar no dela. Havia uma escuridão em seus olhos, tão profunda e antiga quanto sua magia.

— Só lembre que eu te amo.

Perséfone sentia um temor intenso parada ali diante de Hades no centro de seu bosque. Era a maneira como ele estava olhando para ela — como se tivesse enterrado todo o seu calor. Vestia um quíton preto e curto que deixava à mostra seus braços e coxas poderosos. Perséfone percorreu a pele dele com o olhar, a subida e a descida dos músculos, e, quando voltou a encarar os olhos do deus, sentiu um anseio profundo tomar seu peito. Ele a encarou de volta, impassível, quando normalmente o desejo acenderia seus olhos.

Então falou, a voz baixa e áspera fazendo um arrepio percorrer a espinha dela.

— Não vou ficar assistindo você sangrar de novo — ele disse.

— Me ensina — ela pediu, baixinho.

Tinha feito esse mesmo pedido na noite em que se conheceram, quando o convidou a se sentar à sua mesa para jogar cartas. Na época, não entendeu o que realmente estava pedindo. Não tinha certeza se entendia agora, mas a diferença era que esse deus a amava.

— Você me ama — ela sussurrou.

— Amo.

Mas aquela verdade não estava escrita no rosto dele. Tinha um aspecto severo, as bochechas fundas e sombreadas. Então o ar ao redor deles mudou, ficando pesado e carregado. Ela já tinha sentido isso antes, na Floresta do Desespero, quando a magia de Hades tinha desafiado a sua. A sensação fez os pelos de seus braços se arrepiarem e as batidas do seu coração parecerem arrastadas no peito.

Então tudo ficou em silêncio.

Perséfone nem havia notado o barulho antes; só percebia sua ausência agora. Deu uma olhada nas árvores prateadas que os rodeavam, nas copas escuras acima deles — e viu algo se movendo à esquerda e à direita. Antes que tivesse tempo de reagir, alguma coisa sombria a atravessou, fazendo seus ossos tremerem, perturbando sua alma. Não foi exatamente doloroso, mas a deixou sem fôlego. Ela caiu de joelhos, o estômago se revirando. Queria vomitar.

Que porra é essa?

— Os espectros de sombra são produtos da magia da morte e das sombras — Hades afirmou, prático. — Estão tentando ceifar sua alma.

Perséfone lutou para recuperar o fôlego e encarou Hades. A expressão dele fez uma estranha corrente de medo atravessar seu corpo, e o mais inquietante dessa sensação era que ela nunca havia tido medo dele antes.

— Você está... *tentando* me matar?

A risada fria de Hades gelou seu sangue.

— Espectros de sombra não podem tomar sua alma a menos que seu fio tenha sido cortado, mas podem te deixar muito doente.

Perséfone engoliu em seco, ainda sentindo um gosto azedo no fundo da garganta ao se levantar, com as pernas trêmulas.

— Se estivesse lutando com qualquer olimpiano, *qualquer inimigo*, ele jamais deixaria você se levantar.

— E como eu luto sem saber que poder você vai usar contra mim?

— Você nunca vai saber — ele respondeu.

Ela o encarou por um instante, então algo emergiu da terra sob seus pés — uma mão preta, com garras, que se fechou ao redor de seu tornozelo e deu um puxão. Ela caiu para a frente enquanto a criatura puxava, arrastando-a para a fossa de onde tinha saído. Estendeu as mãos para amortecer a queda e sentiu uma dor aguda no pulso ao aterrissar.

— Hades! — Perséfone gritou, cravando as unhas na terra na tentativa de se segurar, o coração disparado com o medo e a adrenalina. Ela rolou e se sentou o mais rápido possível, levando as mãos até a estranha garra que prendia seu tornozelo como um torno, mas, quando tentou forçá-la a abrir, espinhos afiados se projetaram dela, perfurando sua pele.

Perséfone pulou para trás e esbravejou e, depois, invocou um espinho enorme a partir da própria pele e esfaqueou a criatura que a segurava. Um sangue preto vazou dela, mas a mão a soltou e desapareceu na Terra. Antes que pudesse se virar, outra sombra passou através dela. Dessa vez, ela se arqueou, gritando ao cair. No chão do bosque, ela lutou para respirar, e sua vista ficou embaçada.

— Melhor — Hades ouviu dizer. — Mas você ficou de costas pra mim.

Ele assomava sobre ela, um verdadeiro Deus dos Mortos, uma sombra obscurecendo sua visão.

Perséfone odiava sentir que ele era o inimigo. Virou a cabeça para que ele não visse as lágrimas ameaçando cair, os punhos cerrados. Espinhos brotaram da Terra, mas Hades sumiu antes que tivesse a chance de enredá-lo. Ela rolou para ficar de quatro e o viu do outro lado da clareira.

— Sua mão denunciou suas intenções. Invoque sua magia com a mente, sem se mexer.

— Achei que você tinha dito que ia me ensinar — ela disse, com a voz trêmula.

— Estou ensinando — Hades respondeu. — É isso que vai acontecer com você se enfrentar um deus numa batalha. Precisa estar preparada pra qualquer coisa, pra tudo.

Perséfone baixou os olhos para as próprias mãos. Estavam ensanguentadas e sujas, e só fazia cinco minutos que estava treinando, mas, naquele período, Hades tinha conseguido demonstrar quão mal preparada ela estava para enfrentar qualquer tipo de batalha. Ela se lembrou do discurso de Hécate.

— Guarde minhas palavras, Perséfone, você se tornará uma das deusas mais poderosas do nosso tempo.

Ela riu, sem alegria nenhuma. Como é que ia ficar tão poderosa, tão controlada assim, diante de deuses que passaram vidas inteiras aprimorando o próprio poder?

Mas ela tinha possuído aquele poder. Na Floresta do Desespero. Tinha usado o poder de Hades contra ele mesmo, e lhe pareceu cruel e agonizante, com gosto de pesar — amargo e acre.

— Levante, Perséfone. Nenhum outro deus teria esperado.

Eu vou extrair a escuridão que existe em você, ele tinha sussurrado antes de explorar seu corpo pela primeira vez, e, agora, aquelas palavras escavavam fundo dentro dela, desenredando fios de escuridão. Ela se levantou, tremendo. Não por causa dos impactos que seu corpo tinha recebido, mas de frustração, de raiva.

A terra começou a tremer e pedaços de pedras se levantaram do chão. Em resposta, a magia de Hades a rodeou — um exército de fumaça e sombras. Devia parecer errado, contrário à sua própria magia, mas Hades nunca foi o inimigo.

Tirando agora, ela lembrou a si mesma. *Agora, ele é.*

Conforme as pedras e a terra se levantaram, as sombras de Hades fizeram o mesmo, disparando na direção dela. Perséfone as observou, concentrada nelas, forçou-as a desacelerar e estendeu a mão — não para parar a magia, mas para dominá-la. A magia penetrou em sua pele. Foi uma sensação estranha, tangível, senti-la se misturar a seu sangue, e, quando ela abriu a mão, garras pretas se projetaram da ponta de seus dedos.

Hades sorriu.

— Muito bem — ele disse.

Então, Perséfone caiu de joelhos.

Parecia que seu peito tinha implodido — seu fôlego roubado pela força invisível que a atingiu. Quando acertou o chão, sentiu que todos os medos que teve ao longo de sua curta vida lutavam para sair de sua garganta, arranhando-a.

De repente, Deméter apareceu diante dela.

— Mãe...

Ela puxou Perséfone para cima pelo pulso, que ainda estava dolorido pela queda de antes, e o puxão causou uma dor ainda mais aguda.

Deméter riu, quase gritando.

— Cora — ela disse, e Perséfone estremeceu ao ouvir o nome. — Eu sabia que esse dia chegaria.

Perséfone se esforçou para se libertar, para acionar seu poder, mas ele não atendia a seu chamado.

— Você será minha. Para sempre.

— Mas as Moiras...

— Desfizeram seu destino — Deméter disse, e a teleportou. O cheiro da magia da mãe deixou Perséfone com vontade de vomitar. Ela se manifestou entre as paredes de uma caixa de vidro. Do lado de fora estava Deméter. Perséfone atacou o vidro, batendo e chutando, gritando o mais alto que podia.

— Eu te odeio! Eu te odeio!

— Talvez agora — Deméter disse. — Mas, em um milênio, você só terá a mim. Aproveite a visão do seu mundo morrendo.

Tudo ficou escuro, e, de repente, Perséfone se viu rodeada por imagens. Por todos os lados havia telas que exibiam as vidas de seus amigos e inimigos, passando enquanto ela permanecia a mesma dentro de sua prisão. Até Lexa tinha uma tela — uma imagem estagnada de sua lápide desgastada pelo tempo. Perséfone ficou observando as vidas de Sibila, Hermes, Leuce, Apolo e outros continuarem sem ela. Sibila prosperava e morria, Hermes e Apolo perdiam o controle da própria vida, e Leuce voltava para Hades — seu amante, sua verdadeira alma gêmea —, que a recebia de bom grado em sua cama. Viu o deus encontrar consolo no corpo de outra — de Leuce e outras mulheres que não reconhecia. Elas iam e vinham, como uma porta giratória, e Hades se esvaziava em cada uma delas, ofegando nas curvas de seus pescoços até terminar.

Perséfone cravou os dedos nas palmas das mãos; sua garganta sangrava enquanto ela gritava com ele e o amaldiçoava.

Você disse que queimaria o mundo por mim, mas ele continua vivendo, e prosperando, e você existe nele — sem mim.

Ela descontou a raiva nas paredes, mas nem sua fúria era forte o suficiente para invocar seu poder. Enquanto ficava ali parada, vendo o mundo de Hades continuar sem ela, Perséfone jurou que acabaria com aquilo. Acabaria com ele.

— *Perséfone...*

Seu nome — o modo como foi dito, um sussurro suave, ofegante — atraiu sua atenção para baixo, e ela encontrou o olhar de Hades. De repente, o mundo estava diferente, como se ela tivesse escapado da jaula e agora estivesse no centro de um campo de batalha em chamas. No chão a seus pés jazia Hades, os olhos vidrados, o arco dos lábios coberto do sangue que lhe escorria pelo rosto.

Perséfone caiu de joelhos.

— Hades. — Sua voz estava diferente, tensa. Ela afastou o cabelo do rosto dele, e, apesar do sangue, ele sorriu para ela.

— Eu pensei... Pensei que nunca mais fosse te ver.

— Eu estou aqui — ela sussurrou.

Ele ergueu uma mão e acariciou o rosto dela com o dedo. Ela inspirou fundo, fechando os olhos, até sentir o toque dele se afastar, e, quando voltou a abri-los, viu que ele tinha fechado os dele.

— Hades! — Ela pôs as mãos no rosto do deus, e os olhos dele se entreabriram, como fendas.

— Hummm?

— Fica comigo — ela implorou.

— Não posso — Hades disse.

— Como assim não pode? — ela perguntou. — Você pode se curar. Se cura!

Os olhos dele estavam mais abertos agora, e sua expressão estava triste.

— Perséfone... — ele disse. — Acabou.

— Não — ela disse, balançando a cabeça. Enfiou os dedos no cabelo emaranhado dele e espalmou as mãos em seu peito.

As mãos de Hades cobriram as dela.

— Perséfone, olha pra mim — ele ordenou. Era o mais forte que sua voz soou desde que o encontrou deitado ali. — Você foi meu único amor, meu coração e minha alma. Meu mundo começou e terminou com você, meu sol, estrelas e céu. Eu nunca vou te esquecer. E eu te perdoo.

Lágrimas queimaram seus olhos e embargaram sua garganta.

— Me perdoa?

Foi como se essas palavras a deixassem mais consciente de seus arredores e dos horrores que a circundavam. De repente se deu conta de onde estava e se lembrou dos eventos que tinham precedido aquilo: estava no Submundo, e ele estava queimando. Não restava nada da beleza elegante e exuberante que Hades criou — nem os jardins, nem a vila do Asfódelos, nem mesmo o palácio pairava no horizonte. No lugar daquilo tudo havia fogo e espinhos — grossos e retorcidos, que coletavam detritos como uma agulha através de um fio —, e foi um desses galhos que perfurou o abdômen de Hades.

— Não!

Ela tentou ordenar ao galho que desaparecesse e, quando não funcionou, tentou quebrá-lo, mas suas mãos escorregaram no sangue de Hades.

— Não, por favor. Hades. Eu não queria...

— Eu sei — ele disse, baixinho. — Eu te amo.

— Não — Perséfone implorou, com as lágrimas escorrendo pelo rosto. Sua garganta doía, seu peito também. — Você disse que nunca ia embora. Você *prometeu*.

Mas Hades não voltou a se mexer, e os gritos de Perséfone preencheram o silêncio, enquanto sua dor se manifestava por meio da escuridão.

Mais tarde, ela acordou rodeada pelo aroma familiar de especiarias e cinzas, o corpo aninhado gentilmente em um peito duro. Abriu os olhos e viu que estava envolvida pelos braços de Hades. O choque de vê-lo são e salvo provocou uma sensação de tensão e formigamento em sua pele.

— Você foi bem — ele disse.

Suas palavras só serviram para provocar uma nova onda de emoções. Os lábios dela tremeram, e ela cobriu o rosto e começou a chorar.

— Está tudo bem — Hades falou. Ele apertou os braços em volta dela e colou os lábios em seu cabelo. — Eu estou aqui.

Ela só soluçou com mais força. Esforçou-se para se recompor, para controlar as emoções, porque precisava se afastar dele e desse lugar onde testemunhou um horror que pareceu tão real.

Ela lutou para se libertar do aperto dele.

— Perséfone...

A deusa se levantou e se virou para ele. Hades estava sentado no chão, parecendo basicamente o mesmo de quando tinham começado, inalterado pelo que tinha acontecido, o que só aumentou sua raiva.

— Isso foi cruel. — Sua garganta doía ao falar, arranhada e arruinada. — O que quer que tenha sido foi cruel.

— Era necessário — Hades disse. — Você precisa aprender...

— Você podia ter me avisado — interrompeu ela. — Tem ideia do que eu vi?

O maxilar dele se contraiu e ela percebeu que ele sabia.

— E se os papéis se invertessem?

Os olhos dele perderam o brilho.

— Já se inverteram — ele respondeu.

Ela recuou.

— Isso foi algum tipo de castigo?

— Perséfone... — Ele tentou tocá-la, mas ela se afastou.

— Não. — Perséfone levantou as mãos para detê-lo. — Preciso de tempo. Sozinha.

— Não quero que você vá — ele disse.

Ela não sabia o que dizer, então deu de ombros.

— Acho que a escolha não é sua.

Depois desapareceu, mas não antes de ouvir Hades emitir um rosnado baixo e gutural.

22

UM TOQUE DE ARREPENDIMENTO

Perséfone apareceu em um banheiro. Assim que aterrissou, caiu de joelhos e vomitou no vaso sanitário. Não fazia tanto tempo que estava ali quando ouviu seu nome.

— Perséfone? — A voz confusa de Sibila veio de algum lugar por perto, e a deusa ergueu os olhos e deparou com a oráculo na porta, com uma faca em mãos. — Ai, meus deuses, o que aconteceu?

Ela foi entrando no banheiro, e Perséfone levantou a mão para impedi-la de se aproximar.

— Está tudo bem. Eu estou bem — ela disse, arfando mais uma vez.

Por longos segundos, não conseguiu falar, e Sibila se aproximou, afastando seu cabelo emaranhado do rosto e colocando um pano frio em sua testa. Quando a náusea passou, Perséfone se sentou com as costas apoiadas na banheira, o corpo mole de exaustão. Sibila se sentou com ela. Perséfone não tinha ideia de como estava sua aparência, mas, se suas mãos servissem de indicação, devia estar péssima. Elas estavam sujas e feridas, as unhas quebradas e ensanguentadas, e a dor no pulso a lembrava da queda que havia sofrido mais cedo.

— Quer me contar o que aconteceu? — Sibila perguntou.

— É uma longa história — Perséfone respondeu, mas, na verdade, não queria pensar naquilo agora, porque não tinha certeza de que não vomitaria de novo e já não tinha mais nada para colocar para fora. Só de pensar em ter que relembrar detalhes, seu estômago revirava.

— Eu tenho tempo — Sibila disse.

Algo se mexeu na porta, e, por um segundo, Perséfone pensou que Hades devia tê-la seguido até a casa de Sibila, mas, em vez disso, encontrou um rosto familiar olhando para ela.

— Harmonia? — ela perguntou, franzindo as sobrancelhas. — O que você está fazendo aqui?

Harmonia sorriu, segurando Opala nos braços.

— Só estávamos conversando. Você está bem?

— Vou ficar — Perséfone respondeu, então olhou para Sibila. — Posso... tomar um banho?

— Claro — Sibila disse. — Eu... vou pegar umas roupas pra você.

Perséfone não se mexeu até Sibila voltar. O oráculo colocou uma muda de roupas no balcão perto da pia, junto de uma toalha para o corpo e outra para o rosto.

— Obrigada, Sibila... — Perséfone sussurrou.

O oráculo parou na porta, franzindo a testa, hesitante.

— Tem certeza de que está bem, Perséfone?

— Vou ficar — ela disse, depois deu um sorriso fraco. — Prometo.

— Vou fazer um chá — Sibila avisou, antes de fechar a porta.

Perséfone se levantou e abriu a torneira, deixando a água quente correr até o vapor preencher o ar e embaçar o espelho. Tirou as roupas e afundou na água, que a aguardava. Completamente imersa, fechou os olhos e se concentrou em curar tudo que doía: a garganta arranhada, o corpo ferido e o pulso torcido. Quando estava se sentindo um pouquinho mais inteira, abraçou os joelhos, enterrou o rosto nos braços e soluçou até a água esfriar. Depois, se levantou, se secou e se vestiu.

Encontrou Sibila na sala de estar, sozinha, com uma xícara de chá esperando. O oráculo estava sentada de pernas cruzadas no sofá, com a televisão ligada, mas Perséfone não reconhecia o programa, e Sibila também não parecia estar prestando atenção. Em vez disso, estava embaralhando cartas de oráculo.

— Cadê a Harmonia? — Perséfone perguntou.

— Foi embora — Sibila respondeu.

— Ah... — Perséfone disse, sentando-se ao lado da amiga. — Espero que ela não tenha ido embora por minha causa.

Não conseguia deixar de sentir que tinha interrompido alguma coisa, mas achava que tinha mesmo. Ela foi para a casa de Sibila porque sentia que era o único lugar para onde podia ir e sabia que seria seguro.

— Claro que não — Sibila respondeu. — Ela foi porque Afrodite viria atrás dela.

— Ela é muito protetora com a irmã — Perséfone disse. — Eu... não sabia que vocês eram amigas.

— Ficamos próximas pouco depois de termos nos conhecido na saída do seu escritório — Sibila disse.

Houve uma longa pausa; o som de Sibila embaralhando as cartas continuou mais um pouco, até que ela parou e olhou para Perséfone.

— Quer me contar o que aconteceu?

Perséfone se sentou em silêncio, depois tomou um gole do chá e o largou na mesa.

— Está tudo desmoronando — ela sussurrou.

— Ah, Perséfone... — Sibila disse. — Está tudo se ajeitando.

Ao ouvir essas palavras, Perséfone deitou a cabeça no colo de Sibila e chorou.

* * *

Perséfone acordou mais tarde, com o alarme de Sibila. Tinha adormecido no sofá sem voltar para o Submundo. Levantou-se para se arrumar, pegando emprestadas as roupas de Sibila — meias-calças grossas, uma saia e uma camisa de botões.

— Era pra gente visitar o canteiro de obras do Projeto Anos Dourados hoje, mas tivemos que remarcar por causa do tempo — Sibila disse, servindo café para Perséfone.

Perséfone franziu a testa. Esperava que Zeus mantivesse a promessa e realmente procurasse Deméter. Melhor ainda, esperava que os olimpianos a convencessem a parar o ataque.

— Não é culpa sua, sabe? — Sibila tranquilizou.

— É sim — Perséfone respondeu. — Tenho certeza de que você previu isso antes de acontecer.

O oráculo balançou a cabeça.

— Não, eu só seria capaz de ver o que meu deus quisesse que eu visse — ela explicou. — Mas você não controla as ações da sua mãe.

— Então por que me sinto tão responsável?

— Porque ela está machucando as pessoas e culpando você — Sibila disse. — E ela está errada em agir assim.

Deméter podia estar errada, mas o fardo não deixava de ser pesado. Perséfone pensou nas pessoas que tinham morrido naquele acidente terrível na rodovia. Jamais esqueceria como foi acolher tantas almas no Submundo de uma vez só, ou como tinha observado os sonhos saírem delas ao passar por baixo do olmo, ou a culpa que às vezes ainda se agarrava a uma alma mesmo depois de ela ter atravessado os portões. Ela sabia que não seria a última vez que algo assim aconteceria, mas preferiria que sua mãe não fosse a responsável.

Perséfone suspirou e tomou um gole do café, depois largou o copo na mesa e saíram do apartamento de Sibila. As duas decidiram percorrer a pé a curta distância até o Alexandria Tower, no frio. Perséfone pensou em se teleportar, mas parte dela queria experimentar em primeira mão o que a magia de sua mãe estava provocando. Queria alimentar sua raiva e frustração — e funcionou. A caminhada foi péssima: o granizo atingia seus rostos e seus pés escorregavam na neve. O gelo se desprendia dos edifícios mais altos e dos arranha-céus, caindo no chão com força suficiente para ferir pessoas ou danificar objetos.

Quando finalmente subiram os degraus gelados e adentraram a torre, estavam congelando.

— Bom dia, milady! — Ivy cumprimentou, contornando a mesa, um copo de café em cada mão. — Bom dia, senhorita Kyros.

Entregou os copos de café às duas.

— Ivy, você é mágica? — perguntou Perséfone, bebendo um gole de café e deixando que o vapor aquecesse seu nariz.

— Estou sempre preparada, milady — respondeu Ivy.

Sibila começou a subir as escadas, e, quando Perséfone foi atrás, Ivy falou.

— Milady, não tenho certeza se já conseguiu ler os jornais esta manhã, mas acho que deveria começar com o *Jornal de Nova Atenas*.

O estômago de Perséfone se encheu de pavor.

— Não é nada bom — Ivy disse, quando seus olhos verde-musgo encontraram os da deusa.

— Não imaginei que seria.

Perséfone subiu para seu escritório. Depois de arrumar as coisas, foi ler o jornal.

Conheça Teseu, o semideus líder da Tríade

A matéria tinha sido escrita por Helena e começava oferecendo um panorama de Teseu — ela o apresentava como um filho de Poseidon, charmoso e bem-educado. A descrição provocou náuseas em Perséfone, considerando que tinha conhecido o semideus e ele a tinha deixado desconfortável.

O texto continuava:

Teseu se juntou à Tríade depois de ver alguns homens ficarem impunes por um assassinato, apesar de seus crimes terem sido testemunhados por mortais e deuses.

— Ainda me lembro dos nomes deles — diz Teseu. — Epidauro, Sínis e Círon. Eram ladrões e assassinos, e os deuses permitiram que continuassem cometendo seus crimes apesar das preces dos locais. Eu estava cansado de ver o mundo adorar deuses por sua beleza e poder, e não por suas ações.

Em outro trecho, Teseu acrescentava:

— Os deuses não pensam que algo é bom ou mau, não pensam em justiça ou injustiça. Vou lhe dar um exemplo. Hades, Deus do Submundo, permite que criminosos continuem infringindo as leis desde que sirvam a ele.

Perséfone cerrou os dentes com força, e seus dedos se cravaram na tela do tablet. Embora não fosse completamente falsa, a declaração de Teseu era enganosa. Perséfone descobriu, em sua primeira visita à Iniquity, que Hades estava profundamente envolvido no cenário do crime da Nova Grécia. Ele tinha uma rede de criminosos à sua disposição, e todos eles pagavam um preço para continuar seus negócios, na forma de caridade. Perséfone não sabia até onde ia a influência de Hades, mas, do pouco que sabia, ele comandava tudo.

A deusa continuou a leitura:

Logo, Teseu, filho de um olimpiano, se viu liderando a Tríade em um novo caminho, um caminho pacífico.

— Fiquei horrorizado com a história inicial da Tríade. As bombas e os tiroteios. Era selvagem. Além disso, por que não deixar os deuses falarem por si mesmos? Eu sabia que não ia demorar muito para um, ou muitos, deles descontarem a própria ira no mundo. E estava certo.

Em um ataque de raiva, Perséfone jogou o tablet longe. Ele bateu com força contra a parede e, depois, se despedaçou no chão. Tudo ficou em silêncio, e então a porta se abriu. Leuce pôs a cabeça para dentro.

— Você tá bem?

Quando a ninfa entrou, a porta bateu no tablet que Perséfone atirou. Leuce parou e ficou olhando para ele, então o pegou do chão.

— Helena te deixou brava? — ela quis saber.

— É de propósito — Perséfone disse. — Ela está se opondo a mim, assim como a Tríade tenta se opor aos deuses.

— Você não está errada — Leuce falou, colocando o tablet quebrado na mesa de Perséfone. — Helena nem sabe no que acredita, é só uma seguidora. Por algum motivo, ela achou que o caminho certo era o de Teseu. Não tenho dúvidas de que vai acabar se arrependendo dessa decisão.

Ela se arrependeria mesmo — Perséfone ia garantir.

— Devo pedir um tablet novo pra você?

— Por favor — Perséfone disse.

— Claro.

Assim que Leuce fechou a porta ao sair, Hades manifestou-se em espirais de fumaça escura. Estava exausto, e as sombras que lhe atravessavam o rosto informaram a Perséfone que não tinha dormido na noite anterior. A culpa a atingiu direto no peito. Ele provavelmente ficou acordado agonizando pensando nas palavras dela.

— Precisa de alguma coisa? — a deusa perguntou.

Hades estendeu a mão e trancou a porta.

— Precisamos conversar — começou.

Perséfone empurrou a cadeira para longe da mesa, mas continuou sentada.

— Então fala — ela disse.

Ele se aproximou, a figura enorme praticamente preenchendo a sala, o corpo rígido, e Perséfone pensou que ele devia estar bravo com ela, o que a deixou frustrada. Tinha sido ele que levara o treino longe demais, embora até ela percebesse o valor do que Hades lhe ensinou — nenhum outro deus teria sido piedoso.

Hades se ajoelhou diante dela e pôs as mãos em seus joelhos.

— Me desculpa — ele disse, olhando em seus olhos. — Eu fui longe demais.

Perséfone engoliu em seco e desviou o olhar. Era difícil sustentar o olhar de Hades, porque agora só conseguia pensar na aparência dele na morte.

— Você nunca me disse que tinha o poder de invocar medos — ela disse, em voz baixa.

— E já houve alguma ocasião pra falar disso?

Não houve — e ela sabia. Ainda assim, ela desejava saber tudo sobre ele: os poderes que possuía, as instituições de caridade que mantinha, os acordos que fazia.

Quando ela não respondeu, Hades prosseguiu:

— Se você permitir, quero te treinar de um jeito diferente. Vou deixar a magia com Hécate e te ajudar a estudar os poderes dos deuses.

Perséfone levantou as sobrancelhas.

— Você faria isso?

— Eu faria qualquer coisa para proteger você — ele respondeu. — E já que você nunca vai concordar em ficar trancada no Submundo, essa é a alternativa.

Ela sorriu para Hades.

— Desculpa por ter ido embora — ela disse.

— Não culpo você — respondeu. — Não é muito diferente do que eu fiz quando te levei pra Lampri. Às vezes, é muito difícil existir num lugar onde você vivencia o terror.

Perséfone engoliu em seco com força. Tinha parecido real demais.

— Você está brava comigo? — Hades sussurrou.

Perséfone voltou a olhar para ele.

— Não. Sei o que você estava tentando fazer.

— Gostaria de poder dizer que vou proteger você de tudo e de todos — ele disse. — E protegeria mesmo. Eu manteria você segura pra sempre entre os muros do meu reino, mas sei que o que você quer é proteger a si mesma.

Ela assentiu, e, dentro dos olhos dele, enxergou o conflito de sua alma. Hades teria que permitir que ela se machucasse para ajudá-la a ficar poderosa.

— Obrigada... — sussurrou.

Ele deu um sorriso fraco, então os olhos dela baixaram para um exemplar do *Jornal de Nova Atenas* sobre a mesa e escureceram.

— Imagino que você já tenha lido isso — Perséfone disse.

— Elias me mandou hoje de manhã — Hades esclareceu. — Teseu está brincando com fogo e sabe disso.

— Você acha que Zeus vai fazer alguma coisa?

Da última vez que Zeus tinha se pronunciado contra a Tríade, vários mortais fiéis tinham se organizado para caçar seus membros. O problema era que nem toda pessoa que se identificava como Ímpia era membro da Tríade. Mesmo assim, foram mortas.

— Não sei — Hades admitiu. — Acho que meu irmão não vê a Tríade como ameaça. No entanto, ele acha a associação da sua mãe perigosa, e foi por isso que mudou o foco para ela.

— O que vai acontecer com ela se Zeus conseguir encontrá-la?

— Se ela interromper o ataque no Mundo Superior? Provavelmente nada.

Mais uma vez, Perséfone ouviu a voz de Deméter.

— *Consequências para os deuses? Não, filha, não há nenhuma.*

— Quer dizer que ela vai passar impune do assassinato da Tique?

Hades não disse nada.

— Ela precisa ser punida, Hades.

— E vai ser — ele respondeu. — Um dia.

— Não só no Tártaro, Hades.

— No tempo certo, Perséfone — Hades falou, suavemente, e seu toque passou dos joelhos dela para os punhos cerrados com força. — Ninguém, nem os deuses, certamente não eu, vai impedir a sua retaliação.

Ficaram em silêncio, então Hades se levantou.

— Vem — ele disse, entrelaçando os dedos aos dela e puxando-a para ficar de pé.

Ela franziu as sobrancelhas.

— Aonde a gente vai?

— Eu só queria te beijar — ele disse, colando a boca à dela. A magia dele veio à tona, e Perséfone sentiu o puxão familiar do teleporte. Quando se afastaram, estavam no meio de uma clareira no Mundo Superior. Estava coberta de neve e rodeada por árvores grossas, curvadas sob o peso do gelo. Ainda assim, era lindo. Quando se virou, ela viu um prédio — Anos Dourados. Ainda estava sendo construído, só um esqueleto da estrutura que se tornaria, mas já estava claro que seria magnífico.

— Ah... — Perséfone suspirou.

— Mal posso esperar pra você vê-lo na primavera — Hades disse. — Você vai amar os jardins.

— Eu amo tudo — ela falou. — Já amo agora.

Então olhou para Hades, para a neve em seu cabelo e seus cílios.

— Eu amo você.

Hades a beijou antes de conduzi-la pelo labirinto que seria o Anos Dourados. As paredes já haviam sido erguidas, o *drywall* estava no lugar. Ele apontou cada sala como se conhecesse a disposição de cor — recepção e refeitório, áreas comuns e quartos dos residentes, além de espaços para vários tipos de terapia. Finalmente, chegaram a um ponto no último andar, depois de subir vários lances de escada. Era uma sala grande com vista para o jardim que seria dedicado à Lexa. Ao longe, de todos os lados da sala, era possível ver o horizonte de Nova Atenas, envolto em neblina.

Era uma visão de tirar o fôlego.

— Que sala é essa? — ela perguntou.

— Seu escritório — Hades respondeu.

— Meu? Mas eu...

— Eu tenho um escritório em cada um dos meus prédios. Por que você não teria? — ele disse. — E, mesmo se não vier trabalhar aqui com frequência, vamos achar um uso pra ele.

Perséfone riu, e Hades sorriu de volta. Os dois ficaram se olhando por um instante. Havia uma tensão entre eles que ela queria consertar. Não vinha da raiva nem da distância, mas de algo muito mais primitivo. Ela o sentia dentro de si — um impulso tão profundo que fazia seus ossos doerem.

A deusa estremeceu.

— A gente devia voltar — Hades disse.

No entanto nenhum deles se mexeu.

— Hades... — Perséfone sussurrou o nome dele, um convite. No instante seguinte, suas bocas se encontraram. Hades avançou para ela, a ereção dura pressionando seu quadril quando ela bateu na parede. Ele agarrou os pulsos da deusa e os prendeu ao lado da cabeça dela.

— Eu preciso de você... — sussurrou, beijando o maxilar e o pescoço dela. Suas mãos se moveram, os dedos se cravaram na bunda de Perséfone, levantando a saia. A respiração dela se acelerou, e seus dedos tatearam em busca dos botões da camisa de Hades. Queria sentir o calor da pele dele contra a sua.

— Para com isso!

Apolo apareceu a poucos metros de distância. Parecia incomodado, como se ele tivesse sido interrompido. Estava vestido de um jeito casual, com jeans e uma camisa estilo túnica com uma gola V rendada. Seus cachos estavam desarrumados e caíam de qualquer jeito sobre a testa.

— Vai embora, Apolo! — Hades vociferou, ainda beijando o pescoço de Perséfone, rumo à clavícula.

— Hades... — Os dedos dela se agarram às lapelas do paletó dele.

— Não vai dar, Senhor do Submundo — Apolo disse. — Temos um evento.

Hades suspirou — emitindo um som que parecia mais um rosnado — e se forçou a se afastar de Perséfone. Ela tentou recuperar o fôlego, arrumando a saia e a blusa.

— Como assim temos um evento? — ela perguntou.

— Hoje é o primeiro dia dos Jogos Pan-helênicos — Apolo explicou.

Perséfone tinha se esquecido totalmente dos jogos. As corridas de carruagem seriam naquela noite.

— Mas é só à noite — ela argumentou.

— E daí? Preciso de você agora.

— Pra quê?

— E importa? — Apolo perguntou. — Temos um...

— Não — Hades interrompeu, ríspido, e Apolo calou a boca. — Ela te fez uma pergunta, Apolo. Responda.

Perséfone olhou para Hades, surpresa pelo comentário.

O deus estreitou os olhos violeta, cruzando os braços.

— Estraguei tudo. Preciso da sua ajuda — admitiu ele, desviando o olhar deles.

— Você precisava de ajuda e ainda queria ordenar que ela te ajudasse?

— Hades...

— Ele exige sua atenção, Perséfone, e só tem sua amizade por causa de um acordo, mas quando você precisou dele na frente dos olimpianos, ele se calou.

— Chega, Hades — Perséfone disse.

Ela não culpava Apolo por não ter dito nada no Conselho — o que havia para dizer?

— Apolo é meu amigo, com ou sem acordo. Deixa que eu falo com ele sobre o que me incomoda.

Hades a encarou por um instante, depois a beijou de novo — um beijo profundo e muito mais demorado do que o apropriado na frente de alguém.

— Te encontro nos jogos mais tarde — disse, quando se afastou.

Assim que Hades desapareceu, Perséfone se virou para Apolo.

— Ele realmente não gosta de você.

Ele revirou os olhos.

— Nada de novo sob o sol. Vamos. Preciso de uma bebida.

23

UMA BRIGA DE AMANTES

— Vodca? — Apolo perguntou, servindo uma dose para si mesmo. Ele estava atrás da ilha de sua cozinha imaculada. Perséfone só visitou a cobertura de Apolo uma vez, quando estava ajudando Sibila a se mudar. Era um espaço moderno, com janelas grandes e uma paleta de cor monocromática. Se não soubesse como Apolo era organizado, ela pensaria que ninguém morava ali, mas o deus era conhecido pela disciplina, e essa característica se estendia a seus arredores. Ele mantinha tudo perfeitamente arrumado e limpo — nem mesmo os utensílios de inox tinham um arranhão sequer, um feito que merecia um prêmio.

— São dez da manhã, Apolo — Perséfone comentou, sentando-se do outro lado do balcão.

— E...?

Ela suspirou.

— Não, Apolo, não quero vodca.

Ele deu de ombros.

— Você que sabe — respondeu, virando a bebida de uma vez.

— Você é alcoólatra.

— Hades é alcoólatra — Apolo disse.

Ele não estava errado.

— Então você precisa de um conselho? — Perséfone perguntou, mudando de assunto.

Apolo serviu outra dose, bebendo em seguida. Ela o observou, esperando, notando como estava parecido com Hermes no momento. Dava para ver no maxilar apertado e no franzir das sobrancelhas — não podiam negar o sangue compartilhado.

— Estraguei tudo — ele admitiu, afinal.

— Imaginei — Perséfone disse, em tom suave, sustentando o olhar dele mesmo quando ele estreitou os olhos violeta, irritado.

— Grossa... — rebateu.

Perséfone suspirou.

— Só me fala o que aconteceu, Apolo.

Ela sabia que ele estava enrolando e queria que contasse tudo logo antes de secar a garrafa de vodca, não que a bebida fosse ter grande efeito sobre ele. Perséfone queria que ele acelerasse para poder decidir se *ela* precisava de uma bebida.

— Eu beijei Heitor.

Perséfone piscou, meio chocada pela confissão.

— Achei que você gostasse do Ajax.

— Como você sabia do Ajax?

— Na palestra, você ficava olhando pra ele — ela disse.

Decidiu não mencionar que também notou que ele estava com um cheiro diferente quando foi ajudá-los na casa de Afrodite. Um perfume que ela reconheceu como sendo de Ajax quando ele a ajudou no campo.

Apolo franziu a testa.

— Por que você beijou Heitor?

Ele esfregou o rosto com as duas mãos.

— Não sei — gemeu. — Eu estava bravo com o Ajax, e o Heitor estava ali, e eu pensei... por que não... *experimentar*... e aí o Ajax chegou.

— Ai, Apolo!

Ela via a infelicidade do deus — era tão flagrante no olhar dele que partia seu coração.

— Não sei nem por que me importo. Jurei que nunca mais faria isso de novo.

— Fazer o que de novo?

— Isso! *Amor*!

De repente, ela entendeu. Apolo estava se referindo a Jacinto, o príncipe espartano por quem tinha se apaixonado eras atrás. O mortal morreu num acidente terrível. Depois, Apolo fora até Hades e implorou ao Deus dos Mortos que o jogasse no Tártaro para não precisar viver em um mundo sem seu amor, mas Hades se recusou, e Apolo buscou vingança nos braços de Leuce.

— Apolo...

— Não... sinta pena de mim.

— Não sinto. Nem tenho intenção de sentir — ela disse. — Mas a morte do Jacinto não foi culpa sua.

— Foi sim — ele respondeu. — Eu não era o único deus que amava Jacinto, e, quando ele me escolheu, Zéfiro, o Deus do Vento do Oeste, ficou com ciúme. Foi o vento dele que mudou a trajetória do meu lançamento, o vento dele que causou a morte do Jacinto.

— Então a morte dele é culpa de Zéfiro — Perséfone afirmou.

Apolo balançou a cabeça.

— Você não entende. Eu vejo o que está acontecendo com o Ajax. Heitor fica com mais ciúme a cada dia que passa. A briga que ele puxou com o Ajax na palestra não foi a primeira.

— E se o Ajax gostar de você? E se estiver disposto a lutar por você? Vai desistir de ficar com ele por medo?

— Não é *medo*... — Apolo começou, então desviou o olhar, irritado.

— Então o que é?

— Eu não quero estragar tudo. Eu não sou... uma pessoa *boa* agora. O que vai acontecer se eu perder de novo? Vou virar... mau?

— Apolo... — Perséfone disse, o mais suavemente que pôde. — Se está preocupado com a possibilidade de se tornar mau, então você tem mais humanidade do que pensa.

O olhar que ele lhe lançou deixava claro que discordava.

— Você devia falar com Ajax — ela sugeriu, e, apesar de estar dando o conselho, sabia como era difícil se comunicar. Esse era seu maior desafio no relacionamento com Hades. Em parte, ela culpava a mãe. Ao longo dos anos, Perséfone tinha se acostumado a ficar calada, mesmo quando tinha uma opinião ou um desejo, com medo das consequências, principalmente o desprezo de Deméter. Hades fora a primeira pessoa a apreciar suas ideias, mas ela precisava admitir que ainda era difícil acreditar que ele realmente quisesse saber o que ela achava.

— Ele não me *quer*.

— Você não tem como saber.

— Tenho sim. Ele me disse!

Perséfone ficou olhando para o deus. Apolo esboçou um sorriso triste e seus olhos continham uma dor que ela só podia comparar ao que tinha sentido na Floresta do Desespero.

— O que ele disse exatamente? — ela perguntou.

Apolo suspirou, claramente frustrado.

— Estávamos nos beijando e estava tudo ótimo, mas aí ele me afastou e disse que não podia fazer isso e foi embora.

Perséfone ergueu a sobrancelha — ele definitivamente não estava contando tudo.

— Tem *certeza* de que foi isso que ele disse?

— Sim... — Apolo sibilou. — Ele pode ser surdo, mas com certeza sabe falar, Perséfone.

— Isso não quer dizer que ele não queira você — Perséfone disse.

— E o que mais poderia ser?

— Você devia... *sei lá*... ir atrás dele!

— Da última vez que eu fui atrás de alguém, a pessoa implorou pra ser transformada em árvore.

— Dessa vez é diferente! — Perséfone falou, frustrada. Fez uma pausa, então suspirou. — Ajax te beijou de volta?

As bochechas de Apolo se tingiram de rosa, e Perséfone precisou morder a boca para se impedir de dar uma risadinha. Era estranho ver o egocêntrico Deus da Música envergonhado.

— Sim, ele me beijou de volta, e é por isso que eu não entendo... como... como é possível ele não me querer?

— Ele não disse que não queria você. Ele disse que não podia fazer isso, o que pode significar qualquer coisa. Você não vai saber se não perguntar.

— Bom, agora eu não posso perguntar, porque beijei o Heitor.

— É exatamente por isso que você precisa falar com ele! — Perséfone exclamou. — Você prefere que Ajax pense que você não liga pra ele?

— Por que eu me importaria com o que ele pensa?

Ela reconheceu essa resposta como um mecanismo de defesa — sempre que algo não saía conforme desejava, Apolo imediatamente decidia que não valia seu tempo nem sua energia.

— Você é um idiota, Apolo.

Ele olhou feio para ela.

— Era pra você ser minha amiga.

— Se está procurando alguém pra louvar todas as suas decisões, é melhor ir atrás dos seus adoradores. Amigos falam a verdade.

Ele não olhou para ela, escolhendo, em vez disso, ficar encarando a parede, então ela continuou.

— Fale com Ajax, Apolo, e com o Heitor.

— Heitor? *Por quê?*

— Porque você deve uma explicação a ele também — ela disse. — Você o beijou, o que significa que agora ele tem motivos pra acreditar que tem alguma coisa nova rolando entre vocês dois.

O deus franziu a testa e, depois de um instante, murmurou:

— Eu disse que nunca mais ia fazer isso.

— Não tem como controlar seus sentimentos.

— Mas eu *sabia* o que ia acontecer — ele argumentou. — Eu não sou *bom* pra ninguém, Sef.

Sentada ali, ela balançou a cabeça, sentindo-se derrotada por ele.

— Jacinto não achava isso — ela disse, em voz baixa. — E aposto que Ajax também não acha.

O Deus da Música zombou.

— Quem é você pra falar? Você só está aqui por causa de um acordo, e só se meteu nesse acordo porque se recusava a se comunicar com Hades.

Perséfone apertou os lábios, sentindo o peito doer com as palavras de Apolo. Ela sabia muito bem daquilo. Era lembrada com frequência — toda vez que queria ligar para Lexa ou falar com ela ou sair para almoçar com sua melhor amiga, toda vez que entrava nos Campos Elísios. Conseguiu piscar vezes suficientes para impedir as lágrimas de caírem e pigarreou.

— Uma decisão da qual vou me arrepender pelo resto da vida.

Perséfone não ofereceu nenhuma explicação antes de desaparecer das vistas de Apolo.

24

AS CORRIDAS DE CARRUAGEM

Perséfone chegou ao Estádio Talaria com Sibila, Leuce e Zofie. Do lado de fora, a arena lembrava mais um prédio de mármore com colunas empilhadas e arcadas de janelas espelhadas. Em um dia de agosto normal, elas refletiriam a beleza do pôr do sol. Em vez disso, estavam cobertas de gelo. Apesar do clima, o lugar estava repleto de gente atravessando a neve para chegar a uma das muitas entradas ao redor do estádio.

— Aqui diz que são oito heróis competindo — Leuce disse, olhando para o celular. O brilho da tela fazia seus olhos brancos reluzirem. — Três mulheres e cinco homens.

— Devia haver mais mulheres — Zofie falou, que estava sentada ao lado de Leuce e ainda assim era bem mais alta que elas. — Lidamos muito melhor com a dor.

Elas riram.

— Hades tem um herói nos jogos, Perséfone? — Sibila perguntou. Seu cabelo estava preso em um rabo de cavalo cacheado, e ela tinha trocado as roupas de trabalho por um visual mais casual, e agora usava jeans e um moletom cor-de-rosa da Universidade de Nova Atenas.

— Não que eu saiba — Perséfone disse. Hades nunca escolheu um herói, nem nos jogos nem em batalhas, embora já tivesse ressuscitado alguns.

— As corridas de carruagem nunca foram minhas favoritas — Leuce falou, torcendo o nariz. Provavelmente estava se lembrando de algo em sua vida na Antiguidade.

— Por quê? — Perséfone perguntou.

— Porque são sangrentas. Por que você acha que começam os jogos com elas?

— Pra eliminar competidores — Zofie disse, com um brilho ameaçador no olhar.

Essa informação encheu Perséfone de medo, e ela passou a se preocupar com os participantes, principalmente Ajax. Sabia que ele era habilidoso, mas, se alguma coisa acontecesse com ele, Apolo ficaria devastado.

— Não se preocupa — Sibila respondeu. — Eles treinam pra isso.

— Treinar não significa nada quando tem animais envolvidos — Zofie disse.

Antoni foi até a parte de trás do estádio e estacionou em uma entrada privada, onde havia poucas pessoas. Elas saíram do conforto da limusine e adentraram a noite fria. Perséfone tinha escolhido um vestido branco, um blazer preto e grossas meias-calças pretas. Ainda assim, o frio atravessava a sua roupa. Uma vez lá dentro, as mulheres foram conduzidas para um elevador que as levou até o último andar, e de lá foram para um camarote privado. Era um espaço moderno e monocromático com um bar, sofás de couro pretos e grandes televisões em todos os cantos, exibindo vídeos de jogos anteriores e entrevistas com heróis. Um sofá estava posicionado perto de um janelão com vista para a arena, que era igualzinha à área de treinamento da Palestra de Delfos.

— Que legal! — Leuce falou, aproximando-se das janelas.

— Não podemos nos sentar mais perto? — Zofie perguntou.

— Não quero comer terra, Zofie — Leuce disse. — Nem morrer. Você nunca viu o jeito que essas carruagens batem?

Perséfone olhou para Sibila, ponderando se ela ficaria confortável ali, dado que o espaço lembrava tanto Apolo, mas o oráculo sorriu.

— Eu estou bem, Perséfone — garantiu.

As quatro pediram bebidas no bar.

— Uísque, por favor — Perséfone disse. — Puro.

— *Uísque?* — Leuce perguntou, erguendo a sobrancelha. — Você não bebe vinho?

Perséfone deu de ombros.

— Experimentei um uísque do Hades outro dia e gostei.

Os pedidos chegaram e Perséfone tomou um gole, saboreando o gosto e o cheiro, que a fizeram desejar que Hades já tivesse chegado.

— Sefy!

Ela girou e viu Hermes se aproximando, vestindo um blazer branco, calças e uma camisa azul-claro. Ele parecia confortável e bonito.

— Hermes! Não sabia que você ia ficar nesse camarote!

— Pelo jeito somos eu, você, uns olimpianos e qualquer brinquedinho que resolverem trazer — ele disse, e Perséfone arregalou os olhos. — Vai precisar dividir, Sefy!

Ela quase soltou um gemido de lamento. A última coisa que queria era estar no mesmo ambiente que Zeus, Poseidon, Hera e Ares. De repente, a ideia de Zofie de se sentar mais perto da arena, apesar dos perigos, pareceu a melhor opção.

Perséfone tomou outro gole da bebida.

Logo os deuses começaram a chegar, seguidos por seus mortais favoritos, e a sala ficou quente e perfumada com magia. A primeira a chegar foi Ártemis — bela e atlética, usava um vestido curto, com o cabelo puxado para trás em um rabo de cavalo firme e liso. Parou logo ao entrar, franzindo a testa para Hermes, depois para Perséfone.

— Você — ela disse.

— Ela tem nome, Ártemis — Hermes falou. — Seja boazinha.

— Eu estou sendo boazinha — ela disse, mas sua abordagem era predatória. — Acho você intrigante, deusa.

— *Perséfone...* — Hermes continuou. — O nome dela é Perséfone.

— Ainda está decidida a se casar com Hades e deixar o mundo morrer? — Ártemis quis saber.

Perséfone inclinou a cabeça para o lado e perguntou:

— Você não é a Deusa da Caça?

Ártemis ergueu o queixo.

— E o que isso tem a ver?

— Pensei que você poderia usar suas excepcionais habilidades de localização para encontrar minha mãe em vez de me insultar.

Ártemis apertou os lábios.

— Você tem uma boca insuportável, deusa.

Perséfone sorriu.

— Acho que essa é a única coisa em que você e Hades concordariam.

Ártemis revirou os olhos e se afastou.

— Ignora ela — Hermes disse. — Ela parece que está com prisão de ventre.

Perséfone olhou para o deus.

— Não sabia que olimpianos tinham prisão de ventre.

Ele deu de ombros.

— Alguns de nós sofrem com cu preso.

Ela tentou não rir.

Mais pessoas chegaram. Zeus veio com Hera, e Poseidon, com uma bela ninfa do oceano que tinha cabelo azul. Os irmãos de Hades sorriram para Perséfone, mas só Zeus falou com ela. Ele a deixava desconfortável, e ela se viu tensa com a aproximação dele.

— Você está bonita, Lady Perséfone.

— Obrigada — agradeceu, mas a palavra soou estranha e falsa.

— Acredito que Hades chegará em breve — ele disse.

— Sim. Estamos ansiosos para ouvir atualizações sobre seu progresso em encontrar minha mãe e acabar com a tempestade — ela falou.

O rosto de Zeus endureceu, e ele fez um aceno breve com a cabeça.

— Claro.

Quando ele foi embora, Perséfone teve a impressão de que o deus não devia ter nem pensado a respeito dos mortais na Terra enquanto aproveitava a vida no Olimpo.

Afrodite e Harmonia chegaram um pouco depois. Foi Harmonia que Perséfone viu primeiro, pois a deusa seguiu direto para o grupo dela, sorrindo ao parar perto de Sibila.

— Que bom te ver, Harmonia. Como você está?

— Estou bem — ela respondeu, sorrindo. — Desculpe por ter precisado sair...

Ela deixou a voz morrer quando Afrodite se juntou aos demais.

— Perséfone... — ela disse, assentindo para os outros. — E... todo mundo.

Um momento de silêncio se seguiu à aproximação da deusa. Normalmente, Perséfone logo dava início a uma conversa, mas só conseguia pensar na aparência de Afrodite no porão do Clube Aphrodisia — ensanguentada, segurando o coração de um semideus na mão. Ela se perguntou como a deusa tinha ficado sabendo da reunião. Ficou satisfeita com o banho de sangue? Essas perguntas teriam que esperar, porque uma explosão alta de música e vivas interrompeu o encontro.

— Os jogos estão começando! — Zofie exclamou.

Todos se dirigiram aos seus lugares, e Perséfone ficou aliviada quando Hermes se sentou à sua direita — Sibila estava à esquerda. Eles assistiram ao início da cerimônia de abertura embaixo. O primeiro anúncio foi para Apolo — o diretor dos jogos —, que apareceu carregado em uma liteira, uma cadeira portátil aberta, por quatro homens muito fortes, com peitos nus e cobertos de óleo. Eles usavam túnicas brancas, braceletes de ouro e folhas de louro no cabelo — o mesmo traje que Apolo vestia. Ele sorriu e acenou para a multidão, sem demonstrar nenhum traço de sua agonia. Foi seguido por um grupo de mulheres que dançavam e jogavam pétalas de flores no chão.

Deram uma volta em torno da arena e voltaram para o estádio.

— Apolo vai se sentar com a gente? — Perséfone perguntou.

— Não, ele tem a própria tribuna — Hermes respondeu.

Depois, os heróis marcharam para o centro do campo enquanto eram anunciados os nomes deles e dos deuses que os patrocinavam. Perséfone reconheceu vários que estavam treinando na palestra, como Heitor e Ajax:

— Você tem um herói nos jogos? — perguntou a Hermes.

— Tenho — respondeu. — O terceiro a partir da esquerda. O nome dele é Esopo.

Perséfone o encontrou na fileira — um homem forte, porém esguio, com cabelo cor de areia.

— Você não parece muito animado — Perséfone comentou.

Hermes deu de ombros.

— Ele tem dons, mas não é forte como Ajax, nem agressivo como Heitor. A disputa real é entre eles dois.

Havia outros também — Damão, que pertencia a Afrodite, e Castor, que pertencia a Hera. Anastasia era de Ares, Demi de Ártemis e Cinisca de Atena. Depois de marchar para o campo, cada um flexionava os músculos em uma série de poses, o que fazia a multidão gritar mais alto.

— Senhoras e senhores, deuses e deusas, Divinos Reais entre nós... mais uma salva de palmas para nossos heróis da Nova Grécia!

Perséfone se inclinou para Hermes e falou acima do rugido da multidão.

— Você falou que o Heitor é agressivo — Perséfone disse. — Como assim?

— Você vai ver.

Quando ouviu um trompete, ela voltou a olhar para a frente, e oito carruagens emergiram das sombras do estádio, cada uma puxada por quatro cavalos poderosos. Eram corcéis imponentes, todos com pelo sedoso em cores variadas. Batiam os cascos no chão com força ao convergir para a pista, levantando poeira e torrões de terra, incitados por seus condutores, os heróis.

— Como funciona isso? — Perséfone perguntou a Hermes, com o coração já acelerado pela animação.

— Os competidores devem dar doze voltas em torno do hipódromo. A contagem é feita ali — ele disse, apontando para um sistema mecânico no centro da arena: uma série de estátuas de golfinhos que mergulhariam quando cada volta fosse completada.

— Por que usam uma forma tão antiquada de contar os pontos? — ela perguntou.

Hermes deu de ombros.

— Escolhemos a dedo as coisas que queremos manter da Antiguidade, Sefy. Você nunca percebeu?

Enquanto falavam, seus olhos permaneceram no campo, assistindo à corrida — uma batalha entre besta e humano para chegar primeiro ao fim da volta. Era tanta poeira, tanta velocidade, tanto poder, que só podia ser perigoso.

Assim que esse pensamento cruzou a mente de Perséfone, uma das carruagens capotou.

Perséfone arquejou, chocada, e prendeu a respiração quando a carruagem aterrissou e se espatifou no chão, com o corpo quebrado de Castor embaixo, mas o que gelou o sangue em suas veias foi a risada que tanto Zeus quanto Poseidon soltaram com a morte imediata do mortal.

— Nada de vitória pra você, hein, Hera? — Zeus provocou.

Perséfone olhou de relance para Hermes, que rapidamente pegou a mão dela e apertou.

— É um jogo pra eles, Sefy.

Ela mordeu o lábio com força, lembrando-se do motivo pelo qual a Tríade protestava contra os jogos — era a esse tipo de coisa que eles se opunham. Houve mais movimentos no campo quando um grupo de pessoas correu para a pista para remover os destroços da carruagem quebrada, domar os cavalos e levar o corpo embora.

— Por que não estão parando? — Perséfone perguntou. — Aquele homem... Castor... ele morreu.

— É a natureza dos jogos — Hermes disse.

Pouco depois do primeiro acidente, aconteceu outro. Duas carruagens colidiram em um emaranhado de cavalos e rédeas. Esopo foi atirado para fora da carruagem, enquanto a perna de Demi foi esmagada sob a dela — seus gritos chegaram até eles, lá em cima. Ainda assim, ambos sobreviveram.

Perséfone estava dividida entre continuar assistindo e ir embora dali, mas ficou porque Ajax ainda estava na corrida, e na liderança — ao lado de Heitor. As rodas das duas carruagens estavam a poucos centímetros de distância, os cavalos avançando. Dos dois, Heitor parecia o mais desesperado, estimulando os corcéis com o uso do chicote, atingindo-os sem parar, até que começou a usá-lo em Ajax.

— Ele não pode fazer isso. — Perséfone se inclinou para a frente, olhando para Hermes. — Pode?

O Deus das Travessuras deu de ombros.

— Não existem regras de verdade. É justo? Não.

Foi então que ela entendeu o que Hermes quis dizer ao descrever Heitor como agressivo.

Sua atenção voltou para a pista.

Heitor continuou a chicotear Ajax até que este conseguiu agarrar o chicote e arrancá-lo do outro. Mas a trapaça de Heitor teve um preço, porque sua carruagem se desviou para perto demais do muro, onde bateu com tanta força que se partiu em vários pedaços, lançando o herói pelos ares. Perséfone nem viu onde o mortal aterrissou. Estava concentrada demais em Apolo, que apareceu no campo na mesma hora em que Ajax terminou a volta final, ganhando a corrida.

Ajax fez a carruagem parar, exibindo um sorriso largo para a multidão. Quando desmontou, Apolo se aproximou e estendeu a mão, hesitante, tocando o rosto ensanguentado do mortal no ponto em que o chicote tinha rompido a pele. Então, de repente, os dois se beijaram. Ajax segurou o rosto de Apolo entre as mãos, devorando-o com a boca, dominando-o com o corpo. A demonstração de afeto deles recebeu vivas da multidão — e até de Hermes.

— Isso! Vai nessa, irmão!

Perséfone tentou não rir.

Quando a multidão começou a vaiar, Apolo se virou para ver Heitor se levantando da terra, segurando o braço contra o peito. Ele cuspiu sangue, um jorro carmesim brotando do nariz e da boca, o ódio cintilando nos olhos.

Foi aí que Perséfone percebeu algo estranho — um grupo de espectadores saindo do meio da multidão e descendo as escadas do estádio.

— Hermes... Quem são aquelas pessoas?

Assim que fez a pergunta, Ajax pareceu notá-los também, e, no instante seguinte, começou a puxar Apolo atrás de si enquanto tiros soavam e gritos preenchiam o ar.

— Se abaixem! — Sibila gritou, mas Perséfone só conseguiu observar horrorizada Ajax empurrando Apolo para o chão, recebendo uma bala atrás da outra.

— Não! — O grito dela foi cru e doloroso, arranhando sua garganta, e ela se levantou e bateu na janela.

— Perséfone! — Hermes a alcançou. — A gente precisa ir!

Apolo gritava sob o corpo convulsionante de Ajax. Finalmente, ele conseguiu rolar para longe, e as balas que corriam na direção deles pararam no ar, caindo no chão.

— Outras pessoas aqui vão lutar — Hermes argumentou. — Mas você não.

Hermes agarrou seu braço e a arrastou para longe da janela. Então houve um barulho terrível, um som de rachadura que parecia a magia de Zeus escapando das nuvens — mas não era. Parte do estádio tinha explodido.

— Tirem os mortais daqui! — alguém ordenou, com a magia preenchendo o ar. Perséfone viu Harmonia desaparecer com Sibila e Leuce. Zofie estava parada, a mão estendida para Perséfone.

— Vai! — Hermes a empurrou na direção da amazona.

Então houve mais uma explosão ensurdecedora, e Perséfone se viu flutuando através do ar, atingindo o chão com força no centro da pista, em meio a destroços voadores e poeira. Quando caiu, sentiu uma dor aguda nas costelas, e foi como se o ar tivesse sido arrancando de seu corpo. Ela rolou para ficar de costas, arfando, na mesma hora em que uma sombra apareceu acima dela.

Um homem mortal levantando uma pedra.

Perséfone gritou, sua magia em ebulição, e espinhos enormes se ergueram do chão, perfurando o homem. Ele largou a pedra, atravessado pelo galho, o sangue pingando da boca.

A deusa rolou e rastejou para longe, depois conseguiu se levantar em meio ao caos de gritos desesperados e morte. Algumas pessoas estavam largadas no chão, sem se mexer, enquanto outras escalavam os corpos para escapar da arena arruinada. Havia centenas de agressores mascarados e, mesmo enquanto os deuses desciam, continuavam a mirar neles. Ela não entendia aquilo, mas sabia o que era: ódio.

A magia acendeu o ar em um jorro de luz brilhante — raios caíram na terra, e a energia pulsou. Ártemis disparou uma chuva de flechas mortais, enquanto Atena atravessava corpos com uma lança e Ares com uma espada. Zofie, que aterrissou do outro lado da arena, estava lutando também. Um fio de sangue lhe escorria pelo rosto, saindo da cabeça, mas ela tinha a espada em mãos, e era ágil, rápida e perigosa.

Era um banho de sangue. Era uma batalha.

— Perséfone! — O nome dela saiu da boca de Apolo. Ela girou, mas era tarde demais. Uma bala a atingiu no ombro.

— Não! — Os olhos de Apolo brilhavam enquanto ele corria na direção dela.

Ela deu alguns passos cambaleantes, chocada, sentindo o lado esquerdo do corpo dormente. Conseguiu olhar para baixo e, ao ver o sangue manchando o tecido branco do vestido, começou a cair, mas, antes que pudesse atingir o chão, braços fortes a rodearam. O movimento a assustou, e ela soltou um grito gutural.

— Peguei você — Hades disse. Ela só conseguiu ver os olhos escuros e turbulentos dele por um segundo antes de se teleportarem.

25

MONSTROS

Quando eles apareceram no Submundo, entre as paredes do quarto de Hades, uma dor quente se assentou nas profundezas dos ossos de Perséfone, irradiando do ombro. Ela gemeu, forçando-se a respirar em meio à dor quando Hades a depositou na cama. Ele começou a tirar o braço dela do blazer, então rasgou o vestido para ter acesso à ferida, e, assim que seus dedos roçaram nela, Perséfone inspirou com força por entre os dentes.

— O-o que você tá fazendo? — ela perguntou, entre dentes.

— Preciso ver se a bala saiu do seu corpo — Hades disse.

— Me deixa curar a ferida.

— Perséfone...

— Eu tenho que tentar — disse, ríspida. — Hades...

Ele cerrou os punhos e deu um passo para trás, esfregando a testa com dedos ensanguentados.

— Vai, Perséfone! — esbravejou.

Ela fechou os olhos contra a frustração de Hades, sabendo que o pânico dele estava vencendo. Ele disse que nunca mais queria vê-la sangrando, e ali estavam eles. Perséfone respirou fundo várias vezes, até a calma tomar conta de seu corpo e ela ser capaz de se concentrar na dor ardente emanando de seu ombro machucado. Dessa vez, só queria que o calor acabasse, então imaginou que a magia que estava usando para aplacá-lo era fresca e fria, um beijo de gelo no início da primavera.

— *Agora* — ela ouviu o rosnado baixo de Hades.

Mas Perséfone sabia que sua magia estava trabalhando — a ferida latejava enquanto era curada.

Por fim, Hades soltou um suspiro baixo e Perséfone abriu os olhos, baixando o olhar para o ombro exposto e vendo que a pele estava levemente rosa e enrugada, mas a ferida estava curada.

— Eu consegui — Perséfone disse, e sorriu ao olhar para Hades.

— Conseguiu — ele disse, o olhar passando da ferida para os olhos dela, e ela teve a sensação de que ele não acreditava que fosse conseguir.

— No que você está pensando? — ela perguntou, em voz baixa.

— Nada que você queira saber — Hades respondeu.

Perséfone acreditou.

Então, ele se aproximou.

— Vamos limpar você.

Mais uma vez, Hades a segurou junto ao peito e a levou para o banheiro. Quando os pés de Perséfone tocaram o chão, ela estendeu a mão para afastar alguns fios de cabelo do rosto do deus. O sangue dela ainda estava espalhado pela pele de Hades.

— Você está bem?

Em vez de responder, ele abriu o chuveiro, deixando a água esquentar.

Pegou a mão dela e beijou a palma antes de passar o braço por trás de seu corpo e abrir o zíper do vestido arruinado, puxando-o para baixo, pelos seios e quadris, até cair no chão. Depois foi a vez do sutiã, o toque dele demorando-se nos seios dela, depois na cintura, então nas coxas, enquanto abaixava sua calcinha, parando ao se ajoelhar no chão e erguer os olhos para ela.

— Hades... — ela sussurrou o nome, então os lábios dele tocaram sua pele, e ele foi subindo, deixando um rastro de beijos ardentes por seu corpo. Perséfone enfiou as mãos nos cabelos dele quando ele parou para provocar seus mamilos, antes de devorar a boca da deusa com a sua.

Quando seus dedos se enfiaram no paletó dele, ela se afastou.

— Devo tirar suas roupas? — perguntou, ansiosa para sentir a pele dele contra a sua.

— Se você quiser... — Hades respondeu.

Perséfone estendeu a mão para desabotoar a camisa dele, mas uma dor aguda no ombro a fez estremecer, e ela abaixou o braço. Hades franziu a testa.

— Deixa que eu faço — ele disse, abrindo os botões rapidamente, tirando o paletó, a camisa e as calças.

Quando ficou nu, ele a agarrou e a puxou para perto, abraçando-a com força. A boca de Hades se apertou contra a dela, e ela a abriu para ele. A sensação dele dentro dela, do jeito que fosse, era como uma injeção de magia em suas veias: ela se sentia selvagem e apaixonada. Só que ela logo sentiu magia de verdade — magia de cura — quando a palma da mão de Hades pousou em sua pele.

Perséfone interrompeu o beijou e olhou para o ombro. Onde tinha deixado uma cicatriz, agora a pele estava macia.

— Não fui boa o bastante? — quis saber.

Não era exatamente a pergunta que queria fazer, e ela soube assim que as palavras saíram de sua boca que machucariam Hades, mas foi a única coisa que conseguiu pensar em dizer, porque esse tipo de magia era importante para ela, e ela queria dominá-la.

— Claro que você foi boa o bastante, Perséfone — Hades respondeu, levando a mão ao maxilar dela, deslizando os dedos por seu cabelo. — Sou eu que sou superprotetor e morro de medo por você e, talvez por egoísmo, quero apagar qualquer coisa que me faça lembrar da minha falha em te proteger.

— Hades, você não falhou — ela disse.

— Vamos concordar em discordar — respondeu.

— Se eu sou o bastante, você é o bastante.

Hades não disse nada, e Perséfone subiu as mãos pelo peito dele, enlaçando seu pescoço com os braços.

— Desculpa. Eu nunca mais queria ver você sofrer de novo, não do jeito que sofreu nos dias depois da morte da Tique.

— Você não tem nada por que se desculpar — ele disse, antes de beijá-la.

Hades a conduziu para o chuveiro, e os dois ficaram parados fora do jato de água enquanto ele pegava o sabonete e umedecia uma toalha. Começou com o ombro dela, limpando o sangue suavemente. Depois foi para os seios, agarrando-os e apertando-os, suas mãos escorregadias provocando os dois antes de seguir para a barriga e as laterais dela, depois para as coxas e panturrilhas. De joelhos diante dela, ele deu uma ordem.

— Vire.

Perséfone obedeceu ao comando, espalmando as mãos na parede enquanto ele subia por seu corpo. Hades passou um bom tempo lavando o espaço entre as coxas dela, os dedos provocando seus grandes lábios. Quando ele voltou a ficar de pé, Perséfone estava excitada, e, embora sua ereção se projetasse entre os dois, Hades não se mexeu para possuí-la. Em vez disso, olhou para ela atentamente.

— Eu te amo.

— Eu também te amo — ela respondeu, alguma coisa nesse momento, nessa troca de palavras, fez seus olhos se encherem de lágrimas. — Mais que tudo.

Não eram palavras poderosas o suficiente, mas ela não conseguia encontrar as palavras de que precisava, as palavras que queria. Aquelas que expressavam quanto seu sangue e seus ossos, seu coração e sua alma ansiavam por ele.

— Perséfone — Hades sussurrou seu nome, limpando uma lágrima que lhe escorria pelo rosto. Ele a segurou no colo e a carregou para fora do chuveiro. Nem tinham se secado quando ele se sentou diante da lareira. Com Perséfone no peito dele, ficaram ali em silêncio, deixando que os acontecimentos da noite voltassem a permear sua realidade.

O Estádio Talaria tinha sido o lugar perfeito para um ataque. A distração das corridas de carruagem, além do drama entre Apolo, Ajax e Heitor. Ninguém suspeitou de nada.

— Aquela gente toda... se foi — ela sussurrou.

Perséfone se perguntou quantas pessoas teriam morrido e se encheu de culpa ao pensar que deveria ter estado nos portões para acolhê-las, acalmá-las.

Os braços de Hades se apertaram em torno dela.

— Você não vai conseguir consolar todo mundo que chegar aos portões inesperadamente, Perséfone. Essas mortes são numerosas demais. Console-se. As almas do Asfódelos estão lá, e elas vão te representar bem.

— Representam você também, Hades — ela disse.

Então pensou em algo: os inocentes não tinham sido os únicos a morrer. Entre eles, havia aqueles que deram início à violência.

— E os agressores que morreram hoje?

Ela encontrou o olhar de Hades. Não sabia dizer o que ele estava pensando, mas ele respondeu à pergunta sem hesitar.

— Estão aguardando a punição no Tártaro. — Ele fez uma pausa, então perguntou: — Quer ir?

Um sorriso apareceu em seus lábios. Não em expectativa, mas em resposta à pergunta dele. Semanas atrás, ele jamais teria sugerido uma visita à câmara de tortura que usava para punir as almas e, agora, o fazia sem vacilar.

— Sim — ela respondeu. — Quero ir, sim.

Chegaram em uma parte do Tártaro que Perséfone nunca tinha visitado. Era um salão cavernoso, flanqueado dos dois lados por enormes colunas de obsidiana. Ela demorou um pouco para perceber que o espaço entre as colunas era bloqueado por portões. Estavam em um calabouço. O ar ali era espesso, pesado com um poder antigo. Ela inclinou a cabeça para trás, procurando a fonte da magia.

— Tem monstros aqui — Hades disse, como se para explicar.

— Que... tipo de monstros? — Perséfone perguntou.

— Muitos — ele falou, parecendo achar graça. — Alguns estão aqui porque foram mortos. Outros porque foram capturados. Vem.

Hades pegou a mão dela e a conduziu por muitas celas escuras. Conforme andavam, ela ouviu silvos, roncos e um lamento horrível. Perséfone olhou para Hades, pedindo uma explicação.

— As harpias — ele disse. — Aelo, Celeno e Ocípete... Ficam inquietas, principalmente quando o mundo está caótico.

— Por quê?

— Porque sentem o mal e querem punir — esclareceu.

Passaram por diversos outros monstros, incluindo uma criatura que era metade mulher, metade cobra. Dedos graciosos agarraram com força as barras da cela dela quando sua cabeça apareceu. Era linda; o cabelo era longo e caía sobre os ombros em ondas vermelhas, cobrindo os seios nus.

— Hades... — ela sibilou ela, os olhos em fenda brilhando.

— Lâmia — disse, cumprimentando-a.

— Lâmia? — Perséfone perguntou. — A assassina de crianças?

O monstro soltou um silvo ao ouvir as palavras, mas Hades respondeu.

— Ela mesma.

Lâmia era filha de Poseidon com uma rainha. Seu caso com Zeus levou Hera a amaldiçoá-la a perder todo filho que desse à luz, e, depois de um tempo, ela enlouqueceu, passando a roubar bebês de suas mães para se alimentar da carne deles. Sua história era pavorosa, principalmente levando em conta que Lâmia passou de querer um bebê mais do que qualquer outra coisa a devorar crianças.

Continuaram caminhando até chegar ao final da passagem, onde um portão mantinha uma criatura gigante, parecida com um dragão, aprisionada. Tinha sete cabeças de serpente, escamas e barbatanas palmadas ao longo do pescoço. Elas sibilavam, mostrando presas das quais pingava um líquido preto que caía numa poça da altura de sua barriga grande e bulbosa. Naquela água, havia várias almas cujos rostos estavam queimados demais para serem reconhecidos.

— O que é isso? — Perséfone perguntou.

— Essa é a Hidra — Hades respondeu. — O sangue, a peçonha e a respiração dela são venenosos.

Perséfone ficou olhando.

— E os mortais na poça? O que fizeram?

— São os terroristas que atacaram o estádio — ele explicou.

— Essa é a punição?

— Não — Hades disse. — Aqui é tipo uma cela de espera.

Perséfone deixou as palavras de Hades se assentarem entre eles. Isso significava que não havia nenhuma trégua quando os juízes condenavam o destino de uma alma ao Tártaro. A punição era iniciada imediatamente, e essas queimaduras, o veneno corroendo a pele deles até os ossos, eram apenas o começo.

— E como você vai puni-los? — ela perguntou, inclinando a cabeça para olhar nos olhos dele. Hades baixou os olhos para ela.

— Talvez... você queira decidir?

Mais uma vez, ela se viu dando um sorrisinho, apesar do horror dessa conversa. Hades estava lhe pedindo que determinasse a punição eterna de uma alma — e ela gostou da ideia. Aquilo a fez se sentir poderosa, confiável. Por um brevíssimo instante, Perséfone se perguntou o que isso fazia dela, mas já sabia. Fazia dela sua rainha.

Voltou a olhar para as almas no lago venenoso.

— Quero que eles existam num estado constante de medo e pânico. Que vivenciem o que causaram aos outros. Vão existir, pela eternidade, na Floresta do Desespero.

— Seu desejo é uma ordem — Hades disse, e ergueu a mão para que ela a pegasse. Quando entrelaçou os dedos aos dele, as almas embaixo da Hidra desapareceram. — Quero te mostrar uma coisa.

Ele a levou para a biblioteca, para a bacia onde ela tropeçou em suas primeiras visitas ao palácio. Da primeira vez que a encontrou, ela tinha presumido que se tratasse de uma mesa, mas, ao se aproximar, descobriu um mapa parcial do Submundo refletido na superfície escura. Na época, só tinha conseguido ver o palácio, o Asfódelos e os rios Estige e Lete. Quando perguntou a Hades por que não estava completo, ele lhe disse que o resto se revelaria quando ela tivesse feito por merecer aquele direito.

Àquela altura, só Hécate e Hermes conseguiam ver o Submundo por inteiro.

Agora, quando olhava, Perséfone via cada rio, campo e montanha. Ela sabia que as chances de o mapa continuar igual eram pequenas, porque Hades estava sempre manipulando seu mundo — acrescentando, movendo ou apagando lugares.

— Mostre a Floresta do Desespero — Hades disse, e a água se agitou até uma cena dura ser reproduzida diante dos olhos dela. Quando Perséfone tinha vagado entre aquelas árvores, estivera sozinha, a floresta silenciosa ao seu redor, mas agora a enxergava como realmente era: cheia de milhares de almas, todas vivendo de alguma maneira seu inferno pessoal. Algumas almas estavam sentadas ao pé das árvores, abraçando os joelhos, tremendo. Outras caçavam umas às outras, atacando-se e assassinando-se, mas depois reviviam e voltavam a ser caçadas.

— As que estão caçando — Perséfone falou. — Qual é o medo delas?

— Perder o controle — Hades respondeu.

— E as que são assassinadas? — a deusa perguntou, baixinho.

— Foram assassinas em vida — ele explicou.

Havia outras também — almas que bebiam de riachos e tinham mortes lentas e dolorosas, almas presas em uma parte da floresta que estava perpetuamente em chamas, almas que ficavam amarradas e esticadas entre árvores, enquanto eram cutucadas e perturbadas até as condições ambientes as levarem à morte.

Sempre que o ciclo terminava, começava de novo — um loop infinito de tortura e morte.

Depois de um tempo, Perséfone deu as costas à bacia.

— Já vi o bastante.

Hades se juntou a ela, pegando sua mão e beijando o nó dos dedos.

— Você está bem?

— Estou... satisfeita — ela respondeu, então fitou seus olhos. — Vamos pra cama.

Hades não discutiu, e, quando voltaram para o quarto, ela percebeu que a vingança tinha um gosto — era amargo e metálico, com um fundo doce.

E ela estava sedenta por ele.

— Perséfone... — Hades disse seu nome, um toque de preocupação na voz. Ela sabia que ele estava se perguntando se tinha ido longe demais ao lhe mostrar a Floresta do Desespero.

Despiu-se, sentindo-se tensa. Alongou os ombros antes de se virar para encará-lo.

— Hades... — respondeu. Precisava senti-lo dentro dela, precisava da distração e do alívio que ele daria.

— Você passou por muita coisa — ele disse, embora seus olhos queimassem com um desejo tão potente que as pernas dela já tremiam. — Tem certeza de que quer isso hoje?

— É a única coisa que eu quero — ela respondeu.

Hades deu mais um passo, eliminando o espaço entre os dois, e suas bocas se encontraram, as línguas deslizando juntas. Perséfone estremeceu sob as mãos dele, arqueando-se em sua direção, o quadril desesperado para se encostar ao dele. Depois, o ajudou a se despir enquanto beijava seu peito, descendo até o sexo inchado. Quando seus lábios tocaram a cabeça do pau de Hades, ele soltou um suspiro, pesado e quase áspero, arranhando sua garganta.

Ela deu uma olhada para cima, curiosa para ver a expressão dele — cheia de uma paixão sombria. A visão só encorajou o fogo no fundo do ventre de Perséfone. O espaço entre as coxas dela se umedeceu, seu corpo se preparando para acomodá-lo.

— Tudo bem assim? — Ela não tinha certeza da razão de estar perguntando. Talvez só quisesse ouvi-lo dizer sim com aquele fogo arrebatador nos olhos.

— Mais do que bem — Hades respondeu, e Perséfone voltou a acariciá-lo, a língua provando da ponta até a base, provocando cada dobra e lambendo a pele aveludada. Ele inspirou por entre os dentes quando tocou o fundo da garganta dela, enfiando os dedos em seu cabelo. Ela ergueu os olhos para ele. O olhar dele era terno, amoroso, e mesmo assim queimava sua alma, aquecendo cada parte sua, até que a deusa derretesse.

— Você não sabe as coisas que eu quero fazer com você — ele disse.

Ela sustentou o olhar, chupando a glande com força uma última vez, depois o soltou. Endireitou-se, inclinando a cabeça na direção dele, e, com a boca na mesma altura que a dele, sussurrou:

— Me mostra.

Era um desafio — e Hades aceitou. Apertando a nuca da deusa, ele puxou a boca de Perséfone para a sua, a língua a invadindo e se entrelaçando à dela, e depois, como se ela não pesasse nada, carregou-a para o centro da cama. Mais uma vez, cobriu a boca de Perséfone com a sua, chupando e acariciando. Ela se curvou debaixo dele, enfiando os dedos em seus braços musculosos até ele prender suas mãos acima da cabeça, e então sentiu algo se enrolando ao redor dos pulsos; algo macio, mas que a impedia de movê-los. Ela olhou para cima e viu que estavam presos com magia das sombras.

Um arrepio de desconforto percorreu seu corpo.

— Tudo bem assim? — ele perguntou, sentando-se, as coxas fortes a envolvendo, o pau pesado e ereto. Ela engoliu em seco, a estranha sensação de inquietação persistente nas profundezas de sua mente. Estava tudo bem? Ela não conseguia decidir.

É o Hades, lembrou a si mesma. *Você está segura.*

Ela assentiu, e quanto mais ele percorria seu corpo com aquele olhar ardente, mais o desconforto se dissipava.

Hades deu um sorrisinho, e o coração de Perséfone bateu mais forte no peito, a expectativa se intensificando dentro dela.

— Vou fazer você se contorcer — prometeu, subindo devagar pelo corpo dela com a graça de um predador. — Vou fazer você gritar. Vou fazer você gozar tão forte que vai continuar sentindo o orgasmo por dias.

Hades fechou a boca sobre a dela e se mexeu para colocar as pernas entre as suas, depois desceu por seu corpo, beijando-a, a pele deslizando deliciosamente contra seu clitóris enquanto ele seguia para sua buceta — no entanto, ela sentiu o peito apertar de um jeito que não era familiar.

Ela tentou desfazer o nó que se formou bem ao lado de seu coração, mas não conseguiu respirar fundo o bastante. Ergueu a cabeça e viu Hades descendo, parando para beijar o interior de suas coxas, lambendo o ponto sensível.

Segura, ela pensava sem parar — a sensação no peito em conflito com o fogo em seu baixo ventre. *Segura. Segura. Segura.*

Então ele abriu suas pernas, forçando-as contra a cama, e, de repente, ela não conseguia mais respirar de jeito nenhum. Era como se estivesse no Estige de novo, sendo puxada da superfície da água preta para as profundezas escuras pelos mortos que viviam ali. Quanto mais lutava, mais forte a seguravam, mais escuro tudo se tornava. As amarras em seus pulsos eram ásperas — corda, ela se deu conta. As mãos em suas coxas eram pegajosas.

— Perséfone...

A voz estava abafada, mas ela se moveu na direção dela.

— Hades... — repetiu o nome dele.

Uma das mãos rompeu a superfície da água, e ela a pegou, mas, quando subiu para tomar ar, se viu cara a cara com Pirítoo — rosto magro, lábios pálidos, olhos sangrentos — e, de repente, estava de volta àquela cadeira de madeira, com as bordas que arranhavam sua pele. Pirítoo estava de joelhos diante dela.

— Ingrata! — grasnou.

— Não, não, *não*!

Ela fechou as pernas nuas com força, enquanto a mão de Pirítoo deslizava de sua perna para a coxa.

— Eu estava te protegendo — disse, com ódio, olhando de soslaio para ela, o sangue pingando de seu rosto na pele dela. — E é assim que você me retribui?

— Não encosta em mim, porra! — Perséfone gritou, mas Pirítoo apertou com mais força, cravando os dedos nela, e forçou-a a abrir as pernas, enfiando-se no meio. Ela caiu para a frente na tentativa de empurrá-lo, e algo azedo começou a subir por sua garganta.

Perséfone ia vomitar.

— Não... — ela gemeu. — Por favor, não.

Onde estava Hades? Por que ele tinha permitido que isso acontecesse? Ele disse que Pirítoo não poderia encontrá-la, não poderia mais machucá-la.

Onde estava sua magia? Tentou invocá-la, mas o poder parecia tão paralisado quanto ela.

— *Perséfone...* — Pirítoo disse, com as mãos se aproximando de suas partes íntimas. O corpo de Perséfone se retesou; ela tremia por dentro. — Está tudo bem.

Então Pirítoo se inclinou para dar um beijo em sua coxa, e ela desmoronou.

— Não!

As amarras em torno de seus pulsos se soltaram, e ela atacou Pirítoo, sua mão se conectando ao rosto dele. Foi aí que ela percebeu que havia espinhos saindo de sua pele — como se sua mão fosse o caule de uma rosa. Assim que viu o sangue, sentiu que tinha emergido da escuridão.

Já não estava naquela cadeira de madeira, mas em meio ao mar de seda preta em sua cama; e não era Pirítoo diante dela, mas Hades. O rosto dele sangrava por causa do golpe dela.

O sangue sumiu de seu rosto quando ela olhou para ele, com os olhos arregalados, seu cérebro tentando encontrar algum sentido no que tinha acontecido, mas não havia nenhum.

Segura, pensou ela.

Fez menção de tocá-lo, querendo limpar o sangue, apagar a evidência do tapa, mas parou quando viu as próprias mãos, cheias de espinhos sangrentos. Sua boca tremelicou, suas mãos tremeram, e ela desatou a chorar.

Hades levou um momento para se mexer, para abraçá-la, mas, quando o fez, seu corpo estava frio e rígido.

— Eu não sabia — Hades disse, a voz baixa e rouca. Era como se estivesse bravo, mas tentando muito não demonstrar a raiva.

Desculpa, Perséfone queria dizer, mas sua boca não funcionava.

— Eu não sabia — Hades repetiu. — Desculpa. Eu te amo.

Reiterou as palavras até a voz falhar.

26

RELÍQUIAS

Quando Perséfone acordou, Hades já tinha saído.

Sua ausência renovou a angústia dela e lhe causou uma dor no peito. Horrorizava-a saber que Pirítoo tinha invadido um espaço tão adorado. Pior ainda, ela estava envergonhada. Tinha achado que podia aguentar qualquer coisa desde que estivesse com Hades, mas assim que se viu amarrada, perdeu o contato com a realidade.

Como poderiam seguir em frente depois disso?

Hades sempre sabia o que fazer, mas, na noite passada, ela o viu paralisado e o conhecia bem o bastante para saber que se afastaria agora.

Ela suspirou, o corpo inteiro pesado de tristeza, e se levantou da cama, vestindo um peplo branco. Mandou mensagens para Sibila, Leuce e Zofie, que estavam bem, mas preocupadas com ela. Garantiu a elas que estava bem e curada. Leuce também compartilhou uma série de artigos, e Perséfone passou parte da manhã lendo-os e assistindo a vídeos associados ao ataque no Estádio Talaria. Uma parte dela se perguntava se alguém teria filmado sua magia, mas todos os vídeos compartilhados eram do lado de fora do local.

O número de mortos era impressionante — um total de cento e trinta vítimas. Destas, três eram heróis: Damão, Esopo e Demi. Ainda assim, algumas manchetes alegavam que as numerosas mortes se deviam ao uso desnecessário de magia por parte dos deuses que tinham ido assistir aos jogos.

Era uma tentativa falha de justificar o terrorismo da Tríade.

Perséfone largou o tablet, precisando de um intervalo longe daquele peso.

Saiu do palácio e foi para o jardim. Ela sempre foi capaz de sentir aromas pertencentes e diversos tipos de magia, mas, quanto mais tempo passava no Submundo, mais percebia que cada flor tinha o cheiro de Hades — era como um pano de fundo, tênue, mas nítido. As rosas, por exemplo, tinham um cheiro doce, com um toque de fumaça.

Já fazia um tempo desde a última vez que ela havia percorrido esses caminhos e visitado essas flores, e, quando chegou ao fim da trilha, parou de repente ao avistar seu pedaço de terra, aquele que Hades lhe deu depois de ela aceitar o acordo de criar vida no Submundo.

Era um trecho de areia preta e estéril. Perséfone imaginava que todas as sementes que plantou ainda estavam enterradas ali, dormentes, mas alguma coisa na ideia de trazer esse jardim à vida naquele momento não parecia certa. Talvez guardasse a transformação para Hades e a oferecesse como presente de casamento, se a cerimônia um dia ocorresse. Os planos tinham sido praticamente interrompidos enquanto esperavam a bênção de Zeus, agora adiada devido à tempestade de Deméter — embora Perséfone tivesse que admitir que não parecia tão importante nessas circunstâncias, em que deuses estavam morrendo e pessoas estavam sendo assassinadas.

Depois de deixar os jardins, ela entrou nos campos de Asfódelos, onde Cérbero, Tifão e Ortros se juntaram a ela. Percorreram os mercados do Vale de Asfódelos. Algumas almas faziam as atividades de sempre — trocando alimentos e tecidos, regando as plantas —, enquanto outras ordenhavam as vacas no campo. O cheiro de pão assando e canela doce encheu o ar, e com ele vieram soluços fracos. Perséfone seguiu o som e encontrou Yuri consolando uma alma.

— Tudo bem? — Perséfone perguntou. Nunca viu uma alma chateada no Asfódelos antes, mas mesmo ela sabia que havia uma certa melancolia inédita no ar.

A alma imediatamente se afastou de Yuri e enxugou os olhos, sem olhar para Perséfone. Ainda assim, a deusa percebeu que era jovem, provavelmente na casa dos vinte e poucos anos. Tinha cabelo preto e uma franja reta que emoldurava um rosto pálido.

— Lady Perséfone. — Yuri fez uma reverência, e a alma a seu lado logo imitou a ação. — Esta é Angeliki. Ela acabou de chegar no Asfódelos.

Perséfone não precisava de mais explicações. Essa mulher tinha estado no Estádio Talaria.

— Angeliki — Perséfone disse. — É um prazer te conhecer.

— Você também... — a mulher sussurrou.

— Lady Perséfone está prestes a se tornar nossa rainha — Yuri comentou.

Angeliki arregalou os olhos.

— Tem algo que eu possa fazer por você, Angeliki? Para ajudá-la a se ajustar à sua nova casa?

Essa oferta só fez a mulher chorar ainda mais, e Yuri a abraçou de novo, acariciando seu braço com a mão.

— Ela está preocupada com a mãe dela — Yuri explicou. — Angeliki era a cuidadora dela. Agora que está aqui, não tem ninguém para cuidar da mãe.

Perséfone sentiu uma grande tristeza por essa mulher cujas lágrimas não eram por si mesma, mas por outra pessoa, e soube que tinha que fazer alguma coisa.

— Qual é o nome da sua mãe, Angeliki?

— Nessa — ela disse. — Nessa Levidis.

— Vou garantir que cuidem dela — Perséfone disse.

Angeliki arregalou os olhos.

— Vai mesmo? De verdade?

— Sim — Perséfone respondeu. — Prometo.

E deuses não podiam quebrar promessas.

A jovem mulher jogou os braços ao redor de Perséfone.

— Obrigada — agradeceu, soluçando abraçada à deusa, com o corpo tremendo. — Obrigada.

— Por nada — Perséfone disse, antes de se afastar. — Vai ficar tudo bem.

Angeliki respirou fundo, depois deu uma risadinha.

— Vou me limpar.

Perséfone e Yuri observaram a alma desaparecer dentro da casa.

— Foi muita bondade da sua parte — Yuri falou.

— Foi a única coisa que consegui pensar em fazer — Perséfone disse. Não tinha certeza de que Hades aprovaria, mas muita gente havia morrido no ataque de Talaria, e essas pessoas tinham deixado entes queridos jovens e velhos para trás. Não era como se ela tivesse se oferecido para entregar uma mensagem pessoal.

Perséfone fez uma nota mental para falar com Katerina a respeito de começar um fundo para ajudar as famílias das vítimas — algo que Hades com certeza aprovaria.

— É bom ver você — Yuri disse.

— Você também — Perséfone respondeu. — Desculpa por não ter vindo antes.

— Tudo bem — Yuri falou. — Sabemos que as coisas não estão boas lá em cima.

Perséfone franziu a testa.

— Não estão mesmo.

Ela olhou ao redor, percebendo que nenhum dos residentes jovens tinha vindo correndo para ela como de costume.

— Cadê as crianças?

Yuri sorriu.

— Estão no jardim com Tique — ela disse. — Ela lê pra elas toda manhã. Você devia ir lá visitar. As crianças iam amar.

Ela gostaria de ver as crianças, mas também gostaria de visitar Tique. No entanto, estava preocupada. Será que Tique estava pronta para responder às perguntas a respeito de sua morte?

— Vem. Eu vou até o pomar — Yuri avisou. — Estava indo colher romãs quando encontrei Angeliki.

As duas saíram da vila principal, seguindo uma trilha na direção de um grupo de árvores onde Yuri permaneceu para colher frutas. Além do pomar, ficava o Jardim das Crianças, que, na verdade, não era um jardim e lembrava mais um parque construído em meio à floresta.

Desde que Perséfone viera para o Submundo, o espaço tinha aos poucos se transformado de uns poucos balanços e uma gangorra em algo bem mais mágico e cheio de aventuras. Agora se espalhava por cinco acres, com escorregadores e lotes de areia, estruturas para escalar e pontes suspensas nas quais as crianças normalmente brincavam, mas naquele dia ela as encontrou reunidas numa clareira, onde Tique estava empoleirada em cima de uma grande pedra. Estava contando uma história do jeito mais animado possível.

— Prometeu queria que o mundo se tornasse um lugar melhor e, em vez de passar seus dias no Monte Olimpo, explorava e vivia em meio aos homens, que sofriam apesar da beleza do mundo. Um dia, Prometeu percebeu que, se ao menos os homens tivessem fogo, eles poderiam se aquecer, cozinhar a comida e aprender a fabricar ferramentas. As possibilidades eram infinitas! Mas quando Prometeu foi falar com Zeus e implorar a ele que compartilhasse o fogo com os mortais, o Deus do Trovão recusou, temendo a força dos mortais. *"É melhor que os mortais dependam dos deuses para o que precisarem. Que eles rezem pelo que precisam, e nós daremos a eles"*, Zeus disse.

Tique fazia expressões e vozes para cada personagem enquanto falava.

— Mas Prometeu discordava, então agiu contra a vontade de Zeus e deu o fogo aos mortais. Zeus levou muitos meses para olhar para baixo do alto do seu posto no Monte Olimpo, mas, quando olhou, viu os mortais se aquecendo junto às chamas, que agora ardiam em lareiras, nas casas que eles tinham construído, porque Prometeu lhes dera o fogo. Furioso, Zeus acorrentou Prometeu à encosta de uma montanha como punição pela traição, mas Prometeu não ficou triste com a sentença. Na verdade, ficou contente, feliz, porque sabia que, sobre a Terra selvagem, os mortais prosperavam.

A voz de Tique era uniforme, exuberante e agradável, e Perséfone achou o final dessa versão da história de Prometeu melhor do que o verdadeiro, que era bem mais sombrio. Depois da trapaça de Prometeu, Zeus libertou Pandora, que trouxe aos homens o medo e a esperança — esta última possivelmente sendo a arma mais perigosa de todas.

Perséfone via semelhanças entre essa história e a maneira como Zeus continuava a enxergar a humanidade. O deus desejava manter os mortais em um lugar de submissão. Era o motivo pelo qual descia à Terra: para lembrar aos humanos de que era todo-poderoso.

Também era o motivo da retaliação da Tríade.

— Conta outra história, Lady Tique! — uma criança pediu.

— Amanhã, jovenzinho — ela disse, com um sorriso. — Temos visita.

A Deusa da Fortuna encontrou o olhar de Perséfone, e as crianças se viraram para ela.

— Lady Perséfone!

Todas correram em sua direção, abraçando suas pernas e puxando sua saia.

Ela riu e se inclinou para aceitar os abraços.

— Você veio brincar com a gente? — uma perguntou.

— Por favor, brinca com a gente!

— Vim falar com Lady Tique — Perséfone respondeu. — Mas vamos assistir às brincadeiras de vocês. Vocês podem mostrar todos os truques que aprenderam.

Isso pareceu satisfazê-las, e elas dispararam rumo ao parquinho — escalando e correndo, balançando e escorregando.

Tique se aproximou. Era bonita, alta e graciosa, o corpo envolto em trajes pretos, o cabelo longo e preto preso num coque no topo da cabeça. Ela fez uma reverência.

— Lady Perséfone... — ela disse. — É um prazer conhecê-la.

— Lady Tique... — Perséfone cumprimentou. — Eu sinto muito.

— Não é preciso ficar triste — Tique disse, dando um sorrisinho. — Vem. Vamos dar uma caminhada.

Ela ofereceu o braço, que Perséfone aceitou. As duas ficaram na sombra. Nesta parte do Submundo, o ar era sempre quente, e as árvores tinham um brilho que lembrava Perséfone da primavera.

— Imagino que você queira saber como eu morri — Tique disse.

As palavras perfuraram o peito de Perséfone como uma faca.

— Não é que eu *queira* saber — ela explicou. — Mas... temo que continue acontecendo se não aprendermos com você.

— Entendo — Tique disse. — Fui derrubada por algo pesado, como uma rede. Depois, atacada por mortais, vários deles. Lembro de sentir a primeira pontada de dor e ficar chocada por eles estarem me machucando. Então senti mais uma pontada, depois outra. Estava cercada.

— Ai, Tique... — Perséfone sussurrou.

— Não consegui me curar. Talvez as Moiras tenham cortado meu fio.

Elas andaram um pouquinho mais, então pararam. Tique se virou para encarar Perséfone, e seus olhos cinzentos eram dóceis.

— Eu sei o que você quer perguntar — a deusa disse.

Perséfone engoliu em seco. As palavras estavam na ponta da língua: *Minha mãe estava envolvida? Você também sentiu a magia dela?*

— Senti, sim, a presença da sua mãe — Tique disse. — Torci... para que ela estivesse lá para me ajudar. Não estava consciente o bastante para entender que era apenas a magia dela.

A culpa atravessou Perséfone, embrulhando seu estômago.

— Não entendo por que minha mãe escolheu esse caminho — ela comentou, sentindo a dor dessas palavras ricochetear através de seu corpo.

Houve uma pausa, então Tique falou.

— Sua mãe e eu já fomos próximas — ela disse.

Perséfone franziu as sobrancelhas. Não fazia ideia de que Deméter e Tique haviam sido amigas. Em todo o tempo que havia passado na estufa, jamais ouviu falar da Deusa da Fortuna, nem a conheceu.

— Eu... não lembro de você — Perséfone disse.

Tique deu um sorriso triste.

— Fomos amigas muito antes de ela implorar às Moiras por uma filha — ela falou. — Muito antes de ela ficar tão irritada e machucada.

— Me conte.

Tique respirou fundo.

— Sua mãe manteve você em segredo por muitos motivos. Você sabe de um... Seu futuro casamento com Hades. Mas Deméter já estava se escondendo bem antes de você chegar. Ela foi estuprada.

Perséfone sentiu a garganta em carne viva ao engolir essa informação.

— O quê?

— Poseidon a enganou, atraindo-a para si na forma de um cavalo, então a atacou. Foi assim que começou o ódio dela pelos outros olimpianos. Continuou depois de ela procurar Zeus, implorando que ele punisse o irmão, e ele se recusar. Não estou te contando isso como desculpa para o comportamento dela em relação a você ou ao mundo. Estou contando para você entender o porquê.

— Eu... não sabia.

— Sua mãe não enxerga força na sobrevivência dela.

Perséfone nunca tinha parado para pensar no que sua mãe poderia ter passado — em um abuso que pudesse ter sofrido ou superado.

Mas era isso.

Aquele era o trauma de Deméter. Era a semente que plantou as raízes do medo que ela tinha do mundo, do medo que tinha pela filha. Poseidon e Zeus eram dois dos três deuses mais poderosos. Quanto a Hades, Deméter provavelmente nem teve a chance de considerá-lo digno.

— Ela nunca mais foi a mesma — Tique continuou. — Acho que ela enterrou partes de si mesma para continuar existindo, mas, ao fazer isso, também perdeu a parte de si que estava viva.

Perséfone tentou respirar, mas não conseguiu.

— Sinto muito, Perséfone.

— Estou feliz por ter me contado — ela disse, embora sua mente girasse com um novo entendimento. Apesar do mal que Deméter havia causado, Perséfone conseguia ver os fios que levaram sua mãe a percorrer esse caminho, e, no fim das contas, eles não tinham nada a ver com ela e tudo a ver com o trauma. Poseidon a tinha destruído, Zeus a tinha esmagado, e ela precisou existir em um mundo onde eles permaneciam poderosos, no controle.

— Hades sabe? — Perséfone perguntou.

— Acho que Deméter nunca contou a ninguém além de mim.

Perséfone não sabia por que, mas ouvir isso deixou sua respiração um pouquinho mais fácil.

— O que eu faço?

Tique deu de ombros.

— É difícil saber. Talvez você possa viver com a compreensão de que Deméter fez o melhor que pôde dadas as circunstâncias, mas sabendo que isso não quer dizer que seu trauma seja inválido. Todos somos quebrados, Perséfone. O que importa é o que fazemos com os pedaços.

Deméter estava usando seus pedaços para ferir. Perséfone sabia que, no final, apesar dos problemas de sua mãe, alguém teria que pará-la.

— Obrigada, Tique.

— Não vai ser fácil, Perséfone. O sistema está falido. Algo novo deve tomar seu lugar, mas não existem promessas na guerra, nenhuma garantia de que aquilo por que lutamos vai vencer.

— Mas vale a pena tentar... não vale?

Tique sorriu, meio triste, e disse:

— Essa é a esperança. A maior inimiga do homem.

Depois de sair do Jardim das Crianças, Perséfone rumou para a biblioteca, perambulando entre as estantes, reunindo material sobre a Titanomaquia, curiosa a respeito dos eventos que tinham levado à derrota dos titãs e ao reinado dos olimpianos. Com alguns livros selecionados, ela se aninhou diante da lareira e leu.

A maioria dos textos descrevia a amargura e o conflito da batalha, mas também a habilidade de Zeus de seduzir e montar estratégias. Ele tinha um histórico de manipular e negociar pela lealdade tanto de deuses quanto de monstros, prometendo poder aos primeiros e ambrosia e néctar aos segundos. Perséfone não conhecia essa versão do Deus do Trovão — ela ainda existia? Será que ele estava tão seguro de sua posição e de seu poder que tinha perdido a perspicácia? Ou será que sua ignorância feliz e natureza indulgente era mais um estratagema?

Ela sentiu Hades antes de vê-lo. Sentiu a presença do deus roçando seu pescoço e sua espinha, como se os lábios dele estivessem trilhando um caminho por sua pele. Seu corpo enrijeceu. Considerando a noite que haviam tido, não estava esperando vê-lo hoje, no entanto ali estava ele. O Deus dos Mortos sempre aparentava ter se manifestado das sombras, mas havia alguma coisa mais sombria se movendo debaixo de sua pele e atrás de seus olhos, algo que gelou o sangue de Perséfone.

Ela abaixou o livro e eles ficaram se olhando por um longo momento. Hades se manteve distante, e Perséfone sentiu a estranheza entre os dois, uma tensão que pressionava sua pele e esvaziava seu peito. Queria dizer alguma coisa a respeito da última noite — pedir desculpas e explicar que não entendia por que aquilo tinha acontecido —, mas aquelas palavras eram difíceis demais.

— Falei com Tique hoje — ela disse, em vez disso. — Acha que não conseguiu se curar porque as Moiras cortaram o fio dela.

Hades a encarou por um instante, sem nenhuma expressão. Aquele era um Hades diferente, um que aparecia quando o outro não estava disposto a sentir.

— As Moiras não cortaram o fio dela — ele disse.

Perséfone esperou que ele continuasse. Quando não o fez, ela o instigou:

— O que você quer dizer?

— Que a Tríade conseguiu encontrar uma arma que é capaz de matar os deuses — Hades falou, sem demonstrar nenhuma emoção, preocupação ou ansiedade.

— Você sabe o que é, não sabe?

— Não tenho certeza — ele respondeu.

— Me fale.

Hades fez uma pausa. Era como se não soubesse por onde começar — ou talvez fosse mais que não quisesse contar.

— Você conheceu a Hidra. Ela já participou de muitas batalhas no passado, perdeu muitas cabeças, embora elas só se regenerem. As cabeças são valiosíssimas, porque a peçonha delas é usada como veneno. Acho que Tique foi derrubada por uma nova versão da rede de Hefesto e golpeada com uma flecha molhada no veneno da Hidra. Uma relíquia, para ser mais específico.

— Uma flecha envenenada?

— Era a arma biológica da Grécia Antiga — Hades explicou. — Trabalho há anos para tirar relíquias como essas de circulação, mas existem muitas, e redes inteiras dedicadas a obtê-las e vendê-las. Eu não ficaria surpreso se a Tríade tivesse conseguido arrumar algumas.

Perséfone levou um tempo para assimilar a informação.

— Achei que você tivesse dito que deuses não podiam morrer a menos que fossem jogados no Tártaro e despedaçados pelos titãs.

— Normalmente sim — Hades disse. — Mas o veneno da Hidra é potente, mesmo para deuses. Reduz a velocidade da nossa cura e, provavelmente, se um deus for atingido vezes demais...

— Ele morre.

Isso faria sentido, explicava por que Tique não conseguiu se curar. Depois de um instante, Hades falou, e as palavras que saíram de sua boca deixaram Perséfone chocada — não apenas por causa do que ele disse, mas porque estava lhe dando informações, coisa que nunca fazia.

— Acredito que Adônis também tenha sido morto com uma relíquia. A foice do meu pai.

— O que te faz ter tanta certeza?

Houve um segundo de silêncio.

— Porque a alma dele estava estilhaçada.

Perséfone compreendeu. Adônis tinha ido para os Campos Elísios para descansar pela eternidade. A alma dele era a magia que propiciava o florescer de papoulas e romãs.

— Por que você não me contou?

Mais uma vez, Hades ficou calado, mas ela esperou que ele falasse.

— Acho que eu precisava chegar ao ponto de conseguir te contar. Ver uma alma estilhaçada não é fácil. Carregá-la para os Campos Elísios é mais difícil ainda.

A expressão nos olhos assombrados do deus dizia a Perséfone que ela não poderia entender o que Hades tinha visto.

Perséfone largou o livro e sussurrou o nome dele, desesperada para consolá-lo, mas, quando se mexeu, ele pareceu enrijecer, desviando o olhar para o livro.

— O que você estava lendo? — ele perguntou, mudando de assunto, e Perséfone sentiu um eco de dor latejar em seu peito.

— Estava procurando informações sobre a Titanomaquia — ela disse, e viu o maxilar de Hades se contrair.

— Por quê?

— Porque... acho que minha mãe tem objetivos maiores do que separar a gente.

27

O MUSEU DA GRÉCIA ANTIGA

Já era tarde quando Perséfone acordou e se deparou com o vazio no espaço ao seu lado. Hades não tinha ido para a cama. Ela se levantou e saiu em busca dele, encontrando-o na sacada, envolto pela noite. Colocou-se atrás dele e o abraçou pela cintura. Ele ficou tenso e pôs as mãos sobre as dela, desfazendo o abraço e virando-se para encará-la.

— Perséfone...

Ela ficou um pouco chocada pela velocidade com que ele se virou.

— Você não vem pra cama? — ela perguntou, em um sussurro abafado.

— Já estou indo — disse, soltando-a. Perséfone pousou a mão no peito.

— Não acredito em você.

Ficou olhando para ela por um instante, impassível.

— Não consigo dormir — Hades disse. — Não quero te perturbar.

— Você não vai me perturbar — ela falou. — A sua ausência é o motivo de eu não conseguir dormir.

Sentiu-se um pouco boba de dizer isso em voz alta, mas era verdade que a presença dele facilitava que ela relaxasse.

— Nós dois sabemos que não é verdade — ele disse, e ela recuou ao ouvir essas palavras, sabendo que ele estava se referindo a Pirítoo. Ela mordeu o interior da bochecha para impedir que a boca tremesse. Desde que tinha conhecido Hades, ele nunca a rejeitara, e, no entanto, ali estava ele, resistindo. A reação dele a machucou e a fez se sentir culpada.

— Você tem razão — Perséfone disse. — Não é verdade.

Deixou-o ali, mas, em vez de voltar para a cama deles, andou pelo corredor até a suíte da rainha, onde rastejou para debaixo das cobertas e chorou.

Perséfone estava sentada à mesa de trabalho, segurando um copo de café. Fitava com olhar ausente o vapor rodopiando no ar, incapaz de se concentrar. Não tinha dormido e se sentia grogue. Seu corpo só queria encontrar um lugar silencioso e tirar uma soneca, mas seus pensamentos estavam caóticos, se repetindo sem parar em sua mente.

Ela agonizava, alternando entre a raiva e a culpa pela distância de Hades. Talvez tivesse forçado uma conversa a respeito de sua reação, mas, depois que ele se recusou a ir para a cama, ela perdeu a confiança e, em vez disso, passou a se sentir ansiosa com a perspectiva de abordar o assunto. Ela havia explodido do nada e atacado Hades, e, embora soubesse que ele também estava sofrendo, não era nada comparado a quão envergonhada, devastada e violada ela se sentia.

Outro pensamento lhe ocorreu: e se ele não quisesse mais explorar as próprias fantasias com ela? E as fantasias dela?

Uma batida à porta atraiu sua atenção, e Leuce entrou carregando uma braçada de jornais. Parecia tão exausta quanto Perséfone se sentia.

— Tá tudo bem? — Perséfone perguntou.

A ninfa colocou a pilha na mesa e deu de ombros.

— Não durmo bem desde...

As palavras morreram em sua boca, mas ela não precisava terminar a frase, porque Perséfone sabia que estava sofrendo desde o ataque no Estádio Talaria.

— Algumas coisas não mudaram desde a Antiguidade — Leuce disse. — Vocês ainda matam uns aos outros, só que com armas diferentes.

Ela não estava errada; a sociedade era tão violenta quanto pacífica.

Perséfone baixou os olhos para a pilha de jornais que Leuce havia lhe trazido. O primeiro era o *Jornal de Nova Atenas*, e a manchete falava do ataque no Estádio Talaria.

Morte e violência: a consequência de seguir os deuses

Era um artigo de Helena que alegava que o ataque foi planejado pela Tríade para forçar a mudança — e que, sem conflito, os mortais continuariam sendo controlados pelos deuses.

O estádio foi escolhido porque os jogos representavam o domínio que os deuses ainda exercem sobre a sociedade, e, para que a situação mudasse, tudo precisava ser destruído. O problema era que das cento e trinta pessoas que haviam morrido naquele estádio, quantas queriam ser transformadas em mártires pela Tríade?

A resposta de Helena era cruel: onde estavam seus deuses?

— Não acredito que o Demetri aprovou esse artigo — Leuce disse, mas Perséfone tinha a sensação de que Demetri não tivera muita escolha. — Helena ficou doida.

— Acho que ela não acredita de verdade nas coisas que escreve — Perséfone disse. — Acho que ela nem sequer pensa por si mesma.

Na verdade, Perséfone tinha certeza.

— Se você a vir de novo um dia, por favor, transforme-a numa árvore — Leuce pediu.

Perséfone deu uma risadinha quando Leuce saiu, fechando a porta atrás de si. Por um momento, ela afundou na cadeira, sentindo-se ainda mais exausta do que antes. A traição de Helena fora chocante, mas aquilo... era outra coisa. Uma coisa bem pior. Quase como uma declaração de guerra.

Ela se endireitou o suficiente e leu mais alguns artigos, o coração ficando mais pesado a cada manchete.

Pelo menos 56 mortes são atribuídas ao clima invernal apenas na última semana

Milhões ficam sem energia e água devido à perigosa nevasca

Muitos temem crise alimentar em meio ao rigoroso inverno

Mas foi uma chamada específica no inferior da página que atraiu sua atenção.

Diversos artefatos são roubados de museu

Perséfone achou estranho e se lembrou que Hades mencionou relíquias obtidas no mercado clandestino, mas e se elas tivessem sido roubadas de museus?

Minha mãe se esconderia bem debaixo do nariz de todos.

Perséfone ligou para Ivy na recepção.

— Sim, milady?

— Ivy, peça para Antoni trazer o carro. Vou sair por uns minutos.

— Claro. — Houve uma pausa, então ela acrescentou: — E... o que devo dizer a Lorde Hades? Se ele perguntar aonde a senhora foi?

Perséfone ficou tensa com a pergunta. Estava frustrada com Hades, mas também não queria que ele se preocupasse.

— Pode dizer a ele que fui ao Museu da Grécia Antiga — respondeu Perséfone, depois desligou o telefone.

Vestiu o casaco e desceu para o térreo, passando pela mesa de Ivy.

— Aproveite a saída, milady — Ivy disse, enquanto ela saía do prédio.

Perséfone desceu os degraus cheios de gelo. Antoni estava à sua espera, sorrindo apesar do frio.

— Milady... — disse ele, abrindo a porta do Lexus.

— Antoni... — cumprimentou Perséfone com um sorriso ao deslizar para dentro do carro aquecido.

Quando entrou do lado do motorista, o ciclope perguntou:

— Para onde vamos, milady?

— Para o Museu da Grécia Antiga.

Antoni franziu a testa, surpreso.

— Pesquisa? — ele perguntou.

— Sim — respondeu ela. — Dá pra chamar assim.

O Museu da Grécia Antiga ficava localizado no centro de Nova Atenas. Antoni a deixou junto ao meio-fio, e ela atravessou o pátio na direção de uma escadaria de mármore e da entrada do prédio. Perséfone já havia visitado o museu muitas vezes, normalmente em dias ensolarados, quando a praça ficava lotada de gente. Naquele dia, no entanto, o cenário era árido e escorregadio; as estátuas de mármore que ficavam ofuscantes sob a luz estavam enterradas debaixo de montes de neve.

Depois de entrar no museu e passar pela segurança, ela parou um pouco para respirar, tentando sentir o cheiro da magia de sua mãe, mas os únicos cheiros no ar eram de café, produtos de limpeza e poeira. A deusa perambulou por diversas exposições, cada uma dedicada a uma era diferente da Grécia Antiga. As exibições eram lindas, os itens arranjados de maneira elegante. Apesar disso, era nas pessoas que ela estava de olho, procurando familiaridade em suas expressões ou movimentos corporais. Podia ser desafiador identificar deuses caso eles tivessem manipulado demais a própria ilusão.

Perséfone não sabia bem quanto tempo fazia que estava vagando pelo museu, mas, depois de uma hora, já tinha visto todas as exposições, tirando a ala infantil. Parada diante da entrada — com cores brilhantes, uma fonte exagerada e colunas de desenho animado —, sentiu um aroma familiar: um cítrico almiscarado que fez seu sangue gelar.

Deméter.

Seu coração batia cada vez mais forte enquanto percorria a ala colorida e interativa, passando por estátuas de cera e modelos de prédios antigos, seguindo o aroma da magia de Deméter até encontrá-la no centro de um grupo de crianças. A deusa definitivamente tinha se esforçado para esconder sua identidade verdadeira, adotando uma aparência mais velha, com cabelo grisalho e mais rugas, mas ainda mantinha o ar arrogante que Perséfone associava tanto à mãe.

Pelo jeito, ela estava fazendo um tour com as crianças, e no momento explicava a história dos Jogos Pan-helênicos e sua importância para a cultura grega.

Não era de jeito nenhum o que Perséfone estava esperando, mesmo tendo imaginado que Deméter estaria se escondendo à vista de todos.

Observá-la com as crianças era como observar um deus diferente. Sua expressão não estava mais severa, e seus olhos tinham uma luz que Perséfone não via desde quando era bem pequena. Então Deméter ergueu o olhar e viu a filha, e toda aquela bondade derreteu. Durou só um instante — uma centelha de decepção, raiva e desgosto —, depois ela tornou a olhar para as crianças, um sorriso tão largo dançando no rosto que seus olhos se enrugavam nos cantos.

— Que tal passarem um tempo explorando? Vou estar aqui se tiverem perguntas. Vão, corram!

— Obrigada, senhorita Doso! — as crianças disseram, em uníssono.

Perséfone não se mexeu depois de as crianças se dispersarem, mas Deméter se virou para ela, estreitando os olhos e erguendo o queixo.

— Você veio me matar?

Perséfone se encolheu.

— Não.

— Então veio me repreender.

Perséfone não respondeu de imediato.

— *E então?* — O tom de Deméter era ríspido.

— Eu sei o que aconteceu com você... antes de eu nascer — Perséfone disse, percebendo a surpresa na expressão de Deméter, no modo como seus lábios se abriram. Ainda assim, foi apenas um momento de fraqueza, um momento em que Perséfone teve um vislumbre da verdadeira dor e angústia da mãe antes que ela enterrasse os sentimentos de novo, armando uma carranca.

— Está querendo dizer que agora você me entende?

— Eu nunca fingiria compreender o que você passou — Perséfone disse. — Mas queria ter sabido antes.

— E o que isso teria mudado?

— Nada, tirando que talvez eu passasse menos tempo brava com você.

Deméter abriu um sorriso feroz.

— Por que se arrepender da raiva? Ela alimenta tanta coisa...

— Tipo a sua vingança?

— Sim... — ela sibilou.

— Você sabe que pode parar com isso — Perséfone disse. — Não é possível lutar contra as Moiras.

— Você acredita nisso? — Deméter perguntou. — Considerando o destino de Tique?

Perséfone apertou os lábios. Era a confissão de Deméter.

— Ela te amava — Perséfone disse.

— Talvez, mas ela também me disse que eu não podia lutar contra as Moiras, e aqui estou eu... O fio dela foi cortado pelas minhas mãos.

— Todo mundo pode matar, mãe — Perséfone falou.

— Mas nem todo mundo pode matar um deus — Deméter respondeu.

— Então esse é o caminho que você escolheu — Perséfone comentou. — Tudo isso porque eu me apaixonei por Hades?

Deméter sorriu.

— Ah, minha filha tão correta, isso vai além de você! Eu vou derrubar cada olimpiano que ficou do lado das Moiras, cada adorador que tem apreço por eles, e, no fim, vou matá-los também. Quando terminar, vou despedaçar esse mundo ao seu redor.

Perséfone tremia de raiva.

— Você acha que eu vou ficar parada assistindo?

— Ah, minha flor! Você não vai ter escolha.

Só então Perséfone se deu conta de que não havia mais como recuperar a Deméter escondida lá no fundo. Aquela deusa já havia partido havia muito tempo e, embora reaparecesse de vez em quando — ao sorrir para as crianças ou ao relembrar seu trauma —, Deméter jamais voltaria a ser aquela pessoa. Esta era a versão que ela imaginava que precisava ser para sobreviver.

Perséfone tinha perdido a mãe muito tempo atrás, e essa conversa... era um adeus.

— Os olimpianos estão procurando por você.

Então Deméter deu um sorriso horrível. Parecia estar prestes a falar quando foi interrompida.

— Senhorita Doso! — uma criança gritou, e Deméter se virou. A boca retorcida e os olhos apertados desapareceram, substituídos por um sorriso e um brilho no olhar.

— Sim, meu amor? — Sua voz estava baixa e calma, com um tom reservado para doces canções de ninar.

— Conta a história do Héracles!

— Claro — Deméter disse, com uma risada musical. Então desviou o olhar para Perséfone, e mais uma vez sua fachada falsa desapareceu. — Você deveria temer a busca deles por mim, filha.

Depois a Deusa da Colheita se virou, dispensando Perséfone sem nem olhar para ela.

As palavras de Deméter eram uma advertência e lançaram uma sombra terrível sobre o coração de Perséfone. Ela respirou fundo, odiando o gosto da magia da mãe na garganta, e saiu do museu.

28

UM TOQUE DE TERROR

Perséfone não voltou ao trabalho depois da visita ao museu. Em vez disso, teleportou-se para o Submundo e saiu em busca de Hécate, encontrando a deusa em seu campo, aguardando. Estava vestida de preto, combinando com o pelo de Nefeli, que lembrava um presságio sentada atrás dela. Perséfone diminuiu o passo ao avistá-las, a ansiedade borbulhando no peito. Hécate nunca esperava por ela. Estava sempre fazendo alguma coisa: colhendo ervas e cogumelos, fazendo venenos ou amaldiçoando mortais.

Perséfone parou à margem do campo e ficou olhando para a deusa.

— Senti sua raiva assim que você entrou no Submundo — Hécate admitiu.

— Eu estou mudando, Hécate — Perséfone disse, com a voz embargada.

— Você está se tornando — Hécate corrigiu. — Você sente, né? A escuridão emergindo?

— Não quero ser como a minha mãe.

Era seu maior medo, algo em que esteve pensando desde a noite em que pediu a Hades para levá-la ao Tártaro para torturar Pirítoo.

— Eu não me intimido diante da tortura — Perséfone disse. — Tenho sede de vingança contra aqueles que me fizeram algum mal. Mataria para proteger meu coração. Não sei mais quem eu sou.

— Você é Perséfone — Hécate falou. — A Rainha Predestinada de Hades.

O peito de Perséfone subia e descia com a respiração pesada.

— Você não precisa sentir vergonha de machucar pessoas que machucaram você — Hécate afirmou. — Essa é a natureza das batalhas.

Elas já haviam falado de combate e de guerra. Eram palavras que haviam se entremeado às conversas nos últimos meses — batalha com Deméter, guerra com os deuses.

— Mas isso significa que eu não sou melhor do que aqueles que me machucaram?

Hécate soltou uma risada sarcástica.

— Quem diz isso nunca foi machucado. Não como você foi ou como eu fui.

Perséfone queria fazer mais perguntas a Hécate: como ela havia sido machucada? Mas também sabia o tipo de pesar que essas perguntas incitavam e não queria causar aquilo à deusa.

— Sua mãe está travando uma guerra com o mundo lá em cima — Hécate disse. — Você quer derrotá-la?

— Sim... — Perséfone sibilou.

— Então eu vou te ensinar — Hécate disse, e suas palavras foram seguidas por um terrível pico de poder; um fogo preto apareceu em suas mãos, lançando sombras sobre seu rosto. Sua aparência era aterrorizante, o rosto cinzento e desprovido de cor. — Vou lutar com você como sua mãe vai fazer — ela acrescentou. — Você vai achar que eu nunca te amei.

Antes que Perséfone pudesse pensar muito nessas palavras, Hécate disparou sua magia das sombras. Ao ser atingida, Perséfone foi lançada para trás, contra o tronco de uma árvore. A dor era insuportável, um incômodo agudo que lhe deu a sensação de que sua coluna tinha se partido em pedaços. Não conseguia se mexer, então imediatamente invocou sua magia, trabalhando para se curar, mas o rugido súbito de Nefeli transformou seu sangue em gelo. Tinha se esquecido do cachorro, que corria em sua direção.

Perséfone ainda não estava totalmente curada quando se levantou e estendeu a mão, usando a magia para teleportar a criatura para outra parte do Submundo. Hécate estava imóvel do outro lado do campo, e, pela primeira vez desde que conheceu a Deusa da Bruxaria, Perséfone se deu conta de que nunca tinha experimentado a magia dela de verdade. Já a sentira em breves explosões — como luzes fantasmagóricas se acendendo na escuridão, conduzindo-a de forma inconstante, com cheiro de sálvia e terra. Esta magia, o tipo que Hécate invocava para lutar, era diferente. Era antiga. Tinha um cheiro amargo e ácido, como vinho, mas deixava um retrogosto no fundo da garganta; um sabor metálico parecido com sangue. Senti-la deixou uma sensação de pavor gravada em seu coração, e, de repente, suas batidas descompassadas eram tudo em que Perséfone conseguia se concentrar — nelas e na aproximação rápida de Hécate.

Ela se concentrou em se curar e em reunir seu poder, relembrando as palavras que Hades disse ao lutar com ela no bosque.

— *Se estivesse lutando com qualquer outro olimpiano, qualquer inimigo, ele jamais deixaria você se levantar.*

Hécate estava seguindo essa regra, lançando mais magia das sombras em sua direção. Perséfone ergueu a mão, e, por um brevíssimo segundo, tudo ficou mais devagar, mas, diferente das outras vezes que conseguiu congelar o tempo, a magia de Hécate pulsou, como se antes ela só estivesse usando uma fração de todo o poder que possuía, e destruiu seu feitiço. As sombras atingiram Perséfone de novo, fazendo-a voar para trás. A deusa aterrissou com força, e o ar deixou seus pulmões, com a terra se empilhando ao seu redor.

Enquanto ela estava largada ali, o chão passou a tremer e fazer sons estranhos. Perséfone sentiu a terra se abrir debaixo de si e se pôs rapidamente de joelhos, cravando as unhas no solo para impedir a queda no abismo que havia se formado. Ergueu o olhar, encontrando Hécate a poucos metros de distância. Os olhos dela estavam inteiramente pretos. Ela tinha partido a terra sem levantar um dedo. Usou uma magia poderosa e não estava letárgica. Deixou Perséfone de joelhos e só havia utilizado um grama de seus poderes.

Perséfone tentou se levantar, mas só conseguiu cair um pouco mais para a frente.

— Hécate... — O nome da deusa escapou de seus lábios, mas ela não se abalou pela súplica. Em vez disso, respondeu lançando mais chamas. Gritando, Perséfone caiu no abismo. Tudo ficou escuro por poucos segundos antes de ela aterrissar na clareira arrasada pela batalha de novo. Afundou alguns metros no chão e, por fim, parou no fundo de uma cratera.

Ficou deitada ali por um segundo, piscando para o céu do Submundo. Estava enevoado e brilhante.

Mais uma vez, ela relembrou os ensinamentos de Hades.

— *E como eu luto sem saber que poder você vai usar contra mim?*

— *Você nunca vai saber.*

Ela se teleportou, aparecendo atrás de Hécate, a magia se agitando no sangue. Assim que ela pousou, a Deusa da Magia se virou, e, dessa vez, em vez de lançar sombras, videiras pretas e cheias de espinhos irromperam do chão. Perséfone arregalou os olhos antes de desaparecer de novo. Quando apareceu, a alguns metros de distância, cavou fundo dentro de si, invocando a própria magia. Uma nova videira brotou da terra, mais grossa, mais afiada, com espinhos de ponta vermelha. Esta se entrelaçou à de Hécate, formando uma barreira entre as duas deusas.

— Finalmente — Hécate disse, com um sorriso maldoso.

Perséfone sentiu a magia de Hécate vir à tona, uma energia tão feroz e mortal que fez seu coração disparar no peito. Então o emaranhado de espinhos explodiu, e Perséfone se abaixou, cobrindo a cabeça enquanto pontas afiadas se espalhavam através da clareira. Ela sentiu várias picadas agudas quando seu corpo foi perfurado por espinhos. Rugiu com a dor, a magia varrendo seu corpo, empurrando as lascas de madeira para fora e fechando as feridas.

— Só você pode parar sua mãe — Hécate disse. — Mas me parece que está esperando que os olimpianos intervenham.

Perséfone se encolheu. Hécate não estava errada, mas a diferença era que os olimpianos eram muito mais poderosos do que ela.

— Talvez fossem mais poderosos antes, mas agora? — Hécate perguntou.

— Sai da minha cabeça — Perséfone disse, entredentes. A Deusa da Bruxaria a ignorou.

— E se eles não ficarem do seu lado? E se separarem você e Hades?

As mãos de Perséfone tremeram, e ela sentiu um movimento dentro de si, uma mudança em sua magia. Estava sendo extraída de uma fonte que ela acessou uma única vez.

Era sombria.

Era a parte de si onde havia armazenado a dor, a dúvida e o medo — cada pensamento e experiência negativos que já teve. Essa energia escorreu de seu corpo, infiltrando-se na terra. Ao redor delas, as folhas e a grama murcharam e secaram, e os galhos das árvores caíram como se tivessem derretido.

Ela estava drenando a magia de Hades do Submundo, roubando a vida do lugar para alimentar a sua.

Se Hécate notou, nem hesitou ao falar.

— Zeus vai tomar o caminho da menor resistência. Você é a menor resistência. Você é fraca.

— Eu não sou fraca.

— Então prove.

A terra aos pés delas tinha ficado árida. As árvores que antes eram exuberantes e verde-esmeralda tinham se transformado em cinzas, os restos carregados para longe enquanto uma escuridão se reunia ao redor de Perséfone, levantando seu cabelo e rasgando suas roupas.

— Eu sou uma Deusa da Vida — Perséfone disse. — Uma Rainha da Morte.

As sombras giravam, e Perséfone sentiu que ela mesma estava se tornando escuridão.

— Eu sou o começo e o fim dos mundos.

No instante seguinte, ela avançou, movendo-se mais rápido do que nunca, e, ao se aproximar de Hécate, uniu as mãos. Uma energia escura pulsou ali, disparando e atingindo a deusa no peito. Ela voou para trás, seus pés se arrastando no chão, rasgando a terra. Acabou pousando num emaranhado de espinhos que Perséfone invocou e que prendeu seus pulsos e tornozelos.

Quando a poeira começou a baixar, Perséfone se viu respirando com dificuldade, o corpo zumbindo com a energia que conseguira extrair do Submundo.

Hécate sorriu.

— Muito bem, minha querida — ela disse. — Vamos tomar um chá?

Perséfone sentiu algo molhado debaixo do nariz, e, depois de tocar os lábios, viu que os dedos estavam cobertos de sangue.

Ela franziu as sobrancelhas.

— Hã...? — murmurou. — Sim, chá seria ótimo.

Elas se retiraram para o chalé de Hécate, deixando o campo drenado de magia.

— Será que eu devo... restaurá-lo? — Perséfone perguntou, enquanto elas se afastavam.

— Não — Hécate disse, calmamente. — Deixe Hades ver o que você fez.

Perséfone não discutiu. Estava se sentindo cansada, mas não tão exausta quanto já se sentiu no passado ao usar sua magia. O sangue, no entanto, era novidade, e, quando se sentou à mesa de Hécate, a deusa lhe entregou um lenço preto.

— Você usou muito poder — Hécate explicou. — Seu corpo vai se acostumar.

Um aroma terroso e amargo preencheu o espaço enquanto Hécate preparava o chá.

— Você chegou a pensar mais um pouco no casamento? — ela perguntou. — As almas estão ansiosas para confirmar uma data.

— Não — Perséfone respondeu, baixando os olhos para as mãos; suas unhas estavam quebradas, e seus dedos estavam sujos. A menção ao casamento provocou outros sentimentos, como a culpa. De repente, ela queria lutar de novo só para não ter que enfrentar o que estava sentindo.

Hécate colocou uma caneca fumegante de chá diante dela, junto com um pote de mel.

— Você precisa adoçá-lo — ela disse. — É salgueiro-branco, então é amargo.

Perséfone acrescentou o mel devagar e deu um golinho no chá. Esforçou-se para se concentrar na tarefa, evitando estabelecer contato visual com Hécate, embora soubesse que a deusa estava olhando para ela.

— Você está bem, meu amor? — Hécate perguntou, sentando-se diante de Perséfone.

Ela não sabia como responder, então ficou calada, mas seus olhos se encheram de lágrimas.

— Meu amor? — A voz de Hécate era baixa.

— Não — Perséfone sussurrou, e sua voz falhou. — Não estou bem.

Hécate estendeu o braço na mesa e pôs a mão sobre a de Perséfone.

— Você quer me contar?

Perséfone engoliu em seco, as lágrimas caindo silenciosamente.

— Foi um longo dia — ela disse, num tom abafado. Fez uma pausa, então voltou a falar. — Tenho medo de que Hades se distancie de mim.

— Acho que ele não conseguiria ficar longe muito tempo — Hécate respondeu.

— Você não sabe o que eu fiz.

— E o que você fez?

Perséfone narrou o que havia acontecido entre eles na noite anterior. Teve que fazer uma pausa para respirar fundo; não estava esperando uma reação tão visceral à simples lembrança da experiência, mas só de pensar em como haviam começado — com beijos curativos que tinham lentamente se transformado em algo mais apaixonado — e como tudo havia terminado, com o terror de reviver o rapto de Pirítoo, ela sentiu o coração acelerando e o peito doendo.

— Minha querida, você não fez nada de errado.

Não foi a sensação que Perséfone teve ao acordar sozinha.

— Pode ser que Hades esteja mesmo se distanciando. É provável que esteja fazendo isso porque ele acha que te machucou.

Ela sabia que era verdade. Jamais esqueceria a expressão horrorizada dele ao se dar conta do que tinha acontecido.

— Eu o machuquei — ela respondeu.

— Você o assustou — Hécate esclareceu. — É diferente.

— Eu odeio o Pirítoo pelo que ele fez. Primeiro invadiu meus sonhos, e agora a parte mais sagrada da minha vida com Hades.

— Pode odiar ele se ajudar — Hécate disse. — Mas Pirítoo não vai embora enquanto você não confrontar o que te aconteceu.

Perséfone engoliu em seco com força.

— Eu me sinto... ridícula. Tantas pessoas passaram por coisa pior...

Pensou em Lara, que havia sido estuprada por Zeus.

— Não compare traumas, Perséfone — Hécate disse. — Não vai levar a nada. Você vai encontrar um jeito de retomar seu poder.

— Eu me sinto poderosa quando estou com Hades. Me sinto mais poderosa ainda quando transamos. Não sei por que, só sei que fico maravilhada com o fato de esse deus se prostar aos meus pés para me adorar.

— Então retome esse poder — Hécate disse. — Sexo é prazer tanto quanto é comunicação. Converse com Hades. Conte a ele o que você precisa.

Perséfone olhou nos olhos de Hécate.

— Eu o amo, Hécate. O mundo quer tirar ele de mim, e meu medo é que, se eu não ceder, vai haver guerra.

— Ah, meu amor... — Hécate falou, um toque de melancolia na voz. — Não importa a sua escolha: é impossível evitar a guerra.

29

CURA

Perséfone jantou com as almas no Asfódelos. Quando retornou ao palácio, tomou banho e vestiu uma camisola branca que grudava em sua pele úmida. Ao chegar no quarto, não ficou surpresa de encontrá-lo vazio, apesar de sentir a presença de Hades em algum lugar do Submundo. Ela pensou na conversa que teve com Hécate e se deu conta de que precisava acabar com aquilo o quanto antes.

Dirigiu-se para a varanda e saiu em busca dele, descendo as escadas para chegar ao exuberante jardim de Hades. O caminho de pedras estava frio debaixo de seus pés descalços, e o ar parecia úmido, como se tivesse acabado de chover, mas, até onde Perséfone sabia, não chovia no Submundo.

Quando se embrenhou em meio às copas sombreadas das árvores, o crepúsculo estava começando, em tons pálidos de rosa, alaranjado e azul. Uma lua ainda fraca ficava cada vez mais brilhante, e sob o belo céu estava Hades. Cérbero, Tifão e Ortros corriam em círculos ao redor dele, amassando a grama ao perseguir a bolinha vermelha. Foi Cérbero que a avistou primeiro, depois Tifão, então Ortros, e por último Hades, que se virou e ficou olhando enquanto ela se aproximava. Seus olhos estavam escuros e queimavam cada pedacinho da pele exposta de Perséfone. O desejo surgiu no ventre da deusa, endurecendo seus mamilos debaixo do tecido fino da camisola.

Ela parou a poucos passos dele.

— Não vi você o dia todo — ela disse.

— Foi um dia corrido — ele respondeu. — E o seu também. Eu vi o bosque.

— Você não parece impressionado.

— Eu estou, mas estaria mentindo se dissesse que estou surpreso. Sei do que você é capaz.

Hades sempre havia reconhecido o potencial dela e, mesmo assim, foi o primeiro a lhe ensinar que seu valor não estava associado a seu poder. Era uma lição difícil de assimilar, considerando que o valor dos Divinos era determinado por suas habilidades.

O silêncio se estendeu entre eles, e Perséfone sentiu a boca cheia das palavras que queria dizer. Hades parecia totalmente assombrado, parado ali debaixo de seu lindo céu. Ela o queria tanto... seu calor, seu cheiro. *Só fala*, ela pensou, respirando fundo, como se para se preparar, mas tudo o que conseguiu fazer foi expirar devagar.

— Você veio me desejar boa noite? — Hades quis saber.

Perséfone olhou para ele, surpresa. Ela nunca foi atrás dele para dizer boa noite porque nunca precisava. Ele sempre ia para a cama com ela, mesmo que não permanecesse ali.

— Você não vem pra cama comigo? — ela perguntou, observando o pomo de Adão dele subir e descer.

— Vou daqui a pouco — ele respondeu, sem olhar para ela. Em vez disso, ficou olhando para o horizonte que sumia. Era a segunda noite que ele mentia.

A garganta dela se apertou.

Ela pensou em ir embora, em fugir, na verdade. Parecia mais fácil escapar do que tentar derrubar o muro que Hades estava erguendo entre os dois. Mas Perséfone sabia que não era verdade.

— Quero falar daquela noite — ela disse, com a voz imbuída do máximo de confiança que conseguia.

O pedido atraiu a atenção de Hades — seu olhar feroz, seu maxilar contraído, seu corpo tenso. Ele chegou a abrir a boca, mas então a fechou e desviou o olhar.

— Eu não queria te machucar — ele disse, e as palavras deixaram uma ferida em carne viva no peito da deusa.

— Eu sei — Perséfone assentiu, com lágrimas ardendo nos olhos. Hades, por sua vez, respirava cada vez mais rápido, como se estivesse tentando conter uma represa de emoções.

— Fiquei tão perdido no meu desejo, no que queria fazer com você, que não percebi o que estava acontecendo. Forcei a barra. Nunca mais vai acontecer.

Não, ela queria gritar. Era exatamente aquilo que temia, que Hades parasse de explorar suas fantasias com ela por medo.

— E se for isso que eu quiser? — ela perguntou.

Hades a encarou, estudando sua expressão, e Perséfone continuou.

— Eu quero experimentar um monte de coisas com você, mas tenho medo de você não me querer mais.

— Perséfone... — Hades deu um passo hesitante para a frente e, depois, outro.

— Eu sei que não é verdade, mas não consigo controlar o que penso, e achei que era melhor compartilhar do que guardar pra mim. Não quero parar de aprender com você.

Ele pousou as mãos no rosto de Perséfone, um toque suave, como se ela fosse feita de porcelana. Inclinou a cabeça dela para trás para conseguir olhar em seus olhos e falou.

— Sempre vou querer você.

Então deu um beijo na testa da deusa e, quando se afastou, Perséfone segurou seus braços.

— Sei que você está sofrendo por mim, mas eu preciso de você.

— Estou aqui.

A deusa sustentou o olhar de Hades e conduziu as mãos dele de seu rosto para seus seios.

— Me toca... — Perséfone sussurrou. — A gente pode ir devagar.

Não soltou as mãos dele quando ele apertou seus seios com delicadeza nem quando roçou seus mamilos com o polegar e o indicador.

— O que mais? — Hades perguntou, a voz baixa e rouca.

— Me beija — Perséfone pediu, e ele obedeceu. Colou os lábios aos dela suavemente, deslizando a língua por sua boca fechada. Ela se abriu para ele, provando-o, o ritmo dos dois uma troca lenta e intoxicante. As mãos de Hades continuaram nos seios de Perséfone, apertando e acariciando.

Então ele se aproximou, levando uma mão ao cabelo dela, e travou de repente, afastando-se.

— Desculpa. Não perguntei se estava tudo bem fazer isso.

— Tá tudo bem — ela sussurrou. — Estou bem.

Ela o puxou para si e o beijou. Dessa vez, foi ela que conduziu, enfiando a língua na boca dele. Seus dedos se enfiaram no cabelo sedoso do deus, soltando-o do elástico que o prendia com firmeza. Depois usou o cabelo dele para puxá-lo para mais perto e beijá-lo com mais força, então moveu as mãos, descendo pelo peito até chegar ao pau dele, que estava rígido, desesperado para ser libertado.

Dessa vez, Hades pôs a mão sobre a dela, esfregando-a contra.

— Me toca — ele disse.

E ela tocou, primeiro por cima do tecido, mas, quando isso deixou de ser suficiente, desabotoou as calças dele e libertou seu sexo. Ele estava quente, macio e duro, e os dois continuaram a se beijar enquanto Perséfone movia a mão da base à cabeça do pau, até Hades se afastar, com o rosto brilhando de suor.

— Se ajoelha... — ela sussurrou, e os dois ficaram de joelhos, beijando-se desesperadamente até Perséfone fazer Hades se deitar.

A deusa ergueu a camisola e montou em Hades, deslizando seu sexo no dele. A fricção era deliciosa, e, sem demora, ela o conduziu para dentro de si. Perséfone expirou, soltando o ar com tanta força que parecia que sua alma tinha saído do corpo. Hades gemeu, cravando os dedos nas coxas dela.

— Isso... — ele sibilou enquanto Perséfone se movimentava, rebolando para senti-lo mais fundo.

Encaravam-se enquanto suas respirações aceleravam. Perséfone pegou as mãos dele, deslizando-as pelo próprio corpo até seus seios, pela cintura, para a bunda.

— *Caralho!* — O palavrão de Hades saiu baixo e ofegante.

Ela se inclinou para a frente e o beijou, devorou-o, afogou-se nele. Não havia nada além dele debaixo da lua esquelética e do céu estrelado, e, quando ela ficou cansada demais para se mexer, Hades se sentou, agarrou o pescoço e as costas dela e ajudou-a a deslizar em seu pau até gozar.

Eles ficaram sentados no meio do campo, unidos, até sua respiração se acalmar. Depois, Perséfone se levantou, com as pernas trêmulas. Hades segurava as mãos dela, ainda no chão.

— Você está bem?

Ela sorriu para ele, olhando-o de cima.

— Sim. Muito.

Hades também se levantou e restaurou a aparência. Depois de um instante, estendeu a mão.

— Pronta pra ir pra cama, meu bem?

— Só se você for também.

— Claro — ele respondeu.

Enquanto atravessavam o jardim, o ritmo de Hades diminuiu até parar. Perséfone olhou para ele, desconfiada.

— O que foi?

— Quando você disse que queria... *experimentar*... coisas comigo. Que *coisas* seriam, exatamente?

O rosto de Perséfone corou — o que era irônico, levando em conta que tinham acabado de transar no campo do lado de fora do palácio.

— O que você está disposto a me ensinar? — a deusa perguntou.

— Qualquer coisa — ele disse. — Tudo.

— Talvez a gente deva começar onde falhou — Perséfone respondeu. — Com... um *bondage*.

Hades ficou olhando para ela por um tempo antes de afastar uma mecha de cabelo de seu rosto.

— Tem certeza?

Ela assentiu.

— Eu te aviso se ficar com medo.

Hades pousou a testa na dela, e, quando falou, sua respiração lhe aqueceu os lábios.

— Meu coração está nas suas mãos, Perséfone.

— E seu pau também, pelo visto — Hermes disse.

Eles se viraram e depararam com o Deus das Travessuras, que, parado a alguns passos de distância, parecia estar se divertindo bastante com a situação. Estava vestido como se tivesse acabado de sair da Antiguidade, com um traje dourado que reluzia na noite e sandálias que apertavam suas panturrilhas.

— Hermes! — Hades esbravejou.

— Achei que era melhor interromper agora do que uns minutos atrás — ele disse.

— Você estava *assistindo*? — Perséfone quis saber, dividida entre sentir raiva e vergonha.

— Em minha defesa... vocês estavam transando *no meio do Submundo* — comentou Hermes.

— E eu já atirei você bem lá mesmo — Hades disse. — Precisa que eu refresque sua memória?

— Ai, não. Se for pra ficar bravo com alguém, fique bravo com Zeus. Foi ele que me mandou.

O estômago de Perséfone embrulhou.

— Por quê? — ela perguntou.

— Ele vai dar um banquete — Hermes respondeu.

— Um banquete? *Hoje?*

— Isso. — Hermes olhou para o pulso, onde Perséfone notou que não havia nenhum relógio. — Dentro de uma hora, exatamente.

— E a gente precisa comparecer? — ela perguntou.

— Bom, não fiquei assistindo vocês transarem por nada — Hermes falou, calmamente.

Perséfone revirou os olhos.

— Por que precisamos ir? E por que com tão pouca antecedência?

— Ele não disse, mas talvez finalmente tenha decidido abençoar a união de vocês. — Hermes parou para dar uma risadinha. — Quer dizer, por que ele daria um banquete se fosse dizer não?

— Você já conheceu meu irmão? — Hades perguntou, claramente não achando graça.

— Infelizmente sim. Ele é meu pai — Hermes respondeu, então bateu as mãos. — Bom, vejo vocês em breve.

Depois, desapareceu.

Perséfone se virou para Hades.

— Você acha que é verdade? Que ele está convocando a gente pra abençoar nosso casamento?

O maxilar de Hades visivelmente relaxou antes de responder.

— Não me atrevo a fazer conjecturas.

Para Perséfone, essa resposta se traduzia como *"não vou alimentar esperanças"*, e ela estaria mentindo se não admitisse que aquilo só a deixava mais inquieta.

— O que devo vestir? — ela perguntou.

Hades olhou para ela.

— Pode deixar que eu escolho sua roupa.

Ela deu um sorrisinho.

— Você acha que é uma boa ideia?

— Acho — ele respondeu, puxando-a para perto com um braço ao redor de sua cintura. — Pra começo de conversa, vai ser bem rápido, o que significa que vamos ter aproximadamente cinquenta e nove minutos pra fazer o que você quiser.

— O que eu quiser? — ela perguntou, aproximando-se.

— Sim — Hades sussurrou.

— Então eu quero... um banho.

Embora tivesse acabado de tomar um, ela havia passado os últimos minutos rolando pela grama com Hades. Nem era preciso dizer que se sentia meio suja.

Hades riu.

— É pra já, minha rainha.

30

UM BANQUETE NO OLIMPO

Hades andou em um círculo ao redor de Perséfone.

Ela estava parada, o centro do seu mundo, usando um vestido que ele manifestou com magia. Era macio e preto, e acentuava todas as curvas do corpo dela. Um elegante decote de coração e mangas curtas e justas desenhavam uma silhueta de realeza. Um arrepio percorreu a espinha de Perséfone, fazendo seus ombros se endireitarem e suas costas se arquearem levemente. Hades devia ter percebido, pensou ela, porque, quando falou, as palavras saíram em uma voz rouca, baixa e sensual.

— Tira a ilusão — ele disse.

Ela obedeceu sem hesitar, desfazendo-se da ilusão para revelar sua forma Divina. Como Hades, não costumava usá-la com frequência, exceto para eventos no Submundo. Era ali que lhe parecia mais natural, entre as pessoas que a reconheciam e adoravam como deusa.

Quando Hades parou diante dela, a força de sua presença a deixou sem fôlego. Ele estava estonteante, vestido de preto e usando uma coroa de ferro. Seus brilhantes olhos azuis a analisaram dos chifres aos pés, demorando-se nos seios e na curva do quadril.

— Só mais uma coisa — o deus falou, erguendo as mãos e fazendo aparecer uma coroa. Combinava com a dele — cheia de pontas pretas irregulares.

Perséfone sorriu quando ele pôs a coroa em sua cabeça. Ficou surpresa com a leveza do enfeite.

— Você está querendo dizer alguma coisa, milorde? — ela perguntou, quando Hades abaixou as mãos.

— Pensei que fosse óbvio.

— Que eu pertenço a você?

Hades pôs o dedo sob seu queixo ao responder.

— Não, que nós dois pertencemos um ao outro. — Então a beijou e, ao se afastar, seu olhar carinhoso encontrou o dela. — Você está linda, meu bem.

Perséfone percorreu com os olhos o formato do rosto dele, a curva do nariz, o arco dos lábios. Tinha certeza de que já havia memorizado cada sulco, cada cavidade e cada curva, mas, de repente, sentiu a necessidade de garantir que tivesse internalizado todas as partes dele, por medo de nunca mais voltar a vê-lo.

Hades franziu a testa e acariciou o rosto dela com os dedos.

— Tudo bem?

— Sim. Tudo perfeito — ela respondeu, embora ambos soubessem que não estava sendo totalmente honesta. Estava com medo. — Você está pronto?

— Nunca estou pronto para o Olimpo — Hades disse. — Não saia do meu lado.

Ela não teria problema nenhum em obedecer — a menos, claro, que Hermes a afastasse dele.

Perséfone apertou o braço de Hades com mais força enquanto ele os teleportava, o coração disparado no peito, ansiosa com o retorno à casa dos deuses, mesmo que alguns deles fossem seus amigos.

Chegaram ao pátio de mármore do Monte Olimpo, onde um semicírculo de doze estátuas se erguia diante deles, cada uma esculpida à imagem de um dos olimpianos. Perséfone reconheceu o lugar como aquele onde o corpo de Tique tinha sido queimado. Era a parte mais baixa do Olimpo; o resto da cidade ficava na encosta da montanha e, para chegar lá, era preciso subir uma série de passagens íngremes. Um burburinho alto de vozes e música vinha de algum lugar acima deles. Bem no topo da montanha havia um templo, e uma luz quente fluía das colunas arqueadas de um alpendre aberto.

— Imagino que aquele seja nosso destino, né? — Perséfone perguntou.

— Infelizmente — Hades respondeu.

A caminhada foi agradável — uma escada em caracol que os levou a passar por portões bonitos e vistas excepcionais. Tão alto assim, as nuvens ficavam perto, as estrelas eram brilhantes, e o céu, de um azul profundo. Perséfone se perguntava como seriam o nascer e o pôr do sol vistos dali. Podia até imaginar: o bronze ardente do sol provavelmente banhava o mármore em uma luz dourada, e por todos os lados devia haver nuvens da mesma cor. Devia parecer um palácio dourado no céu, belo e indigno de seus governantes.

A ascensão final para o templo era feita por meio de uma ampla escadaria flanqueada por dois grandes braseiros que levava a um alpendre aberto. Lá em cima, Perséfone encontrou uma sala repleta de deuses, semideuses, criaturas imortais e mortais favorecidas. Reconheceu todos os deuses e alguns dos favorecidos — em particular, Ajax e Heitor, que usavam quítons brancos e curtos e diademas de ouro. Outros convidados estavam vestidos de maneira mais extravagante e moderna, usando trajes que reluziam com lantejoulas e contas, ternos de veludo ou tecido brilhante.

Havia risada e animação, e o ar estava carregado de uma eletricidade que não tinha nada a ver com magia... até eles aparecerem.

Então, uma por uma, as cabeças se viraram para olhar para eles, e o silêncio varreu a multidão. Era possível ver várias expressões diferentes:

intriga, medo e testas franzidas em desaprovação. Embora sentisse o coração martelando no peito e apertasse com força a mão de Hades, Perséfone manteve a cabeça erguida e olhou para ele, sorrindo.

— Pelo jeito não sou só eu que não consigo parar de olhar pra você, meu amor — ela disse. — Acho que a sala inteira está encantada.

Hades riu.

— Ah, meu bem... Estão olhando pra você.

A conversa deles encorajou uma onda de sussurros quando adentraram o salão. Os convidados abriram caminho para eles, como se temessem que o roçar de qualquer um dos deuses fosse transformá-los em cinzas. Aquilo lembrou Perséfone da época em que ficava frustrada com Hades por deixar o mundo pensar que ele fosse cruel. Agora achava que essa era sua maior arma: o poder do medo.

— Sefy!

Ela soltou a mão de Hades e se virou bem a tempo de ver Hermes correndo pela multidão. O deus estava usando o terno mais brilhante que ela já tinha visto — de um tom de amarelo que lembrava a casca de um limão-siciliano. Tinha lapelas pretas, e o paletó era bordado com flores azul-petróleo, vermelhas e verdes.

— Você está maravilhosa! — Hades exclamou, pegando as mãos dela e levantando-as como se quisesse inspecionar o vestido.

Ela sorriu.

— Obrigada, Hermes, mas eu preciso te avisar que você está elogiando o trabalho do Hades. Foi ele que fez o vestido.

Algumas pessoas arquejaram — a multidão, ainda calada desde a chegada dos dois, estava escutando.

— Claro que foi, e ainda por cima na cor preferida dele — Hermes observou, com a sobrancelha erguida.

— Na verdade, Hermes, preto não é minha cor preferida — Hades disse, com a voz baixa, mas, de algum jeito, ressoante, e Perséfone teve a impressão de que o salão inteiro estava prendendo a respiração.

— Então qual é? — A pergunta veio de uma ninfa que Perséfone não reconhecia, mas, julgando pelo cabelo cinzento, chutava que era uma melíade, uma ninfa dos freixos.

Hades esboçou um sorriso ao responder.

— Vermelho.

— Vermelho? — perguntou outra voz. — Por que vermelho?

Hades alargou o sorriso, baixando os olhos para Perséfone, com a mão na cintura dela. A deusa achava que ele não estivesse gostando da atenção, mas estava se saindo bem sob o escrutínio do público.

— Acho que comecei a gostar mais dessa cor quando Perséfone a usou no Baile de Gala Olímpico.

Ela corou — não pôde evitar. Aquela tinha sido a noite em que cedeu ao desejo por ele e, depois, tinha sentido a vida pela primeira vez, um batimento cardíaco tênue no mundo ao seu redor.

Algumas pessoas suspiraram com ar sonhador, enquanto outras bufaram.

— Quem poderia imaginar que meu irmão era tão sentimental? — A pergunta veio de Poseidon, que estava quase do outro lado da sala.

Ele usava um terno azul-piscina, com o cabelo jogado para trás em ondas loiras, os chifres espiralados se projetando da cabeça. Ao seu lado, estava uma mulher que Perséfone sabia ser Anfitrite. Ela era linda e tinha um ar de realeza, com cabelo ruivo brilhante e um rosto delicado. Agarrava-se a Poseidon, mas Perséfone não sabia se era por devoção ou por saber que tinha um marido mulherengo.

Depois de falar, Poseidon soltou uma risada sem alegria nenhuma e deu um gole no copo que segurava.

— Ignora ele — Hermes disse. — Ele já bebeu ambrosia demais.

— Não arrume desculpas pra ele — Hades falou. — Poseidon é sempre um idiota.

— Irmão! — outra voz ribombou, e Perséfone estremeceu quando a imponente figura de Zeus atravessou rapidamente a multidão.

Ele vestia um quíton azul-claro preso em um ombro só, deixando parte do peito exposta. Tanto o cabelo na altura do ombro quanto a barba cerrada eram escuros, mas permeados por fios prateados. Perséfone não conseguia deixar de pensar que seus modos barulhentos eram uma forma de engano. Debaixo da superfície desse deus havia algo sombrio.

— E a linda Perséfone. Que bom que vocês vieram!

— Fiquei com a impressão de que não tínhamos escolha — Perséfone comentou.

— Ela está ficando parecida com você, irmão — Zeus disse, rindo e dando um soquinho em Hades. Os olhos dele se acenderam, irritados com o toque. — Por que vocês não viriam? Afinal, é seu banquete de noivado!

Perséfone achou irônico, levando em conta a recepção silenciosa que tiveram:

— Então deve significar que temos sua bênção. Para nos casarmos.

Mais uma vez, Zeus riu.

— Não sou eu que decido, querida. É meu oráculo.

— Não me chame de querida — Perséfone disse.

— É só uma palavra. Não era minha intenção ofender.

— Não me importo com a sua intenção — ela rebateu. — Essa palavra me ofende.

Um silêncio profundo se estendeu entre todos os deuses, então Zeus riu.

— Hades, esse seu brinquedinho é sensível demais.

A mão de Hades agarrou o pescoço de Zeus tão rápido que pareceu um borrão. A sala inteira ficou em silêncio. Hermes agarrou o braço de Perséfone, pronto para afastá-la dali assim que os dois começassem a brigar.

— Do que foi que você chamou minha noiva? — Hades perguntou.

Foi então que Perséfone a viu: a expressão que estava esperando ver. A verdadeira natureza de Zeus, debaixo da fachada. Os olhos dele escureceram, queimando com uma luz tão feroz e antiga que ela sentiu o medo nas profundezas da alma. Sua costumeira fisionomia jovial se derreteu e se transformou em algo ruim, escurecendo o rosto encovado e a parte debaixo dos olhos.

— Cuidado, Hades. Eu ainda determino seu destino.

— Errado, irmão. Peça desculpas.

Mais alguns segundos se passaram, e Perséfone achou que Zeus não fosse ceder. Ele parecia mais o tipo de deus disposto a começar uma guerra por causa de uma frase qualquer em vez daquilo que realmente importava — a morte e a destruição que sua mãe estava causando no mundo lá em cima.

Mas, depois de alguns instantes, o Deus do Trovão pigarreou.

— Perséfone — ele disse. — Me perdoe.

Ela não perdoou, mas Hades soltou a garganta do irmão.

Zeus recuperou a compostura com facilidade, sua raiva sendo substituída pela expressão jovial de sempre. Ele até riu, enérgico e estrondoso.

— Vamos festejar!

O jantar foi servido em um salão de eventos anexo ao alpendre. Na extremidade oposta à entrada uma mesa grande e horizontal elevava-se sobre as demais, e era onde a maioria dos olimpianos já estava sentada.

Perséfone olhou para Hades:

— Pelo jeito, não vamos nos sentar juntos.

— Como assim?

Ela apontou com o queixo para a parte da frente do salão.

— Não sou uma deusa do Olimpo.

— O Olimpo é superestimado — ele respondeu. — Vou me sentar com você. Onde você quiser.

— Zeus não vai ficar bravo com isso?

— Vai.

— Você quer casar comigo? — Perséfone perguntou.

Deixar Zeus irritado não parecia o melhor jeito de conseguir sua bênção.

— Meu bem, eu vou me casar com você independentemente do que Zeus disser.

Perséfone não duvidava, mas tinha uma pergunta.

— O que ele faz quando não abençoa um casamento?

— Arranja outro casamento para a mulher — Hades disse.

Perséfone cerrou os dentes, e Hades pôs a mão em suas costas, direcionando-a para uma das mesas redondas dispostas no salão. Ajudou-a a se sentar, depois se sentou ao lado dela. Havia outras duas pessoas na mesa que Hades havia escolhido: um homem e uma mulher. Eram jovens e pareciam, como irmãos — seus cachos dourados seguiam o mesmo padrão, e ambos tinham grandes olhos verdes. Os dois pareciam paralisados e fascinados pela presença do casal.

Perséfone sorriu para eles.

— Oi — cumprimentou. — Eu sou...

— Perséfone — o homem disse. — Sabemos quem você é.

— Sim — assentiu, a voz um pouquinho aguda, incerta de como interpretar as palavras ou o tom do homem. — Como vocês se chamam?

Eles hesitaram.

— Estes são Tales e Calista — Hades disse. — São filhos de Apelíotes.

— Apelíotes? — Perséfone não reconhecia o nome.

— O Deus do Vento Sudeste — Hades respondeu, calmamente.

De novo, os irmãos arregalaram os olhos.

— V-você conhece a gente? — Calista perguntou.

Hades parecia aborrecido.

— Claro que sim.

Os dois se entreolharam, mas, antes que pudessem dizer qualquer coisa, foram interrompidos.

— Hades, o que você está fazendo?

A pergunta veio de Afrodite, que tinha parado à mesa deles. A deusa usava um vestido lindamente plissado, de corte imperial, com um cinto. O tecido era dourado e cintilava sob a luz quando ela se mexia. A seu lado estava Hefesto, estoico e calado, usando uma simples túnica cinza e calças pretas.

— Estou sentado — Hades respondeu.

— Mas você está na mesa errada.

— Contanto que esteja com Perséfone, estou no lugar certo — ele replicou.

Afrodite franziu a testa.

— Como está a Harmonia, Afrodite? — Perséfone perguntou.

A deusa desviou os olhos verde-mar para olhar para ela.

— Bem, acho. Ela tem passado boa parte do tempo com sua amiga Sibila.

Perséfone hesitou.

— Acho que se tornaram boas amigas.

Afrodite deu um sorrisinho.

— Amigas — ela repetiu. — Você esqueceu que eu sou a Deusa do Amor?

Com essa frase, os dois partiram. Perséfone ficou observando Hefesto acompanhar Afrodite até a mesa dos olimpianos, ajudá-la a se sentar e depois sair em busca de uma mesa para si mesmo.

Ela se virou para Hades.

— Você acha que Afrodite é... contra a escolha de parceria de Harmonia?

— Você quer saber se ela é contra por Sibila ser mulher? Não. Afrodite acredita que amor é amor. Se está chateada, é porque o relacionamento de Harmonia significa que a irmã tem menos tempo pra ela.

Perséfone franziu a testa e, por um instante, pensou entender como Afrodite se sentia. O ataque que Harmonia sofreu tinha trazido a deusa de volta para sua vida, o que significava companhia, e, por mais que Afrodite gostasse de fingir que não se importava de ser tão independente, Perséfone — *todo mundo* — sabia que ela ansiava por atenção, mais especificamente a atenção de Hefesto.

— Você acha que Afrodite e Hefesto vão se reconciliar algum dia?

— Só nos resta torcer. Os dois estão completamente insuportáveis.

Perséfone revirou os olhos e deu uma cotovelada de leve nele, mas o Deus dos Mortos só riu.

O jantar apareceu diante deles: cordeiro, batatas ao limão, cenouras assadas e *eliopsomo*, um pão assado com azeitonas pretas. Os cheiros saborosos fizeram Perséfone se dar conta de como estava com fome.

Hades pegou um jarro de prata da mesa.

— Ambrosia? — perguntou.

Ela ergueu a sobrancelha.

— Pura?

Ambrosia não era como vinho. Era mais forte do que o álcool mortal. Perséfone só tinha bebido uma pequena quantidade no passado — graças a Lexa, que havia comprado uma garrafa do famoso vinho de Dionísio, ao qual havia sido misturada uma gota do líquido divino.

— Só um pouquinho — Hades disse, servindo uma dose pequena no cálice dela.

Depois encheu o próprio cálice até a borda.

— O que foi? — perguntou, ao ver Perséfone encarando.

— Você é um alcoólatra — ela disse.

— Funcional.

Perséfone balançou a cabeça e tomou um golinho da ambrosia. O sabor encheu sua boca de uma sensação fresca, com um toque de mel.

— Gostou? — Hades perguntou. Sua voz saiu baixa, quase sensual, e atraiu a atenção dela.

— Sim — ela respondeu, baixinho.

Calista pigarreou, e Perséfone se virou para olhar para ela.

— E como vocês se conheceram? — perguntou Calista.

Hermes bufou, rindo, ao aparecer ao lado de Perséfone com um prato e talheres.

— Você está sentada diante de deuses e essa é a pergunta que decide fazer?

— Hermes, o que você está fazendo? — Perséfone perguntou.

— Fiquei com saudade de você — ele respondeu, dando de ombros.

Assim que o Deus das Travessuras se sentou ao lado dela, Apolo deixou a mesa do Olimpo para se sentar com Ajax.

— Acho que você começou um movimento, Hades — Perséfone comentou. Um com o qual Zeus não parecia nada feliz, pois seus lábios se retorceram em uma carranca.

Hades olhou para ela e sorriu.

— Tenho uma pergunta — Tales disse, sorrindo, os olhos brilhando ao olhar para Hades. — Como vou morrer?

— De um jeito horrível — Hades respondeu.

A expressão do jovem mudou na hora.

— Hades! — Perséfone deu uma cotovelada nele.

— É-é verdade? — o homem perguntou.

— Ele só está brincando — Perséfone disse. — Né, Hades?

— Não — o deus respondeu, com um tom sério até demais.

Todos comeram em silêncio por alguns minutos constrangedores, até Zeus se levantar, batendo uma colher de ouro contra um cálice de ambrosia com tanta força que Perséfone pensou que o vidro fosse se quebrar.

— Ah, não... — Hermes murmurou.

— O quê? — Perséfone perguntou.

— Zeus vai fazer um discurso. Os discursos dele são sempre horríveis.

O salão ficou em silêncio, e todos os olhos se voltaram para o Deus do Trovão.

— Estamos reunidos aqui para celebrar meu irmão Hades — ele disse. — Que encontrou uma linda donzela com a qual deseja se casar: Perséfone, a Deusa da Primavera, filha da temida Deméter.

Temida era o adjetivo certo. Só o som do nome dela fez o estômago de Perséfone se revirar.

Hermes se inclinou para ela.

— Ele disse donzela? Tipo, virgem? Ele sabe que não é verdade, né?

— Hermes! — Perséfone o repreendeu.

Zeus continuou.

— Nesta noite, celebramos o amor e aqueles que o encontraram. Que todos tenhamos tamanha sorte, e, Hades...

Zeus ergueu o copo e olhou diretamente para eles.

— Que o oráculo abençoe sua união.

Depois do jantar, voltaram para o alpendre aberto. A música recomeçou, um som doce que preencheu o ar. Ao procurar a fonte da melodia, Perséfone descobriu que era Apolo que tocava sua lira. Seus olhos estavam fechados, o rosto relaxado, e ela se deu conta de que nunca o vira sem uma expressão de tensão. Ficou olhando para o deus por um bom tempo, até ele abrir os olhos violeta, que se encheram de ciúme. Perséfone desviou o olhar para o outro lado da sala, onde Ajax conversava animadamente em linguagem de sinais com um homem que ela não reconhecia. Tinha certeza de que Ajax só estava feliz de se comunicar com alguém sem precisar fazer leitura labial, mas também não sabia como tinha sido a conversa de Apolo com ele — ou com Heitor —, nem se tal conversa havia de fato acontecido.

— Vamos dançar? — Hades perguntou, oferecendo a mão a Perséfone.

— Não tem nada que eu gostaria mais de fazer — ela respondeu, e o Deus dos Mortos a conduziu para o meio da multidão.

Puxou-a para perto, e ela sentiu o desejo dele pressionado contra sua barriga. Quando olhou em seus olhos, viu que estavam pesados de luxúria e ergueu a sobrancelha.

— Excitado, meu amor?

Hades deu um sorrisinho — e ela não sabia se era pela pergunta tão franca ou pelo apelido carinhoso.

— Sempre, meu bem.

Perséfone agarrou o pau de Hades, com a mão escondida pelo terno dele.

— O que você está fazendo? — ele perguntou, um toque de sensualidade na voz.

— Acho que não preciso me explicar.

— Está tentando me provocar na frente dos olimpianos?

— Te provocar? — Perséfone disse, com a voz sussurrada, enquanto o acariciava. Odiava o tecido entre eles e queria sentir o calor de Hades nas mãos. — Nunca.

A mandíbula de Hades estalou, e ele cerrou os dentes. Apertou-a com mais força; a proximidade dificultava os movimentos dela. Ela o olhou diretamente nos olhos ao falar.

— Só estou tentando te dar prazer.

— Você sempre me dá prazer — ele afirmou.

Seus rostos estavam separados por poucos centímetros, e, quando Perséfone baixou os olhos para os lábios de Hades, ele a beijou. Foi selvagem, exigente e nada apropriado, e, quando se afastou, ele falou:

— Chega!

O salão inteiro ficou em silêncio, e Perséfone arregalou os olhos.

Mas então Hades voltou a beijá-la, agarrando sua bunda e puxando suas pernas para cima, para passá-las ao redor da cintura, e começou a se esfregar nela com tanta força que ela arfou.

— Hades! Todo mundo está vendo a gente!

— Acho que não — ele murmurou ao deixar sua boca, trilhando um caminho de beijos por seu pescoço e ombro.

No instante seguinte, tinham se teleportado para um quarto escuro, e Hades a imprensava contra a parede.

— Não gosta muito de exibicionismo? — ela perguntou.

— Não consigo me concentrar em você como gostaria e manter a ilusão ao mesmo tempo — ele disse, enquanto seus dedos abriam os lábios quentes dela. Perséfone gemeu. — Tão molhada... — sibilou. — Eu podia te beber inteira, mas, por enquanto, vou me contentar em provar.

Hades retirou os dedos de dentro dela e os levou à boca, depois espalmou a mão na parede e a beijou.

— Hades, quero que você me coma — Perséfone disse, descendo a mão. As roupas dele pareciam infinitas e eram muito mais frustrantes de afastar. — Uma vez, você me disse pra eu me vestir pra transar. Por que não faz o mesmo?

Hades deu uma risadinha.

— Se você não estivesse tão ansiosa, meu bem, talvez fosse bem mais fácil encontrar meu pau — ele disse, abrindo as roupas com facilidade, revelando o peito musculoso e a ereção enorme.

Os dedos de Perséfone se fecharam em torno dele com avidez, e de repente ele estava dentro dela. Os dois gemeram, e, por um instante, ninguém se mexeu.

— Eu te amo — Hades disse.

Perséfone sorriu, afastando mechas do cabelo dele do rosto.

— Eu também te amo.

Então, Hades começou a se mexer, cravando os dedos na pele dela com força.

— Você é uma delícia — ele disse.

Perséfone só conseguiu proferir uma palavra, concentrada na sensação de Hades enfiando o pau nela.

— Mais.

Hades gemeu.

— Goza pra mim — ele disse. — Para eu me banhar no seu calor.

Sua ordem foi reforçada pelo movimento do polegar no clitóris. Poucos toques provocantes e ela se desfez, com as pernas tremendo ainda em torno dele, o corpo tão pesado que teria caído se Hades não a estivesse segurando.

— Isso, meu bem — Hades disse, com os dedos fincados em sua bunda enquanto metia cada vez mais rápido e forte, e então gozou dentro com tanta força que ela conseguiu sentir o calor do sêmen, espesso e pesado.

Depois, Hades soltou suas pernas, mantendo-a de pé com um braço em torno da cintura. Afastou o cabelo dela do rosto, alisando-o até que não parecesse tão desgrenhado.

— Tudo bem? — Hades perguntou, ainda ofegante.

— Sim, claro — Perséfone disse, com uma risadinha. — E você?

— Estou bem — ele falou, beijando sua testa antes de soltá-la.

Hades arrumou as próprias roupas e ajudou Perséfone a se limpar. Então o olhar dela percorreu o quarto para onde ele os tinha trazido. Embora estivesse escuro, a luz da lua penetrava por janelas em todos os cantos, iluminando a entrada de uma casa. Era diferente de tudo que ela já tinha visto: parcialmente a céu aberto, com um chão de mármore preto e branco que levava a uma escada e a outros quartos internos.

— Onde estamos? — ela perguntou.

— Estes são meus aposentos — o deus respondeu.

Ela o encarou.

— Você tem uma casa no Olimpo?

— Sim — Hades disse. — Mas raramente venho aqui.

— Quantas casas você tem?

Perséfone percebeu que ele estava contando, o que significava que tinha mais do que as três que ela conhecia: o palácio no Submundo, a casa na ilha de Lampri e aquela ali no Olimpo.

— Seis — ele disse. — Eu acho.

— Você... *acha*?

Hades deu de ombros.

— Não uso todas.

Perséfone cruzou os braços.

— Mais alguma coisa que você queira me contar?

— Neste instante? — ele perguntou. — Não.

— Quem toma conta do seu patrimônio? — Perséfone perguntou.

— Elias — Hades respondeu.

— Talvez eu deva perguntar do seu império a ele.

— Você poderia, mas ele não vai contar nada.

— Tenho certeza de que consigo persuadi-lo — ela disse.

Hades franziu a testa.

— Cuidado, meu bem. Não tenho nada contra castrar qualquer um que você resolver provocar.

— Ciumento?

— Sou. Muito.

Ela balançou a cabeça, e então alguém bateu à porta atrás deles. Hades gemeu e abriu a porta. O Deus da Trapaça estava ali, sorrindo.

— O jantar não foi suficiente?

— Cala a boca, Hermes — Hades disse, ríspido.

— Me mandaram buscar vocês — ele explicou.

— A gente já estava indo.

— Sei... — Hermes falou. — E eu sou um cidadão que segue todas as leis.

Os três saíram da residência de Hades. Do lado de fora, viram-se em um beco estreito. As paredes de pedra dos dois lados estavam cobertas com hera florida. Perséfone ouvia a música da celebração, a risada e o burburinho da multidão. Não estavam longe do templo.

— Por que tenho a sensação de que Zeus não quer que a gente se case?

— Deve ser porque ele é um esquisitão — Hermes respondeu. — E preferiria ter você pra ele.

— Não tenho nada contra assassinar um deus — Hades disse. — Fodam-se as Moiras.

— Calma, Hades — Hermes pediu. — Só estou apontando o óbvio.

Perséfone franziu ainda mais a testa.

— Não se preocupa, Sefy. Vamos só ver o que o oráculo diz.

Assim que retornaram, a reação de Zeus foi imediata:

— Agora que decidiram voltar a se juntar a nós, talvez estejam prontos para ouvir o que o oráculo tem a dizer sobre o casamento.

— Estou *muito* ansiosa — Perséfone disse, fulminando-o com o olhar.

Os olhos do deus brilharam.

— Então me siga, Lady Perséfone.

Saíram do templo, atravessando um pátio cheio de lindas flores, limoeiros e estátuas de crianças com rosto de querubim cercando divindades da fertilidade — Afrodite, Afaia, Ártemis, Deméter e Dionísio.

Depois, chegaram a uma passagem estreita que levava a um pátio de mármore quase deserto. No centro, havia um templo redondo. Vinte colunas cercavam a estrutura, que ficava no alto de uma plataforma. Degraus largos levavam diretamente a portas de carvalho — a esquerda gravada com a imagem de uma águia, a direita com a de um touro. Dentro do templo, havia uma bacia de óleo bem no meio e dez tochas acesas em suportes nas paredes. No teto havia uma abertura por onde o céu escuro espreitava.

Perséfone ficou surpresa ao constatar que Hera e Poseidon também estavam ali. Nenhum deles parecia particularmente contente — nem Hera, com a cabeça inclinada de maneira estoica, nem Poseidon, com os braços grossos cruzados sobre o peito.

— Meu conselho — Zeus disse, ao ver Perséfone hesitar.

— Achei que o oráculo fosse seu conselho — ela respondeu.

— O oráculo fala do futuro, sim — Zeus confirmou. — Mas minha vida é longa e eu estou ciente de que os fios desse futuro mudam o tempo todo. Minha esposa e meu irmão também sabem disso.

Era uma atitude muito mais sábia do que Perséfone esperava — o que, ela lembrou a si mesma, era o perigo de Zeus.

Observou o Deus do Trovão retirar uma tocha da parede.

— Uma gota do seu sangue, por gentileza — Zeus disse, parado ao lado da bacia. Perséfone olhou para Hades, que pegou sua mão. Eles se aproximaram da bacia, e, quando o fez, ela notou um objeto afiado parecido com uma agulha projetando-se da borda. Hades pôs o dedo sobre ele e pressionou até seu sangue escorrer pelo metal brilhante. Estendendo a mão acima da bacia, ele deixou uma gota de sangue cair no óleo. Ela seguiu o exemplo dele, fazendo uma careta quando a agulha perfurou sua pele. Uma vez que o sangue estava na bacia, Hades pegou sua mão e chupou o dedo.

— Hades! — ela sussurrou o nome dele, porém, quando o deus soltou sua mão, o corte estava curado.

— Não quero ver você sangrar.

— Foi só uma gota... — ela sussurrou.

O deus não respondeu, mas ela sabia que não entendia como ele se sentia de verdade, vendo-a machucada, mesmo que a ferida fosse tão pequena.

Afastaram-se da bacia, e Zeus ateou fogo ao óleo. Ele se incendiou de imediato e passou a queimar num tom sobrenatural de verde. A fumaça era espessa e subia pelo ar. Lentamente, as labaredas assumiram a forma de uma pessoa — uma mulher envolta em chamas.

— Pirra — Zeus disse. — Revele-nos a profecia de Hades e Perséfone.

— Hades e Perséfone — o oráculo repetiu. Sua voz era clara, fria e antiga. — Uma união poderosa, um casamento que produzirá um deus mais poderoso que o próprio Zeus.

E foi tudo. Feita a profecia, o fogo se apagou.

Houve um longo silêncio, durante o qual Perséfone só conseguiu olhar para a bacia.

Um casamento que produzirá um poder maior do que o do próprio Zeus.

Estavam condenados. Ela soube assim que as palavras foram ditas. Até Hades tinha ficado rígido.

— Zeus. — A voz de Hades era sombria, um tom assustador que ela nunca ouviu na vida.

— Hades. — O tom de Zeus era igual.

— Você não vai tirá-la de mim — Hades disse.

— Eu sou o rei, Hades. Talvez você precise que alguém te lembre.

— Se esse for seu desejo, ficarei mais do que satisfeito em pôr fim ao seu reinado.

Um silêncio tenso se seguiu.

— Você está grávida? — Hera quis saber.

Perséfone arregalou os olhos.

— Perdão?

— Preciso repetir? — Hera perguntou, irritada.

— Essa pergunta não é apropriada — Perséfone disse.

— Mas é importante, considerando a profecia — Hera respondeu.

Perséfone fulminou a deusa com o olhar.

— E por quê?

— A profecia declara que seu casamento produzirá um deus mais poderoso do que Zeus. Um filho nascido dessa união seria um deus muito poderoso... Senhor da vida e da morte.

Perséfone olhou para Hades.

— Não há filho nenhum — Hades disse. — Não haverá filho nenhum.

Poseidon riu.

— Até os homens mais cuidadosos têm filhos, Hades. Como é que você pode garantir isso se não consegue nem dançar sem parar pra trepar?

— Não preciso ser cuidadoso — Hades disse. — Foram as Moiras que tiraram minha capacidade de ter filhos. Foram as Moiras que teceram Perséfone no meu mundo.

— Você quer continuar sem filhos? — A pergunta veio de Hera. Perséfone percebeu que ela estava curiosa.

— Eu quero me casar com Hades — ela disse. — Se para isso não puder ter filhos, assim será.

Mas, enquanto falava, seu peito doía — não por si mesma, mas por Hades. Quando ele lhe contou do acordo que fez, tinha sofrido muito, e ela rapidamente se deu conta de que era Hades que queria filhos.

— Tem certeza de que não pode ter filhos, irmão? — Zeus perguntou.

— Bastante — Hades respondeu, entre dentes.

— Deixe que se casem, Zeus — Poseidon disse. — Eles obviamente querem trepar como marido e mulher.

Perséfone odiava mesmo Poseidon.

— E se o casamento produzir um filho? — Zeus interrogou. — Não confio nas Moiras. Os fios delas estão sempre se mexendo, sempre mudando.

— Então tomamos a criança — Hera disse.

Perséfone apertou a mão de Hades com tanta força que achou que os dedos dele fossem se quebrar. Só conseguia pensar *"não fale, não proteste"*.

— Não haverá filho nenhum — Hades repetiu, inflexível.

Por um longo período, Hades e Zeus ficaram parados um diante do outro, se encarando. Estava muito quente no templo, e cada respiração de Perséfone parecia lutar para deixar sua garganta. Ela precisava sair dali.

— Vou abençoar essa união — Zeus disse, afinal. — Mas, se a deusa ficar grávida um dia, a criança precisará ser aniquilada.

Ao ouvir as palavras de Zeus, Hades não esperou nem um segundo antes de ir embora. Em um instante, estavam no templo no Olimpo e, no outro, estavam no Submundo.

Tonta, Perséfone caiu no chão e vomitou.

31

UM TOQUE DE ETERNIDADE

— Está tudo bem — Hades disse. Ele se ajoelhou ao lado dela, abraçando-a e afastando o cabelo de seu rosto suado enquanto ela chorava.

— Não está — Perséfone falou. — Não mesmo.

Tinham exigido seu filho. Ela nem sabia se poderia engravidar algum dia, mas a ideia de Zeus tomando seu filho era devastadora.

— Vou destruir ele — ela disse. — Vou acabar com ele.

— Não tenho dúvidas, meu bem — Hades afirmou. — Vem, levanta.

Ela se levantou com ele, e Hades segurou seu rosto entre as mãos.

— Perséfone, eu jamais deixaria, *jamais vou deixar*, tomarem nenhuma parte de você. Entendeu?

Ela assentiu, apesar de se perguntar como ele poderia impedi-los. Zeus estava determinado a eliminar absolutamente todas as ameaças — menos as que importavam. Uma parte de Perséfone nem acreditava na bênção dele.

Hades a levou para a casa de banhos, para uma piscina menor do que a que costumavam usar. Esta era redonda e elevada.

— Deixa comigo — ele disse, ajudando-a a tirar o vestido e entrar na piscina. A água estava quente e chegava a seus seios. Hades se ajoelhou e pegou uma barra de sabonete, depois ensaboou as dobras de uma toalha. Perséfone estremeceu quando ele começou a limpá-la, começando com as costas, os ombros, os braços. Ao chegar aos seios, seus movimentos ficaram mais lentos, e ele continuou a passar o pano suavemente pela pele dela até os mamilos se endurecerem sob seu toque. Quando não aguentava mais, ela prendeu os pulsos dele.

— Hades... — sussurrou.

Os olhos dele queimavam nos dela, e ele se inclinou para a frente e a beijou. Perséfone o abraçou pelo pescoço e puxou-o para mais perto, deixando-o coberto de sabão.

— Quero você — sussurrou ela, quando os lábios dele deixaram os seus.

— Casa comigo — ele disse.

Ela riu.

— Eu já disse sim.

— Disse mesmo, então casa comigo. Hoje.

Ela franziu as sobrancelhas enquanto olhava para ele, avaliando sua seriedade.

— Não confio no Zeus, nem no Poseidon, nem na Hera, mas confio em nós — ele disse. — Casa comigo hoje, e eles não vão poder fazer nada.

Tinha mais alguma coisa se agitando dentro dela — uma animação que crescia com a perspectiva de finalmente se tornar esposa de Hades. Com a ideia de não precisar planejar mais nada, nem se preocupar com flores, locais ou *aprovações*.

— Sim — Perséfone falou, e, ao ver o sorriso de Hades se alargar, sentiu que estava se apaixonando ainda mais por ele. Ele a beijou, e, por um longo período, a deusa se perguntou se chegariam a sair da casa de banhos, mas, depois de um tempo, Hades se afastou.

— Vou tomar você como esposa hoje — ele disse. — Vem. Vou convocar Hécate.

Perséfone enxaguou o corpo e vestiu um robe que Hades segurava para ela. A Deusa da Bruxaria já estava aguardando quando saíram da casa de banhos.

— Ai, minha querida! — Hécate disse, abraçando Perséfone. — Dá pra acreditar? Você estará casada ainda hoje! Vamos te arrumar! — ela falou, enlaçando o braço ao de Perséfone. Depois, lançou um olhar penetrante a Hades. — E se eu vir, ou sentir, que você chegou perto da suíte da rainha, vou bani-lo para o Poço de Aracne.

— Não vou espiar — Hades prometeu, sorrindo para Perséfone, com os olhos brilhantes. Depois, abaixou a voz. — Até daqui a pouco.

Então se separaram, e Perséfone se viu no espaço familiar da suíte da rainha: o espaço que Hades criou antes mesmo de saber que um dia teria uma amante, antes de saber de sua existência. O quarto era a esperança dele.

Esperança, ela pensou. *A arma mais poderosa*.

Não tinha certeza do que causara esse pensamento, mas ele lhe provocou um arrepio na espinha que até Hécate notou.

— Nervosa, querida?

— Não — Perséfone afirmou. — Estou mais pronta do que nunca.

Hécate abriu um sorriso.

— Senta. As lâmpadas estão prontas.

Ela gesticulou para a penteadeira branca acima da qual pairavam criaturas parecidas com fadas. Eram pequeninas ninfas com pele prateada e asas quase invisíveis. Flores brancas desabrochavam em seus cabelos escuros. Quando Perséfone se sentou, elas começaram a trabalhar; a magia das ninfas pinicava a pele da deusa e modelava seu cabelo. Foram rápidas e eficientes e, quando flutuaram para pairar acima de sua cabeça, ela admirou o trabalho delas: uma maquiagem simples que acentuava a curva de seus olhos, o arco dos lábios, a altura das maçãs do rosto e as ondas macias e claras de seu cabelo. Sobre a cabeça, na base dos chifres, havia uma coroa de mosquitinho.

— Lindo — Perséfone disse, então desviou o olhar para Hécate, que pairava no reflexo do espelho. Segurava um vestido branco nos braços.

Perséfone girou o corpo.

— Hécate, quando você...

— Alma e eu trabalhamos nele juntas — ela falou. — Vamos ver como fica.

Hécate ajudou Perséfone a colocar o vestido, passando-o por cima da cabeça. Era feito de seda e provocava uma sensação fresca e macia contra a pele. Quando se virou para se olhar no espelho, Perséfone arquejou em silêncio. O vestido era lindo e simples, com uma bela silhueta que parecia feita especificamente para a curva de seus seios e a largura do quadril. O decote tinha um elegante corte em V, as alças eram finas, e uma cauda curta se arrastava atrás dela.

— Um último toque — Hécate disse, produzindo um véu cintilante bordado com videiras verdes e flores vermelhas, rosa e brancas.

O visual completo era um sonho: tudo que Perséfone imaginara e muito mais. Ela era uma deusa, uma rainha, mas, mais importante, era Perséfone.

— Ah, Hécate, que lindo! — ela disse e, ao se olhar no espelho, achou difícil assimilar por completo que aquele era o dia de seu casamento.

Ela se virou para a deusa, que segurava um buquê de narcisos brancos, rosas e folhagens.

— Yuri fez as crianças colherem os narcisos — Hécate falou.

Perséfone sorriu e sentiu as lágrimas pinicarem seus olhos ao pegar as flores.

— Sem lágrimas, meu amor — Hécate disse. — Hoje é um dia feliz.

— Mas eu estou feliz.

Hécate sorriu e segurou o rosto dela entre as mãos.

— Eu soube assim que Hades falou de você que eu te amaria. Não duvidei nem por um instante de que esse dia chegaria.

Os lábios de Perséfone tremeram, mas ela deu tudo de si para não chorar. Em vez disso, suspirou.

— Obrigada, Hécate. Por tudo.

— Está na hora — Hécate disse. — Vem.

— Hécate — Perséfone disse, hesitando.

Havia uma coisa que ela queria — precisava —, mas tinha medo de dizer.

— Sim, querida?

— Eu... *gostaria* de que Lexa estivesse presente. Você acha que o Tânatos deixaria ela sair dos Campos Elísios?

— Querida, você é a Rainha do Submundo. Você decide.

— Então, temos que fazer uma parada.

***

Perséfone esperava atrás de uma fileira de árvores com Lexa, cujo vestido parecia uma versão de seu véu, só que o tecido era preto. Ainda não havia espiado através dos galhos para ver o bosque em que se casaria com Hades, mas Lexa já.

Ela arfou e girou rápido para olhar para a deusa.

— Ai, meus deuses, Perséfone! — ela exclamou. — É maravilhoso e tem tantas... pessoas.

Perséfone achava que Lexa devia estar em dúvida entre dizer pessoas ou almas.

Ela espiou de novo.

— Nem acredito que vou me casar de verdade — Perséfone disse, segurando as flores com tanta força que suas mãos começaram a suar. Quando se lembrava de onde tinha vindo, tudo parecia ainda mais surreal. Nunca havia pensado em casamento, nunca havia sonhado com aquele dia, mas conhecer Hades tinha mudado tudo.

— Está nervosa? — Lexa perguntou, olhando para ela por cima do ombro.

— Estou.

— Não fique — ela disse, e foi para o lado de Perséfone. — Quando passar entre essas árvores, procure o Hades. Você não vai conseguir pensar em mais nada, nem querer mais ninguém, além dele.

Era algo que a antiga Lexa diria, e reconfortou Perséfone. Ainda assim, ela olhou para a amiga com curiosidade.

— O quê? — Lexa perguntou ao perceber.

— Nada — Perséfone respondeu. — Só parece que você está falando por experiência própria.

Um silêncio estranho e espesso se seguiu.

— Acho que sei como é não querer mais ninguém — Lexa disse, baixinho.

— Tânatos? — Perséfone perguntou, ainda observando Lexa atentamente.

Lexa assentiu. Não era tão difícil adivinhar, levando em conta como andavam falando um do outro no último mês. Perséfone queria dizer alguma coisa, fazer mais perguntas. Ela já tinha falado com Tânatos a respeito de seus sentimentos? Eles tinham se beijado? Mas um som belo e doce preencheu o ar, fazendo seu corpo inteiro arrepiar.

— É a nossa deixa — Lexa disse, puxando o braço de Perséfone.

Perséfone segurou as flores com mais força e prendeu a respiração, e, quando contornou a fileira de árvores, ficou totalmente sem fôlego. Estavam em um bosque gigante rodeado por árvores altas, todas decoradas com guirlandas de lavanda florida e flores rosa, e, acima delas, as lâmpadas brilhavam como lamparinas. E ali estava Hades — terrivelmente bonito —, envolto por um arco de folhas e flores, com Cérbero, Tifão e Ortros sentados a seus pés, estoicos.

Assim que seus olhos encontraram os dele, ele se tornou tudo que ela queria.

O sorriso do deus — amplo e reluzente — iluminava seu rosto inteiro. Até seus olhos pareciam mais brilhantes, seguindo-a enquanto ela se aproximava. Ele escolheu um terno para a ocasião, preto com uma única prímula vermelha presa no bolso. O cabelo estava penteado para trás e preso. Os chifres estavam à mostra — coisas lindas e letais que se assomavam sobre a cabeça.

A marcha inteira pareceu frenética, selvagem e perfeita.

Perséfone parou para abraçar aqueles que conseguia alcançar — Yuri e Alma, Isaac e Lily e as outras crianças do Submundo, Caronte e Tique. Então olhou para Apolo, que sorria, os olhos violeta calorosos e sinceros.

— Parabéns, Sef.

— Obrigada, Apolo.

Quando chegou a Hermes, abraçou-o por mais tempo.

— Você está linda, Sefy — ele disse, antes de se afastar. Ainda usava seu terno amarelo.

— Você é o melhor, Hermes. De verdade.

Ele sorriu e acariciou o rosto dela com os nós dos dedos.

— Eu sei.

Riram e, quando ela se virou, percebeu que estava cara a cara com Hades. Fez menção de ir na direção dele quando Lexa a puxou e pegou seu buquê.

— Ansiosa, meu bem? — Hades perguntou, e a multidão riu.

— Sempre — ela respondeu.

Ele pegou as mãos da deusa, que não tirou os olhos de seu rosto. O sorriso dele — *ah*, o sorriso dele era brilhante e algo que ela raramente via, e, quando ele a olhou da cabeça aos pés, os olhos azul-safira tão profundos quanto as partes mais profundas do oceano, ela soube que ele era seu para sempre.

— Oi — disse, baixinho, quase tímida.

— Oi — ele respondeu, erguendo a sobrancelha. — Você está linda.

— Você também.

Hades parecia estar se divertindo muito.

Foram interrompidos por Hécate, que se postou no espaço diante deles, pigarreando, e, quando se viraram para olhar para ela, a deusa sorriu, calorosa e feliz.

— Eu sabia que esse momento chegaria — Hécate falou. — Um dia.

A Deusa da Bruxaria olhou para Hades.

— Eu já vi o amor, em todas as formas e graus, mas tem algo precioso neste amor, o tipo que vocês compartilham. É desesperado, feroz e apaixonado. — Ela parou para rir, assim como todo mundo atrás deles. Perséfone corou, mas Hades permaneceu impassível. — E talvez seja porque conheço vocês, mas é o tipo de amor que mais gosto de observar. Ele floresce e arde, desafia e provoca, machuca e cura. Não existem duas almas que combinem mais. Separados, vocês são luz e escuridão, vida e morte, um começo e um fim. Juntos, são uma fundação que vai tecer um império, unir um povo, fundir mundos. Vocês são um ciclo que nunca termina, eterno e infinito. Hades.

Hécate estendeu a mão, e no centro, estava a aliança que Hades havia feito para Perséfone. Ele a pegou e segurou entre o polegar e o indicador.

O olhar de Perséfone encontrou o dele — *uma aliança*! Ela não tinha uma aliança, mas o sorriso nos lábios dele lhe disse que tudo ficaria bem.

— Você aceita Perséfone como sua esposa? — Hécate perguntou.

— Aceito — ele disse. Sua voz profunda deslizou sobre a pele dela, fazendo-a se arrepiar quando ele pôs a aliança em seu dedo.

— Perséfone — Hécate disse, estendendo a outra mão. Uma aliança preta repousava bem no centro. Era pesada, e, ao segurá-la, a mão de Perséfone tremia. — Você aceita Hades como seu esposo?

— Aceito — falou, pondo a aliança no dedo dele. Ficou olhando para ela por um bom tempo, com uma sensação profunda de orgulho ao vê-la ali: o anel queria dizer que ele pertencia a ela.

— Pode beijar a noiva, Hades.

Perséfone manteve os olhos grudados nos de Hades quando a expressão dele se tornou pensativa, quase austera, mas ela sabia que não era por estar chateado; era um sinal da seriedade com que ele encarava aquele momento. Sentiu um peso no peito ao se dar conta de quanto tempo ele tinha esperado. Enquanto o namoro deles representava um segundo em sua vasta vida, ele havia passado a maior parte dela sozinho, ansiando por companhia, por amor recíproco, e, quando seus lábios se encontrassem, seria o fim daquele imenso vazio.

Hades segurou o rosto dela e Perséfone se agarrou aos pulsos dele, sorrindo para o deus.

— Eu te amo — ele disse, e colou a boca à dela.

A princípio, ela pensou que ele fosse parar por ali — um beijo simples e doce na frente de todo o Submundo —, mas então a mão dele passou do rosto para a nuca dela, e a outra envolveu sua cintura. Hades deslizou a língua sobre a boca de Perséfone, e ela se abriu para ele, sorrindo por um instante antes de ele aprofundar o beijo.

Ao redor deles, as almas aplaudiam.

— Comportem-se! — Hermes gritou.

Quando Hades se afastou, tinha um sorrisinho no rosto, e se inclinou novamente para dar um beijo na testa de Perséfone antes de pegar sua mão. Eles se viraram para a grande multidão.

— Apresento a vocês Hades e Perséfone, Rei e Rainha do Submundo.

Os gritos foram ensurdecedores. Hades conduziu Perséfone pela nave, que pareceu muito mais curta do que da primeira vez que ela a percorreu. Uma vez atrás da fileira de árvores, ele a puxou para si e a beijou de novo.

— Nunca vi nada mais lindo do que você — ele disse.

O sorriso dela se alargou.

— Eu te amo. Muito.

— Venham — Hécate falou, contornando as árvores.

Ela usou sua magia para teleportá-los e os empurrou para a biblioteca.

— Vocês podem passar uns minutinhos a sós antes de eu vir buscá-los para as festividades — ela disse, parada à porta. — Se eu fosse vocês, continuaria vestida. — Fez uma pausa e acrescentou: — E com os pés no chão.

Quando a porta se fechou, Hades olhou para Perséfone.

— Isso — ele disse. — Pareceu um desafio.

Perséfone arqueou a sobrancelha.

— Vai encarar, marido?

Ao ouvir essa palavra, ele fechou os olhos e soltou o ar.

— Tudo bem?

Ele continuou de olhos fechados ao falar.

— Fala de novo. Me chama de marido.

Perséfone sorriu.

— Vai encarar o desafio, marido?

Hades abriu os olhos. Tinham passado de azuis para pretos, ardendo de desejo. Ele agarrou o quadril dela, puxando a seda do vestido para cima.

— Por mais que eu queira você agora — ele disse. — Tenho outros planos pra nós esta noite.

Perséfone passou as mãos pelo peito dele, depois pela nuca.

— E esses planos envolvem... alguma coisa nova? — ela perguntou.

Hades ergueu a sobrancelha.

— Você está pedindo... alguma coisa nova?

— Sim — ela sussurrou.

Hades pegou a mão dela e beijou a parte interna do pulso.

— E o que é que você quer experimentar?

Ela engoliu em seco.

— Ser amarrada.

32

EM UM MAR DE ESTRELAS

Hécate voltou para buscá-los na biblioteca e os conduziu para a entrada do salão de baile, no primeiro andar. Do outro lado das portas, Perséfone ouviu a voz de Hermes.

— Apresento a vocês o Senhor e a Senhora do Submundo, Rei Hades e Rainha Perséfone.

Perséfone tinha certeza de que nunca se cansaria de ouvir seu nome pronunciado em conjunto com o de Hades e, quando as portas se abriram, foi recebida por seu povo: todas as almas no Submundo que tinha passado a amar. Aplaudiram e gritaram de novo quando o casal se juntou à multidão e foi até o pátio, e ali, sob o céu do Submundo e diante de todas as almas — novas e velhas —, Hades puxou Perséfone para perto.

A música era suave, uma bela melodia que parecia entrelaçá-los.

— No que você está pensando? — Perséfone perguntou.

— Estou pensando em muitas coisas, esposa — Hades disse.

— Tipo?

Ele sorriu.

— Estou pensando em como estou feliz — ele respondeu, e as palavras aqueceram o peito de Perséfone. Mesmo assim, ela arqueou a sobrancelha.

— Só isso?

— Não terminei — Hades disse, segurando-a com mais força e inclinando-se para encostar o rosto no dela, seu hálito roçando a orelha da deusa. — Estou me perguntando se você está molhada pra mim. Se seu ventre está contorcido de desejo. Se você está fantasiando com essa noite tanto quanto eu... E se seus pensamentos são tão vulgares quanto os meus.

Quando ele se afastou, ela estava corada e sentia o calor se acumulando nas profundezas do corpo. Ainda assim, sustentou o olhar dele, e, quando a música terminou, eles pararam no centro do pátio. Perséfone esticou o pescoço, aproximando os lábios dos dele ao responder às perguntas.

— Sim.

Os olhos dele escureceram, e Perséfone sorriu quando um grupo de crianças implorando por uma dança chamou sua atenção. Ela se separou de Hades e deu as mãos para as crianças, que dançavam pelo pátio, indiferentes ao ritmo e aos passos certos. Perséfone nem ligou — riu, sorriu e sentiu mais alegria do que nos últimos meses.

Quando a canção acabou, outra teve início, e as crianças se dispersaram para brincar sozinhas.

— Me concede essa dança, Rainha Perséfone?

Perséfone se virou e deu de cara com Hermes, que fez uma reverência profunda.

— Mas é claro, Lorde Hermes — ela respondeu, aceitando a mão que ele lhe estendia.

— Estou orgulhoso de você, Sefy — ele disse.

— Orgulhoso? Pelo quê?

— Você se saiu bem com os olimpianos hoje — falou.

— Acho que fiz alguns inimigos.

Ele deu de ombros e a fez girar.

— Ter inimigos é uma verdade universal. Significa que você tem uma coisa pela qual vale a pena lutar.

— Sabe — Perséfone disse. — Pra alguém tão engraçadinho, Hermes, você tem muita sabedoria.

O deus abriu um sorriso.

— Outra verdade universal.

Depois de dançar com Hermes, Perséfone foi entregue a Caronte, e mais tarde, quando se viu cara a cara com Tânatos, seu sorriso sumiu.

Ele estava pálido e bonito e parecia meio triste.

O deus abaixou a cabeça diante dela.

— Lady Perséfone, dança comigo?

Tânatos não falava com ela desde o dia em que lhe disse que ela não podia ver Lexa. Encará-lo agora parecia estranho.

Ela hesitou e Tânatos reparou.

— Vou entender se você quiser declinar.

— Não espero que você seja gentil porque sou sua rainha — ela disse.

— Não te chamei para dançar porque você é minha rainha — respondeu. — Te chamei para dançar para me desculpar.

— Desculpe-se, então, e vamos dançar.

Ele franziu a testa, os olhos azuis sinceros ao falar.

— Peço perdão pelas minhas ações e minhas palavras. Eu levei a tarefa de proteger Lexa ao extremo, e me arrependo de ter machucado você.

— Desculpas aceitas — Perséfone assentiu, e Tânatos deu um sorriso triste.

— Parece que meu perdão não fez você se sentir melhor — ela falou, enquanto dançavam.

— Acho que estou horrorizado com o meu comportamento — disse o deus.

— O amor faz isso com os melhores de nós — ela respondeu. Tânatos arregalou os olhos, e Perséfone deu uma risadinha. — Sei que você gosta dela.

O Deus da Morte não disse nada, e Perséfone acrescentou algo que sabia bem até demais.

— Às vezes, é difícil explicar nossas ações quando nos deixamos levar pelo coração.

— Ela vai reencarnar um dia — Tânatos disse.

— E?

— Não vai lembrar de mim.

— Não estou entendendo o que você está querendo dizer.

— Estou dizendo que ela e eu... não pode acontecer.

Perséfone franziu as sobrancelhas.

— E você se privaria de um momento de felicidade?

— Para escapar de uma vida inteira de dor? Sim.

Perséfone não disse nada por um bom tempo.

— Ela está ciente da decisão que você tomou?

Tânatos pareceu não gostar da pergunta, porque apertou os lábios numa linha fina.

— Você devia contar pra ela, pelo menos — Perséfone disse. — Porque enquanto você está escolhendo fugir da dor, Lexa está vivendo com ela.

Quando sua dança com Tânatos terminou, ela perambulou para além do pátio, precisando de descanso e de espaço da multidão, e foi até o jardim, onde grandes rosas floresciam, exalando um aroma doce. À frente dela, Cérbero, Tifão e Ortros vagavam, narizes colados ao chão. Ela ficou surpresa quando distinguiu a silhueta familiar do marido mais adiante. Estava parado, com as mãos enfiadas nos bolsos, olhando para o céu.

Depois de um instante, virou-se, com os olhos cintilando:

— Você está bem? — perguntou.

— Estou — ela respondeu.

— Está pronta?

— Estou.

Ele estendeu a mão e, assim que os dedos dela a tocaram, os dois desapareceram.

Perséfone não tinha certeza do que estava esperando quando se teleportaram — um quarto calorosamente iluminado pela luz do fogo, talvez um retorno à ilha de Lampri. Em vez disso, se viu parada em uma plataforma a céu aberto, com uma grande cama. Acima deles havia nuvens de estrelas reunidas, nas cores alaranjada, azul e branca. As estrelas também estavam refletidas na água escura que os circundava. Era como se eles estivessem flutuando no próprio céu.

— A gente está... no meio de um lago? — Perséfone perguntou.
— Sim — Hades respondeu.

Perséfone o encarou.

— É obra da sua magia?
— É — ele disse. — Gostou?
— É lindo — respondeu. — Mas onde estamos exatamente?
— Estamos no Submundo — Hades disse. — Num espaço que eu criei.
— Há quanto tempo você planejou esse momento?
— Já faz um tempo que penso nisso — ele respondeu.

Perséfone se aproximou da cama e alisou os lençóis macios de seda antes de olhar para Hades por cima do ombro.

— Me ajuda a tirar o vestido — ela disse.

Hades se aproximou e abriu o zíper até chegar ao final das costas de Perséfone. As mãos dele deslizaram por suas costas e pelos ombros, mergulhando embaixo das alças finas. O tecido sussurrou contra sua pele ao escorregar e cair no chão.

Ela não usava nada sob o vestido, e as mãos de Hades foram para seus seios, a boca se colou à sua. O deus a beijou com uma fome lenta que se acomodou em seu baixo ventre.

Quando se afastou, ele tirou um objeto do bolso: uma caixinha preta.

— Essas são as Correntes da Verdade — Hades disse. — São uma arma poderosa contra qualquer deus, a menos que ele tenha uma senha. Vou te contar a senha agora pra que, se começar a sentir medo, você possa se libertar do aperto delas. *Eleftherose ton*. Repita.

— *Eleftherose ton* — repetiu ela.
— Perfeito.
— Por que se chamam Correntes da Verdade? — Perséfone quis saber, porque tinha a sensação de que podia adivinhar, e o sorriso de Hades confirmou suas suspeitas.

— A única verdade que elas vão extrair dos seus lábios é o seu prazer. Deita.

Perséfone fez o que ele mandou. Hades fez o mesmo, montando nela, as roupas arranhando sua pele, sensível com o desejo.

— Abre os braços — ele disse.

Colocou a caixinha acima da cabeça dela, e, no instante seguinte, os pulsos de Perséfone estavam presos com correntes pesadas.

— Perdão, meu bem — Hades disse, tocando as algemas e transformando-as em amarras macias. — Você está pronta? — ele perguntou.

— Pra você? Sempre.
— Sempre — Hades repetiu.

Ele se sentou sobre os calcanhares, ainda montado nela, e afrouxou a gravata, depois as abotoaduras, e então passou a desabotoar a camisa.

— No que você está pensando? — ele perguntou.

— Quero que você vá mais rápido. — As palavras saíram da boca de Perséfone antes mesmo que ela tivesse tempo para pensar. Ela arregalou os olhos, então se lembrou de que as amarras ao redor de seus pulsos tirariam a verdade de sua boca. Estreitou os olhos. — Tem alguma chance de você também usar essas algemas?

Hades riu.

— Se for o que você quiser — ele disse, tirando a camisa e largando-a na cama. — Mas você não precisa de correntes pra tirar a verdade de mim, principalmente quanto ao que eu planejo fazer com você.

— Prefiro não saber seus planos — Perséfone falou, devorando o peito musculoso dele com olhos famintos.

— O que você quer, esposa?

— Ação — ela disse, contorcendo-se debaixo dele. Se pudesse, estenderia a mão para tocá-lo, mas seus pulsos encontraram a resistência das amarras.

Hades riu, depois deu um beijo entre os seios dela. Perséfone se ergueu para encontrar o toque do deus, entrelaçando as pernas às dele. Queria o corpo dele contra o seu. Mas Hades continuou, percorrendo seu ventre com os lábios e soltando-se do aperto dela. Ela o soltou e deixou as pernas caírem, abertas, sem vergonha nenhuma, pronta, desesperada. Hades a encarou, voraz, antes de envolver o quadril dela com os braços, erguendo sua bunda e lambendo as dobras escorregadias.

Um pequeno grunhido saiu de algum lugar nas profundezas do peito dele.

— É isso. Eu amo isso.

Ele se abaixou, a língua abrindo a buceta e provocando o clitóris. Afastou ainda mais as pernas de Perséfone para conseguir ir mais fundo, e logo seus dedos estavam se curvando dentro dela. Perséfone fincou os calcanhares na cama, os dedos segurando as correntes, e afundou a cabeça no travesseiro. Sentia-se agitada, tensa, acalorada, e então a boca quente de Hades cobriu seu clitóris, e ele chupou — um toque suave, seguido por lentos movimentos circulares. Ela perdeu o fôlego soltando um gemido alto, e Hades se afastou, os dedos ainda se mexendo dentro dela.

— Isso, meu bem. Me fala como está.

— Bom. Muito bom.

Perséfone conseguiu olhar para ele e viu o suor brotando da testa, os olhos brilhando, cheios de luxúria. Então ele voltou a cobrir seu clitóris com a boca, a língua vibrando contra sua pele. Ela jogou a cabeça para trás, gemendo. O ritmo dele era consistente, e a pressão foi aumentando e se retorcendo dentro dela até seus membros tremerem com o clímax. Hades beijou o interior de suas coxas e foi subindo até chegar à barriga, aos seios, ao pescoço, antes de encontrar os lábios. Ele a beijou, depois se levantou.

— Aonde você vai?

— Não vou longe, esposa — Hades prometeu, enquanto tirava as calças.

Os olhos dela escanearam todas as partes do corpo dele. Ele era imenso e imponente, os músculos dos braços, do abdômen e das pernas tonificados e bem definidos — seu corpo era uma ferramenta e uma arma. O olhar de Perséfone parou no pau duro e nas bolas pesadas.

— Me conta seus pensamentos — ele disse.

Perséfone estremeceu quando as palavras saíram de sua boca.

— Não importa quantas vezes você entre em mim. Nunca é o suficiente.

Hades riu e voltou a subir em cima da deusa, posicionando-se entre suas pernas. Pressionou o corpo afogueado ao dela.

— Eu te amo — ele falou.

— Eu te amo.

Perséfone dizia aquelas palavras com frequência, e sempre falava sério, mas, dessa vez, elas lhe trouxeram lágrimas aos olhos. Naquela noite, tiveram um impacto diferente. Naquela noite, ela sentia que entendia o amor de um jeito que nunca havia entendido antes — era selvagem e livre, apaixonado e desesperado. Abrangia todas as emoções na tentativa de dar sentido a um mundo que o desafiava.

— Você está bem? — Hades perguntou, em um sussurro rouco.

Perséfone assentiu.

— Estou. Só estou pensando no quanto eu te amo, de verdade.

A expressão de Hades se intensificou, seu olhar arrancando cada camada da alma da deusa, e então ele a beijou antes de se erguer e conduzir a cabeça do pau para a abertura dela. Perséfone cravou os calcanhares na bunda dele em uma tentativa de empurrá-lo para dentro, mas ele resistiu, rindo, e levantou as pernas dela para colocá-las sobre os próprios ombros, deslizando para dentro dela enquanto olhava em seus olhos, famintos e carnais.

Perséfone arquejou; um som gutural que arranhou sua garganta. Cerrou os punhos, as amarras ferindo seus pulsos. O prazer das estocadas dele era profundo e exuberante, e cada investida suscitava um gemido, um suspiro, uma onda de prazer.

— Você é uma delícia — Hades disse, entre dentes, o rosto brilhando, o cabelo longo se soltando do elástico enquanto ele se mexia. — Tão apertada. Tão molhada. *Eleftherose ton!* — ordenou ele, e as correntes sumiram de repente.

Hades soltou as pernas dela e deixou que caíssem ao seu redor. Suas bocas se encontraram em um beijo quente, e Perséfone passou as mãos pelo cabelo dele até que os fios caíssem sobre os ombros do deus.

— Porra!

O palavrão dele a fez estremecer, e então ele saiu de seu corpo por completo, e ela emitiu um som animalesco. Estendeu as mãos para tocá-lo, e Hades se sentou e a puxou para o colo, enquanto ela envolvia sua cintura com as pernas. De repente, ele estava dentro dela de novo, e Perséfone passou a se mover contra ele. Cada sensação era deliciosa — o modo como os músculos dela o apertavam, a maneira como seus mamilos roçavam o peito dele, o arranhar suave dos pelos dele em seu clitóris. Seus lábios se encontraram de um jeito estranho quando Hades começou a ajudá-la a subir e descer, aumentando a velocidade ao chegar cada vez mais perto do clímax, até se esvaziar dentro dela.

Depois, ambos ficaram com a respiração pesada, o corpo escorregadio. Hades caiu de costas na cama com Perséfone nos braços. Ela se sentia atordoada e mole e tão feliz que começou a rir.

— Me recuso a pensar que você esteja rindo do meu desempenho, esposa — Hades disse.

O comentário só a fez rir ainda mais.

— Não — respondeu, erguendo-se para olhar para ele.

O rosto dele não tinha tensão nenhuma, e seu sorriso parecia fácil, uma curva preguiçosa dos lábios reservada apenas para ela. Ela roçou a testa e a bochecha dele com os dedos. Então pousou a cabeça no peito dele.

— Você foi tudo.

Hades rolou para que ambos ficassem deitados de lado, encarando um ao outro, pernas entrelaçadas.

— Você é meu tudo — ele disse. — Meu primeiro amor, minha esposa, a primeira e última Rainha do Submundo.

As palavras a tocaram, cada uma delas uma parte de sua identidade — uma identidade que ela criou a partir das cinzas do passado. Era linda, de tirar o fôlego.

Os olhos pesados de Perséfone se fecharam enquanto aquelas palavras se repetiam em sua mente sem parar: deusa, esposa, rainha.

33

RAPTADA E DESMASCARADA

Quando Perséfone acordou, sentiu o corpo de Hades apertado com firmeza ao seu.

Ela sorriu, feliz, e se espreguiçou, pressionando a bunda contra o pau de Hades. O deus abraçou sua cintura com mais força.

— Você está pedindo? — murmurou ele, com voz sonolenta.

Ela se virou nos braços dele e jogou a perna por cima de seu quadril, a mão indo até o pau. Não ficou esperando as preliminares; foi direto ao que interessava, sentindo-se ousada, acalorada, pronta. Hades gemeu; a posição impedia que ele metesse nela. Em vez disso, os dois se esfregavam um no outro, beijando-se languidamente, ofegantes. Quanto mais tempo iam passando unidos, mais desesperados seus movimentos ficavam, e Perséfone fechou os olhos.

— Quero ver você gozar — Hades disse, e ela voltou a abri-los. Ficaram olhando nos olhos um do outro até ela chegar ao clímax, e ele logo depois.

Depois, se levantaram e começaram a se arrumar, como se nada tivesse mudado, como se Perséfone não fosse esposa de Hades, Rainha do Submundo. Era estranho ela se sentir a mesma, mas diferente.

— Você está quieta — Hades comentou. Estava parado, totalmente vestido, perto da lareira, um copo de uísque na mão, observando-a passar a meia-calça grossa pelas coxas. Ela ergueu os olhos para ele.

— Só estou pensando em como isso tudo é surreal — ela disse. — Eu sou sua esposa.

Hades deu um gole na bebida e largou o copo, aproximando-se dela para segurar seu rosto.

— É surreal mesmo — ele disse.

— No que você está pensando? — Perséfone perguntou.

Por um instante, Hades ficou calado, mas depois falou.

— Que eu vou fazer de tudo pra continuar com você — ele respondeu.

Com essas palavras, uma realidade fria se abateu sobre Perséfone.

— Você acha que Zeus vai tentar separar a gente?

— Acho — ele respondeu, sem hesitar, depois inclinou a cabeça dela para trás para que ela pudesse olhar em seus olhos. — Mas você é minha e eu pretendo ficar com você pra sempre.

Perséfone não tinha dúvidas de que esse era o plano de Hades, mas as palavras dele tinham deixado uma marca sombria em seu coração. Ela pensou nas palavras do oráculo, curtas e simples.

— *Uma união poderosa, um casamento que produzirá um deus mais poderoso que o próprio Zeus.*

Sabia como Zeus lidava com as profecias que previam sua queda: eliminando a ameaça.

— Por que você acha que ele deixou a gente ir embora? — Perséfone perguntou.

— Por causa de quem eu sou — Hades disse. — Me desafiar não é igual a desafiar os outros deuses. Eu sou um dos Três, nosso poder é igual. Ele vai ter que pensar um pouco em como me punir.

De novo, Perséfone se encheu de pavor.

Hades deu um beijo em sua testa.

— Não se preocupe, meu bem. Vai dar tudo certo.

— Um dia — ela disse, com um sorriso irônico.

A tempestade de sua mãe ainda imperava lá fora, e agora Perséfone se perguntava quanto pioraria quando Deméter ficasse sabendo que ela e Hades tinham se casado.

— Levo você para o trabalho? — Hades perguntou.

— Não — ela respondeu. — Vou tomar café da manhã com Sibila.

Hades ergueu as sobrancelhas.

— Vai contar pra ela que nos casamos?

— Posso?

Perséfone não sabia ao certo como ou se contariam a ninguém além dos que tinham participado da cerimônia. No entanto, parecia errado não contar a Sibila, que sabia do relacionamento deles desde o início.

— Sibila é confiável — Hades disse. — É a melhor qualidade dela.

— Ela vai ficar eufórica — Perséfone disse, sorrindo.

Eles se teleportaram para a porta da Nevernight, onde Antoni já os esperava, o carro aquecido, o calor do escapamento se transformando em uma fumaça espessa ao entrar em contato com o ar da manhã gelada. Antoni estava de pé ao lado da porta traseira, com as mãos cruzadas diante do corpo.

— Bom dia, milorde, milady — Antoni disse, sorrindo, com os olhos gentis se enrugando.

— Bom dia! — Perséfone cumprimentou, com um sorriso amplo.

— Vejo você hoje à noite, minha esposa — Hades disse, puxando-a para um beijo. Então, abriu a porta e ajudou-a a entrar no carro.

— Eu te amo — ela sussurrou.

— Eu te amo — ele respondeu, fechando a porta.

Antoni se encolheu no banco do motorista.

— Para onde vamos, milady? — o ciclope perguntou, olhando para ela pelo retrovisor.

— Ambrosia & Néctar.

— Claro. Um dos meus favoritos — ele disse, acionando a marcha e começando a andar pela rua. — Acho que devo dar parabéns. O casamento foi lindo.

Ela não conseguiu não corar.

— Obrigada, Antoni. Ainda estou nas nuvens.

— Estamos muito felizes — ele comentou. — Esperamos muito tempo por esse dia.

Desde o começo, aqueles que admiravam Hades tinham ficado profundamente investidos na felicidade dele — e o fato de fazer parte dessa felicidade enchia o peito de Perséfone de orgulho.

Ele havia lhe escolhido e continuaria escolhendo.

— *Mesmo se as Moiras desfizessem nosso destino, eu daria um jeito de voltar pra você.*

Aquelas palavras preenchiam o coração dela, faziam-no bater — uma verdade que ninguém podia negar.

Não demoraram muito para chegar ao Ambrosia & Néctar. Era um restaurante pequeno e moderno, feito de antigos blocos de mármore recuperados. Antoni ajudou Perséfone a sair do carro e deu alguns passos para abrir a porta do café para ela.

— Obrigada, Antoni.

— Por nada, minha rainha...

Eles sorriram um para o outro antes de ela entrar no local.

Lá dentro, o espaço era aconchegante, com iluminação quente, tons amadeirados e assentos macios. Quando escolheu um lugar, Perséfone pediu um café e pegou o celular para avisar Sibila de que tinha chegado.

Enquanto esperava, pegou o tablet e começou a ler as notícias da manhã, começando pelo *Jornal de Nova Atenas*. Já estava ansiosa com a perspectiva do que poderia estar na primeira página, levando em conta os últimos dois artigos de Helena, mas não estava esperando a manchete que encontrou.

Deusa brincando de mortal: a verdade de Perséfone Rosi

Perséfone arfou, trêmula, e seu coração começou a martelar dolorosamente no peito enquanto ela lia.

Por quatro anos, Perséfone Rosi fingiu ser estudante universitária, jornalista e empreendedora. Ela alegava se dedicar à verdade, expondo os Divinos pelas injustiças cometidas, uma mortal sofrendo como o restante de nós, mas a realidade é que ela não é nenhuma dessas coisas — nem mesmo mortal.

Perséfone é uma deusa, filha de Deméter, a Deusa da Colheita.

O artigo continuava, alegando ter começado a investigação ao fazer a pergunta: será que Hades realmente se casaria com uma mortal? Além disso, o autor atacava seu trabalho.

Ela acusou Hades de enganar as pessoas, mas, enquanto escrevia seus artigos, se apaixonou pelo Deus dos Mortos. Escreveu a respeito do assédio de Apolo a diversas mulheres, mas, quando a reação pública foi exagerada, ficou calada. Agora, frequentemente é vista por aí com o Deus da Música. As tentativas de Perséfone de expor os deuses parecem não ter sido nada além de um meio para uma deusa menor alcançar o status de olimpiana.

A última frase acendeu a fúria dentro dela, principalmente porque sabia que essa era a verdade de Helena — era ela que estava buscando uma maneira de ascender e tinha escolhido o lado errado.

Perséfone ergueu o olhar e viu que algumas pessoas a encaravam. Começou a ficar desconfortável e deu uma olhada na hora. Sibila estava quase quinze minutos atrasada e nem tinha respondido à mensagem dela. As duas coisas eram atípicas.

Mandou outra mensagem, perguntando se ela estava bem.

Depois ligou, mas caiu direto na caixa postal.

Estranho.

Perséfone desligou e ligou para Ivy no Alexandria Tower.

— Bom dia, Lady Perséfone — cantarolou.

— Ivy, a Sibila já chegou?

— Ainda não — ela disse. — Mas vou verificar de novo.

A ninfa a colocou em espera, e, enquanto Perséfone aguardava, seu estômago se contorceu de medo. Ela já sabia que Sibila não tinha chegado ao trabalho. Ninguém passava despercebido por Ivy, uma verdade que foi confirmada quando ela voltou ao telefone.

— Ela não chegou ainda, milady. Quer que eu ligue quando chegar?

— Não, tudo bem. Estarei aí em breve.

Perséfone desligou o telefone e franziu a testa. Não gostava da sensação se formando em seu interior. Estava tomando conta dos pulmões, dificultando que ela respirasse e engolisse.

Talvez ela tenha passado a noite com Harmonia. Talvez elas tenham perdido a noção do tempo.

— Zofie... — Perséfone chamou pela amazona, e ela apareceu instantaneamente. Os espectadores arquejaram, surpresos, mas a deusa os ignorou.

— Sim, milady?

— Pode localizar Harmonia?

— Farei o possível — Zofie disse. — Devo acompanhá-la até a torre?

— Não, prefiro que você encontre Harmonia o mais rápido possível.

— Como quiser — respondeu a amazona, desaparecendo em seguida.

Zofie vai encontrá-las, Perséfone pensou.

Tentou se consolar pensando nisso ao pagar pelo café e caminhar poucos metros até o Alexandria Tower no frio cortante. Assim que chegou, foi acolhida pelo calor, que lhe provocou uma sensação de formigamento no rosto e derreteu a pele congelada.

— Lady Perséfone — Ivy disse. — Tentei ligar para a senhorita Kyros, mas parece que o telefone dela está desligado.

Foi esse fato que impediu Perséfone de acreditar de verdade que a amiga estivesse com Harmonia. O celular de Sibila nunca ficava desligado.

Talvez ela tenha esquecido o carregador, ela ponderou. Ainda assim, seu medo aumentou.

— Vou tentar de novo em alguns minutos — Ivy disse. — Deixei um café na sua mesa.

— Obrigada, Ivy.

Perséfone subiu e entrou em seu escritório. Começou a tirar o casaco, mas parou ao contornar a mesa e notar uma caixinha preta. Estava amarrada com um laço vermelho e posicionada ao lado do café. Será que Ivy tinha lhe deixado um presente e não disse nada? Ela a pegou e ficou ainda mais confusa ao encontrar uma substância pegajosa na parte de baixo, mas a confusão se transformou em horror quando percebeu o que era.

Sangue.

— Bom dia... — A voz de Leuce parou abruptamente quando ela entrou no escritório de Perséfone e viu a mancha carmesim na mesa. — Isso é... sangue?

De repente, respirar ficou muito difícil para Perséfone, e ela sentiu um zumbido doloroso nos ouvidos.

— Leuce. Chame Ivy.

— Claro.

Perséfone segurou a caixa com cuidado, as mãos já trêmulas. Tirou o laço e removeu a tampa. No interior, havia um papel branco, manchado de sangue. Remexeu entre as folhas e encontrou um dedo cortado. Uma dor se instalou no fundo de sua garganta, e ela deixou a caixa cair, afastando-se da mesa.

Foi então que Ivy e Leuce retornaram.

— O que foi, milady?

Perséfone sentia lágrimas grossas se acumulando.

— Essa caixinha já estava aqui quando você trouxe meu café mais cedo?

— Bem... sim — Ivy respondeu. — Presumi que fosse de Hades.

— Mais alguém esteve no meu escritório? — Perséfone olhou de uma ninfa para a outra, e ambas responderam em uníssono.

— Não — elas disseram.

— A porta estava fechada quando cheguei — Leuce acrescentou.

Perséfone se sentia tonta, a mente acelerada. Baixou o olhar para a caixa de novo e para o membro acinzentado despontando através do papel.

— Preciso ver Sibila.

— Perséfone, espera...

Ela não esperou.

Teleportou-se para o apartamento de Sibila e se viu no meio da sala de estar do oráculo. Estava completamente destruída — a mesinha de centro despedaçada, a televisão estilhaçada. As portas do aparador onde o aparelho ficava pareciam ter sido arrancadas das dobradiças. As cortinas tinham sido rasgadas. Havia cacos de vidro espalhados pelo chão. Foi em meio a esse caos que ela reparou em uma coisa tremendo, enrolada no sofá: Opala, a cachorrinha de Harmonia. Perséfone a pegou nos braços.

— Tudo bem — disse, tentando acalmá-la, mas nem ela acreditava naquelas palavras. Começou a explorar o resto do apartamento.

— Sibila! — Perséfone chamou, os sapatos esmagando os detritos enquanto ela caminhava pelo corredor, acumulando magia nas mãos, uma energia frenética que combinava com o que sentia.

Verificou o banheiro e viu o espelho quebrado, a penteadeira respingada de sangue. Seus olhos passaram para a banheira, escondida atrás de uma cortina. O tempo pareceu ficar mais devagar conforme ela se aproximava, a magia quente nas mãos.

Puxou a cortina com força, mas encontrou a banheira vazia e imaculada.

Mesmo assim, continuou se sentindo tensa ao sair do banheiro e caminhar pelo corredor até o quarto de Sibila. A porta estava entreaberta, e Perséfone a chutou para abrir mais um pouquinho; o quarto estava demolido, mas... *Nada de Sibila.*

Foi então que ela recordou as palavras do falso oráculo.

— *A perda de uma amiga vai te levar a perder muitos outros. E você vai parar de brilhar, uma brasa engolida pela noite.*

Ben.

Perséfone chamou Zofie e lhe entregou Opala antes de se teleportar para o Four Olives, o restaurante onde Ben trabalhava e onde havia conhecido Sibila. Algumas pessoas arfaram quando ela se manifestou, inspecionando a multidão. Mortais sacaram os celulares para tirar fotos ou filmá-la.

— Não — ela ordenou, enviando uma onda de poder pelo lugar. De repente, pequenas mudas começaram a brotar dos aparelhos. Alguns mortais derrubaram os celulares, em choque, enquanto outros gritaram.

— Ela é uma deusa!

— As histórias são verdadeiras!

Ela os ignorou, procurando por Ben, que tinha acabado de sair da cozinha, carregando uma bandeja cheia de comida. Quando a viu, ele parou e arregalou os olhos. Largou a bandeja e se virou, na tentativa de voltar para a cozinha, mas, em vez disso, despencou no chão, os tornozelos presos por raízes finas que haviam brotado do solo a seus pés.

Perséfone seguiu na direção dele. A cada passo, ela sentia a raiva — e o poder — aumentando.

— Cadê ela? — perguntou Perséfone ao se aproximar. Quando parou em frente a ele, o rapaz estava lutando para se libertar, os dedos sangrando por causa da madeira lascada. — Onde está Sibila?

— E-eu não sei!

— Ela desapareceu. A casa dela está uma zona, e você podia muito bem estar seguindo ela. O que foi que você fez?

— Nada, eu juro!

A magia dela se intensificou, e os galhos que prendiam os tornozelos dele passaram a se fechar em seus pulsos também, crescendo rapidamente até envolver o pescoço.

— Fala a verdade! Você a sequestrou para provar sua profecia?

— Jamais! Eu te disse as palavras que escutei. Juro pela minha vida.

— Então que bom que ela está em minhas mãos — ela disse, e os galhos apertaram o pescoço dele com mais força. Os olhos de Ben se arregalaram e esbugalharam, e algumas veias saltaram na testa.

— Quem te deu as palavras? Quem é seu deus?

— D-Deméter... — murmurou, mal conseguindo falar, ficando roxo diante dela.

— Deméter? — Perséfone repetiu, então soltou a garganta do mortal.

Ben arfou e caiu de lado. Lágrimas escorriam por seu rosto enquanto ele rastejava, com mãos e pés ainda amarrados.

— Você sabia quem eu era — Perséfone disse.

Ben tinha um motivo para se associar a Sibila. Era porque Sibila era próxima *dela*.

— É só questão de tempo até alguém que queira se vingar de mim tentar machucar você.

Foi Hades quem tinha dito aquilo, expressando um medo que teve quando a relação deles se tornara pública. Perséfone nunca pensara que aquelas palavras poderiam valer para ela também.

— Me conta tudo! — Perséfone exigiu.

Ben tentou fugir, mas foi contido pelas videiras dela.

— Não tem nada pra contar! Eu te revelei a profecia!

— Você não me *revelou* uma profecia. Você me revelou uma ameaça da minha mãe — disse, furiosa.

— Só repeti as palavras que me passaram — ele gemeu. — Foi sua mãe que ameaçou a Sibila, não eu!

Quando baixou os olhos para o homem, Perséfone viu um líquido se acumulando debaixo dele. O mortal tinha se mijado, mas não foi o medo dele que a convenceu de que estivesse falando a verdade. Foi o fato de saber que ele acreditava ser um oráculo de verdade; não reconhecia que ele mesmo era uma ferramenta da mãe dela.

— Pode acreditar, mortal, que se alguma coisa acontecer com a Sibila, eu vou pessoalmente te receber nos portões do Submundo e te acompanhar até o Tártaro.

A punição dele seria brutal e envolveria membros cortados.

Depois disso, ela se levantou, sua raiva se transformando em algo que parecia muito com o luto; e se não conseguisse encontrar Sibila? Ben era sua única pista. Então, desviou o olhar para os outros mortais no café e viu que, embora alguns olhassem feio para ela, outros estavam grudados na televisão, que exibia as últimas notícias.

Avalanche mortal provoca milhares de mortes

Não.

Não, não, não.

— *Acredita-se que a nevasca pesada seja a causa da avalanche mortal, que deixou as cidades de Esparta e Tebas enterradas debaixo da neve. Socorristas foram enviados para a região.*

Perséfone sentiu o corpo inteiro quente, atiçado pela raiva e pela magia.

Então, algo atingiu sua cabeça. Ela olhou bem a tempo de ver uma laranja cair no chão e rolar para longe.

Olhou na direção de onde a fruta tinha vindo, e um homem gritou:

— Puta dos deuses!

— Isso é culpa sua — uma mulher gritou, pegando o próprio prato e atirando-o na direção de Perséfone. O objeto bateu no braço dela e caiu no chão, despedaçando-se.

Mais comida, objetos e palavras se seguiram.

— Pau-mandado! — outra pessoa gritou, jogando café nela.

A terra começou a tremer, e Perséfone se deu conta de que, se não fosse embora, destruiria o prédio inteiro, e apesar dos ataques que estava sofrendo, aquelas pessoas não mereciam a morte. Com um último olhar para a televisão, ela se teleportou.

34

UMA BATALHA ENTRE DEUSES

Perséfone apareceu no lugar da avalanche, que se estendia por quilômetros: em todas as direções só se enxergava um cobertor branco brilhante. Havia sinais de uma cidade; prédios tombados, árvores quebradas, madeira e metal retorcido se projetando da neve, mas a pior parte era que tudo estava em silêncio. Era o som da morte — de um fim.

Enquanto ficava parada ali em meio à devastação, pedacinhos de comida que tinham se prendido a seu cabelo e suas roupas caíram no chão, e aquilo despertou algo dentro dela: um desejo de acabar com o reinado de sua mãe de uma vez por todas. Invocou a própria magia e toda a vida que restava ao seu redor, alimentando-se daquela energia, da própria raiva, da escuridão dentro dela que tinha sede de vingança, e, ao disparar aquele poder, pensou em todas as coisas belas que já quis criar — as ninfas que quis proteger de sua mãe, as flores que quis cultivar, as vidas que quis salvar.

A magia foi crescendo atrás de uma represa de emoções, e, quando explodiu, jorrou dela em uma onda de luz brilhante que fez seus olhos lacrimejarem e sua pele ficar quente. A neve começou a derreter sob seus pés, e, no horrendo rescaldo da avalanche, em meio ao entulho e aos destroços, a grama cresceu, as flores brotaram e as árvores se endireitaram e floriram. Até o céu lá em cima se abriu ao seu comando, e as nuvens se afastaram para revelar o azul que encobriam.

Então videiras se ergueram do chão, levantando e endireitando prédios e casas, reparando as estruturas até que estivessem cobertas de folhagem e flores desabrochando. A paisagem já não lembrava um deserto branco ou uma cidade de metal, mas uma floresta de flores coloridas e perfumadas, vegetação verde-esmeralda e luz do sol pura e brilhante.

Ainda assim, o silêncio reinava, e uma nova sensação se agitava nas margens da mente de Perséfone, assim como a vida que palpitava ali — mas esta era escura, uma espiral de fumaça, que provocava e zombava.

Era a morte.

Ela podia ser capaz de trazer vida a uma parte desse mundo, mas não a todas.

Perséfone foi distraída de seu pesar ao sentir um poder terrível vindo do céu. Era ao mesmo tempo maldoso e puro e preencheu sua alma, arrepiando os pelos de seus braços e da nuca. Então os deuses do Olimpo caíram dos céus, aterrissando em um círculo em torno dela — tirando Hermes e Apolo, que pousaram ao seu lado, um pouquinho à frente, como se para protegê-la.

Hermes usava uma armadura dourada e um linotórax de couro. O elmo tinha um par de asas que combinava com as que saíam de suas costas. Ao lado dele, Apolo usava um traje semelhante, mas um halo de espinhos se projetava ao longo do elmo como raios de sol.

Hermes olhou para ela por cima do ombro e sorriu.

— Oi, Sefy — disse ele.

— Oi, Hermes — Perséfone respondeu, baixinho, sem saber como interpretar a presença dos deuses, mas ciente de que coisa boa não era.

Diretamente diante dela estava Zeus, cujo peito estava nu, exceto por uma peliça usada como capa e uma saia feita de tiras de couro, chamada *pteruges*, ao redor da cintura. Ao lado dele estava Hera, que usava uma armadura feita de uma mistura complexa de prata, ouro e couro. Apesar do medo que sentia de Zeus, Perséfone tinha a sensação de que era a Deusa do Casamento que estava com mais fome de batalha. Depois havia Poseidon, com seu olhar predatório. Ele também tinha o peito nu e usava uma túnica branca presa por um cinto dourado e azul-petróleo. Em uma das mãos, segurava com força o tridente, uma arma que cintilava com maldade. Ares também estava ali, a capa vermelha brilhante e o elmo de penas esvoaçando no vento. Então, havia Afrodite, com um traje dourado e rosa, e Ártemis, cujo arco estava pendurado nas costas. Perséfone percebeu que a deusa estava tensa, pronta para pegar a arma assim que alguém desse o sinal. Atena parecia majestosa, se não completamente passiva, parada ali com Héstia, a única deusa que não estava vestida para a batalha.

A mãe de Perséfone era a única olimpiana faltando — além de Hades.

Então ela sentiu a presença inconfundível dele: uma escuridão tão deliciosa que a fazia se sentir em casa, enrolando-se em torno de sua cintura, até que, de repente, ela foi puxada para o peito firme do deus. Perséfone inclinou a cabeça para trás e sentiu o maxilar de Hades arranhar sua bochecha enquanto ele aproximava os lábios do ouvido dela.

— Brava, meu bem?

— Um pouquinho — respondeu, ofegante.

Apesar do comentário provocante, Perséfone sentia a tensão no corpo dele.

— Foi uma baita demonstração de poder, pequena deusa — Zeus disse.

— Me chama de pequena mais uma vez... — Perséfone fulminou o Deus do Trovão com o olhar, e ele riu de sua raiva. — Não sei por que você está rindo. Já pedi respeito uma vez. Não vou pedir de novo.

— Está ameaçando seu rei? — Hera perguntou.

— Ele não é *meu* rei — Perséfone respondeu.

Os olhos de Zeus escureceram.

— Eu jamais devia ter permitido que vocês saíssem do templo. A profecia não falava do seu filho. Falava de você.

— Para, Zeus — Hades disse. — Isso não vai acabar bem pra você.

— Sua deusa é uma ameaça para todos no Olimpo — Zeus respondeu.

— Ela é uma ameaça pra *você* — Hades rebateu.

— Afaste-se, Hades — Zeus disse. — Eu não vou pensar duas vezes antes de acabar com você também.

— Se entrar em guerra com eles, vai entrar em guerra comigo. — As palavras saíram de Apolo, cujo arco dourado se materializou em suas mãos.

— E comigo — Hermes disse, sacando a espada.

Seguiu-se um silêncio pesado.

— Vocês estariam dispostos a me trair? — Zeus questionou.

— Não seria a primeira vez — Apolo respondeu.

— Protegeriam uma deusa cuja força pode destruí-los? — Hera questionou.

— Com a minha vida — Hermes respondeu. — Sefy é minha amiga.

— Minha também — Apolo disse.

— Minha também — Afrodite falou, que saiu do círculo e foi ficar ao lado de Perséfone. Quando parou perto de Apolo, chamou o nome de Hefesto, e o Deus do Fogo apareceu, ocupando o lugar ao seu lado.

— Eu não vou lutar — Héstia disse.

— Nem eu — Atena afirmou.

— Covardes! — Ares retrucou.

— A batalha deve servir a algum propósito além do derramamento de sangue —Atena disse.

— O oráculo se pronunciou e declarou esta deusa uma ameaça. A guerra elimina ameaças.

— A paz também — Héstia falou.

As duas deusas desapareceram, então restaram Zeus, Hera, Poseidon, Ártemis e Ares diante deles.

— Tem certeza que é isso que você quer, Apolo? — Ártemis perguntou.

— Sef me deu uma chance mesmo quando não devia ter dado. Devo isso a ela.

— E essa chance vale a sua vida?

— No meu caso? — ele perguntou. — Sim.

— Você vai se arrepender disso, pequena deusa — Zeus prometeu.

Perséfone estreitou os olhos.

— Já *disse* pra não me chamar de pequena.

Seu poder se mexeu e partiu a terra debaixo dos pés de Zeus e dos outros olimpianos. Eles pularam para não cair no abismo aberto, erguendo-se no ar com facilidade, e atacaram. Zeus parecia determinado a atingir

Perséfone, e seu primeiro ataque veio na forma de um poderoso raio violeta que caiu no chão perto dos pés dela, fazendo a terra tremer.

— Você é tão teimosa quanto a sua mãe! — Zeus vociferou.

— Acho que a palavra que você está procurando é determinada — Perséfone disse.

Zeus pegou impulso, mas, em vez de atingi-la, seu braço foi ao encontro de uma parede de espinhos afiados, que se estilhaçaram, mas foram o suficiente para Perséfone evitar o golpe do deus. Quando o fez, Hades se enfiou no meio deles, sua ilusão se transformando em uma armadura preta, mas as sombras que caíram dele avançaram na direção de Zeus. Uma conseguiu atravessar o corpo do deus, fazendo-o cambalear para trás, mas ele se recuperou a tempo de desviar as outras duas com os braceletes que protegiam seus braços.

— A regra das mulheres, Hades, é nunca dar a elas seu coração.

Perséfone não teve tempo de se perguntar o que Hades responderia, porque, ao cambalear para trás, deu de cara com Poseidon, que a atacou com o tridente. Ao tentar desviar, as pontas da arma penetraram na parte de cima de seu braço e ela arfou de dor, mas usou a sensação para começar a se curar e invocou videiras do chão que se enrolaram em torno do tridente, puxando-o das mãos de Poseidon. O deus se enfureceu e deu um soco nas videiras, arrancando a arma dos galhos e batendo-a com força no chão. O solo começou a tremer e se abrir, e de repente a terra que Perséfone havia curado foi destruída novamente. Uma fissura gigante apareceu entre ela e o Deus do Mar, e, quando ele deu um passo na direção dela, chamas surgiram das profundezas do abismo, e uma labareda chicoteou o ar, agarrando o pescoço de Poseidon e fazendo-o voar para trás. Ele atingiu um dos prédios cobertos de folhagem que Perséfone havia reconstruído.

A princípio, ela não compreendeu quem veio em seu socorro, mas então ela viu Hefesto, cujos olhos brilhavam com as chamas e puro poder. Ele deu as costas a ela e encarou Poseidon, que se ergueu do entulho, o tridente reluzindo.

De repente, a cabeça de Perséfone foi puxada para trás, e ela se viu olhando nos olhos cruéis de Hera quando a deusa ergueu uma espada e atacou seu pescoço com ela. Perséfone pegou a mão de Hera e invocou espinhos das pontas dos dedos. Eles se afundaram na carne da deusa, que gritou, soltando-se de Perséfone e largando a espada, que voou longe. A fúria brilhou nos olhos de Hera, que agarrou Perséfone pelo braço e a lançou pelo ar. A Deusa da Primavera saiu voando, sentindo o vento cortante contra a pele. Aterrissou de pé, mas em uma cratera, e, quando saltou para fora, Hera continuou avançando em sua direção. Perséfone reuniu sua magia, e galhos empretecidos irromperam da terra, enrolando-se nos braços e nos tornozelos de Hera, levantando-a no ar. A deusa lutou para se libertar e soltou um grito animalesco, mas então as videiras cobriram sua boca, silenciando-a.

Por um momento, Perséfone ficou parada na beirada do abismo que seu corpo havia criado, contemplando a destruição causada pelos deuses. A terra estava árida e rachada, e incêndios rugiam, cortando o solo como rios de chamas, o céu pesado de fumaça. A magia dos deuses deixava o ar carregado com uma energia com aura de ruína e som de trovão.

Através do campo, os deuses do Olimpo lutavam uns contra os outros: espadas e lanças tilintavam e colidiam, enquanto explosões de magia poderosa combatiam ataques. Apolo lançou flechas sobre Ares, que as bloqueou com sua lança. Hefesto usou seu chicote de fogo para bloquear diversos golpes do tridente de Poseidon, e Ártemis e Afrodite se envolveram em uma luta de espadas. Depois havia Hades, ainda preso em uma batalha feroz com Zeus. Os dois se atacavam com suas armas — Hades com o bidente e Zeus com o raio. Toda vez que colidiam, havia uma explosão de poder, que só parecia alimentar a raiva dos irmãos.

Perséfone se concentrou nos dois, sua magia emergindo para agarrar os tornozelos e os braços de Zeus. O deus se libertou das amarras com facilidade, mas ela persistiu, e Zeus rugiu de raiva. Hades usou a oportunidade para enviar sombras na direção dele, que atravessaram seu corpo até fazê-lo tropeçar para trás. Quando caiu, o chão se abriu devagar, estimulado pela magia de Perséfone, e Zeus caiu no abismo; logo em seguida, terra e entulhos fecharam o buraco, enterrando-o vivo.

Hades se virou para Perséfone bem no instante em que o chão começou a tremer e Zeus se libertou com uma explosão de terra, fazendo chover poeira e pedras sobre os deuses. Raios crepitavam ao redor do Rei dos Deuses, e seus olhos brilhavam. Um medo terrível fez Perséfone estremecer ao olhar para ele e sentir seu poder. Era como um veneno, fazendo seu estômago embrulhar.

— Perséfone! — Hades gritou.

O raio a atingiu depressa. Seu corpo tremeu incontrolavelmente, e seus membros congelaram, os olhos arregalados, a boca aberta. Ela só viu um flash de luz violeta, sentiu o cheiro de pele e cabelo queimando. Não saberia dizer por quanto tempo sofreu sob o choque, mas então alguma coisa aconteceu, uma mudança em seu corpo, que se ajustou à sensação da magia que a atingiu e, de repente, foi capaz de dominá-la. Quando o ataque de Zeus terminou, Perséfone se sentiu radiante, o corpo zunindo de eletricidade. Seus olhos se estreitaram para Zeus, que estava no céu, e ela invocou a magia dele como se fosse a sua, disparando-a na direção do deus.

Ele arregalou os olhos ao ser atingido, e seu corpo convulsionou no ar.

Quando o ataque acabou, Zeus caiu, e seu pouso fez a Terra tremer. A vista de Perséfone escureceu, e seus pulmões tremeram. Ela se virou, procurando por Hades, mas encontrou Ares, atirando a lança dourada. Ela cortou o ar numa velocidade sobre-humana, rápido demais para Perséfone se mexer.

No instante seguinte, Perséfone foi empurrada para o chão e quando se virou viu o corpo de Afrodite se arquear ao ser perfurado pela lança. A arma se alojou no chão atrás dela, empalando a deusa, os braços frouxos e caídos nas laterais, sangue pingando da boca.

— Não! — O rugido de Hefesto foi tão alto e ensurdecedor que interrompeu a batalha. Todos o viram disparar na direção dela, envolto em chamas. Agarrando a lança, ele a arrancou do corpo de Afrodite. Um braço envolvia os ombros da deusa, o outro pressionava seu abdômen.

— Afrodite... — Ares falou o nome quando seus pés tocaram o chão. — Eu não queria...

— Se der mais um passo, eu corto sua garganta — Hefesto ameaçou.

— Afrodite... — Perséfone sussurrou, com a garganta cheia de lágrimas. — Não.

— Perséfone... — Hades disse, aparecendo de repente ao seu lado, puxando-a para ficar de pé. — Vem.

— Afrodite! — ela gritou.

— Precisamos ir — Hades insistiu.

— Apolo! Cure ela! — Perséfone suplicou.

Hades a pegou no colo.

— Não! — ela vociferou, enquanto desapareciam.

35

UM FAVOR

Ainda estava gritando quando apareceram no quarto.

— Vai ficar tudo bem — Hades disse, segurando-a com força.

— Ela tomou aquele golpe por mim — Perséfone disse chorando e enterrando o rosto no peito dele.

— Afrodite vai ficar bem — Hades falou. — Ainda não chegou a hora dela.

Mesmo depois de ouvir essas palavras, Perséfone demorou um tempo para se acalmar. O dia havia começado de um jeito muito bonito — uma euforia que nunca tinha sentido antes — e, depois, saiu de controle rapidamente. Sibila ainda estava desaparecida, milhares estavam mortos, soterrados pela avalanche, e os olimpianos agora estavam divididos.

— Senta — Hades disse, conduzindo-a para a beirada da cama.

— Hades, a gente não pode ficar aqui — Perséfone disse. — Precisamos achar Sibila.

— Eu sei, eu sei. Me deixa só garantir que você está bem — ele afirmou.

Perséfone franziu as sobrancelhas. Estava se sentindo bem, mas então baixou os olhos para a blusa e viu que estava coberta de sangue.

— Eu estou bem. Eu me curei.

— Por favor.

A palavra saiu baixa, ofegante, então ela assentiu e deixou que ele desabotoasse sua blusa. Hades pareceu relaxar ao ver a pele imaculada.

— Hades. — Ela fez menção de tocar o rosto dele, mas ele se levantou.

— Porra! — ele gritou.

Ela recuou.

— Nunca eu quis isso pra você, cacete! — ele disse, passando os dedos pelo cabelo solto.

— Hades, nada disso é culpa sua.

— Eu queria proteger você disso.

— Você não tinha controle sobre como os deuses agiriam hoje, Hades. — O deus continuou sem olhar para ela, com uma expressão feroz, o maxilar estalando. — Escolhi usar meu poder. Zeus escolheu acabar comigo.

— Vou destruir ele.

— Não tenho dúvida — ela disse, levantando-se. — E estarei ao seu lado quando você fizer isso.

Ela esperava que Hades dissesse não, mas em vez disso ele acariciou sua bochecha.

— Ao meu lado — ele repetiu, abaixando a mão. — Me conta sobre Sibila.

Perséfone explicou o que encontrou em sua mesa de manhã: a caixinha preta, amarrada com um laço vermelho, contendo o dedo de Sibila.

— Tem certeza de que era da Sibila?

— Tenho. — Para começo de conversa, Perséfone conhecia a energia de Sibila, mas também reconheceu o esmalte na unha ensanguentada.

— E cadê ele agora?

— Ainda está no meu escritório. — Ela tinha ficado agitada demais para pensar em levá-lo consigo quando foi verificar o apartamento de Sibila.

— Vamos ter que ir lá buscar — Hades disse. — Hécate pode lançar um feitiço de localização que, no mínimo, vai nos dizer onde o dedo foi removido.

Era difícil acreditar que estavam falando de modo tão casual a respeito do rapto de Sibila e de algo que, essencialmente, era tortura. A realidade fez Perséfone estremecer de raiva.

— E o que a gente faz se ela não estiver lá? — Perséfone perguntou.

— Não sei dizer — Hades respondeu. — Depende do que a gente vai descobrir ao rastreá-la.

Perséfone sabia por que Sibila foi levada: era um jeito de atraí-la, mas para onde? Ela suspeitava que o sequestro fosse ideia de Deméter, com base na profecia que deu para Ben, mas quem tinha raptado o oráculo? As mesmas pessoas que haviam brutalmente atacado Adônis, Harmonia e Tique?

— Vem. A gente precisa se apressar. Não podemos passar muito tempo fora do Submundo, considerando como deixamos os olimpianos — Hades disse.

Assim que apareceram no escritório dela, Perséfone soube que tinha algo errado. Hades enrijeceu ao seu lado, apertando sua cintura com mais força. Havia um retângulo de sangue seco na mesa, no mesmo ponto onde o dedo de Sibila tinha estado dentro da caixa, que desapareceu. Os olhos dela passaram para o sofá, onde Teseu estava sentado. Ele parecia basicamente o mesmo de quando ela o conheceu, talvez mais relaxado, com uma perna cruzada sobre a outra, os braços estendidos no encosto do assento.

Perséfone fez uma careta.

— Você.

O semideus pareceu achar graça, erguendo as sobrancelhas escuras sobre os olhos cor de água-marinha.

— Eu — disse Teseu, a boca se retorcendo em um sorrisinho.

— Cadê a Sibila? — Perséfone quis saber.

— Bem aqui — disse, levantando o dedo.

Os olhos de Perséfone escureceram.

— O que você quer com ela?

— A sua cooperação — Teseu respondeu. — Vou precisar dela depois de cobrar meu favor.

Favor?

A palavra gelou o sangue de Perséfone.

Os olhos do semideus passaram para Hades, e houve um silêncio terrível. O que quer que Teseu tivesse vindo cobrar fez Hades apertá-la com mais força, cravando os dedos na lateral de seu corpo de um jeito doloroso. Perséfone olhou para o deus, mas só conseguiu ver a parte de baixo de seu maxilar enquanto ele fulminava o semideus com o olhar.

— Que favor? — ela perguntou.

— O favor que Hades me deve — Teseu explicou, com a voz ainda muito casual. — Pela ajuda que prestei para salvar seu relacionamento.

— Do que ele está falando? — Perséfone olhou para Hades de novo. Quando ele não respondeu, ela sussurrou seu nome. — Hades?

— Ele me devolveu uma relíquia que caiu nas mãos erradas — Hades respondeu, entredentes. Em seguida, acrescentou, como se sentisse obrigado a explicar: — Você já sabe a devastação que um objeto assim pode causar.

Ela sabia mesmo. As relíquias resultaram nos ferimentos de Harmonia e na morte de Tique.

Perséfone voltou a olhar para Teseu, cujo sorriso era maldoso. Ele estava adorando aquilo, percebeu ela, com nojo.

— O que você quer dele?

— Você — o semideus respondeu, como se fosse óbvio.

— Eu? — Perséfone repetiu.

— Não — Hades disse, e Perséfone sentiu a magia dele se intensificar.

— Favores são um contrato, Hades — Teseu falou. — Você é obrigado a atender meu pedido.

— Conheço a natureza dos favores, Teseu... — Hades sibilou.

— Está disposto a encarar a morte Divina? — Teseu perguntou, levantando-se.

— Hades, não! — Perséfone gritou.

Agarrou a roupa dele, mas ele não olhou para ela, mantendo o olhar fixo em Teseu, com o corpo tenso e pronto para a batalha. Lembranças terríveis atravessaram a mente de Perséfone. Eram lembranças falsas, extraídas de seus maiores medos quando lutou com Hades no bosque, mas que pareciam reais. Ela ainda se lembrava do peso da cabeça dele em seu colo e de como o sangue do deus escureceu ao secar.

— Por Perséfone? — Hades perguntou. — Sim.

— Só estou pedindo ela emprestada. Vou devolver quando terminar.

O nojo fez o estômago de Perséfone embrulhar.

— Por que eu? — ela questionou.

— Essa é uma conversa pra outra hora. Por enquanto, você deve sair daqui comigo, e Hades não pode te seguir. Se não fizer o que estou dizendo, vou matar sua amiga na sua frente.

Os olhos de Perséfone arderam, e ela se virou para Hades, agarrando o braço dele até que ele baixasse o olhar para ela.

— Perséfone. — Ele disse seu nome, desesperado e sofrido.

— Vai ficar tudo bem.

— Não, Perséfone.

— Já perdi gente demais. Desse jeito... posso ficar com todos vocês.

Ele a segurou, enfiando os dedos em seus braços. Ela sabia o que ele estava pensando: que essa era a última vez que a veria. Ela grudou os lábios aos dele, e eles trocaram um beijo suave. Ao se afastar, ela sussurrou.

— Confia em mim.

— Eu confio em você — ele disse.

— Então me solta.

E, para sua surpresa, ele soltou.

Atrás deles, Teseu deu uma risadinha e abriu a porta, esperando que ela a atravessasse.

— Você tomou a decisão certa.

Ela passou por Hades e, por mais que o tivesse encorajado a soltá-la, sentiu o peso de sua ausência imediatamente. Tudo o que queria fazer era voltar para ele. Ela parou quando chegou ao lado de Teseu, o que só pareceu deixar Hades mais tenso.

— Perséfone... — Hades disse seu nome de novo, e o coração dela doeu de um jeito que nunca doera antes, como se estivesse amarrado com um fio tão apertado que mal conseguia bater.

— Eu te amo — ela disse. — E te conheço.

No instante em que essa porta se fechasse, ele iria atrás dela, e Perséfone não podia correr esse risco. Sibila morreria, e Hades enfrentaria uma eternidade assombrada por Nêmesis.

Ela não podia permitir que aquilo acontecesse.

Hades arregalou os olhos ao ouvir essas palavras, e então enormes videiras pretas brotaram do chão, enrolando-se em torno de seus pés e pulsos. O peso delas o ancorou ao chão, fazendo-o tremer sob seus pés. Ele lutou contra as amarras, os músculos se tensionando, veias aparecendo, mas não conseguiu se libertar delas.

— Perséfone! — Hades urrou quando a porta se fechou, bloqueando sua visão. A culpa se abateu sobre ela, e seus olhos se encheram de lágrimas. Ficou ali encarando Teseu, cujos lábios esboçavam um sorriso, os olhos brilhantes de diversão.

— Muito bem. Ele nunca vai perdoar você por isso.

PARTE III

Vede bem como os mortais acusam os deuses!
A partir de nós (dizem) existem os males, quando são eles,
pelas suas loucuras, que têm dores além do destino!

— Homero, *Odisseia*

36

PERSÉFONE

Teseu conduziu Perséfone para fora do Alexandria Tower e para dentro de um SUV que os esperava. Lá dentro, as janelas eram tão escuras que ela não conseguia ver a parte de fora. Teseu entrou no carro atrás dela e estendeu a mão.

— Seu anel — ele exigiu.
— Meu... por quê?
— Seu anel, ou eu corto seu dedo também.

Perséfone o fulminou com o olhar. Queria muito usar sua magia contra esse semideus, mas não conseguia, não sem saber se Sibila estava bem.

Então tirou o anel do dedo e o entregou a ele, sentindo que estava abrindo mão de um pedaço de seu coração. Observou Teseu colocá-lo no bolso interno do paletó.

— Pra onde você vai me levar? — ela quis saber.
— Vamos ficar no Hotel Diadem. Até eu estar pronto para executar meus planos com você.
— E que planos são esses? — Ela não conseguiu impedir que a voz tremesse.

Ele riu.

— Não tenho o costume de botar as cartas na mesa antes de estar pronto, Rainha Perséfone.

Ela ignorou o uso do título; não devia ser sério, só um jeito de a provocar.

— A Sibila está lá? No hotel?
— Sim — ele disse. — Você poderá vê-la. Precisa fazer isso para se lembrar de por que deve cumprir sua missão.

Perséfone deixou que o silêncio se estendesse por um momento antes de falar de novo.

— Você está trabalhando com a minha mãe?
— Temos objetivos em comum.
— Vocês dois querem derrubar os deuses — Perséfone disse.
— Derrubar não — ele corrigiu. — Destruir.
— Por quê? O que você tem contra os deuses? Você nasceu de um.

Mesmo se quisesses, Teseu não poderia negar sua ascendência.

— Não odeio todos os deuses, só os inflexíveis — ele disse.

— Quer dizer os que não permitem que você faça o que quer?

— Você me faz parecer egoísta. Eu não falo sempre de lutar por um bem maior?

— Nós dois sabemos que você quer poder, Teseu. Você não é o único brincando de oferecer aos mortais o que os outros deuses não estão dispostos a conceder.

Teseu abriu um sorriso.

— Que cética, Lady Perséfone...

Ela não saberia dizer ao certo quanto tempo permaneceram no carro, mas, em algum momento, o veículo parou. Teseu se inclinou para ela e pegou seu queixo, apertando com força e obrigando-a a olhar para ele.

— Temos uma caminhadinha pela frente — ele disse. — Fique sabendo que eu vou contar quantas vezes você se comportar mal e, para cada transgressão, vou cortar outro dedo da sua amiga. Se acabarem os dedos das mãos, vou passar para o pé.

Ele a soltou e ela o fulminou com o olhar, ofegante.

— Acredito que você vai obedecer.

Assim que ele falou, alguém abriu a porta e Perséfone quase caiu do carro, mas conseguiu se segurar e saiu do veículo graciosamente, com a ameaça de Teseu ainda em mente.

O Hotel Diadem era grande, uma estrutura parecida com um palácio que se estendia por quilômetros. Perséfone nunca estivera ali, mas sabia que o lugar abrigava diversos restaurantes finos e servia de escape tanto para habitantes locais quanto para turistas.

Teseu contornou o SUV e enlaçou o braço ao dela.

— Hera sabe que você está usando as instalações dela para atividades traiçoeiras?

Teseu riu — uma gargalhada profunda que Perséfone achou assustadora, apesar de calorosa.

— De todos os deuses envolvidos, Hera é a que está do nosso lado há mais tempo.

Entraram no lobby extravagante do hotel. Grandes lustres de cristal pendiam do teto de sete andares de altura, coroado por uma cúpula de vitrais. Havia diversas áreas de descanso, e muitas delas estavam cheias, ocupadas por pessoas conversando e bebendo.

Era um lugar magnífico.

E em algum canto dele estava Sibila, sangrando.

Enquanto percorria o lobby com os olhos, Perséfone percebeu que algumas pessoas tinham se dado conta de sua presença. Não ficaria surpresa se alguém já tivesse tirado fotos dela chegando com Teseu, sem aliança e envolvida pelo braço do semideus. Os paparazzi estavam sempre em busca de algo desse tipo. Ela virou a cabeça para Teseu.

— Imaginei que você seria mais discreto — ela disse, entredentes. — Considerando que *está* infringindo a lei.

Ele sorriu e se aproximou, o hálito quente no ouvido dela. Espectadores achariam que estava sussurrando besteiras, mas as palavras dele a enfureceram.

— Você infringiu a lei. Você começou uma batalha contra os deuses.

— Você sequestrou minha amiga.

— É crime se ninguém ficar sabendo? — ele perguntou.

Ela o odiava.

— Não desperdice seu tempo pensando em como vai me torturar quando eu morrer. Hades já reivindicou essa honra.

Finalmente Perséfone teve um motivo para rir.

— Ah, não vou te torturar quando você morrer. Vou te torturar enquanto estiver vivo.

Teseu não respondeu. Não que as palavras dela tivessem-no afetado. Ele não tinha medo — e por que teria? No momento, estava vencendo.

Eles continuaram caminhando pelo canto do lobby, rumo a uma grande escadaria que se bifurcava em direções opostas. Seguiram pela direita. Subiram quatro andares, e, embora Perséfone sentisse as pernas queimando, nada podia ofuscar a profunda sensação de pavor que revirava seu estômago. Quando chegaram ao topo da escadaria, Teseu a conduziu por um corredor de portas, parando diante de uma à esquerda — número 505. Ele entrou no quarto e segurou a porta aberta para ela.

Perséfone manteve o olhar fixo em Teseu até atravessar a soleira. Uma pequena entrada se abria para um quarto maior, onde um homem estava de pé, apoiado na parede. Era desconhecido, grande, mas estava parado com a mesma rigidez de um soldado de guarda. Assim que entrou no quarto, os olhos da deusa encontraram Sibila, cujo nome explodiu de sua boca em um lamento embargado. Ela correu para a amiga e caiu de joelhos.

O oráculo estava sentado com pernas e braços presos. Sua cabeça estava inclinada para o lado, pousada sobre o ombro. O cabelo loiro estava embaraçado com sangue seco e lhe cobria parte do rosto. Perséfone afastou as mechas, revelando olhos roxos, um lábio arrebentado e um nariz ensanguentado. Lágrimas se acumularam e arderam no fundo de sua garganta.

— Sibila... — A voz de Perséfone saiu mais como um lamento, mas o oráculo entreabriu os olhos e tentou sorrir, porém fez uma careta e gemeu.

Perséfone se levantou e girou para olhar para Teseu, com uma raiva intensa, mas viu outra pessoa no quarto com eles.

— Harmonia!

A Deusa da Concórdia estava no canto oposto, também presa. Estava machucada, espancada, bem pior do que na noite em que Perséfone a conheceu na casa de Afrodite. Ela sangrava de uma ferida na lateral do corpo.

— Ah, é... — Teseu zombou. — Essa aí estava com ela quando aparecemos. Causou um monte de problemas, então fui forçado a causar problemas pra ela também.

Perséfone cerrou os dentes, os dedos curvando-se nas palmas das mãos.

— Você não precisava machucá-las — ela disse, com voz trêmula.

— Mas machuquei. Um dia você vai entender o que é preciso para vencer uma guerra — ele disse, então indicou o homem grande e calado apoiado na parede. — O Tânis aqui vai ser seu guarda-costas. Tânis.

Teseu pronunciou o nome como uma ordem, e o homem sacou uma faca, aproximou-se de Sibila e segurou seu pulso. Ela choramingou quando ele encostou a faca ao seu dedo anelar. O dedo do meio já estava faltando.

— Não! — Perséfone começou a ir até eles, mas a voz de Teseu a fez parar.

— Espera — ele cantarolou. — Tânis é filho de um açougueiro. Especialista em cortes. Ele tem ordens de desmembrar a sua amiga *se* você desobedecer. Mas, claro, não de uma vez só. Volto logo — o semideus prometeu e, depois, saiu.

No silêncio que se seguiu, Perséfone se manteve de costas para a parede, encarando o homem cujas mãos permaneciam em Sibila. Ela se perguntou se ele pretendia ficar assim enquanto Teseu estivesse fora.

— Você devia se envergonhar — ela acusou. — Se são os deuses que você odeia, as ações deles que despreza, então você se rebaixou ao nível deles.

Tânis não disse nada.

— Nem tenta argumentar, Sef — Sibila conseguiu dizer, com a voz abatida. — Eles sofreram uma lavagem cerebral.

Com esse comentário, Tânis apertou a mão de Sibila.

— Para! — Perséfone implorou. Os gritos de Sibila perfuravam seu coração. — Para, por favor! *Para!*

Quando ele a soltou, Sibila soluçava.

Depois disso, nenhuma delas disse mais nada.

Perséfone se sentou na beirada da cama. Ficou olhando para o dedo nu, sentindo falta do conforto do peso do anel e temerosa por Hades. A deusa se perguntava se ele teria escapado de suas amarras. Fechou os olhos contra a lembrança da expressão dele — o choque, o desespero. Ele não queria que ela se afastasse, mas mesmo assim ela continuou, dando um passo de cada vez até a porta se fechar. Ela disse a si mesma que não seria por muito tempo — *não vamos ficar tanto tempo separados.* Ele se libertaria das amarras e viria até ela.

Mas os minutos se transformaram em horas, e elas continuavam ali, sem sinal de Hades. Perséfone lutou contra o sono, sem querer descansar enquanto suas amigas sofriam sob a vigilância de seus inimigos. A cada vez que cochilava, sentia que estava caindo e acordava sobressaltada. Quando não conseguiu mais suportar ficar sentada, se levantou. Quando não conseguiu mais ficar parada, começou a andar de um lado para o outro.

Não tinha certeza de quantas vezes já tinha atravessado o cômodo ou de quantas horas havia que estavam trancadas no quarto de hotel, mas a porta finalmente se abriu, revelando Teseu e outro homem grande que poderia ser irmão gêmeo de Tânis. Ele passou por Perséfone e foi direto para Sibila.

— O que você está fazendo?

— Você está prestes a descobrir por que eu precisava de você — Teseu disse.

Perséfone cerrou os dentes, fulminando o semideus com o olhar. Ela o odiava demais.

Então algo mudou no ar, uma alteração que ela não entendeu bem, mas sabia que vinha de Teseu, que enrijeceu de repente e se virou bem na hora em que a porta foi escancarada. Tudo aconteceu tão rápido que Perséfone só conseguiu assistir, horrorizada, quando o semideus estendeu a mão. Sua magia crepitou no ar, uma corrente parecida com um raio atingindo a água, e imobilizou Zofie, que havia chutado a porta, brandindo a espada.

Perséfone percebeu, pela expressão da amazona — olhos arregalados, boca aberta —, que ela não estava esperando encontrar tamanho poder quando veio em seu resgate. Então Teseu manifestou uma espada, ergueu-a como uma lança e a atirou em Zofie, atingindo-a no peito.

Ela caiu no chão diante da porta do quarto de hotel.

Os gritos de Perséfone foram silenciados por uma mão que tapou sua boca. Ela lutou contra Tânis, as lágrimas escorrendo pelo rosto.

— Cala a boca! — Teseu vociferou, agarrando seu braço. — Se não quiser que suas outras amigas se juntem a ela, cala a boca!

Perséfone tremia.

— Limpa essa bagunça — Teseu ordenou, baixando os olhos para Zofie com nojo.

Perséfone queria abraçá-la, afastar seu cabelo do rosto e lhe dizer que guerreira incrível ela era, mas Teseu continuou segurando seu braço com força.

— Vamos.

Ele a puxou e saíram do quarto, passando por Zofie, então desceram a escadaria e foram até uma garagem, onde uma limusine aguardava. Teseu empurrou Perséfone para dentro, e ali ela deu de cara com a mãe. Vê-la foi como uma lufada de ar frio, e Perséfone se retraiu.

Sabia que a mãe consideraria aquela atitude uma fraqueza, pensaria que tinha recuado por medo, mas não era isso — era nojo. Essa deusa, a que colhia, a que nutria, tinha as mãos sujas do sangue de milhares de pessoas.

— Senta — Teseu mandou, empurrando-a para o assento diante da mãe.

O semideus se sentou ao lado de Deméter enquanto Sibila e Harmonia eram arrastadas até a limusine e praticamente jogadas no veículo de frente uma para a outra. Perséfone sabia por que as mantinham separadas — tinham medo de que Harmonia se teleportasse com Sibila. No entanto, ela não achava que a Deusa da Concórdia tivesse energia suficiente para usar magia.

Quando as portas se fecharam, o carro acelerou, e Teseu começou a falar.

— Estou te levando para o Lago Lerna — ele disse.

— É uma entrada para o Submundo — Perséfone disse. Nunca o vira pessoalmente, mas sabia que era um antigo jeito de acessar o reino de Hades. Conhecendo o deus, nem imaginava que tipo de armadilhas ele tinha montado para impedir a entrada, mas sabia que deveriam ser mortais.

— Sim — Teseu confirmou.

— Por que não entrar pela Nevernight? — ela perguntou.

— Porque tem gente demais lá que vai tentar proteger você — ele disse. — Afinal, você é a rainha deles.

Deméter fez uma careta.

— Não diga esse tipo de coisa. Me causa enjoo.

Perséfone olhou feio para ela.

— Por que você que entrar no Submundo? Vai tentar buscar uma alma?

— Não sou tão previsível assim — ele disse. — Você vai me levar até o arsenal de Hades e vai garantir que eu passe em segurança.

— Você quer armas?

— Quero uma arma — Teseu explicou. — O Elmo das Trevas.

Ela engoliu em seco com força.

— Você quer usar o elmo de Hades — disse. — E depois o quê? Roubar as outras armas?

— Não vou precisar roubá-las. Serão dadas a mim — ele respondeu.

Ela devia ter imaginado. O pai de Teseu era Poseidon, o dono do tridente, e Hera garantiria que ele tivesse o raio de Zeus. Eram armas de guerra que auxiliaram os olimpianos a derrotar os titãs; fazia sentido Teseu achar que poderia usá-las para derrubar os olimpianos.

— Essas armas não vão te ajudar a ganhar uma guerra contra os olimpianos. Os deuses são muito mais fortes agora.

— Nunca conto com um único método para derrotar meus inimigos — Teseu disse.

Perséfone não ficou surpresa quando ele não ofereceu nenhuma explicação. Teseu não era dado a poetizar a respeito de seus planos.

Depois de ele lhe dar a missão, ninguém disse mais nada. Perséfone temia dizer algo que fizesse Teseu parar o carro e machucar Sibila ou Harmonia.

Olhou para elas, observando-as atentamente para ter certeza de que estavam respirando. Harmonia apoiou a cabeça na janela, enquanto Sibila estava afundada no assento de couro.

O carro parou, e as portas dos dois lados se abriram. Perséfone foi arrastada para fora por Tânis. Tinham parado perto da margem do Lago Lerna, e uma mão pesada no ombro a conduziu por um cais vacilante, onde um barco a remo aguardava. Uma lamparina pendurada na proa iluminava uma pequena parte do lago preto.

— Entra — Tânis ordenou, mais uma vez dando um empurrão em Perséfone.

Ela lançou um olhar feroz ao homem, mas entrou no barco. Foi seguida por Teseu, que ajudou Deméter. Depois, foi a vez de Sibila e Harmonia. Sibila tremia ao embarcar, mas conseguiu fazê-lo sem problemas. Então se virou e estendeu a mão para Harmonia, que estava pálida e ainda sangrava da ferida aberta na lateral do corpo.

— Não toque nela — Teseu ordenou. — Deméter!

A Deusa da Colheita pegou o braço de Harmonia e a puxou com força para o barco. Perséfone se inclinou para a frente e conseguiu segurar a deusa antes que ela se estatelasse na lateral do barco.

— Mandei não tocar nela — Teseu disse, tentando bater nela. Perséfone desviou, e o remo passou por cima de sua cabeça. Quando ele tentou atingi-la de novo, ela estendeu a mão e agarrou o remo, impedindo o ataque, os olhos brilhando.

— Se quiser o elmo, sugiro começar a remar — ela falou. — Você não tem muito tempo antes de Hades se soltar das minhas amarras.

Teseu pareceu se divertir com essas palavras e arrancou o remo das mãos dela.

— Como quiser, Rainha do Submundo.

Teseu empurrou o barco para longe do cais. A água era escura e espessa, como se não fosse água de verdade, mas óleo. Perséfone observou a superfície, sentindo uma presença lá embaixo; algo monstruoso vivia nas profundezas. Foi só quando estavam quase terminando de atravessar o lago — a entrada da caverna já estava à vista — que o ser que vivia debaixo d'água anunciou a própria presença ao balançar o barco com força, fazendo a água respingar neles.

Os olhos de Teseu encontraram Perséfone.

— O que foi que eu disse?

Antes que ela tivesse a chance de reagir, um berro terrível veio da escuridão ao redor deles, e o barco virou.

Perséfone atingiu a água com violência, mas logo emergiu, bem a tempo de ver Sibila lutando para segurar Harmonia acima da superfície.

— Sibila! — Perséfone chamou, mas, assim que começou a nadar na direção das duas, um choque de poder as fez voar para trás. Perséfone lutava contra as ondas quando uma criatura rugiu, explodindo da água — seguida por Deméter, que estava de pé em cima de um jato de água. A criatura era desconhecida para Perséfone. Era uma deusa com chifres grandes, voltados para baixo, que saíam dos dois lados da cabeça. O cabelo era comprido e caía sobre os ombros, cobrindo os seios nus e chegando até a ponta dos tentáculos escamosos — que ela usava para aprisionar Teseu.

— Ceto! — Deméter disse. — Não hesitarei em cortar seus tentáculos.

— Pode tentar, temida Deméter — ela disse. — Mas você não é bem-vinda aqui.

Deméter invocou uma espada e pulou, movendo-se num borrão. No instante seguinte, o tentáculo que segurava Teseu foi cortado e caiu no lago preto. Ceto rugiu e atacou Deméter, fazendo a deusa voar pelos ares. Em sua raiva, as ondas se ergueram, altas e rápidas, fazendo Perséfone, Sibila e Harmonia afundarem sob a superfície mais uma vez.

— Parem! — Perséfone gritou, engolindo água, mas as duas deusas continuaram lutando, provocando caos no lago em torno delas. Os tentáculos de Ceto varreram a água, pegando Perséfone pela cintura e levantando-a no ar.

— Ceto! — ela berrou, com os pulmões ardendo enquanto tossia, cuspindo água. — Ordeno que pare!

A deusa congelou e se virou para Perséfone, arregalando os olhos.

— Milady — Ceto disse, levando a mão ao peito e baixando a cabeça. — Me perdoe. Não senti a senhora.

Perséfone começou a falar, mas sentiu um pico de poder de Deméter. Girou a cabeça na direção da mãe a tempo de ver a deusa erguendo a espada no ar.

— *Não* — ela disse, rispidamente, e sua mãe travou, os olhos arregalados e selvagens, o rosto contorcido em uma careta raivosa. Perséfone voltou a olhar para Ceto. — Minhas amigas estão no lago — ela falou. — Pode encontrá-las para mim?

— Claro, minha rainha — Ceto disse, mas então desviou o olhar para Deméter, que ainda estava suspensa no ar.

— Ela não vai incomodar você de novo — Perséfone prometeu.

Ceto depositou Perséfone na margem, em frente à entrada do Submundo, que parecia uma caverna, e desapareceu debaixo d'água. Não demorou muito para o monstro retornar com Sibila e Harmonia. Quando as colocou na areia da praia, ambas desmoronaram, exaustas de lutar contra a corrente anormal da água. Sibila rolou para ficar de quatro e engatinhou até Harmonia, que parecia pálida, quase azul. Perséfone correu, caindo de joelhos ao lado delas.

— Harmonia! Abre os olhos! — ela implorou. — Harmonia!

Mas a deusa não respondia. Perséfone olhava freneticamente do rosto para o peito dela, sentindo o pulsar suave da vida, que se desvanecia rapidamente.

— Sai, Sibila! — Perséfone ordenou, empurrando o oráculo para o lado.

Colocou as mãos no peito da deusa e fechou os olhos, buscando a vida que permanecia dentro dela, e, quando a encontrou, seu corpo começou a ficar quente, do mesmo jeito que acontecia quando ela se curava. Injetou aquele calor em Harmonia, e, depois de um tempo, seu estômago se revirou, e ela foi forçada a se afastar e vomitar na areia. Não saiu nada além de água, mas o líquido queimou o fundo de sua garganta e pingou do nariz. Nessa hora, Harmonia respirou fundo.

Mal tiveram tempo de se recuperar antes de Teseu aparecer, levantando Sibila pelo cabelo, apontando uma faca para a garganta dela.

— Não, por favor! Por favor! — Perséfone suplicou. Estava de quatro diante do semideus, desesperada.

— Eu falei pra você garantir que eu passasse em segurança — Teseu disse, entredentes.

— Eu não sabia! — ela gritou, com a voz falhando.

— Não importa o que você sabe — cortou, ríspido. — Ela vai sofrer pela sua ignorância!

Então soltou o cabelo de Sibila e agarrou sua mão, cortando um segundo dedo, que jogou aos pés de Perséfone. Sibila gritou, Harmonia soluçou e Perséfone se enfureceu, os olhos ardendo com as lágrimas.

Depois de terminar, Teseu pareceu se acalmar.

— Levanta — ele ordenou. Então, voltou para onde Deméter estava, suspensa no ar. — Solta ela.

Perséfone fez o que ele pediu, e a deusa despencou no lago. Demorou alguns minutos para ela se juntar a eles na margem, com os olhos reluzentes brilhando com tanta raiva quanto Perséfone sentia.

— Leve-nos para o Submundo — Teseu ordenou.

37

HADES

Maldito Teseu!

Esqueça uma eternidade de sofrimento no Tártaro, Hades não ia descansar até que o sobrinho deixasse de existir. Estilhaçaria a alma dele, cortaria seu fio em um milhão de pedacinhos e os consumiria. Seria a refeição mais saborosa de sua vida.

Porra de favor.

Porra de Moiras.

Ele lutou para se libertar das amarras de Perséfone, os membros trêmulos, os músculos rígidos, mas elas não cediam.

Porra. Porra. Porra.

Sua esposa era poderosa, e ele ficaria mais orgulhoso se ela não tivesse ido embora com aquele semideus desgraçado. Sabia por que ela tinha feito aquilo. Queria protegê-lo, e essa ideia o encheu de um conflito que fez seu peito doer. Ele a amava demais e ao mesmo tempo estava furioso por ela se colocar em perigo, ainda que entendesse suas razões.

O que Teseu faria com ela?

Pensar naquilo fez uma nova onda de fúria o percorrer, e ele tentou se soltar de novo. Dessa vez, ouviu o nítido estalo de um galho se rompendo, e seu pé ficou livre. Ele torceu o braço, as veias aparecendo sob a superfície da pele, e a videira cortou seu pulso até finalmente se quebrar. Destruiu os galhos seguintes depois disso e, uma vez livre, se teleportou.

Perséfone tinha um dom para esconder a assinatura de sua energia pessoal. Hades ainda não havia descoberto se era apenas um dos poderes dela ou a consequência de esses poderes terem ficado adormecidos por tanto tempo. De todo jeito, essa habilidade tornava impossível encontrá-la, exceto se estivesse usando o anel. Ele se concentrou na energia única das pedras: a pureza da turmalina e a doce carícia do dioptásio. Não tinha planejado rastreá-la quando lhe deu o anel. Ele era capaz de localizar qualquer gema ou metal precioso desde que se familiarizasse com o objeto.

Hades se manifestou em meio a ruínas.

Não demorou muito para reconhecer o lugar aonde tinha chegado: o decadente Palácio de Cnossos. À noite, era impossível distinguir as pinturas detalhadas e coloridas que cobriam o que restava das paredes antigas ou enxergar por quantos quilômetros a estrutura se estendia, mas Hades sabia porque conheceu o palácio no auge e assistiu à sua destruição.

Era ali que sentia o anel de Perséfone, mas fracamente. Ele sabia que essas ruínas chegavam às profundezas da terra, um labirinto intrincado feito para confundir. Imaginou Perséfone em algum lugar ali dentro, e sua raiva o atraiu para o interior da carcaça do palácio.

Embora estivesse escuro, seus olhos se ajustaram, e, ao atravessar um piso partido de mosaico azul, chegou a uma fossa obscura. Parecia uma parte do piso que cedera. Ele falou com as sombras, ordenando-lhes que descessem. Através delas, o abismo se revelou um outro nível do palácio e ficou ainda mais profundo.

Hades pulou, aterrissando em silêncio sobre outro piso de mosaico. Ali, o palácio estava mais intacto: as colunas das paredes e dos quartos mais pronunciadas. Ao se esgueirar por cada canto, sentindo as energias do anel de Perséfone, a inquietação o inundou. Ele sentia vida ali, uma vida antiga, e uma morte profunda. Aquilo não era incomum, dado que o lugar existia desde a Antiguidade. Centenas haviam morrido ali, mas essa morte, uma parte dela era recente, áspera, aguda, ácida.

Hades continuou descendo até chegar à beira de uma outra fossa obscura. O cheiro de morte estava mais forte ali, assim como o anel de Perséfone. A fúria e o medo de Hades atravessaram seu corpo juntos, e ele sentiu um pavor espesso e nauseabundo no fundo da garganta. Lembranças da noite em que a encontrou no porão do Clube Aphrodisia o invadiram, e, por um instante, foi como se estivesse lá de novo, Perséfone de joelhos diante dele, destruída. Ele sentia o cheiro do sangue dela, e sua mente se transformou um lugar sombrio e violento. Era daquele tipo de raiva que ele precisava, o ímpeto que usaria para despedaçar o mundo inteiro se a encontrasse ferida.

Ele adentrou a escuridão; dessa vez, quando aterrissou, a terra tremeu. Ao se endireitar, encontrou vários corredores estreitos.

Um labirinto.

Estava familiarizado com aquela obra também, reconheceu o trabalho de Dédalo, um antigo inventor e arquiteto conhecido por sua inovação, uma inovação que, no fim das contas, levou à morte de seu filho.

Porra!, Hades pensou, girando em um círculo, estudando cada caminho. Estava mais frio ali, e o ar estava empoeirado. O lugar parecia sujo e meio sufocante. Ainda assim, ele podia sentir o anel de Perséfone, e a energia estava mais forte no caminho que se estendia à sua direita. Ao adentrar a escuridão mais profunda, notou que partes do túnel estavam quebradas, como se tivessem sido atingidas por um objeto grande.

Alguma coisa monstruosa viveu ali.

Talvez ainda vivesse.

Hades chamou suas sombras e as mandou pelo corredor, mas elas pareceram ficar desorientadas e desapareceram na escuridão. Esse comportamento fez os pelos da nuca de Hades se arrepiarem. Tinha alguma coisa errada ali, e ele não estava gostando.

De repente, a parede à sua esquerda explodiu, fazendo-o voar através da barreira oposta, e, ao aterrissar, ele deu de cara com um touro, ou, pelo menos, com a cabeça de um. O resto do corpo era humano.

Era um Minotauro, um monstro.

Ele berrou e raspou o chão com um dos cascos, empunhando um machado duplo que estava lascado e coberto de sangue. Hades imaginava que a criatura estivesse usando a arma para matar desde que foi presa ali. Se tivesse que chutar pelo estado dela, cabelo embaraçado, pele imunda e olhos enlouquecidos, diria que já fazia um bom tempo.

A criatura rugiu e ergueu o machado. Hades empurrou a parede e desviou do golpe, enviando seus espectros das sombras na direção dela. Se fosse qualquer outro monstro, sua magia o teria abalado até a alma. A reação costumeira era uma perda completa dos sentidos. No entanto, quando as sombras atravessaram o Minotauro, ele só pareceu ficar com mais raiva, perdendo o equilíbrio momentaneamente.

Hades avançou contra o Minotauro, e eles voaram, atravessando uma parede atrás da outra. Por fim, aterrissaram numa pilha de entulho, e Hades rolou para longe, criando a maior distância possível entre eles.

O Minotauro também era rápido e logo se pôs de pé sobre os cascos. Podia não ter magia, mas era ágil e parecia ter uma fonte infinita de força. Ele rugiu, bufou e avançou novamente na direção de Hades, mantendo a cabeça baixa dessa vez, com os chifres à mostra. Hades cruzou os braços, criando um campo de energia que mandou a criatura pelos ares de novo.

Assim que o monstro caiu, já se levantou, e dessa vez seu rosnado foi ensurdecedor e cheio de fúria. Ele atirou o machado, e dava para ouvir o som da arma cortando o ar. Ao mesmo tempo, correu para Hades, que se preparou para o impacto. Quando a criatura o atingiu, Hades invocou sua magia, enfiando as pontas afiadas dos dedos no pescoço do Minotauro. Ao retirá-las, o sangue respingou em seu rosto. A criatura rugiu, mas continuou a correr a toda velocidade, batendo em cada parede do labirinto. O impacto nas costas provocou uma dor lancinante na coluna de Hades. Ele cerrou os dentes para combatê-la e seguiu enfiando os espinhos no pescoço do Minotauro, sem parar.

Hades percebeu quando a criatura começou a perder a energia. Seu ritmo diminuiu; ele começou a respirar com dificuldade, bufando pelo nariz e pela boca, de onde também pingava sangue. Quando Hades estava prestes a soltá-lo, o Minotauro cambaleou, e ele se viu caindo com o monstro em outra fossa. Esta se estreitava rapidamente, fazendo Hades bater nas laterais como uma bolinha num jogo de pinball e arrancando o ar de seus pulmões. Eles se contorceram e giraram bruscamente, até que ambos foram jogados do túnel para um espaço maior. O Minotauro pousou primeiro, e Hades logo depois, batendo em uma parede que não cedeu, o que lhe dizia que não era feita de concreto nem de pedra.

Adamante, Hades percebeu.

Adamante era um material usado para criar muitas armas antigas. Também era o único metal que podia prender um deus.

Hades se levantou rapidamente, pronto para continuar a lutar com o Minotauro, mas o monstro não se levantou.

Estava morto.

Os olhos do deus se ajustaram a essa nova escuridão. De algum modo, era mais espessa. Talvez tivesse algo a ver com a profundidade em que estavam, ou talvez fosse o adamante. De todo modo, a cela era simples: um quadrado pequeno com piso arenoso. À primeira vista, até onde Hades enxergava, não havia saída, mas ele teria que procurar mais. Por enquanto, sua atenção estava atraída pela presença de Perséfone. Era forte ali, como se o coração dela batesse dentro das paredes da cela. Então ele viu o cintilar de uma das joias do anel.

Se o anel estava ali, onde estava ela? O que Teseu tinha feito?

Quando começou a andar na direção dele, ouviu um ruído mecânico suave, e uma rede caiu do teto, derrubando-o no chão. Ele aterrissou com um baque alto contra o piso. Tentou invocar sua magia, mas seu corpo convulsionou. A rede o deixava paralisado.

Hades nunca se havia se sentido tão impotente e irritado.

Ele se debateu e xingou, mas não adiantou nada. Por fim, ficou parado, não porque não quisesse lutar, mas porque estava exausto demais para se mexer. Fechou os olhos por um momento. Quando voltou a abri-los, teve a sensação de que tinha adormecido. Demorou um momento para se ajustar, sua visão estava desfocada, mesmo no escuro. Deitado ali, com a respiração debilitada, ele vislumbrou uma centelha fraca de luz a uma curta distância.

O anel de Perséfone.

Começou a tentar alcançá-lo, mas a rede mantinha seu braço preso no lugar. Sua testa se cobriu de suor, seu corpo perdeu força. Mais uma vez, ele fechou os olhos, com a areia do chão cobrindo seus lábios e sua língua, enquanto se esforçava para recuperar o fôlego.

— Perséfone... — sussurrou o nome dela.

Sua esposa, sua rainha.

Ele pensou em como ela estivera estonteante no vestido branco, andando em sua direção no dia do casamento, rodeada por almas e deuses que tinham passado a amá-la. Lembrou-se de como o sorriso dela fez seu coração acelerar, como os olhos verde-escuros, brilhantes e tão felizes, deixaram seu peito inchado de orgulho. Pensou em tudo aquilo que tinham passado e pelo qual tinham lutado, as promessas que fizeram de queimar mundos e se amar para sempre, e ali estava ele, separado dela, sem saber se estava segura.

Hades cerrou os dentes, uma nova onda de raiva correndo em suas veias. Arregalou os olhos e tentou pegar o anel de novo. Dessa vez, embora sua mão tremesse, ele conseguiu esticá-la e agarrar um punhado de areia e, ao deixá-la escorrer por entre os dedos, encontrou o anel incrustrado de joias.

Respirando com dificuldade e tremendo, ele levou o anel aos lábios. Depois, fechou os dedos em torno dele, mantendo-o seguro, e colocou-o junto ao coração antes de cair na escuridão uma vez mais.

38

PERSÉFONE

Perséfone adentrou a boca escura da caverna e os outros a seguiram. Teseu manteve Sibila por perto, uma mão constantemente presa a seu antebraço, um lembrete de que, se Perséfone saísse da linha, sua amiga sofreria as consequências.

A caverna era grande, e cada fungada, gemido e soluço ecoava nos ouvidos de Perséfone, alimentando sua fúria. Ela precisava pensar num plano e começou a se perguntar se essa entrada para o Submundo seria como aquela na Nevernight. Será que era um portal que a levaria para qualquer lugar que visualizasse?

Continuaram andando até darem de cara com uma parede de pedra que parecia bloquear a entrada.

— O que é isso? — Teseu quis saber.

— Esta é a entrada para o Submundo — Perséfone explicou depressa. Aproximou-se, afundando as mãos na parede. O portal era frio, e a magia rodopiando ao redor de sua pele lembrava um bater de asas. Era uma sensação reconfortante, porque era a magia de Hades, e fazia seu peito doer.

Onde estava Hades? Ela o prendeu no Mundo Superior apenas para garantir que ele concedesse o favor a Teseu, que foi pago assim que ela havia saído do Alexandria Tower.

Talvez ele esteja esperando a gente no Submundo, ela disse a si mesma.

— Eu vou atravessar primeiro — ela disse.

— Não — Teseu afirmou. — Deméter vai primeiro.

— Não é uma boa ideia — Perséfone retrucou. — Monstros vigiam esses portões.

— Preocupada comigo, minha flor? — Deméter perguntou, com a voz encharcada de sarcasmo.

— Não — Perséfone respondeu. — Me preocupo com meus monstros. Com Cérbero, Tifão e Ortros, especificamente.

— Não vou correr o risco de fazer Sibila sofrer — Perséfone disse. — Não precisam se preocupar comigo.

— Tudo bem — Teseu disse, com as palavras escapando de seus lábios como uma maldição. — Mas lembre que estou ficando cansado de cortar dedos.

Com isso, Perséfone entrou no portal. Era como caminhar através da água, e ela se moveu devagar, aproveitando a sensação da magia de Hades, antes de sair do outro lado, no campo de Hécate. O prado parecia brilhar e, depois, da noite no Mundo Superior e da escuridão da caverna.

— Perséfone — Hécate disse. — O que aconteceu?

Ela piscou, virando-se para a Deusa da Bruxaria, que estava parada ali usando roupas pretas, com Nefeli ao seu lado.

— Hécate — Perséfone começou, mas voltou a fechar a boca quando Teseu, Sibila, Deméter e Harmonia entraram atrás dela. Assim que apareceram, um rosnado mortal irrompeu dos arredores. Vinha de Nefeli e de Cérbero, Tifão e Ortros, que se esgueiraram através das árvores.

— Não, Cérbero! — Perséfone ordenou.

Os cachorros pararam, ainda tensos, ainda prontos para atacar, mas sem rosnar.

— O que é isso? — Teseu perguntou. — Uma armadilha?

— Não! — Perséfone exclamou. — Não. Não é uma armadilha!

Fitou Hécate com olhos arregalados e desesperados, comunicando tudo que podia, sabendo que a deusa era capaz de ler sua mente. Mostrou-lhe o que tinha acontecido nas últimas horas — desde o desaparecimento de Sibila, o dedo dela em seu escritório, a avalanche e a batalha entre os olimpianos, até o favor de Teseu.

Perséfone se virou para encarar o semideus.

— Hécate é minha amiga. Ela só veio garantir que eu estava bem.

— Sim, claro. — Hécate conseguiu dar um sorriso amarelo, então seus olhos passaram para Deméter. — Que beleza! A Deusa da Colheita no Reino dos Mortos. Veio prestar homenagem às centenas de pessoas que assassinou no último mês?

Deméter abriu um sorriso frio.

— Não tenho intenção de remoer o passado.

— Se ao menos fosse verdade... — Hécate respondeu. — Não é por causa do passado que você está aqui?

Deméter fez uma carranca e falou com Teseu.

— Ela é uma deusa poderosa. Talvez você deva escolher um membro da mortal para que Perséfone se comporte.

— Não — Perséfone disse, a voz sombria. — Hécate não vai nos incomodar, né, Hécate? Ela vai ficar aqui no campo enquanto nós andamos até o palácio.

— Claro, farei o que minha rainha ordenar — Hécate confirmou. — Mas seria mais rápido vocês se teleportarem.

— Nada de teleporte — Teseu disse. — Não posso confiar que vamos chegar no lugar certo.

— Se minha rainha ordenar, pode acreditar que levarei vocês exatamente aonde querem ir — Hécate falou, com a voz agradável, embora Perséfone pudesse sentir um fundo de escuridão em seu tom.

Perséfone olhou para Teseu. Ele hesitou, incerto.

— Não confie na magia dessa deusa. Ela é má — Deméter disse.

— Cala a boca! — Teseu gritou.

Deméter estreitou os olhos.

— Dê a ordem a ela. Mas lembre-se de que a vida da sua amiga está nas minhas mãos.

— Hécate, leve-nos até o arsenal de Hades.

Perséfone estremeceu ao sentir a magia de Hécate envolvê-los. Ela se lembrava da luta contra a deusa nesse mesmo campo, de sentir a força e a antiguidade de seu poder. Ele deixou em seu coração uma escuridão difícil de afastar, mas, agora, era reconfortante — reconfortante porque ela sabia que Hécate ia lutar, e os resultados seriam mortais.

O grupo apareceu do lado de fora do arsenal. A porta do cofre era redonda e dourada, incrustrada com um vidro grosso e transparente que deixava à mostra as fechaduras e as engrenagens.

Teseu se virou para Perséfone e Hécate, afundando os dedos no braço de Sibila.

— Achei que você tinha dito que nos levaria para o arsenal.

— E foi o que eu fiz — Hécate respondeu, calmamente. — Mas nem eu consigo me teleportar para dentro dele. Só a rainha ou o próprio rei podem abrir o cofre.

Perséfone começou a protestar, mas Teseu ameaçou Sibila mais uma vez.

— Abre! — ele gritou, com a loucura retornando. Ele estava tão perto do que queria que mal podia se conter.

Perséfone olhou para Hécate, desesperada.

Não sei como.

Não precisa saber, Hécate disse.

Perséfone deu um passo à frente e pôs a mão em um painel ao lado da porta. Quando a palma de sua mão foi escaneada, ela começou a ranger, abrindo-se como uma roda para revelar o arsenal de Hades. Perséfone adentrou a sala redonda familiar, com o piso de mármore preto e as paredes cobertas de armas, mas seus olhos — como os de Teseu — foram direto para o centro, onde se destacava a armadura de Hades, com o Elmo das Trevas a seus pés.

Teseu empurrou Sibila para Deméter ao entrar.

— Segura ela! — ele vociferou.

Hécate ficou ao lado de Harmonia.

— É mais magnífico do que eu poderia imaginar — Teseu disse, aproximando-se do mostruário. Perséfone continuou sustentando o olhar de Hécate, sem desviar.

Tira elas daqui, ela implorou.

Claro, a deusa disse.

Quando Teseu tocou o elmo de Hades, a magia de Hécate se manifestou como um golpe, arrancando Harmonia e Sibila do arsenal e levando-as para um lugar seguro. As mãos de Teseu escorregaram, e o elmo de Hades caiu do pedestal, rolando no chão com um estalo alto.

— Não! — Teseu vociferou.

A magia de Perséfone veio à tona, e espinhos se ergueram das fissuras no mármore, selando as saídas. Os lábios de Deméter se afastaram dos dentes brilhantes em um sorriso maldoso.

— Vou te ensinar uma última lição, filha. Talvez ela te ajude a continuar complacente.

Se a magia fosse uma língua, a de Deméter professaria ódio. Seu poder imediatamente jorrou em uma onda de energia feroz, lançando Perséfone contra uma parede, que desmoronou sob seu peso. Ela caiu de pé e deu de cara com Teseu, armado com uma espada da coleção de Hades.

— Sua puta do caralho! — ele esbravejou, erguendo a arma.

Perséfone atacou; das pontas de seus dedos saíram espinhos pretos que dispararam como balas direto no peito do semideus. Ele cambaleou para trás, a camisa escurecendo com o sangue, e seus olhos reluziram, assumindo um brilho sobrenatural. Então deu um soco no chão, e a terra começou a tremer, derrubando as armas da parede e fazendo Perséfone perder o equilíbrio.

Ao mesmo tempo, Deméter invocou uma nova explosão de energia, que a atingiu com força, fazendo-a voar de novo. Quando aterrissou, Teseu ergueu a arma acima da cabeça para atacá-la. Perséfone estendeu as mãos, e, quando a lâmina tocou a energia que ela havia reunido ali, ele bateu contra a armadura de Hades. Perséfone manifestou galhos que o prenderam onde tinha caído.

Então passou a concentrar toda a sua atenção em Deméter. A magia delas se chocou: cada jorro de energia foi bloqueado e explodiu, cada galho e espinho se emaranhou e se desfez. A Deusa da Colheita lançou mais uma rajada, que fez o ar se agitar e o vento soprar com força, bagunçando o cabelo e as roupas de Perséfone. Deméter pegou a espada que Teseu usou e a ergueu para atacar Perséfone, que contra-atacou com magia — com o que quer que conseguisse invocar depressa.

— Os deuses vão te destruir — Deméter disse. — Eu teria mantido você em segurança!

— De que serve a segurança se o resto do mundo vive sob ameaça?

— O resto do mundo não importa! — Deméter vociferou.

Era a primeira vez que Perséfone via o verdadeiro medo de Deméter por ela, e, por um breve segundo, as duas pararam de lutar. Ficaram olhando uma para a outra, ambas tensas, mas as palavras que saíram da boca de Deméter eram perturbadoras, e desestabilizaram Perséfone.

— Você importa. Você é minha filha. Eu *implorei* por você.

Existia uma verdade nua e crua nessas palavras, e, embora Perséfone pudesse entender as ações de sua mãe até certo ponto, havia coisas com as quais nunca concordaria. Hades também implorou por ela. Hades também queria protegê-la, mas estava disposto a deixá-la lutar, a vê-la sofrer, se aquilo servisse para seu crescimento.

— Mãe — ela disse, balançando a cabeça.

— Vem comigo — Deméter falou, desesperada. — Vem comigo agora e a gente pode esquecer que tudo isso aconteceu.

Perséfone já estava balançando a cabeça.

— *Não posso.*

Era insano que sua mãe fizesse uma sugestão dessas, mas tinha uma coisa que Perséfone passou a entender a respeito da deusa. Apesar de estar viva há tanto tempo, ela já não estava bem. Estava quebrada e nunca mais voltaria a estar inteira.

As feições de Deméter endureceram, e ela estendeu a mão, enviando um raio de magia na direção de Perséfone ao mesmo tempo que erguia a espada. Perséfone bloqueou a magia e invocou seu próprio poder, chamando a escuridão, que se manifestou na sombra. Os espectros atacaram Deméter e, quando a atravessaram, ela cambaleou, caindo de joelhos.

Quando Deméter voltou a encarar Perséfone, seus olhos brilhavam. Ela se levantou, soltando um grito de fúria, sua magia se acumulando depressa na forma de um vento uivante.

— Você tinha razão em uma coisa, mãe — Perséfone disse.

— E o que seria?

— A vingança é doce.

No instante seguinte, as armas mais afiadas se levantaram ao chamado de Perséfone — lanças, facas e espadas — e, depois, desceram, atingindo Deméter e pregando-a ao chão.

Um silêncio terrível se seguiu quando o vento morreu de repente. Perséfone caiu de joelhos, respirando com dificuldade.

— Mãe! — chamou, com a voz rouca, rastejando na direção dela.

Deméter não se mexeu nem disse nada. Estava deitada com os braços abertos, os dedos ainda fechados ao redor da espada. Seus olhos estavam arregalados, como se ela estivesse em choque, e sangue pingava de sua boca.

— Mãe... — Perséfone sussurrou.

Conseguiu se levantar e começou a arrancar as armas do corpo da mãe. Quando terminou, a deusa continuava deitada no chão frio de mármore, e Perséfone se sentou com ela, esperando que se curasse.

Mas ela não se mexeu.

— Mãe! — Perséfone ficou desesperada e se ajoelhou, sacudindo a deusa. Tinha desejado muitas coisas de Deméter: que ela mudasse, que fosse uma mãe, que a deixasse viver a própria vida, mas nunca a morte. Nunca aquilo.

Então se lembrou de algo que Hades lhe disse a respeito das armas ali — que algumas eram relíquias e podiam impedir que um deus se curasse.

— Mãe, acorda!

— Vem, Perséfone — Hécate disse, aparecendo atrás dela. Nem tinha sentido a deusa se aproximar.

— Acorda ela! — Perséfone exigiu. Ela pôs as mãos no corpo de Deméter, que estava ficando frio, tentando usar sua própria magia, tentando fazer a mãe voltar a respirar, mas nada funcionou.

— O fio dela foi cortado, Perséfone. Não há como trazer Deméter de volta.

— Não era isso que eu queria! — Perséfone gritou.

Então, Hécate segurou o rosto de Perséfone, forçando-a a olhar para ela.

— Você vai ver Deméter de novo. Todos os mortos vêm para o Submundo, Perséfone, mas, neste instante, Sibila e Harmonia precisam de você.

Perséfone respirou fundo algumas vezes, os olhos ardendo. Finalmente, assentiu e permitiu que a deusa a ajudasse a se levantar, mas, quando começaram a se dirigir para a porta, ela parou.

— Teseu!

Girou para onde o havia prendido mais cedo e descobriu que ele tinha desaparecido.

— O elmo!

As duas deusas começaram a vasculhar o arsenal, mas então o Submundo tremeu violentamente e ouviu-se um som horrível de algo rachando.

O coração de Perséfone disparou no peito, e, quando seu olhar encontrou o de Hécate, ela viu que a deusa estava pálida.

— O que foi isso? — Perséfone sussurrou.

— Esse — Hécate disse. — É o som de Teseu libertando os titãs.

CONTEÚDO BÔNUS

CENAS QUE NÃO ENTRARAM NO LIVRO
OU PRECISARAM SER EDITADAS DE ALGUMA FORMA.

CONCLUSION

CHÁ DE CASA NOVA

— Como chama isso mesmo? — Hades perguntou enquanto esperavam.
— É um chá de casa nova — ela respondeu.
Ele olhou para a caixa que ela carregava.
— E você trouxe cupcakes em vez de ervas?
Perséfone tentou não rir, principalmente porque era a segunda vez que lhe faziam essa pergunta.
— Por que eu traria ervas, Hades?
— Pra fazer chá.
Ela não conseguiu conter uma risadinha.
— Você é tão velho!
Hades ergueu a sobrancelha e ela soube que pagaria por aquele comentário mais tarde.
— Ninguém traz ervas pra um chá de casa nova, Hades. As pessoas trazem presentes e álcool. Ficam bêbadas e jogam alguns jogos.
— E nós? Vamos ficar bêbados e jogar?
Ela estava vendo Hades beber desde que o sol nasceu, e ele continuava perfeitamente sóbrio. Perséfone tinha certeza de que já não conseguia ficar bêbado e que, possivelmente, era alcoólatra.
Perséfone o olhou de soslaio.
— Você não vai enganar ninguém pra fazer um acordo com você, né?
Ele estreitou os olhos, com um sorrisinho divertido.
— Não prometo nada.
— Hades... — Perséfone disse o nome dele como um alerta, virando-se para encará-lo. Ele a surpreendeu ao agarrar seu rosto e beijá-la.
Quando se afastou, ele fez uma promessa:
— Vou me comportar bem como sempre.
Ela bufou.
— Bom, agora estou tranquila.

UMA CENA NO CHUVEIRO

Quando o jato de água a atingiu, ela gemeu com o calor, e Hades aproveitou a oportunidade para aprofundar o beijo, agarrando seus seios, os dedos provocando os mamilos endurecidos. Ela enfiou a mão entre eles, acariciando o sexo grosso dele, que já estava úmido. Queria colocá-lo na boca, mas Hades moveu a mão para sua garganta, segurando seu queixo com os dedos enquanto explorava sua boca com a língua.

Então ele se afastou de repente, e Perséfone gemeu, voltando a pegar o pau dele.

Ele riu e segurando a mão dela.

— Espera um pouco, meu bem. Você está coberta de sangue.

— Você não pareceu se importar — ela comentou.

— Não me importo, mas vou aproveitar a oportunidade de tocar você em todos os lugares enquanto te limpo.

Eles ficaram fora do alcance do jato enquanto ele pegava o sabonete e umedecia uma toalha. Começou pelos ombros, gentilmente lavando o sangue. Depois passou para os seios, apertando e acariciando, suas mãos escorregadias provocando os dois antes de passar para a barriga e para as laterais dela, para as coxas e panturrilhas. De joelhos diante dela, ele deu uma ordem.

— Vira. — Ela obedeceu, espalmando as mãos na parede enquanto ele subia por seu corpo.

Hades passou um bom tempo lavando o espaço entre as pernas dela, os dedos abrindo seus lábios para circular o clitóris e penetrar sua intimidade antes de pressionar o pau duro na bunda dela, levando as mãos de volta a seus seios.

— Quanto você me quer? — ele perguntou, os lábios perto da orelha dela.

Ela virou o rosto para ele, sentindo o roçar da barba, e arqueou as costas, se pressionando com mais força no pau dele.

— Mais do que qualquer coisa — respondeu.

Hades puxou a cabeça dela para si e capturou sua boca, beijando-a com força antes de soltá-la, mas apenas para afastar suas pernas com o pé e meter. Perséfone acomodou a cabeça nas mãos, ainda estavam espalmadas com firmeza na parede de ladrilho, quando ele estocou, preenchendo-a e esticando-a com a ardência mais doce.

— Eu ficaria com o pau enterrado dentro da sua doçura pela eternidade, se pudesse — ele disse, agarrando o quadril dela, metendo com tanta força que ela sentia as bolas dele baterem em sua bunda. — Me fala como é sentir meu pau dentro de você.

Havia tantas palavras para descrever a sensação, tantas coisas prazerosas, mas a única coisa que ela conseguiu dizer foi:

— Incrível.

Os dedos de Hades agarraram seu cabelo.

— Quero sentir você gozar no meu pau — ele disse no seu ouvido. — Pode ser? Você goza pra mim?

Eram palavras que ele nunca tinha dito antes. Hades sempre foi uma pessoa muito sexual, mas essas palavras... eram cruas, primitivas e sombrias, e ela queria mais.

Queria a escuridão dele.

— Vou gozar pra você — ela disse, gemendo.

Dessa vez, ele também gemeu — um som gutural que ela sentiu no fundo do ventre. A mão dele desceu para seu clitóris, e, enquanto ele roçava seus nervos sensíveis com o polegar, ela se arqueou ainda mais sentindo as estocadas de Hades mais profundamente. A boca dele estava em todos os cantos, chupando sua orelha, seu pescoço, seu ombro.

— Você é gloriosa, porra! — o deus disse. — Você é minha.

O orgasmo de Perséfone veio com toda força, e suas pernas tremeram tanto que ela quase caiu, mas Hades a segurou, apoiando uma das mãos no ladrilho.

— Goza em mim — Perséfone ordenou. — Se eu sou sua, goza agora.

Hades conseguiu soltar uma risada estrangulada.

— O que quiser, minha rainha.

As últimas estocadas foram duras, profundas e rápidas, mas ela o sentiu pulsar dentro de si, e o corpo dele relaxou contra o seu, o clímax finalmente alcançado.

Por um instante, eles ficaram assim, corpos pressionados um contra o outro, apoiados na parede de ladrilho, enquanto o jato do chuveiro esfriava. Quando Hades se retirou, Perséfone se virou e deslizou até o chão, esgotada demais para continuar de pé.

Hades se ajoelhou diante dela.

— Tudo bem?

— Tudo — ela respondeu, com um sorriso sonolento. — Só preciso de um minuto.

UMA LIRA

— Que som horrível! — Apolo disse.

Perséfone parou de tocar a lira que o Deus da Música lhe dera e olhou feio para ele.

— Estou fazendo exatamente o que você mandou. Deve ser o professor.

— Se estivesse fazendo exatamente o que eu mandei, sua música soaria assim — ele rebateu, tocando notas bonitas e nítidas.

— Nem todos nós somos deuses da música, Apolo.

— Claramente — concordou ele, erguendo as sobrancelhas escuras.

— Alguém está de mau humor hoje, mais do que o normal — Perséfone retrucou.

Foi a vez de Apolo olhar feio para ela.

Perséfone largou a lira.

— Qual é o problema? Não é o Ajax, é?

Apolo apertou os lábios.

— Por que eu estaria chateado por causa de um mortal?

— Você pareceu bem chateado quando Heitor atacou ele.

— Eu estava preocupado com meu herói — Apolo disse, ríspido.

— Então você acha que o Heitor não tem chance contra Ajax nos jogos?

Apolo abriu a boca, mas logo voltou a fechá-la.

— Você fica olhando pra ele — Perséfone comentou. — Você estava com o cheiro dele aquele dia que me levou até a palestra.

O maxilar de Apolo se contraiu, e ele não disse nada.

— Bom, já que você não quer conversar... — ela disse, pegando a lira de novo e voltando a tocá-la terrivelmente.

— Para! Você quer me torturar pra me fazer responder? — quis saber ele.

— Tá funcionando?

Ele a fulminou com o olhar, depois suspirou, parecendo muito cansado de repente.

— Da última vez que eu me apaixonei, acabou num banho de sangue. Sempre acaba assim.

— A morte do Jacinto não foi culpa sua, Apolo.

— Foi sim. Eu não era o único deus que amava Jacinto, e, quando ele me escolheu, Zéfiro, o Deus do Vento do Oeste, ficou com ciúme. Foi o vento dele que mudou a trajetória do meu lançamento, o vento dele que causou a morte do Jacinto.

— Então a morte dele é culpa de Zéfiro — Perséfone afirmou.

Apolo balançou a cabeça.

— Você não entende. Eu vejo o que está acontecendo com o Ajax. Heitor fica com mais ciúme a cada dia que passa. A briga que ele puxou com o Ajax na palestra não foi a primeira.

— E se o Ajax gostar de você? E se estiver disposto a lutar por você? Vai desistir de ficar com ele por medo?

— Não é medo... — Apolo começou, então desviou o olhar, irritado.

— Então o que é?

— Não quero estragar tudo. Eu não sou... uma pessoa boa agora. O que vai acontecer se eu perder de novo? Vou virar... mau?

— Apolo — Perséfone disse, o mais suavemente que pôde. — Se está preocupado com a possibilidade de se tornar mau, então você tem mais humanidade do que pensa.

O olhar que ele lhe lançou deixava claro que discordava.

— Você devia falar com Ajax.

— Sobre o quê? Não estamos namorando.

— Você estava com o cheiro dele — Perséfone comentou.

— E?

— Bom, isso sugere que vocês tiveram... algum contato físico, pelo menos.

Apolo revirou os olhos.

— Eu não dormi com ele, se é isso que você está perguntando.

— Não foi uma pergunta.

— Ficou implícito — ele rebateu. — Mas... a gente se beijou.

— E? Como você se sentiu quando ele te beijou?

Apolo suspirou e esfregou o rosto.

— Como... se estivesse respirando e me afogando ao mesmo tempo. — Ele fez uma pausa. — Soa tão... bobo, né?

— Não — Perséfone disse, baixinho. — Nem um pouco. Pra mim, soa como se existisse alguma coisa que vale a pena explorar entre vocês.

— Mesmo se acabar em desastre?

— Mesmo assim... — ela disse. — Olha o que a minha mãe está fazendo com o Mundo Superior como consequência da minha escolha de me casar com Hades.

— Você deve lamentar um pouco. Sei como você sofre pela humanidade.

— Lamento que ela tenha escolhido esse caminho — Perséfone disse. — Porque significa que preciso destruí-la.

Nota da autora

Deuses! Por onde eu começo?

Primeiro, gostaria de agradecer às pessoas que leem meus livros. São tantas, e eu sou muito grata por tudo: pelas resenhas, os posts, as mensagens... tudo isso faz com que eu continue a escrever. Foi por causa de vocês que eu consegui me tornar escritora em tempo integral, e é por causa de vocês que posso continuar fazendo o que eu amo.

Além disso, muito obrigada à minha equipe de marketing. Vocês são os melhores promotores que eu poderia desejar. Agradeço todo o tempo que passam investindo em mim e nos meus livros. Vocês arrasam.

SOBRE O LIVRO

A escrita deste livro foi um borrão — uma mistura caótica de exaustão, agonia, luto e um pouco de esperança de que tudo ia melhorar. Refletindo a respeito do processo, não sei dizer como cheguei até aqui, mas estou muito feliz de ter conseguido. Tenho *muito* orgulho deste livro — mais do que orgulho. Eu sei que todo mundo tem uma opinião sobre *Um toque de ruína*, mas espero que dê para entender *por que* sofremos, por que aquela jornada era tão importante: era para chegar aqui. Ao poder de *Um toque de malícia*. Me sinto orgulhosa de analisar quem Perséfone era em *Um toque de escuridão*, seus sofrimentos em *Um toque de ruína* e quem ela é ao final deste livro. A jornada dela me dá esperança de que as dificuldades, o trauma e o luto só nos tornam poderosos.

O RESTO

Como vocês sabem, eu me aproveito de vários mitos e gosto de abordar esses mitos e como os adaptei ou modifiquei nos meus livros. Vou começar com a Titanomaquia.

A Titanomaquia: a guerra de dez anos

A principal pergunta que me fiz enquanto me preparava para *Um toque de malícia* foi: o que levaria a uma nova Titanomaquia? Todos sabemos que os deuses passam por esse ciclo: os primordiais foram derrubados pelos titãs, os titãs pelos olimpianos.

Quando lemos a respeito da Titanomaquia, principalmente sobre o papel de Zeus, vemos como ele é carismático, o que é meio desanimador, porque não queremos que ele seja tão charmoso assim. No entanto, ele entendeu o que seria preciso para derrotar os titãs e prometeu àqueles que apoiassem tanto ele quanto os outros olimpianos que seriam recompensados com a manutenção de seu status e poder — Hécate e Hélio foram dois titãs que se juntaram a ele. O mito diz, de maneira específica, que Zeus tinha grande respeito por Hécate, e é por isso que ela é a única pessoa que pode colocá-lo no devido lugar. Foi por isso que eu decidi que ela seria capaz de castrá-lo. Escolhi a castração como método de Hécate para punir Zeus porque Cronos também castrou o pai, Urano (com a foice utilizada para matar Adônis).

Também senti que a tempestade de neve de Deméter criaria um cenário de agitação que contribuiria para uma nova Titanomaquia. No mito, quando Perséfone é levada por Hades para o Submundo, a Deusa da Colheita na verdade passa a negligenciar o mundo, que sofre com uma seca. Senti que, embora uma seca fosse ruim, a tecnologia poderia combatê-la com mais facilidade do que uma nevasca. Acho que me senti assim porque moro em Oklahoma, e nós sofremos com tempestades de neve porque não temos a estrutura necessária para lidar com elas. Senti que Deméter, como Deusa da Colheita, obviamente teria controle sobre o tempo, então por que não a escrever trazendo uma tempestade de neve feroz a Nova Atenas? O clima prepararia o terreno para a agitação entre os mortais, já encorajados pela Tríade.

Falando de Deméter. Quando Perséfone desaparece no mito, ela na verdade sai vagando sem rumo pelo mundo, meio deprimida. Ela vai até Celeu disfarçada como uma velha senhora chamada Doso (por isso a escolha do nome em *Um toque de malícia*). Enquanto está lá, Deméter começa a cuidar dos dois filhos do rei, mas é pega tentando transformar uma das crianças em imortal ao colocá-la no fogo, e acaba revelando seu status de deusa. Ela fica irada com isso e força o rei e seu povo a construírem um templo em sua homenagem.

Sofri um pouco para definir como os deuses reagiriam à violência de Deméter, mas tentei não fugir muito de como senti que o mito se desdobrava — ou seja, os deuses deixaram rolar por um bom tempo, até serem confrontados com a extinção da raça humana e, por consequência, de seus adoradores. A princípio, Zeus tentou falar com a deusa para acalmá-la. Ele também enviou outros deuses para tentar convencê-la a retornar para o Olimpo, mas ela se recusou. Como último recurso, Zeus mandou Hermes buscar Perséfone no Submundo. Aproveitei essa mesma tomada de decisão preguiçosa de Zeus no meu livro. Zeus pode precisar de adoradores, mas não tem medo de perder o poder, então não age depressa.

Mais sobre Deméter
Neste livro, falo um pouco do estupro de Deméter. Na verdade, Poseidon estupra Deméter quando ela está procurando Perséfone, mas eu senti que, se isso tivesse acontecido antes de Perséfone nascer, Deméter teria um motivo para se retirar do mundo e querer proteger a filha dos Três.

Hermes e Pã
Só quero comentar rapidamente que sim, me refiro a Pã, o Deus das Florestas, como filho de Hermes, o que pode ou não ser verdade, considerando como funciona a ascendência na mitologia. Ainda assim, gostaria de aproveitar para dizer que, entre os deuses gregos, Pã é o único cuja morte é mencionada. Ela não é detalhada; na verdade, ninguém sabe como ele morreu. Foi basicamente um telefone sem fio que um dia chegou às massas. A ideia, entretanto, é que, com o nascimento de Cristo, Pã tinha que morrer.

Também não faço ideia do porquê. Eu só leio os mitos.

Apolo, Ajax e Heitor
Não sei o que me fez tornar Apolo e Ajax um casal, mas eu sabia que Ajax e Heitor duelavam na mitologia durante a Guerra de Troia, então achei que seria uma dinâmica interessante. No mito, Heitor também é favorecido por Apolo, porque Apolo apoia os troianos, enquanto Ajax luta pelos gregos.

Também decidi que Ajax, descrito como colossal e forte, seria surdo, porque queria mostrar que surdez não significa incapacidade. Dito isso, não queria que Ajax tivesse nenhum poder de super-herói além dos que são mencionados no mito: sua força, seu tamanho e seus reflexos. Achei que sua surdez não deveria mudar o fato de que ele treinava da mesma maneira que os demais guerreiros.

Afrodite e Harmonia
No mito, Harmonia é descrita como filha de Ares e Afrodite — ou de Zeus e Electra. Como não retrato Ares e Afrodite como casal, escolhi a segunda opção e fiz dela irmã de Afrodite. Harmonia também foi entregue em ca-

samento a Cadmo, que acredito que ela realmente amasse, porque, quando ele foi transformado em serpente, ela meio que enlouqueceu e também acabou transformada em serpente. Não sei se vou abordar esse mito específico em algum dos meus livros, mas achei importante mencioná-lo aqui.

Na minha versão, realmente senti que Harmonia seria pansexual. Também senti que, embora Sibila nunca tivesse pensado em se apaixonar por uma mulher antes, quando conheceu Harmonia, ela não conseguiu evitar, e é muito, muito fofo.

O Palácio de Cnossos e o Minotauro

A princípio, acreditava-se que o labirinto era apenas um palácio com essa estrutura construído por Dédalo. Eu trouxe a história do Minotauro porque também temos Teseu, que, como sabemos, foi enviado para matar o Minotauro. Ele conseguiu com a ajuda de Ariadne, que lhe deu um carretel de linha para ajudá-lo a escapar do labirinto depois de derrotar o monstro.

Teseu e Helena

Talvez alguns se surpreendam com a trajetória de Helena, então vou explicar aqui. Existe um mito em que Teseu e Pirítoo raptam filhas de Zeus. Teseu escolhe Helena de Troia e Pirítoo escolhe Perséfone. Outro mito famoso é aquele em que Páris se apaixona por Helena e a leva de Esparta para Troia, dando início a uma guerra.

Dependendo da leitura e da interpretação dos mitos, senti que Helena seria alguém que busca a melhor maneira de chegar ao topo. Afinal de contas, ela é uma mulher espartana. Ela é forte, capaz e inteligente. Sabe como usar sua beleza como ferramenta e sua mente como arma. Levando em conta a impressão que tenho dela, é possível entender a trajetória dela em *Um toque de malícia*.

Os monstros

Muitos monstros são mencionados neste livro, além do Minotauro: a Hidra, Lâmia, Ceto e Aracne. Só queria aproveitar o espaço para fazer uma breve contextualização de cada um.

A Hidra residia no lago Lerna, que vocês devem reconhecer como uma das entradas do Submundo. Escolhi colocar esse monstro no Submundo porque é muito venenoso. Além disso, acabou sendo morto por Héracles como parte dos trabalhos.

Lâmia era a rainha da Líbia. Como declarei no livro, ela tinha um caso com Zeus que a levou a ser amaldiçoada por Hera a perder todos os seus filhos. Os mitos divergem a respeito do que acontece com eles (se foram mortos ou sequestrados) e também em relação a como ela passou a devorar crianças. Qualquer que seja o caso, ela de fato ficou louca e começou a sequestrar e comer crianças. Zeus lhe deu o poder de remover os próprios olhos, aparentemente para ajudar a aliviar sua insônia (com a qual também foi amaldiçoada por Hera). Ele também lhe deu o dom da profecia, o que acho que é um dom que todos os monstros comedores de criança merecem.

Ceto é uma deusa primordial e a Rainha dos Monstros Marinhos. Também deu à luz a vários monstros, incluindo as górgonas e as Greias, que são as três irmãs que compartilham um olho e um dente.

Por último, menciono Aracne. Ela aparece na obra *Metamorfoses*, de Ovídio, que cito no comecinho do livro. Foi uma mulher que desafiou Atena para uma competição de tecelagem. O motivo de eu querer mencioná-la é que Aracne escolheu tecer cenas que ilustravam os delitos dos deuses, tipo o que eu faço nesses livros. De todo modo, o resto da história conta que a tecelagem de Aracne era perfeita, o que deixou Atena furiosa. As versões de como Aracne se tornou uma aranha variam, mas o que importa é que ela foi transformada em uma. No livro, menciono o Poço de Aracne, no qual gosto de pensar como um castigo do Tártaro.

Miscelânea

Okeanos e seu irmão gêmeo Sandros são semideuses modernos inventados, mas foram baseados em outro par de filhos gêmeos de Zeus, Anfião e Zeto. Não usei Anfião e Zeto como semideuses modernos porque já faço referência a um mito que é mais ou menos conectado a eles e que aconteceu na Antiguidade: a morte dos filhos de Anfião e Níobe pelas mãos de Apolo e Ártemis.

Apelíotes é um deus de verdade: o Deus do Vento Sudeste. É meio hilário porque acreditava-se que ele trazia a chuva refrescante. Entretanto, inventei os dois filhos, Tales e Calista.

Faço uma breve menção a Hécuba, que era a esposa do Rei Príamo. Existem alguns mitos a respeito dela, e todos terminam com a transformação dela em cachorro, que é um dos símbolos de Hécate. A essa altura, Hécuba está pronta para descansar como alma no Submundo, então Hécate encontra Nefeli, que ela descreve como uma mulher que lhe implorou que acabasse com sua dor pela perda de um ente querido. Isso é uma referência direta a um dos mitos de Hécuba, no qual ela vê o filho morrer e enlouquece, e depois disso é transformada em cachorro.

ESTA OBRA FOI COMPOSTA EM ADRIANE TEXT POR BR75 E IMPRESSA
EM OFSETE PELA GRÁFICA BARTIRA SOBRE PAPEL CHAMBRIL AVENA
PARA A EDITORA SCHWARCZ EM MARÇO DE 2025.

A marca FSC® é a garantia de que a madeira utilizada na fabricação do papel deste livro provém de florestas que foram gerenciadas de maneira ambientalmente correta, socialmente justa e economicamente viável, além de outras fontes de origem controlada.